WOLFGANG CONRADT

SPIELFELDER DER MACHT

ROMAN

Impressum

1. Auflage

Von-Humboldt-Str. 13 - 68753 Waghäusel
E-Mail: mail@wolfgang-conradt.de
Web: www.wolfgang-conradt.de

Umschlagillustration: Wolfgang Conradt
Coverbild: fotolia.de
Lektorat: Sarah Grund
Technischer Berater: Sebastian Blümle

ISBN-13: 978-1518709722
ISBN-10: 1518709729

Spielfelder der Macht

Frauen wie Männer kämpfen gleichermaßen um Liebe und Anerkennung – und über allem schwebt die Frage:
Wer hat die Macht?

Der neue Kollege kommt plump und einfältig daher, doch die Geschäftsleitung hängt seit Tag 1 an seinen Lippen.
Die Vertriebsassistentin vereint Souveränität mit geballter Kompetenz. Was hat eine solche Powerfrau in Frankfurter Szene-Treffs zu suchen?
Was ist mit Cheyenne? Dominiert sie Männer, die sich nach etwas Zärtlichkeit sehnen, oder macht sie einfach nur einen harten Job?

Die Schauplätze mögen verschieden sein, doch jeder einzelne beschreibt ein Spielfeld der Macht.

Inhaltsangabe

Gratwanderung

»Nehmen Sie bitte Platz!« Der kleine Mann wies zu einem der sechs luxuriösen Sessel auf der gegenüberliegenden Seite des Konferenztisches. Noch im Stehen tippte er eine dreistellige Ziffernfolge in den Nummernblock des schwarzen Telefons, das neben einer kabellosen Computertastatur den einzigen Gegenstand auf dem über vier Meter breiten Tisch darstellte. Das rötlich-braune Holz ließ auf Mahagoni schließen und dem Geruch im Raum zufolge war das schneeweiße Leder der insgesamt zwölf Sitzgelegenheiten echt.

Eine Damenstimme ertönte durch den eingebauten Lautsprecher und fragte höflich, wie sie behilflich sein könnte.

»Frau Richter, bringen Sie uns – ach, entschuldigen Sie bitte«, unterbrach sich der schmallippige Mann selbst und wandte sich wieder seinem Besucher zu, »möchten Sie auch Kaffee?«

»Gerne. Vielen Dank.«

»Ja, also zweimal Kaffee, bitte«, beendete er seine Anweisungen und tippte zum Abschluss des Gespräches mit seinem ausgestreckten, knochigen Zeigefinger auf die rote Taste des Apparats.

Trotz seiner 65 Kilo, die er maximal auf die Waage bringen durfte, war das gemütlich anmutende Geräusch von knautschendem Leder und verdrängt werdender Luft zu vernehmen, als sich der Vertriebsleiter leicht seufzend in seinen Sessel bequemte.

Jetzt erst nahm der Aufgeforderte die Einladung an und tat es ihm gleich. Er hatte gelernt, stets auf Augenhöhe mit seinem Gegenüber zu agieren. Und so würde er es niemals wagen, sich zu setzen, solange sein Gastgeber noch stand. Er spürte den ersten Schweißtropfen von seiner Achselhöhle abgehen. Ein Unterhemd wäre doch von Vorteil gewesen, ging es ihm durch den Kopf. Etwa eine Stunde hatte er an seiner Garderobe herumprobiert, obwohl es zu seinem neu erworbenen Boss-Anzug nicht mehr viel auszuwählen gab. Hemd, Krawatte, Gürtel und Schuhe. Vier Entscheidungen – so simpel und doch so bedeutsam. Nachdem er sich schon beinahe für braun entschieden hatte, war es zum Schluss dann doch das eher klassische Auftreten, das ihm heute den richtigen Rahmen geben sollte: Dunkelgrauer Zweireiher, weißes Hemd mit weißen Knöpfen, grau in grau gestreifte Krawatte, schwarze Lloyds und schwarzes Leder am Bund.

Er beobachtete den Leiter der Abteilung Außendienstvertrieb, wie er mit tiefen Falten auf der Stirn die Unterlagen musterte. Als ob er sie noch nie gesehen hätte, vertiefte er sich mental angestrengt in den Lebenslauf und die beiliegenden Zeugnisse seines Gastes, der mit überkreuzten Beinen dasaß und zu einem imaginären Takt leicht mit seinen Füßen wippte.

»Auf dem Foto haben Sie noch kürzere Haare«, stellte der Interviewführer erstaunt fest. Nicht, dass es nichts Wichtigeres gegeben hätte, über das es sich zu reden gelohnt hätte, doch wie im richtigen Leben, so ging man auch im Business gerne mit etwas Small Talk in die „erste Runde".

»Das ist richtig, Herr Kuhn. Ich hatte Lust auf Veränderung und dachte, bevor ich es mit einer Tätowierung versuche, fang ich mal bei den Haaren an.« Seinem schneeweißen Lächeln zufolge war er nicht nur von seinem kleinen Auflockerungswitz überzeugt, sondern musste dazu auch viel Zeit und Geld bei seinem Zahnarzt gelassen haben. Ähnlich perfekte Beißerchen gab es sonst meist nur in Hollywood-Filmen zu bestaunen.

Herr Kuhn hingegen quittierte die Bemerkung mit einem eiskalten Blick und verzog seine Mundwinkel um keinen Millimeter. Stattdessen ließ er sich sehr viel Zeit dabei, zwischen zweidimensionaler Miniaturausgabe und der 3D Version des Passbildes, welche ihm gegenüber saß, zu vergleichen. Immer wieder schaute er vom Papier auf und begutachtete über seine schmalen, rechteckigen Brillengläser hinweg den heutigen Bewerber. Diesem kam die Situation gerade so vor, als ob er wegen eines gefälschten Ausweises auf einem Polizeirevier säße. In vollem Bewusstsein darüber, dass dieses Gespräch eines der wichtigsten seines Lebens sein könnte, fand er diese Szene grotesk.

»Die neue Frisur steht Ihnen besser – macht Sie jünger.«

»Danke«, antwortete er überrascht und merkte nicht, dass im selben Moment die massive Holztür geöffnet wurde. Erst als kurz darauf die geschäftigen Geräusche des angrenzenden Flurs den Raum erfüllten, fühlte er sich aufgefordert, seine Augen von Herrn Kuhn abzuwenden und sich umzudrehen. Was er sah, rief ein sofortiges, archetypisches Verhaltensmuster in ihm auf, das er für einen kurzen Moment nicht in der Lage war zu steuern. Der erste Blickreiz wurde durch den auffallend kurzen Rock verursacht, der dazu einlud, die grazilen und langen Beine von oben bis unten zu erforschen. Keine Strümpfe, nur mattseidene Haut in gepflegter Sommerbräune. Die Füße, im gleichen Ton wie das kurz oberhalb der Kniekehle endende Stück Stoff, von schwarzem Wildleder bedeckt und mit elf Zentimeter Absätzen aufgestellt. Die zwei Knöpfe des fliederfarbenen Damenjacketts machten den Anschein, jeden Moment Opfer des auf sie wirkenden Drucks zu werden und der Bewerber erwischte sich dabei, Gedanken darüber zu verschwenden, ob die ihm dargebotenen Brüste echt sein könnten.

»Ah, ja, Frau Richter. Vielen Dank.«

»Gerne, Herr Kuhn«, antwortete die Dame mit einer rauchigen, leicht maskulinen Stimme. Sie lächelte nicht. Ihre streng zurückgekämmten Haare waren zu einem langen, schwarzen Pferdeschwanz zusammengebunden und sie schien sich der Blicke, die auf sie gerichtet waren, bewusst. Obwohl ihre Anwesenheit den Raum erfüllte und eine Gesprächsfortführung im Moment undenkbar war, schien sie bemüht, sich unauffällig und diskret zu verhalten. Sie füllte die Tassen mit Kaffee und überließ es den beiden Herren, sich mit den üblichen Beigaben selbst zu versorgen. Als sie sich zum Kandidaten hinunterbeugte, um ihm das Porzellan zu reichen, trafen sich der beiden Blicke. Ihr rundliches Gesicht endete an einem leicht spitz zulaufendes Kinn und er fragte sich, ob die dunkelbraunen Augen einen südländischen Einschlag hatten oder ob dieser Effekt durch das Make-up und die Smokey Eyes verursacht wurde. Mehr Zeit blieb ihm nicht, Frau Richters Herkunft zu eruieren, denn sie wandt sich so schnell wieder ab, wie sie gekommen war. Es wirkte, als ob ihr beim Schließen der Tür die störenden Geräusche aus dem Raum folgen würden.

Während Herr Kuhn seine volle Konzentration wieder auf die ihm vorliegenden Unterlagen richtete, genoss der blondhaarige Mann letzte Imaginationen über die Assistentin, mit einem gedankenverlorenen Blick über die Taunusanlage unter ihm. Der Konferenzraum, in dem die beiden gerade ihr Katz und Maus Spiel begonnen hatten, lag im 27. Stockwerk eines neu errichteten Bürohochhauses und bot eine 180° Sicht über Frankfurt am Main. Keine Zwischenwand oder sonst üblichen Elemente eines Büros störten die endlos erscheinende Aussicht. Außer dem riesigen Tisch und den äußerst bequemen Sesseln war der

Raum leer. Graublauer Teppichboden und befremdlich wirkende Gemälde an der einzigen Wand sorgten für eine leicht gedämpfte Gesprächsatmosphäre. Trotz allem überkam den Kandidaten das Gefühl, in einer Bahnhofshalle vorzusprechen.

»Nun gut, Herr Krämer, erzählen Sie mir etwas über sich«, forderte ihn der unscheinbar wirkende Manager auf, platzierte dabei bedächtig seine Brille vor sich und legte die Fingerspitzen seiner gespreizten Hände aneinander. Es hatte etwas meditatives, fast wie beim Gebet. Der Startschuss für das eigentliche Gespräch war gefallen und machte dem Aspiranten bewusst, dass es genau jetzt für ihn um alles ging.

»Danke, Herr Kuhn, sehr gerne. Wie Sie ja wissen, ist mein Name Fabian Krämer, ich bin 27 Jahre alt, komme aus Waghäusel bei Karlsruhe, bin unverheiratet und habe keine Kinder.« Natürlich war ihm klar, dass Herrn Kuhn sein Privatleben völlig egal war. Aber die formelle Vorstellung gehörte nunmal dazu. Eigentlich stand auch alles, was es über Fabian Krämer zu wissen galt, in diesen Unterlagen. Und trotz alledem, war es von entscheidender Bedeutung wie er seinen Lebenslauf mit eigenen Worten und Anmerkungen verkaufen würde. Da er wusste, dass er mit seinem schulischen Werdegang sicher nicht punkten würde, streifte er diesen nur kurz. Er zeigte auch nicht den Weg auf, mit dem Eltern sonst gerne bei Familientreffen prahlten. Man würde diesen höchstens mit einem: "Er hatte es aber auch nicht leicht an dieser merkwürdigen Schule", kommentieren.

Fabian versuchte so viel wie nötig, so interessant wie möglich zu verpacken, bis auf einmal Herr Kuhn ungeduldig und direkter wurde und damit die nächste Runde der Vorstellung einläutete:

»Was haben Sie in dieser Softwarefirma genau gemacht?« Fabian fiel es selbst nicht auf, dass er unweigerlich seinen Erzählfluss beschleunigte. Den hochgezogenen Augenbrauen seines Gegenübers zufolge, schien diesem Fabians Allegro jedoch nicht entgangen zu sein.

»In den ersten Monaten habe ich inbound telefoniert und eine Softwarelösung für Small Offices verkauft.«

»Das heißt, Sie haben darauf gewartet, dass ein Anruf kommt und die Lösung dann am Telefon beraten und verkauft?«, hakte der Vertriebsleiter nach.

»Richtig.«

»Hm.« Das Gesicht, das Herr Kuhn zog, passte zu seiner einsilbigen Äußerung und Fabian spürte, dass sein Hemd an manchen Stellen bereits durchgeschwitzt war. Er wusste, dass in dieser Firma Vertriebsprofis gesucht wurden, die aus eigenem Antrieb neue Kunden gewinnen mussten und nicht an ihren Schreibtischen darauf warten sollten, dass sich jemand bequemte, bei Ihnen anzurufen um etwas zu bestellen.

Der Verlauf des Gespräches hatte Fabian bislang nicht gefallen und er merkte, dass ihm seine provinzielle Aufregung nicht gut zu Gesicht stand. Und so war es, als ob sich ein Schalter in ihm umgelegen würde und er neue Energie aus einem bis dahin unzugänglichen Bereichs seines Körpers schöpfen könnte. Scheiß auf die guten Manieren, ertönte sein inneres Mantra und er wechselte zu einer offensiveren Gesprächsmethodik:

»Das war aber erst der Anfang«, legte Fabian deshalb nach. Die Augen seines Gesprächspartners schienen sich um zwei Millimeter zu weiten. Offenbar hatte Herr Kuhn ihn noch nicht aufgegeben und gab ihm noch eine Chance, zu zeigen, dass er doch zu ihnen passte.

»Meine Umsätze waren überdurchschnittlich gut. Deshalb vertrauten sie mir nach drei Monaten ein Projekt an, in dem es darum ging, eine völlig neue Produktreihe im

Verkauf zu testen. Ich sollte Bestandskunden des Unternehmens anrufen und die Lösung proaktiv vorstellen und verkaufen.«

»Also outbound?«, hakte Herr Kuhn ein.

»Ausschließlich, ja. Und ich war sehr erfolgreich. So erfolgreich, dass ich ein Konzept verfassen und einen Mitarbeiterkreis mit dieser "Best Practice" schulen sollte.« Anerkennendes Nicken war auf der anderen Seite des Tisches zu erkennen und Fabians Herzschlag verlangsamte sich. Stolz machte sich in ihm breit, denn die Geschichte war ihm eben beim Reden eingefallen und er war überrascht wie unglaublich authentisch sie rübergekommen war.

»Warum haben Sie dann das Unternehmen nach bereits 18 Monaten wieder verlassen?«, wollte der Manager wissen. Auf diesen Abschnitt freute sich Fabian schon die ganze Zeit, denn damit konnte er punkten:

»Mein damaliger Sales Director verließ das Unternehmen, da er eine Position in der Geschäftsführung eines anderen Softwareunternehmens angenommen hatte. Er hatte mich gefragt, ob ich daran interessiert wäre, meine guten Ergebnisse bei ihm im Außendienst fortzuführen und ich dachte: Naja, wenn der Chef ruft... Was hätten Sie gemacht?« Den Spieß umzudrehen und eine Gegenfrage zu stellen war ein kluger Schachzug, denn nahezu jeder wäre in seiner Situation diesem Ruf gefolgt. Schließlich hatte er ein Telefon gegen einen recht ansehnlichen Dienstwagen getauscht, den er auch privat nutzen durfte. Eine Gehaltssteigerung um die 40% war auch zu erwarten gewesen – also in allen Punkten eine klare Verbesserung.

Der wahre Grund für das verlockende Angebot damals war allerdings eine durchzechte Nacht in der Altstadt von Sachsenhausen gewesen. Nach unzähligen Bembeln mit gespritztem Apfelwein hatte sein damaliger Vorgesetzter die Katze aus dem Sack gelassen und vor vier seiner Mitarbeiter mit der neuen Stelle geprahlt. Und da man sich mit erhöhter Promillezahl im Kopf meist blendend untereinander versteht, war es auch nicht sonderlich überraschend gewesen, dass die dem Sales Director untergeordneten Positionen schnell in der kleinen Runde verteilt gewesen waren.

„Die einen bumsen sich hoch, die anderen saufen sich hoch“, war ein Satz, den Fabian in seinem Freundeskreis seitdem immer gerne anbrachte.

»Ihre neue Aufgabe war dann Account Management im Außendienst?«

»Ja, richtig, Herr Kuhn. Es handelte sich um ein neuartiges CAD-System, das ich bei einigen sehr namhaften Unternehmen in Deutschland präsentiert habe, darunter einem unserer größten Automobilhersteller.« Eigentlich hatte Fabian hier etwas mehr Anerkennung erhofft, doch seinen Gesprächspartner ließ die Information völlig kalt. Dieser fragte nur knapp: »Haben Sie die Lösung verkauft?«

»Ich hatte die mündliche Zusage, dann musste unser Unternehmen Insolvenz anmelden und der Deal war geplatzt.« Auch diese Geschichte hatte er gerade etwas zurechtgebogen. Mit dem Automobilhersteller hatte es zwar in der Tat ein Gespräch gegeben, allerdings nur mit einem kleinen Angestellten, fünf Minuten, an einem kleinen Stand einer umso größeren Computermesse.

»Warum musste die Firma Insolvenz anmelden? Ich hoffe nicht wegen Ihnen.« Zum ersten Mal während dieses Treffens fand Herr Kuhn etwas amüsant und präsentierte seine nicht mehr ganz so strahlenden Zähne.

»Nicht wegen mir, nein.« Fabian lachte sehr gespielt und aufgesetzt, als sei es selbstverständlich, dass Herr Kuhns Frage niemals ernst gemeint sein könnte.

»Wir wurden mit Venture Capital finanziert. Der Investor hatte allem Anschein nach das Vertrauen in die Geschäftsidee verloren und drehte den Geldhahn ab. Naja - und deshalb sitze ich heute hier bei Ihnen.«

Wieder zog der kleine Mann seine buschigen Augenbrauen nach oben. »Nur deshalb?«

Eigentor. Die letzte Äußerung hätte er sich sparen sollen, erweckte sie doch den Anschein von Not und fehlender Alternativen.

»Ich kann von Glück reden, dass die Geschichte so passiert ist«, versuchte Fabian seinen Fauxpas auszubessern. »Gibt es mir doch die Möglichkeit, mich bei einem Unternehmen vorstellen zu dürfen, das ich seit Jahren beobachte und von dem ich mir seit langer Zeit ein Gespräch wie dieses hier erhoffe.«

Herr Kuhn durchbohrte ihn förmlich mit seinem Blick. Fabian konnte nicht beurteilen, ob sein aalglatter Return im Feld gelandet war oder ob er den Ball zu weit und ins Aus geschlagen hatte. Es dauerte einige Momente, in denen keiner von beiden ein Wort sprach. Eine Fähigkeit, die nur die wenigsten Verkäufer beherrschten. Die meisten seiner Kollegen hätten die Situation totgequatscht. Herrn Kuhn schien auch dieses Detail nicht entgangen zu sein. Der Ausdruck auf seinem Gesicht wandelte sich von Skepsis und Härte in aufkommendes Interesse.

»Herr Krämer«, begann er ganz langsam seinen Part und nahm wieder die Brille zu sich, um mit einem der Bügel an seinem Kinn zu kratzen, »die Vanbush IT Solutions AG ist ein internationaler Großkonzern mit 20.000 Mitarbeitern auf der ganzen Welt. Wir machen an einem Tag so viel Umsatz, wie Ihre bisherigen Arbeitgeber im ganzen Jahr.« Fabian blieb unbeeindruckt. Die Zahlen kannte er bereits aus dem Geschäftsbericht und das Aufplustern der Gegenseite identifizierte er als Teil des Spiels. Es sollte sich zeigen, ob er in Stresssituationen einknicken würde. Aber er dachte nicht im Traum daran. Im Gegenteil, die kleine

Ansprache motivierte ihn nur umso mehr. Er wollte Herrn Kuhn, sich selbst und der ganzen Welt beweisen, dass genau er der richtige Mann für den Job sei.

»Ich habe für die Position, die Sie hier anstreben, etwa 50 Bewerbungen auf dem Tisch liegen. Warum sollte ich ausgerechnet Sie einstellen?« Die Frage war ein gutes Zeichen. Wäre Herr Kuhn nicht interessiert, würde er höflich und zielgerichtet zum Ende kommen, ohne mit weiteren Fragen das Gespräch in die Länge zu ziehen. Jetzt wurde es Zeit für das große Finale, den Todesstoß für seine Mitbewerber. Jetzt hieß es Alles oder Nichts, und Fabian wollte Alles:

»Herr Kuhn, zuallererst möchte ich mich nochmals bei Ihnen für die Chance bedanken, die Sie mir heute mit diesem Gespräch eingeräumt haben.«

Er wartete das selbstgefällige Nicken von der gegenüberliegenden Seite des Tisches ab. Dann fuhr er fort: »Im Grunde ist es doch so, dass Sie bereits entschieden haben, mich einzustellen. Von Ihren 50 Bewerbern wurden maximal 5 oder 6 zu einem solchen Gespräch eingeladen, weil sich der Rest schon aufgrund seiner Vorgeschichte oder Ausbildung selbst disqualifiziert hat. Ich bin mir nicht sicher, ob bereits alle Kandidaten da waren, aber das Gros der Masse mit Sicherheit. Überzeugen konnte Sie bislang jedenfalls noch keiner - außer mir.«

»Sie scheinen sehr von sich selbst überzeugt zu sein, Herr Krämer«, näselte der Leiter der Abteilung Außendienstvertrieb und begann an seinem Brillenbügel zu kauen, den Blick starr auf seinen Besucher gerichtet.

»Sollte man das nicht sein, in einer solchen Position?«, fragte Fabian, wohlwissend grinsend nach.

»Sie haben keinerlei Erfahrung mit Hardware, Server und Storage-Systemen«, warf Herr Kuhn als Gegenargument in den Raum.

»Das Produkt ist doch völlig zweitrangig. Wir machen Vertrieb und keinen technischen Support. Ich verkaufe Ihnen auch einen Jumbojet, wenn Sie möchten. Außerdem ist Hardware eine meiner privaten Leidenschaften.«

«Ach ja?«, fragte Herr Kuhn, wieder einmal mit hochgezogener Augenbraue nach. »Dann erklären Sie mir doch mal bitte, was ein RAID-System ist.«

Fabian verzog keine Miene, aber es amüsierte ihn, dass Herr Kuhn jetzt Kinderspielchen auspackte. Das große Ganze schien geklärt. Jetzt ging es nur noch darum, das Gehalt im Rahmen zu halten. Einen Unerfahrenen konnte er natürlich besser drücken, mit der Argumentation der längeren Einarbeitungszeit.

»Ein Redundand Array of Independent Disks ist ein Festplattenverbund zur Datenspeicherung, der entweder eine erhöhte Ausfallsicherheit oder einen größeren Datendurchsatz im Vergleich zu einem sonst üblichen Speichermedium bietet«, antwortete Fabian beinahe gelangweilt.

»Richtig. Und wie funktioniert es?«

»Das kommt darauf an, ob wir von einem RAID 0,1,5,6 oder 10 sprechen und wie gesagt, ob Sie es mehr auf Datendurchsatz oder Sicherheit abgesehen haben. Was hätten Sie gerne?«

Herr Kuhn lachte – laut. »Sie sind wirklich interessant, Herr Krämer.«

»Und ich werde Sie nicht enttäuschen«, legte Fabian nach. »Wann geht es los?«

Der Vertriebsleiter saß kopfschüttelnd da, seinen Blick auf die Tischplatte gerichtet. Er machte den Eindruck, als wäre er soeben überrollt worden, als hätte er mit einem Full House auf der Hand doch noch verloren. Trotzdem war da angenehme Überraschung und Faszination zu erkennen und nach einigen Momenten der Stille meinte er schließlich: »In sechs Wochen – 1. September.«

Jetzt hielt es Fabian nicht mehr auf dem Stuhl. Er sprang auf und hielt seinem neuen Chef die Hand entgegen. »Vielen Dank, Herr Kuhn. Wir werden gemeinsam viel Erfolg haben.«

Herr Kuhn stand ebenfalls auf und ergriff die Hand seines neuen Account Managers. »Das hoffe ich, Herr Krämer. Auf jeden Fall habe ich so noch niemanden eingestellt. Was wollen Sie eigentlich verdienen? Darüber haben wir ja noch gar nicht gesprochen?«

»Sehen Sie – Sie sind von meinen Fähigkeiten überzeugt, noch bevor Sie den Preis dafür kennen. Also kann er auch nicht so wichtig sein.«

»Na so unwichtig ist er wiederum auch nicht«, meinte der Manager belustigt.

»Ich weiß, dass Sie einen gewissen Rahmen haben, den Sie dem Betriebsrat bei Neueinstellungen vorlegen können. Nehmen Sie einfach das äußerste Ende davon – ich denke, das müssten so um die 75.000€ pro Jahr sein. Damit sind wir beide glücklich.«

Der Neue

Sie versuchte flach zu atmen. Die von Toner und Ozon erfüllte Luft vermittelte ihr nicht den Eindruck sonderlich gesund zu sein. Nach innen gekehrt beobachtete sie die neu bedruckten Seiten, wie sie nahezu im Sekundentakt aus dem Gerät gespuckt wurden. Sich anderen Beschäftigungen zuwenden und die Kopiermaschine alleine ihren Dienst verrichten lassen, durfte sie nicht. Eindringlich hatte Herr Kuhn sie darauf aufmerksam gemacht, dass diese Unterlagen unter gar keinen Umständen in andere Hände fallen durften, als die seinen. Und sie war Profi genug gewesen, um ihrem Chef ein gutes Gefühl zu vermitteln und mit verschwörerischem Blick die "Wichtigkeit" der Arbeitsanweisung zu unterstreichen.

Dabei hätte sie sich vor Lachen auf dem Boden wälzen können, denn das neue Provisionssystem, das sie jetzt 30 mal für das kommende Vertriebsmeeting kopieren sollte, war schon vor einer Woche durchgesickert und nahezu allen bekannt. Dazu kam, dass es die Umweltverschmutzung nicht wert war, die gerade in der kleinen Stube ohne Fenster produziert wurde. Yvonne hatte während der vergangenen Wochen mehrfach versucht auf Herrn Kuhn Einfluss zu nehmen, um ihm beim Konzept wenigstens ein bisschen die Hand zu führen. Aber der hatte sie immer wieder abblitzen lassen und ihr erklärt, sie solle sich um die Aufgaben kümmern, die er ihr aufgetragen habe und sich nicht ihren kleinen, hübschen Kopf über Dinge zerbrechen, die sie nicht verstehen könne.

Ihre ach so wichtigen Beschäftigungsmaßnahmen bestanden meist darin, seine E-Mails zu korrigieren, bevor er sie versendete. Der gelernte Elektriker war nicht einmal in der Lage, einen Vierzeiler ohne Rechtschreibfehler zu verfassen. Yvonne wunderte sich aber schon lange nicht mehr, erst recht nicht darüber, dass es so ein Typ an die Vertriebsspitze eines solch erfolgreichen Konzerns geschafft hatte. Mit rechten Dingen konnte das ihrer Meinung nach nicht abgegangen sein, aber das passte ins restliche Bild, das sie sich mittlerweile von dieser Firma gemacht hatte.

Wie immer, wenn sie zu solch demütigenden Aufgaben degradiert wurde, versuchte sie sich selbst mit einem ihrer wichtigsten Glaubensgrundsätze zu beruhigen. Es war ihre innere Stimme, die ihr wieder und wieder gut zusprach – ihr Hoffnung gab. Schon bald würde es soweit sein! Es konnte nicht mehr lange dauern und ihr eigentliches Potential würde erkannt werden und sie könnte in der Position aufgehen, für die sie sich eigentlich im Unternehmen beworben hatte. Schließlich hatte sie in ihrer letzten Firma bereits Blade Systeme konfiguriert und verkauft und nicht nur Jobs zur Männerbelustigung erledigt. Zwar war sie dort auch als Assistentin eingestellt worden, doch schnell hatte man erkannt, dass sie einiges mehr auf dem Kasten hatte und sie mit echten Vertriebsaufgaben betreut.

Hier kam sie sich jedoch manchmal vor wie eine Stripperin, nur auf seriöserem Terrain und mit etwas mehr Kleidung am Körper. Die Blicke und Hintergedanken ihrer Kollegen und Vorgesetzten waren die selben.

Sie verstand bis heute nicht, was sie damals geritten hatte, das Angebot anzunehmen und ihren bis dahin erfolgsversprechenden Job aufzugeben. Hätte sie die Zeit weiterhin bei diesem Systemhaus verbracht, wäre sie heute vielleicht schon Account- oder sogar Key-Account Managerin. Es musste wohl der gute Name der Gesellschaft gewesen sein und die Aussicht, irgendwann einmal auch international für diese tätig sein zu können. Wie gerne würde sie wieder zurück nach New York.

Doch man hatte ihr hier bei Vanbush die Stelle als Junior-Account Managerin im Außendienst nicht sofort geben wollen. Es wäre üblich, dass man sich für solch eine Position im Unternehmen bewähren müsse und man rate ihr, die ausgeschriebene Stelle als Vertriebsassistentin anzunehmen. Nach ein oder zwei Jahren hätte sie dann die Chance aufzusteigen.

Vielleicht aufgrund der Erfahrungen der letzten drei Jahre, vielleicht aufgrund der neuen Entwicklungen, wahrscheinlich aber wegen der Summe dieser Dinge, verschaffte sich in ihr vermehrt eine zweite Stimme Gehör, eine enttäuschte, resignierte Stimme, die schon beinahe brüllte: Bullshit, Baby! Das ist alles nur Bullshit! Schau dich doch um und erkenne endlich wie es läuft!

Ihr Vorgesetzter hatte ihr gerade erst erklärt, dass man sie für die aktuelle Account Manager Vakanz leider nicht berücksichtigen konnte – wieder nicht. Es würde ein äußerst erfahrener Profi von außerhalb kommen, der neuen Schwung in die Abteilung bringen dürfte. Dass sich dieser innerhalb des Unternehmens nicht erst beweisen musste, wie sie, passte ins System und bestätigte ihre Sicht der Dinge. Sie hatte den Sunnyboy schon beim Vorstellungsgespräch erlebt und sich damals schwer beherrschen müssen, ihn nicht einfach vor Herrn Kuhn auszulachen. Dieser braungebrannte Schmierlappen war ihr beinahe ins Dekolleté gefallen. Bei der Erinnerung daran musste sie grinsen, denn sie hatte es natürlich auch provoziert. Dass die Jungs aber auch immer so berechenbar waren und sich nicht einmal während einer so wichtigen Besprechung zusammenreißen konnten.

Und dann dieser Lebenslauf: Schulabbrecher, Lehre zum Kaufmann im Einzelhandel und danach irgendwie hochgemogelt. Was hatte das mit seriösem Business zu tun? Wieso musste sie sich hier abrackern und die Milchschubse spielen, jeden Moment bereit dazu, zu beweisen, was wirklich in ihr steckte und so ein durchsichtiger Schönschwätzer bekam die Stelle geschenkt?

Das ersterbende Geräusch des Kopierers, der seine Arbeit nun vollständig verrichtet hatte, riss Yvonne aus ihrer Lethargie. Sie musste sich glücklicherweise um nichts mehr kümmern. Das Gerät hatte sämtliche Sortier- und Bindearbeiten eigenständig erledigt und alles was sie noch zu tun hatte, war die fertigen Manuskripte zu entnehmen und Herrn Kuhn zu überbringen. Danach hatte sie die Ehre, Herrn Schönschwätzer durchs Unternehmen zu führen und ihm in allen erforderlichen Belangen behilflich zu sein, denn heute war Sunnyboys erster Arbeitstag.

Ω

Eine halbe Stunde später klingelte ihr Diensthandy.

»Richter?«

»Empfang, Hallo. Ein Herr Krämer steht hier und möchte zu Ihnen.«

»Gut, danke. Sagen Sie ihm bitte, ich komme sofort.«

Sie tippte auf den Bildschirm ihres iPhones, um das Gespräch zu beenden und danach auf das Symbol für die Kamera-App. Sie nutzte somit das Telefon als Spiegel, um einen letzten Check für Haare und Make-Up zu machen. Heute hatte sie sich ganz besonders ins Zeug gelegt und ein Outfit gewählt, das dem Kerl den Atem rauben sollte. Sie liebte es, Männer an ihrem berechenbarsten Wesenszug zu packen und wenn sie schon nicht für voll genommen wurde, so wollte sie wenigstens ein Spiel spielen, das nur sie gewinnen konnte.

Sie stolzierte in ihren hochhackigen, schwarzen Lederstiefeln über den Flur und drückte an dessen Ende auf den metallisch glänzenden Knopf, der den Aufzug zu ihr bringen sollte. Wenige Augenblicke später stiegen zwei Herren des Vorstandes aus dem rundum mit Spiegelwänden verkleideten Lift. Es dauerte einen kurzen Moment, ehe sie den Anblick für sich verarbeitet hatten und im Stande waren, Yvonne mit allem gebotenen Respekt zu begrüßen. Nachdem sie den Fahrstuhl betreten hatte und darauf wartete, dass sich die Tür schloss, drehten sich die beiden Herren noch zweimal nach ihr um.

26 Stockwerke gaben ihr Zeit, nochmals ihre Garderobe zu überprüfen. Sie hatte sich für ein sehr kurzes, schwarzes Etui-Kleid entschieden, das durch die zweireihigen, goldenen Zierknöpfe an eine Zarenuniform erinnerte. Jeweils vier davon waren in Höhe des tiefen Ausschnitts angesetzt und endeten weit unterhalb ihrer Wespentaille, die durch den sehr engen Schnitt des Kleides aufs Äußerste betont wurde. An den Ärmeln, die nicht ganz bis zum Handgelenk reichten, waren jeweils vier weitere der strahlend polierten Knöpfe angebracht. Ihre glatte Haarpracht trug sie heute offen und erschwerte damit den Einblick in ihr Dekolleté.

Ein glockenklarer Ping machte darauf aufmerksam, dass sie das Erdgeschoss erreicht hatte. Sie schloss kurz die Augen, holte tief Luft, streifte die Handflächen an ihren Hüften ab und schritt erhobenen Hauptes aus dem Fahrstuhl. Auf dem Weg vom düsteren Aufzugbereich zur lichtdurchfluteten Lobby, erfüllte der Klang ihrer Absätze auf dem glänzenden Marmorboden die Akustik des sich über mehrere Stockwerke erstreckenden Eingangsbereichs. Ein Geräusch, als ob jemand mit kleinen Hammerschlägen eine hohle Wand erforschen würde, animierte die in der Lobby wartenden Personen, ihr einen Blick zu schenken.

Sie erkannte Fabian Krämer schon von Weitem. Seine zurückgegelte Surferfrisur war unverkennbar. Kalendarisch schrieb man gerade Sommer, aber Yvonne fand seine Bräune für die hiesigen Breitengrade und einen Mann deutscher Abstammung einfach zwei Nuancen zu dunkel. Offensichtlich ein Mensch, der viel Zeit zu haben schien.

»Ah, Frau Richter«, tönte es ihr entgegen. Er konnte sich also erinnern.

Sie schenkte ihm ein wohl kalkuliertes Lächeln, professionell businesslike mit einer leichten Spur von Sexappeal. Sie beobachtete dabei seinen Blick, wie er erwartungsgemäß nicht ihre Augen suchte, sondern die prägnanten Stellen ihres Körpers scannte. Was ein notgeiler Anfänger, schoss es ihr durch den Kopf und die sozialkonforme Autokorrektur gab den Satz aus: »Herr Krämer, ich freue mich sehr. Hatten Sie eine gute Fahrt?«

»Hervorragend, vielen Dank. Ich freue mich vor allem, Sie wiederzusehen«, grinste er Yvonne entgegen und sie schwenkte um auf verlegenes Schulmädchenlächeln.

»Herr Kuhn wird heute Nachmittag eine halbe Stunde Zeit für Sie haben. Bis dahin werde ich Sie im Gebäude herumführen und Sie mit dem Notwendigsten vertraut machen. Sollten Sie Fragen haben, egal welcher Art, so möchte ich Sie bitten, sich nicht zurückzuhalten.

»Danke, Frau Richter. Zurückhaltung ist auch nicht gerade eine meiner Stärken.« Wieder das Zähnezeigen und Yvonne verspürte Brechreiz, ließ es sich aber keineswegs anmerken. Mit einer Dank vermittelnden, nickenden Kopfbewegung, machte sie auf dem Fuß kehrt und schritt auf die sechs Fahrstühle zu. Ohne ein weiteres Wort warteten die beiden vor einer der metallischen Liftsäulen und jeder versuchte gespielt gelassen, seinen Blick auf irgendeiner Stelle des Wartebereichs ruhen zu lassen.

Der Ping brachte wieder Leben in die Szene und nachdem sich die Tür geöffnet hatte, trat Fabian Krämer einen Schritt zur Seite.

»Bitte nach Ihnen.« Er machte eine galante Handbewegung, um sie zum Eintreten aufzufordern und während Yvonne seiner Einladung nachkam, konnte sie durch die Spiegel erkennen, wie er den unteren Teil ihrer Rückseite bewunderte. Innere Befriedigung machte sich in ihr breit, denn natürlich konnte er nicht aus seiner Haut.

Im 25. Stockwerk angekommen fragte Yvonne den Neuankömmling im Laufschritt:

»Haben Sie Ihre Unterlagen dabei, Sozialversicherung etc.?«

»Ja, habe ich, wie gewünscht.«

»Gut, dann machen wir einen kurzen Abstecher bei HCM.«

»HCM?«, fragte Herr Krämer mit gerunzelter Stirn.

»Human Capital Management – Personalabteilung«, erklärte sie ungeduldig.

»Ach so. Ich kenne das unter dem Namen HR – Human Resources.«

»So hieß es noch vor fünf Jahren, Herr Krämer. Das klingt aber etwas menschenverachtend, finden Sie nicht auch? Unsere Mitarbeiter sind unser Kapital, nicht irgendeine Ressource.«

Zwei Stunden später hatte Yvonne ihn mit allem versorgt, was er für die tägliche Arbeit benötigen würde: Ein Passbild für die ID Karte war erstellt worden, auch wenn es etwas Zeit gekostet hatte, ihn davon zu überzeugen, dass sie sich nicht zusammen mit ihm ablichten lassen würde. Ein Smartphone war ihm ebenfalls überreicht worden und auch da hatte er sich unverständig gezeigt, weil sie ihm nicht ihre private Telefonnummer einspeichern wollte. Die Hardwareausgabe war der brenzligste Programmpunkt gewesen, als er erkennen musste, dass kein Macbook, sondern ein normaler Windows Laptop sein Arbeitsmittel werden würde. Worte wie: Absprachen, Vertrag und Zumutung waren in energischem Tonfall gefallen und Yvonne hatte ihr gesamtes Repertoire an Überzeugungskraft aufwenden müssen, um den Spinner wieder zur Besinnung zu bringen. Der Kerl war bereits besser ausgestattet, als sie es in den drei Jahren ihrer Tätigkeit für Vanbush jemals gewesen war und in der Garage wartete ein nagelneuer A4 in metallic-schwarz auf ihn – ein Fahrzeug, von dem sie selbst nur zu träumen wagte. Aber wegen eines Stücks Aluminium, das er sich für ein Siebzigstel seines Jahresgehalts locker selbst hätte kaufen können, verlor er jegliche Contenance.

Es war schlimmer als sie vermutet hatte: Dieser Schwätzer war dumm wie Bohnenstroh und es würde ihr eine Freude sein, ihn so schnell und so tief wie möglich fallen zu sehen.

Ω

Mit eingeknickten Pfoten und einem äußerst zufriedenen Gesichtsausdruck saß der rot getigerte Maine-Coon vor der weißen Haustür der Doppelhaushälfte. Auf den ersten Blick sah es aus, als ob der Kater schlafen würde, doch bei genauerer Betrachtung wurde deutlich, dass er seine Augenlider einen winzigen Spalt geöffnet hatte. Gerade weit genug, um den schwarzen Audi vorfahren zu sehen. Eine minimale Kopfdrehung ließ erkennen, dass er den Wagen beobachtete und als dieser auf dem Carport rechts neben ihm zum Stehen kam, wurde das Tier unruhig, öffnete seine bernsteinfarbenen Augen ganz und spitzte die Ohren. Die Fahrertür öffnete sich und der Kater verlagerte das Gewicht auf seine Pfoten, jeden Moment bereit für die Flucht.

»Hey, Rudi. Na, hast du mich vermisst?«

Der rote Wollknäuel schien sein Herrchen zu erkennen und mit einem umso zufriedeneren Gesichtsausdruck und demonstrativ zugekniffenen Augen, nahm er wieder seine ursprüngliche Position ein.

Fabian hatte fast zwei Stunden für die Fahrt von Frankfurt nach Waghäusel benötigt. Am Darmstädter Kreuz war immer noch diese fürchterliche Baustelle und um 18.00 Uhr abends drängte es wohl die meisten der täglichen Pendler nach Hause. Er konnte nur hoffen, dass er diesen Ritt nicht jeden Tag machen müsste.

Die schwarze Mülltonne stand noch vor der Tür, was wohl zu bedeuten hatte, dass seine Freundin noch nicht nach Hause gekommen war. Sie würde es niemals übers Herz bekommen, eine Hausarbeit oder andere Aufgabe, die es noch zu tun galt, unerledigt zu lassen. Sie war eine äußerst gewissenhafte Frau und da die beiden sich seit Kindertagen kannten, wusste er sie auch recht genau einzuschätzen. Unordnung machte sie zickig und sie benötigte absolute Sauberkeit, um sich wohlfühlen zu können. Ihn selbst trieb sie damit manchmal fast in den Wahnsinn. Er mochte es nicht, wenn sie ihre wundervolle, blonde Lockenpracht unter einer Staubhaube versteckte oder wenn sie sich auf dem Boden die Knie aufscheuerte. Er wollte in ihr immer nur dieses herzergreifende Wesen sehen, das er damals begehrt und erobert hatte. Carmen war schon immer das schönste Mädchen der Stadt gewesen und bereits im Sandkasten, als die beiden Burgfräulein und Burgherr miteinander gespielt hatten, musste er seine Liebe zu ihr eingestehen. Unschuldige, nichts ahnende Liebe junger Menschen, die noch nicht wussten was das Leben noch für sie bereithalten sollte. Doch er war sich stets sicher gewesen, dass er dieses Mädchen eines Tages heiraten würde.

Während ihre beiden Väter sich damals zu "Gemeinderatsbesprechungen" trafen, spielten die zwei oft im Garten Fangen oder Verstecken. Warum die beiden Männer stets zu zweit die wichtigen kommunalen Themen erörterten und sich dabei im Keller einschlossen, wurde ihm erst viel später klar.

Irgendwann bekam Carmen einen Busen. Es waren zunächst ein paar unscheinbare Spitzen, aber diese veränderten bereits die Beziehung der beiden. Sie war damals 11 Jahre alt und er erst 8, was in diesem Alter einen fast unüberwindbaren Abstand bedeutete. Und so war es keine große Überraschung, als Carmen irgendwann nicht mehr dabei war, wenn ihr Vater seinen Vater besuchen kam.

Erst acht Jahre später, auf einem Fastnachtsball an einem schmutzigen Donnerstag, sprachen die beiden wieder miteinander. Was als unschuldiger Flirt an der Bar begonnen hatte, endete zwei Stunden später, eng umschlungen, in einer der Kabinen des Damenklos. Es war das erste Mal, dass ein Mädchen sein Ding in der Hand gehalten hatte und da er darauf nicht im Geringsten gefasst gewesen war, musste sie auch nicht länger als ein paar Sekunden daran herumspielen.

Seit dieser Zeit sah man sie zusammen als Paar. Es war fast wie in kitschigen High-School Filmen, denn für jeden im Ort war klar gewesen, dass die beiden Umschwärmtesten der Schule füreinander bestimmt gewesen waren. Angebote hatte Fabian mehr als genug und er wusste, dass er ein äußerst gut aussehender Junge war. Doch für ihn gab es nur Carmen, das begehrenswerte Mädchen, das ihn damals auf der Toilette geschnappt hatte.

Seine Gedanken wieder auf die Mülltonne gerichtet, klemmte sich Fabian den Packen Einarbeitungs-Unterlagen, den er aus der Firma mitgenommen hatte, unter den linken Arm und rollte die kleine Tonne in den Schuppen neben dem Haus.

»Guten Tag, Herr Nachbar«, dröhnte es auf einmal vom Carport direkt daneben.

»Ah, Dirk. Grüß dich, wie geht's?«

»Danke, am besten gut.« Ein lautes Lachen schallte durch die kleine Spielstraße, obwohl er diesen Spruch bei jedem Aufeinandertreffen erneut zum Besten geben musste.

»Geht ihr auch zu dieser Veranstaltung in den Pfarrsaal?«

»Was für eine Veranstaltung?«, fragte Fabian nicht ernsthaft interessiert.

»Na, die wollen uns doch so einen überdimensionierten Konverter direkt vor das Wohngebiet bauen, weißt du davon nichts?«

»Nö. Und was ist ein Konverter?«

»Irgendsoein Strom-Wandlungs-Ding. Es soll der Endpunkt von einer der drei neuen Stromautobahnen durch Deutschland werden.«

»Und wo ist das Problem?« Fabian hatte eigentlich überhaupt keine Lust, sich über kleinbürgerliche Sorgen Gedanken zu machen. Er hatte jetzt genug um die Ohren, was nach seiner uneingeschränkten Aufmerksamkeit verlangte. Doch Dirk war sein Nachbar und Fabian wollte höflich bleiben.

»Das Problem ist, sagen die von der Bürgerinitiative, dass das Ding strahlt wie verrückt, 100.000 Quadratmeter Acker zubetoniert werden, mindestens 20 Meter hohe Hallen gebaut werden und unvorhersehbare Gesundheitsrisiken auf uns zukommen.«

»Und wo genau soll das hin?« Die Gefahren für Leib und Leben machten ihn jetzt doch etwas stutzig.

»Na, so etwa 1500 Meter von unseren beiden Häusern entfernt, gegenüber vom neuen Gewerbegebiet. Und es gibt keine Erfahrungswerte. Wir werden Versuchskaninchen sein, denn so ein Baumonster gibt es auf der Welt bislang nur noch eins - in China.«

»Klingt nicht gut«, meinte Fabian, der allerdings gedanklich schon wieder im Büro war.

»Schau dir deren Website an«, forderte ihn sein Nachbar auf, »da steht alles was du wissen musst.«

»O.K.«, meinte Fabian, »mach ich auf jeden Fall.«

»Aber zu meiner Feier am Samstag kommt ihr beiden, oder?«

»Na klar, Dirk. Will ich doch dabei sein, wenn du offiziell alt wirst.« Er klopfte ihm auf die Schulter und machte sich auf den Weg zu seiner Haustür.

»Vorsicht, mein Freund«, rief ihm Dirk noch hinterher, »in drei Jahren hast du auch die 3 davor und dann hab ich was zu lachen.«

Fabian hoffte, seine Party zum Dreißigsten auf seiner Finca auf Mallorca feiern zu können. Zwar gab es die noch nicht, aber das sollte nur noch ein unwesentliches Detail darstellen. Er sah es richtig vor sich, wie sie allesamt beim Sonnenuntergang in den Pool sprangen und ihn hochleben ließen. Ein Catering-Service, der ihn und seine 100 geladenen Gäste mit den leckersten und ausgefallensten Cocktails versorgen würde, und ein paar Animierdamen... – bei den Damen hatte er noch Vorstellungsschwierigkeiten, wie er die mit Carmen in Einklang bringen konnte.

Just in dem Moment kam diese auch mit ihrem Mini Cooper vorgefahren und belegte den Carport auf der anderen Seite des Hauses. Sie sprang förmlich aus dem Auto und rannte mit ihrer glitzernden Louis Vuitton Kopie in der Hand, auf ihn zu.

»Na, Schatz? Erzähl – wie ist es gelaufen?«

»Bestens, Baby. Das wird richtig gut werden.«

»Kann ich die Pille absetzen?«

Leicht verlegen schaute sich Fabian nach weiteren Nachbarn um und schob Carmen zielgerichtet auf die drei Stufen zur Eingangstür zu. »Lass uns reingehen, dann erzähl ich dir alles.«

Sie bestellten Pizza, tranken Bier und schwelgten stundenlang in Zukunftsplänen. Carmens sehnlichster Wunsch war es, ihren verhassten Job als Zahnarzthelferin aufzugeben, um sich ein paar Jahre nur noch um die Erziehung von Fabian Junior zu kümmern. Solange die berufliche Situation ihres Lebenspartners so instabil gewesen war, hatten sie sich an den nächsten Schritt ihrer Beziehung aber noch nicht herangetraut.

»Ich bin so stolz auf dich«, jubelte Carmen bestimmt schon zum zehnten Mal und küsste Fabian auf die Brust. Er lag nackt, wie sie ebenfalls, auf dem weißen Lammfell vor dem Fernseher, auf dem sie sich heute sogar zweimal geliebt hatten.

»Danke, Schatz. Ich kann es auch noch nicht richtig glauben, dass ich die da oben tatsächlich von mir überzeugen konnte. Ich hätte niemals gedacht, dass ich den Job wirklich kriege. Aber Frechheit siegt, sagt man. Und es scheint zu stimmen.« Er streichelte ihr über den Kopf und fühlte dabei den abrasierten Part oberhalb ihres Ohrs. Sie fand es schick und meinte, dass es ihr jugendliches Aussehen unterstreichen würde – schließlich war sie bereits 30, was er gentlemanlike des öfteren vergaß. Er wusste allerdings nicht so recht, wie er zu dem Undercut stehen sollte. Die unteren Strähnen hatte sie sich fast schwarz gefärbt, um ihre blonde Lockenpracht noch mehr zur Geltung zu bringen. Aber er hatte das Gefühl, dass ihr Auftreten im Ort eher provokant aufgenommen wurde und er selbst stand sowieso mehr auf dunkelhaarige Frauen, mit durchgehend langen Haaren.

Aber er liebte Carmen und wenn sie es so wollte, würde er sie auch mit komplett rasiertem Schädel zur Mutter machen. Er drückte sie fest an sich und küsste ihre Stirn.

»Ich liebe dich, Baby. Weißt du das?«

»Ich glaube schon«, schaffte es ihr piepsiges Stimmchen an sein Ohr, gerade so, dass er sie noch hören konnte.

Ω

Zur gleichen Zeit 100 Kilometer nördlich, stolzierte eine herausgeputzte, langbeinige Mittzwanzigerin über das Kopfsteinpflaster der Berger Straße in Frankfurt. Wie auf einem Catwalk, den Blick stur geradeaus gerichtet, schritt sie zügig an den unzähligen Cafés und Pubs vorbei. Die staunenden Blicke hunderter Bar- und Restaurantbesucher, die den lauen Spätsommerabend in Biergartenatmosphäre ausklingen ließen, nahm sie gar nicht wahr. In sich gekehrt, ein ganz eigenes Ziel verfolgend, schien es ihr belanglos, ob andere Menschen wegen ihr oder ihrem Outfit Anstoß nehmen oder Bewunderung bekunden könnten.

Und beides hätte ihr Auftreten sehr wohl hervorrufen können, denn die Aussicht auf ihre unverhüllten Beine endete nur knapp unterhalb ihres Pos, an einer nachtschwarzen Pelzweste. Den ein oder anderen Passanten konnte man deshalb dabei beobachten, wie er seinen Kopf etwas zur Straße hin senkte, in der Hoffnung, durch einen besseren Winkel vielleicht noch mehr Einblick zu erhaschen. Es machte den Anschein, als ob man den Ansatz ihres Gesäßes erkennen könnte und dies ließ wohl bei so manchem die wildesten Phantasien entstehen. Verstärkt wurden diese mit Sicherheit durch ihre Handgelenke, an denen sie lederne Fesseln trug, jeweils mit einem großen Karabinerhaken daran baumelnd.

Beim Ausweichen vor einem Fahrradfahrer, in einem kurzen Moment der Unachtsamkeit, knickste Yvonne in ihren Plateau High-Heels um. Während der Schrecksekunde beugte sie sich nach vorne, um ihre Knöchel zu befühlen und für diesen einen Augenblick konnte man erkennen, dass sie tatsächlich keine Unterwäsche trug.

Noch bevor die Herrenrunde, die sehr nahe am Ort des Geschehens um einen kleinen Biertisch versammelt saß, richtig realisieren konnte, was sie da eben erlebt hatte, fand Yvonne auch schon wieder ihren Rhythmus und verschwand in einer Seitenstraße.

Sie war spät dran. Zu lange hatte sie sich mit ihren unzähligen Kleidungsstücken und dem dazu passenden Make-up aufgehalten, obwohl sie diesem Tag bereits seit Wochen entgegenfieberte. Endlich konnte sie wieder einmal dem Alltag entfliehen, auftanken und neue Inspiration schöpfen. Endlich konnte sie loslassen und sich bedenkenlos der Führung anderer unterwerfen.

Sie steuerte ortskundig, auf eine der kleinen Stadtvillen zu, die zur Straße hin einen separaten Kellerzugang bot. Eines Tages, sagte sie sich oft, eines Tages, dann gehört dir so ein kleines Schlösschen. Backstein, weiße Holzfenster mit gotischen Bögen und kunstvoll verziertem Glas. Ein Türmchen auf dem Dach und eine Kletterrose, die sich um den übermauerten Treppenaufgang ranken würde. Und dann endlich Ruhe.

Am Treppenabgang brannten zwei Wachsfackeln und über dem Eingang diente eine kunstvoll geschmiedete Triskele, ein Symbol in Form von drei radialsymmetrisch angeordneten Kreisbögen, als Erkennungszeichen. Düstere Musik, irgendetwas zwischen Industrial und Gothik, konnte Yvonne bereits beim Hinuntergehen hören. Ein kurzer Moment, um zu Atem zu kommen. Dann hämmerte sie gegen die stark verdreckte Aluminiumtür und die Lautstärke der Musik verzehnfachte sich in dem Moment, in dem man sie einließ.

Bottom up

Fabian trat aus der Toilettenkabine und schritt auf den übermannsgroßen Spiegel zu. Er überprüfte den Sitz seiner Krawatte und im letzten Moment, kurz bevor er sich abwenden wollte, fiel ihm der kleine Pickel auf. Er musste sich wohl über den Morgen hinweg, durch die Poren seiner Nase gedrückt haben. Der letzte Systemcheck im Bad zu Hause hatte keine Beanstandungen hervorgebracht. Solche durfte es heute auch nicht geben, denn es ging wieder einmal darum, sich gut zu positionieren. Er rechnete damit, dass er in einer viertel Stunde, bei seinem ersten Quartalsmeeting, dazu aufgefordert werden würde, sich in der Runde seinen neuen Kollegen kurz vorzustellen. Zwar war es heute bereits sein sechster Arbeitstag, aber er hatte bei Weitem noch nicht alle Vertriebsmitarbeiter kennengelernt.

Es quälte ihn Angst, denn die bisherige Einarbeitungsphase hatte sich für ihn als herausfordernder dargestellt, als er sie sich ursprünglich gedacht hatte. In diesem Unternehmen wurden Begrifflichkeiten verwendet, von denen er in seinem ganzen Leben noch nie gehört hatte. Softwarelösungen kamen zum Einsatz, die zwar sehr berühmt waren, bei denen er sich aber völlig schwachsinnigen und unzeitgemäßen Routinen unterworfen sah. Und er konnte natürlich nicht einfach nachfragen. Zu sehr musste er befürchten, seine Unerfahrenheit preiszugeben und sich damit auf seine wahre Qualifikation zu reduzieren: sich in der Bewerbungsphase gut verkauft zu haben. Deshalb versuchte er sich so viele Anglizismen wie möglich zu merken. In unbeobachteten Momenten notierte er sie sich und suchte dann am Abend zu Hause danach im Internet.

Nachdem Fabian seine Hautunreinheit auf ein gesellschaftsfähiges Niveau reduziert hatte, verließ er den Waschraum und ging auf das Ende des Flurs zu.

Die Tür zum Konferenzraum war ähnlich schwergängig, wie die vor knapp zwei Monaten im 27. Stockwerk. Heute, zwei Etagen tiefer, empfing ihn zwar kein 180° Rundblick über Frankfurt, aber auch vor dieser Fensterfront konnte man sich in der Aussicht verlieren. Fabian war überpünktlich und hatte noch die freie Platzwahl an einem riesigen, ovalen Konferenztisch. In seinem Kern war er begehbar und sah quasi wie eine kirschholzfarbene Carrera-Rennbahn aus. Drum herum standen 30 Bürostühle mit bequem anmutenden Polstern und sogar an Armlehnen war gedacht worden.

In dem Moment, in dem er einen davon vorzog, um sich darauf niederzulassen, spurtete Yvonne Richter in den Raum. Einen Stapel Unterlagen auf dem Arm begann sie, auf jeden der Plätze ein zusammengetackertes Pamphlet zu werfen. Viel Zeit schien sie nicht zu haben und sie verschwendete keine damit, Fabian auch nur eines Blickes zu würdigen.

»Guten Morgen Herr Krämer«, kam es ihr dennoch angesäuert über die Lippen, den Blick stur auf die zu belegenden Plätze gerichtet. Wie nahezu jeden Tag trug sie einen schwarzen Minirock mit dunklen Strumpfhosen. Doch die himmelblaue Bluse, deren tiefer Ausschnitt normalerweise dazu einladen würde, Yvonnes üppigen Vorbau zu bestaunen, war heute nicht der Eyecatcher. Es war das quietschbunte Halstuch, das nicht so recht in das Ensemble passen wollte und mehr wie eine Notlösung anmutete. Fabians Fantasie begann zu sprudeln und er stellte sich Knutschflecke, Bisswunden und Vampirzahnabdrücke vor, die damit womöglich kaschiert werden sollten.

»Guten Morgen«, antwortete er und fixierte seine Kollegin, als ob er sie durch reine Willenskraft doch dazu bewegen könnte, ihm ein freundliches Lächeln zu schenken. Doch er wartete vergebens. Sie verließ den Raum wie sie ihn betreten hatte und stieß dabei mit einem schwarz in schwarz gekleideten Anzugträger zusammen.

»Hoppla, Frau Richter, heute auf der Überholspur?«, meinte der rothaarige Endvierziger, der sich unter dem Türrahmen beinahe ducken musste.

»Oh, Herr Klein, schön Sie mal wieder hier bei uns zu sehen.« Ihm schenkte sie den Blick, den Fabian sich gewünscht hatte und er glaubte für einen Moment, sich verhört zu haben. Der Namenswitz war zu gut, um wahr zu sein.

Diese Frau Richter schien also doch zu menschlichen Gefühlsregungen fähig zu sein, denn ihr Smalltalk mit diesem Wikinger glich dem, was man landläufig als Flirten bezeichnete. Die letzten Tage hatte Fabian sich an dem Biest die Zähne ausgebissen und war letztendlich zu dem Schluss gelangt, dass es sich bei ihr zu einhundert Prozent um eine Kampflesbe handeln musste. Nicht, dass er das große Abenteuer mit ihr gesucht hätte, aber dass jemand ihm gegenüber so abweisend sein konnte, verletzte seinen Stolz und stachelte gleichzeitig seinen Ehrgeiz an.

Der nächste Kollege musste sich seinen Weg zum Konferenzraum nahezu freikämpfen. Allem Anschein nach, beschäftigte das Unternehmen das gesamte Repertoire an Körperkuriositäten. Er passte gerade so durch die Eingangstür, die allerdings immer noch von den beiden Turteltäubchen blockiert war.

»Frau Richter«, grüßte er völlig außer Atem.

»Herr Schmiech«, gab Yvonne sich knapp und nickte entsprechend kurz. Der Fleischberg nahm direkten Kurs auf Fabian zu und hielt ihm schon während des Gehens die ausgestreckte Hand hin. Fabian ekelte der Gedanke, diese nun schütteln zu müssen, denn der Mann machte einen insgesamt sehr verschweißten und ungepflegten Eindruck.

»Hallo, wir beide kennen uns noch nicht. Ich bin Holger Schmiech, Senior Account Manager Direct Sales Enterprise.« Fabian wusste nicht über was er zuerst lachen sollte, über den blödsinnigen Titel oder die völlig unpassende Fistelstimme. Fabian überwand sich, Herrn Schmiechs Hand zu schütteln und strahlte ihm entgegen, als wäre es sein höchstes Anliegen, diesen Mann kennenzulernen.

»Freut mich. Fabian Krämer, neuer Account Manager Small and Medium Enterprises, Region Südwest.« Seine offizielle Stellenbezeichnung war Account Manager, Region Südwest. Den Rest hatte er sich gerade dazugedichtet, um im Machtkampf der Titel nicht schon im ersten Schlagabtausch unterzugehen.

»Ah, Sie sind das. Habe schon von Ihnen gehört, scheinen ja die neue Geheimwaffe vom Kuhn zu sein.«

»Naja, ich hoffe, dass ich seine Erwartungen erfüllen werde«, gab sich Fabian bescheiden.

»Wo kommen Sie her, wenn ich fragen darf?«

»Dürfen Sie«, antwortete Fabian, »ich komme aus Waghäusel bei Karlsruhe.«

»Ah, da wo der neue Konverter gebaut werden soll?« Fabians Verblüffung stand ihm ins Gesicht geschrieben.

»Sie haben davon gehört?«

»Na klar. Eine riesen Sauerei ist das, wenn Sie mich fragen.«

»Danke. Schön dass unsere Sorgen auch bereits in Frankfurt wahrgenommen werden«, antwortete Fabian nachdenklich und setzte sich wieder. Herr Schmiech wählte einen Platz auf der gegenüberliegenden Seite des Tisches und trotz dieser Distanz fühlte sich Fabian von dessen unüberhörbaren Atemgeräuschen gestört.

Der Strom der Kollegen brach nun nicht mehr ab. Fabian sah sich gezwungen, immer wieder von seinem Stuhl aufzustehen, um völlig unbekannte Menschen zu begrüßen und deren Hände anzufassen. Der Raum war erfüllt von Getuschel, Husten, geschäftigem Blättern, dem Klacken von sich öffnenden Aktenkoffern und anzüglichem Gelächter als Resultat hohler Männerwitze.

Der Vertriebsleiter komplettierte die Runde genau eine Minute vor 10.00 Uhr. Er setzte sich an eine der ovalen Stirnseiten und Yvonne Richter nahm auf dem Stuhl neben ihm Platz. An der Wand hinter ihnen fuhr, elektrisch angetrieben, eine Projektionsleinwand von der Decke herab. Schlagartig verstummten die Stimmen und der Geräuschpegel reduzierte sich auf ein Minimum. Sogar der Lüfter des Beamers, der soeben an der Decke seinen Dienst begonnen hatte, war jetzt zu hören.

»Zuerst einmal«, begann Herr Kuhn seine Begrüßung, «möchte ich Ihnen allen danken, dass Sie heute Morgen pünktlich und allesamt hier erschienen sind. Ich weiß, dass einige von Ihnen drei Stunden oder sogar mehr Anreisezeit hatten.« Ein paar der Köpfe schienen sich angesprochen zu fühlen, denn sie nickten leicht. »Ich möchte einer in den nächsten Stunden eintreffenden E-Mail der Konzernleitung vorgreifen. Auch unser Unternehmen hat sich letztendlich doch dazu breitschlagen lassen, dem amerikanischen Vorbild zu folgen und das Zwangs-Du einzuführen. Also, wem es passt oder nicht: Ich bin der Ernst.« Allgemeines Gemurmel brandete auf.

»Ich möchte aber ausdrücklich darauf aufmerksam machen«, verschaffte sich der kleine Mann wieder Gehör, »dass wir nicht gleichzeitig alle Saufkumpanen geworden sind. Und ich hoffe, dass ich davon ausgehen kann, euch nicht ab sofort an eure Umgangsformen und die guten Sitten erinnern zu müssen.«

Fabians Unruhe wurde durch die konservativ geprägte

Ansprache seines neuen Vorgesetzten verstärkt. Hier schien es sich um eine Firma zu handeln, in der man sich nicht durch abendliche Exzesse in diversen Bars weiter nach oben positionieren konnte. Auch die Disziplin in der Runde beeindruckte ihn. Keine störenden Zwischenrufe oder sonstige Bemerkungen der üblichen Klassenclowns einer jeden Vertriebsrunde waren zu vernehmen. Herr Kuhn, besser gesagt Ernst, schien seine Truppe im Griff zu haben.

»...muss ich allerdings sagen«, nahm Fabian die Stimme des Vertriebsleiter wieder wahr, »dass der aktuelle Funnel Optimierungsbedarf aufweist.« Was um alles in der Welt war ein Funnel? Fabian hätte gerne an Ort und Stelle auf seinem iPhone gegoogelt, doch eine der obersten Meetingregeln verbot – strikt – jegliche Benutzung von Handys.

»Immer und immer wieder habe ich Ihnen, Entschuldigung, euch erklärt, dass der oberste Grundsatz im Sales besagt: Niemals bottom up verkaufen – immer top down approach!« O.K., dachte Fabian, jetzt dreht er durch.

Die Tür öffnete sich leise und drei Mitarbeiter der hauseigenen Kantine traten ein. Sie versuchten so unauffällig wie möglich, ein paar Servierplatten mit allerlei Köstlichkeiten auf den Tischen zu verteilen. Der verzweifelte Versuch von Herrn Kuhn, sich nicht unterbrechen zu lassen und mit seinen Ausführungen fortzufahren, scheiterte. Zu sehr waren die Augen und die damit verbundenen Gedanken der Anwesenden nun beim Essen. Nach ein paar weiteren Sätzen gab er auf und fragte: »Benötigen wir einen kurzen Break oder sollen wir die Brötchen on the fly nehmen?« Fabian überlegte, ob es nicht besser gewesen wäre, das Meeting ganz auf englisch zu führen. Der Sprachkauderwelsch amüsierte ihn mittlerweile so sehr, dass er damit begann, die Highlights zu notieren, um später Carmen davon zu erzählen.

Ω

Yvonne stolzierte durch die Runde und beobachtete, wie die Herren gierig und nahezu ausgehungert nach den Schnittchen griffen. Als ob es zu Hause nichts zu Essen geben würde, schob sich Herr Schmiech bereits das fünfte Teil in den Rachen und verschwendete nicht sonderlich viel Zeit damit, die Nahrung in magengerechte Stücke zu zerkauen.

Ihr Lieblingsekel, Rudolph Brender, schielte schon die ganze Zeit zu ihr herüber, zog sie mit seinen Blicken aus. Das war nichts Neues, eigentlich machte er das immer. Der Mann war völlig untragbar für das Unternehmen, denn auch Beschwerden von Kundinnen häuften sich, die sich von ihm sexuell belästigt fühlten. Auch unter seinen männlichen Kollegen hielt sich die Sympathie ihm gegenüber stark begrenzt. Yvonne vermutete anhand der jüngsten Bemerkungen ihres Vorgesetzten, dass die Tage des Rudolph Brenders bei Vanbush gezählt waren. Deshalb vermied sie jetzt auch jegliche Szene. Zu gerne würde sie ihm einfach vor der gesamten Runde klar machen, dass er sie niemals erobern würde, gerade weil er sie immer nur geil und schmierig angafft.

»Hey Yvonne«, rief Bernhard Auer, ein von ihr sehr geschätzter Kollege aus Bayern. »Magst du dich nicht mal kurz zu uns gesellen?« Natürlich wollte sie das eigentlich nicht, denn sein Gesprächspartner war Fabian und dessen Gesellschaft hatte sie schon mehr als genug genossen. In den letzten drei Tagen hatte sie versucht, ihm die Prozesse und Abläufe des Unternehmens nahe zu bringen. Doch sie hatte das Gefühl, Lebenszeit an ihn zu verschwenden. Weder verstand er das CRM, noch hatte er eine Vorstellung davon, wozu ihr Enterprise Ressource Planning Programm gut sein könnte. Sie kam nicht dahinter, was Herrn Kuhn so von ihm überzeugt haben könnte. Erfahrung mit Computersystemen konnte es auf keinen Fall gewesen sein.

»Na klar, Bernie.« Das Bernie sprach sie englisch aus und es mochte wohl beim ein oder anderen den Eindruck einer gewissen Vertrautheit erwecken. Der bayerische Kollege unterstrich diese Mutmaßungen mit seinem Arm, den er freundschaftlich, fast schon lasziv um ihre Hüfte legte, während Yvonne sich zu den beiden gruppierte.

»Also Fabian«, begann der Bayer in überschwänglichem Tonfall, »wenn du nicht weiterkommst oder richtig gute Unterstützung brauchst, dann wende dich an unser Schätzchen hier, sie weiß alles.«

Normalerweise freute es Yvonne, wenn sie so angepriesen wurde. Doch Fabian gegenüber schaffte sie es nicht einmal, kurz zu lächeln.

»Wir haben neulich ein Content Distribution Network miteinander gesized«, erklärte Bernie weiter »und das Babe hier hat die ganze Servervirtualisierung geplant und die Standard Gateways konfiguriert.«

»Vergiss den guten Kaffee nicht, den ich euch immer wieder gebracht habe«, gab sie sarkastisch zu bedenken. Die Herren lachten laut, doch Yvonne selbst fand es gar nicht so lustig.

»Darf ich euch bitten wieder Platz zu nehmen.« Die nasale Stimme des Vertriebsleiters verschaffte sich nur schwer in der brabbelnden Menge Gehör. Erst nach seinem vierten Aufruf, schien auch der letzte der Runde verstanden zu haben, dass nun der nächste Programmpunkt auf der Agenda stand.

»Der ein oder andere von euch wird ihn bereits bemerkt haben. Aber ich möchte, dass er die Gelegenheit bekommt, sich kurz selbst vorzustellen. Meine Herren, hier könnt ihr noch was lernen, denn dieser junge Mann weiß, was Vertrieb bedeutet. Also bitte Fabian: Deine Bühne!«

Er hatte zwar damit gerechnet und war eigentlich auf die Rede vorbereitet, doch trotzdem fühlte er sich in diesem Moment mit der Aufforderung überfahren. Fabians Halsschlagader hämmerte und störte ihn beim Denken. Er musste sich sofort zur Ruhe zwingen und vor allem an seinen ursprünglich geplanten Worten feilen – innerhalb von Sekunden. Die Ansprache von Herrn Kuhn und die kurze Pause hatten ihm gezeigt, dass es in diesem Kreis nicht darum ging, Informationen auszutauschen oder Kollegen weiterzuhelfen. Nein, das ganze Gerede hier war reine Selbstbeweihräucherung – selbstverliebtes Titelgewichse und narzistische Zeitverschwendung.

Deshalb beschloss Fabian in die Vollen zu greifen und einfach jeden Fachbegriff und Anglizismus zu verwenden, der ihm gerade so einfiel. Er wollte beweisen, dass auch er mit allen Wassern gewaschen war und sie einen erfahrenen und abgebrühten Vertriebsprofi vor sich stehen hatten.

Bei den persönlichen Informationen verhielt er sich noch unauffällig. Als er aber nach wenigen, einleitenden Sätzen auf seinen beruflichen Werdegang einging, drehte er auf:

»Zuerst war ich im ERP Business für Small und Home Offices als Sales Executive tätig. Dort habe ich ein Best Practice Modell erarbeitet, das ich erfolgreich auf das Account Management, den First- und den Second Level Support ausgeweitet habe.« Er spürte, wie er immer mehr in Fahrt kam. Die Worte fielen ihm zu, sprangen ihn förmlich an und er spielte sie aus, wie ein Jazzpianist, der gerade auf einer kleinen Clubbühne improvisierte. »Danach wechselte ich ins Projektgeschäft im Bereich Automotive. Dort ging es um klassische CAD-Anwendungen, Workflow und später um Mind-Mapping Modelle. Mit der Hardware kam ich natürlich auch immer wieder in Kontakt, denn wir mussten Empfehlungen für entsprechende Clusterlösungen, Storage Area Networks und Blade Systeme aussprechen.« An den Blicken konnte Fabian erkennen, dass der Großteil seiner Kollegen nach den Mind-Mapping Modellen ausgestiegen war. Es schien, dass sie Fabian als einen der ihren akzeptieren konnten, doch er selbst hatte noch nicht genug. Er sprach noch über seine ITIL Zertifizierung und verlor sich im Data-Warehousing, ehe ihn Herr Kuhn wieder auf den Boden zurückholte.

»Dankeschön, wirklich sehr interessant, findet ihr nicht auch?« Ein kurzer Anstandsapplaus war die Folge. Fabian wollte sich zuerst gar nicht setzen, so aufgedreht war er noch von seiner Vorstellung. Doch als Herr Kuhn begann, über die heute noch anstehenden Break Out-Sessions zu sprechen, verstand Fabian endlich, dass seine Redezeit nun vorbei war und nahm wieder Platz.

Ω

Ein Hochstapler, war der erste Gedanke, der Yvonne nach Fabians kleiner Ansprache durch den Kopf ging. Der Kerl hat keine Ahnung, aber davon viel. Yvonne hatte Fabians Absicht, mit viel Fremdwörtern von sich und seiner defizitären Qualifikation abzulenken, durchschaut. Den Blicken der anderen im Raum nach zu urteilen, durfte sie wohl die Einzige sein, die ihm gerade genau zugehört hatte. Clusterlösungen bei CAD Programmen?! Das sollte doch ein Scherz sein. Seit er sich wieder gesetzt hatte, ließ sie ihn nicht mehr aus den Augen. Sie konnte ihm seine Nervosität ansehen, seine unruhigen Blicke durch die

Menge, beinahe seinen Angstschweiß riechen. Sie erkannte es sofort, wenn sie belogen wurde, dafür hatte sie einen Instinkt. Und für so einen hatte sie wieder einmal verzichten, sich weiter auf unbestimmte Zeit vertrösten lassen müssen? Damit ein Kerl, der sich das Leben zurechtbog, ihren Platz einnehmen und die Welt bescheißen konnte?

Sie fixierte Fabian, suchte seinen Blick und fand ihn auch. Sie wollte ihm deutlich machen, dass sie sich nicht von ihm einschüchtern lassen würde und dass sie Bescheid wusste. Er hielt diesem kleinen Duell auch nicht lange stand und schaute irritiert zur Seite. Nervös begann er, sich mit den Fingern im Gesicht herumzuspielen und Yvonne wusste, dass ihre Botschaft angekommen war.

»Ich möchte jetzt darum bitten, dass ihr euch in Gruppen von jeweils drei Personen aufteilt.« Herr Kuhn war mit seinem Vortrag für den heutigen Tag durch und leitete nun den Praxisteil, sozusagen den Schulungspart ein. »In jedem der hier ausgelegten Umschläge ist eine Aufgabenstellung. Die Präsentationen der jeweiligen Teams beginnen um 15.00 Uhr wieder hier im Konferenzraum.« Ein stimmgewaltiges Durcheinander begann, denn die Zusammensetzung der Teams hatte der Vertriebsleiter offen gelassen. Was nun folgte glich kleinkindhaftem Verhalten: Männer in gesellschaftskonformem Businesslook, denen es höchste Anstrengungen abverlangte, sich in Dreierteams zusammenzufinden und anschließend in einem solchen zu arbeiten.

Ernst Kuhns Stimme verschaffte sich nochmals Gehör: »Fabian und Yvonne, euch beide möchte ich bitten, zu mir zu kommen.« Die Gesichter der beiden sprachen Bände darüber, auf welchem Motivationsniveau zur gemeinsamen Zusammenarbeit sie sich gerade befanden.

»Herr Kuhn?«, begann Yvonne und nahm wieder ihren Platz ein, ohne darauf zu warten, bis Fabian sich ihr gegenüber setzte.

»Ernst, heißt das jetzt. Gewöhnen Sie..., ich meine, gewöhn dich dran.« Sie lachte leicht aufgesetzt. »Ja, da werde ich wohl noch das ein oder andere Mal drüber stolpern, Ernst.«

»Was sollen wir tun?«, brachte sich nun auch Fabian ins Gespräch ein.

»Für euch beide habe ich einen ganz speziellen Auftrag. Ihr werdet keine fingierte Übung durchspielen, denn die Zeit ist knapp.«

»Wofür?« fragte Yvonne mit interessierter Miene.

»Wir haben es hier mit einer höchst interessanten Opportunity zu tun.« Natürlich hätte er auch sagen können, dass sich eine gute Verkaufschance oder eine interessante Gelegenheit ergeben hatte, aber das hätte nicht so überaus cool businesslike geklungen. »Wenn ihr beide eure Hausaufgaben macht und die richtigen Leute überzeugt, dann winkt unserem Hause ein ziemlich guter Deal.« Sie klebten regelrecht an seinen Lippen. Er verstand es, den Spannungsbogen hoch zu halten und sicherte sich für die nächsten Momente ihre vollste Aufmerksamkeit.

»Fabian, hiermit kannst du beweisen, dass ich mich mit deiner Einstellung nicht getäuscht habe. Jetzt kannst du deine Skills ausspielen und zeigen aus welchem Holz du geschnitzt bist.«

»Alles was du willst, Chef. Ich bin bereit.« Er schaute seinem Boss in die Augen und tuschelte, als ob sie gemeinsam eine Verschwörung aushecken würden.

»Und Yvonne«, sprach Herr Kuhn in ähnlichem Tonfall, »hier ist deine Chance. Hilf Fabian so gut du kannst. Gib ihm alles was er braucht. Bereitet das Geschäft zusammen vor und zieht es durch. Wenn ihr diesen Deal stemmt, dann reden wir über die nächsten Steps deiner Karriere, o.k.?« Yvonne wollte lachen und weinen zugleich. Das war also ihre Chance. Sie konnte beweisen was in ihr steckte und ihr Traumjob könnte zum Greifen nah sein. Doch die Aussicht auf Erfolg wurde durch ihre Erkenntnis getrübt, was den ihr zugewiesenen Partner betraf. Sie machte sich keine sonderlich großen Hoffnungen, mit diesem Blender auch nur einen Blumentopf verkauft zu bekommen. Aber sie versuchte Profi zu bleiben und spielte mit: »Um was geht es genau?«

»Wie ihr ja wisst«, begann Herr Kuhn nun mit den Details, »stehen seit Eröffnung unseres Bürogebäudes die Stockwerke 11-21 leer.«

Yvonne nickte kurz und Fabian zuckte andeutungsweise mit den Schultern.

»Das wird sich in den nächsten drei Monaten ändern, denn wir bekommen einen neuen Mieter ins Haus – den Becide Bank Center, genauer gesagt die Investmentabteilung davon.« Jetzt zuckten beide mit den Schultern. »Das sind britische Aktien- und Devisenhändler. Leute, die benötigen IT-Lösungen, dass es nur so kracht. Da geht's um die Erstausstattung mit hochkomplexen Systemen, denn der Becide Bank Center expandiert zum ersten mal nach Deutschland.« Weder Fabian, noch Yvonne wussten so recht, was sie auf die Ankündigung antworten sollten. Der Fisch war groß, vielleicht zu groß, denn keiner von beiden wusste, wie man an so eine Sache rangehen sollte.

»Ich habe euch vorgestern das Lead aufgemacht«, meinte Herr Kuhn. »Hier ist der Kontakt, der innerhalb der nächsten 24 Stunden euren Anruf erwartet. Ihr seid ab jetzt die Owner – macht so schnell es geht einen guten Account daraus.« Er schob ganz lässig eine Visitenkarte über den Tisch. Seine beiden Schützlinge beäugten das Stück Pappe, als ob sie Angst davor hätten, dass es jeden Moment lebendig werden und sie anspringen könnte.

»Ihr werdet euch jetzt zusammentun und ein Konzept

erarbeiten. Kontaktiert diesen Mann hier, besprecht seine Needs, überzeugt ihn von einer Partnerschaft mit unserem Unternehmen, das zu ihrem Benefit im selben Haus sitzt und so weiter.«

Fabian war der Erste, der zu gewohnter Selbstüberzeugtheit zurückfand: »Klar, Chef. Das Ding holen wir. Wäre doch gelacht, oder?« Er zwinkerte Yvonne zu, die ihm ein gequältes Grinsen zeigte und an ihren Vorgesetzten gerichtet meinte: »Danke, Ernst. Die Chance weiß ich zu schätzen. Ich werde dich nicht enttäuschen.«

Ω

Der schwarze Mini Cooper schaffte es gerade noch über die Ampel, bevor die Gelbphase zu Rot wechselte. Er raste durch die Unterführung, auf den Kreisverkehr zu und stach hinein, ohne den weißen Mercedes zu beachten, der ihn um ein Haar gerammt hätte. Der Fahrstil zog sich so noch bis fast zum Ende der Bruchsaler Kaiserstraße durch, bevor der kleine Wagen in eine Seitenstraße abbog und am Straßenrand zum Stehen kam.

Heute war es eine Gucci Kopie über der Schulter, mit der Carmen auf die Eingangstür mit dem goldenen Praxisschild zu sprintete.

»Ah, Frau Ebner. Wir haben schon gedacht, sie schaffen es nicht mehr.« Die asiatisch aussehende Dame strahlte Carmen entgegen, als diese geräuschvoll in die Praxis gestürmt kam.

»Entschuldigen Sie bitte«, keuchte sie, um Atemluft bemüht, »ich habe den Feierabendverkehr unterschätzt.«

»Setzen Sie sich doch bitte noch einen Augenblick. Der Herr Doktor ist gleich für Sie da.«

Sie tat wie ihr geheißen und suchte sich einen Platz am Fenster des Wartezimmers aus. Genau für solche Momente müssen wohl Smartphones erfunden worden sein, dachte Carmen und scrollte durch die verschiedenen Social Media Apps, auf der Suche nach den üblichen Katzen- oder Unfallvideos. Heute gab es allerdings leider nur mal wieder kluge Lebensweisheiten, die sie alle gefühlt hundertmal in der ein oder anderen Form bereits gelesen hatte. Schnell verlor sie die Lust an ihren 378 Freunden und besuchte ihre heiß geliebte Cupcake Website. Sie las das Rezept des Tages und fragte sich, ob man einen solchen Karotten-Cupcake nicht mit Heidelbeeren aufpeppen könnte. Müsste man probieren. Seit Kindertagen, als sie noch gemeinsam mit ihrer Großmutter gebacken hatte, war sie dem süßen Naschwerk verfallen. Doch für Carmen stand nicht das Essen im Vordergrund, sondern der kreative Aspekt und das heimelig wohlige Gefühl einer Familienarbeit. Das Backen half ihr dabei, nach anstrengenden und zum Teil ekel erregenden Tagen in der Zahnarztpraxis, zu Ruhe und Ausgeglichenheit zu finden. Für sie war ein Wochenende ohne die kleinen Spezialitäten ein verlorenes Wochenende und so hatte sie schon an die hundert unterschiedliche Rezepte ausprobiert.

Fabian gab sich immer hoch erfreut über Carmens Kreationen, auch wenn sie in letzter Zeit das Gefühl nicht los wurde, dass er ihr gegenüber nur höflich bleiben wollte. Seine Interessen hatten sich in den letzten Monaten gewandelt. Immer öfter sprach er davon, ob sie nicht einmal etwas Neues ausprobieren sollten, um ihre Beziehung zu "bereichern". Ganz zaghaft hatte er mit zweideutigen Bemerkungen begonnen, um zu testen wie sie reagierte. Doch Carmen hatte spätestens nach dem letzten Besuch ihrer Freundin Petra verstanden, was mit ihm los war und worauf er hinaus wollte. Fabian hatte den perfekten Gastgeber gemimt und ungefragt die Weingläser immer wieder nachgeschenkt. Er war aufmerksam gewesen wie sonst nie zuvor und hatte die Besucherin wie Casanova in seinen besten Tagen umschwärmt. Carmen hatte sich nie zuvor für ihren Partner so geschämt und seit diesem Abend auch keinen Kontakt mehr zu Petra gesucht.

Ihr gemeinsamer Wunsch war doch schon seit Langem eine kleine Familie – und keine Kommune. Sie konnte es kaum abwarten, die Familientradition des Backens an die nächste Generation weiterzugeben.

»Frau Ebner, kommen sie bitte in Zimmer zwei.« Es war die Stimme der Asiatin, die gerade durch den blechernen Lautsprecher des Wartezimmers kratzte. Carmen kannte den Weg. Sie kam hier seit ihrem 14. Lebensjahr regelmäßig zur Untersuchung. Auch wenn es 25 Minuten mit dem Auto von Waghäusel nach Bruchsal waren, für Dr. Moritz nahm sie die zusätzliche Fahrtzeit gerne in Kauf.

Der Frauenarzt saß bereits hinter seinem Schreibtisch, in einem alten, durchgesessenen Ledersessel, der in seinen jungen Jahren sicher einmal viel Geld wert gewesen war.

»Frau Ebner, nehmen Sie bitte Platz«, begrüßte er sie höflich und zeigte auf den Stuhl ihm gegenüber. Dr. Moritz hatte kaum noch Haare. Nur ein krauser, schneeweißer Kranz verlief vom Hinterkopf bis über die Ohren und verlangte nach einem Schnitt.

Carmen hing ihre Tasche über die Stuhllehne und setzte sich. Sie strahlte über das ganze Gesicht und begann, ohne Umschweife zum Kern der Sache zu kommen: »Und, Herr Doktor, können wir mit der Familienplanung loslegen?«

»Frau Ebner«, begann der Arzt bedächtig und Carmen erkannte sofort, dass etwas nicht stimmte. Normalerweise war er gut gelaunt und immer für einen kleinen Smalltalk zu haben. Heute jedoch machte er ein Gesicht, das sie beunruhigte. »Ich muss Ihnen leider sagen, dass die Untersuchungen etwas zu Tage gefördert haben, das Ihnen nicht gefallen wird.«

Carmen sackte der Unterkiefer herunter. Mit halb offenem Mund und panischen Blick schaute sie ihren Arzt an, in der Hoffnung, in den nächsten Sekunden etwas Abmilderndes zu hören. Doch zu ihrem Leidwesen kam nichts dergleichen.

»Frau Ebner, man spricht in Ihrem Fall von immunologischer Sterilität.«

»Immunowas?«, wiederholte sie panisch. »Sterilität? Unfruchtbarkeit, oder wie?«

»Leider ja. Ihr Immunsystem attackiert Ihre eigenen Eizellen«, antwortete Dr. Moritz. »Es sieht diese fälschlicherweise als gefährliche Fremdkörper an und bildet Antikörper dagegen.«

Carmen konnte nicht antworten. Sie nahm die Worte auf und wusste nicht, was das mit ihr zu tun haben sollte. Sie war doch eben noch kerngesund, hatte keine Probleme und wollte eigentlich nur eine Bestätigung, dass für die geplante Schwangerschaft alles in Ordnung sei. Was erzählte der Mann da? Es ging ihr doch gut und sie hatte noch nie gemerkt, dass irgendetwas in ihrem Körper gegen sie kämpfte.

»Frau Ebner, Sie werden aller Voraussicht nach niemals eigene Kinder haben können.«

Ω

Der A4 hatte kein Audiopaket mit separater Endstufe, trotzdem schaffte es die Serienausstattung, in Sachen Klang eine beachtliche Dezibelleistung zu Tage zu fördern.

Fabian nahm keine Fahrgeräusche oder Verkehr mehr war, denn er hatte den Lautstärkeregler für "I'm broken" von Pantera nahezu am Anschlag. Was er jetzt brauchte waren Doublebasses und stark verzerrte E-Gitarren, um wieder runterzukommen. Diese Kuh hatte ihn fertig gemacht, gedemütigt und in die Ecke gedrängt. Was fiel dieser doofen Schnalle eigentlich ein, permanent seine Kompetenz zu hinterfragen und ihm erklären zu wollen, wie er seine Arbeit zu machen habe? Schließlich war sie nur eine Vertriebsassistentin und keine Account Managerin oder gar seine Vorgesetzte. Er musste sich eine Strategie einfallen lassen, denn auf Dauer konnte das so nicht weitergehen. Mit dieser Frau konnte und wollte er nicht zusammenarbeiten und er hatte Angst vor ihr. Sie schien ihn durchschaut zu haben, zu wissen oder zumindest zu ahnen, dass er nicht der Topverkäufer war, der er vorgab zu sein. Ja, es stimmte, dass er nicht die Erfahrung im Außendienst aufzuweisen hatte, die er angegeben hatte. Doch er war überzeugt davon, diese Aufgabe hier zur vollsten Zufriedenheit aller erfüllen zu können. Er hatte schon immer die Gabe besessen, andere von etwas überzeugen zu können und deshalb lag ihm der Verkauf von klein auf.

Schon während seiner Ausbildung zum Einzelhandelskaufmann war er gut gewesen, sehr gut sogar und er erinnerte sich immer gerne an diese Zeit zurück. Sogar an die Geschichte aus seinem ersten Lehrlingsmonat: Damals hatte er zwölf Wochen im Lager arbeiten müssen – in der Vorweihnachtszeit. Seine Aufgabe hatte in der Annahme und Kontrolle der vielen LKW Lieferungen von Fernsehern, Videorekordern, Hifi-Anlagen, Computern und sonstigem elektronischen Spielzeug, das eben in einem Elektronikgeschäft so angeboten wird, bestanden. Ein Knabbergebäck-Produzent hatte damals ein Paket mit einer Weihnachtsgrußkarte an die Geschäftsleitung geschickt und in dem kleinen Karton war eine Tüte Chips als Präsent gelegen. Fabian und der Lagerleiter hatten bei der Warenannahme ihren Spaß damit. Nachdem sie die Tüte gerecht geteilt hatten, tackerte der Mann das Anschreiben an das leere Plastik und legte es der Geschäftsführerin, Frau Gams auf den Schreibtisch. Es dauerte eine viertel Stunde, bis die keifende Stimme der Chefin durch die hausinterne Sprechfunkanlage krähte: »Herr Blaschke, wer hat denn die Tüte Chips hier gegessen?« Der Lagerleiter, der sich immer noch einen Spaß aus der Sache machte, antwortete darauf ganz trocken: »Das war der Krämer!«

»Der soll mal sofort in mein Büro kommen«, schrie sie los und unterbrach die Verbindung.

Fabian stand damals oft im Büro seiner Geschäftsführerin. Die beiden waren sich nie sonderlich grün gewesen, aber dieser Tag sollte wohl den Höhepunkt ihrer Aufeinandertreffen beschreiben.

»Herr Krämer«, begann sie theatralisch.

»Frau Gams.« antwortete Fabian knapp, mit hinter dem Rücken verschränkten Armen, bereit den üblichen Sermon über sich ergehen zu lassen.

»So geht es nicht, Herr Krämer. So geht es wirklich nicht!«

»Was denn, Frau Gams?«, gab sich Fabian unwissend.

»Sie können doch nicht einfach Geschäftseigentum aufessen.« Fabian brauchte eine Sekunde, um den Unsinn zu verdauen, antwortete dann aber doch noch zeitig genug, um den Schlagabtausch nicht verloren geben zu müssen: »Naja, Frau Gams, es ist ja jetzt nicht so, dass ich in einen CD-Player gebissen habe, oder?«

»Was?«, schrie sie auf, »jetzt werden Sie auch noch unverschämt?« Noch bevor Fabian die Möglichkeit bekam, sich angemessen zu verteidigen, öffnete sich die Bürotür und Herr Blaschke stürmte in den Raum. Offenbar hatte er doch noch ein schlechtes Gewissen, seinem Auszubildenden gegenüber bekommen.

»Frau Gams«, begann er ungefragt herauszuplatzen, »es ist alles geklärt.«

»Was meinen Sie?«, wollte sie wissen und schaute mit gerunzelter Stirn von ihrem Schreibtisch zu ihm auf.

»In der Mittagspause fährt einer der Techniker in die Stadt. Er wollte sowieso was zum Essen holen und der bringt Ihnen dann eine Tüte Chips mit, o.k.?« Er strahlte über das ganze Gesicht, als ob er eine neue Marketingtaktik ausgeklügelt hätte und die darauf folgende Antwort der Chefin gab Fabian den Rest: »Was? Nein, darum geht es doch gar nicht. Ich hätte die Chips sowieso nicht gegessen, gucken Sie mich doch an – ich bin doch eh viel zu fett.«

Fabian hatte die Neigung zum Tränen der Augen geerbt. Auch bei anderen Mitgliedern der väterlichen Seite war es üblich, dass die Schleusen aufgingen, sobald sie sich amüsierten. Und so konnte sich Fabian auch in diesem Moment nicht mehr zurückhalten, denn er platzte beinahe vor unterdrücktem Lachen. Frau Gams schienen die Tränen nicht entgangen zu sein und so stand sie auf und ging auf Fabian zu.

»Herr Krämer, so schlimm ist es jetzt auch wieder nicht. Sie brauchen deswegen wirklich nicht weinen.« Das war damals der Moment gewesen, als Fabian aus dem Büro gerannt war. Keine Sekunde länger hätte er es bei ihr aushalten können, ohne brüllend auf dem Boden zu liegen. Für die Geschäftsführerin hatte sich der wahre Hintergrund für Fabians abrupten Aufbruch nie aufgeklärt.

Vielleicht war die damalige Beziehung zu seiner ersten Chefin der Grundstein dafür, warum er heutzutage so schwer mit Frauen in Führungspositionen zurecht kam. Ihm war schon bewusst, dass diese meistens mehr aus der Not heraus so handelten, wie sie es taten. Für sie war es wesentlich mühevoller, überhaupt eine solche Stelle erreichen zu können, als für Männer. Doch er hatte immer das Gefühl, dass Frauen ihren Kampf gegen das andere Geschlecht in übertriebenem Maße an Untergebenen ausleben mussten und jederzeit der Welt beweisen wollten, dass sie die besseren und härteren Mitarbeiter seien. Stets Stärke zeigen und hart entscheiden – härter als die meisten Männer.

Doch dann gab es auch noch andere Seiten, die oftmals so gar nicht ins Bild passen wollten. Niemals würde Fabian die Szene vergessen, als Frau Gams in Socken und verklärten Augen auf dem Boden der Fernsehabteilung gesessen hatte, um eine Dokumentation über ihre Heimatstadt anzusehen. Die Kunden, die um sie herum schritten, hatte sie offensichtlich vergessen. Damals blitzte kurz das empfindsame Mädchen auf, das sie vielleicht irgendwann einmal gewesen war und sie schaltete für einen Moment die taffe Person ab, die sie im Laufe der Jahre geworden war.

Die Erinnerungen an vergangene Tage trieben ihm ein Lächeln ins Gesicht und er freute sich sehr, endlich die düsteren Gedanken losgeworden zu sein. In der letzten Stunde hätte er vor Zorn fast angefangen zu dampfen und nun verpasste er vor lauter Tagträumerei beinahe seine Ausfahrt. Er riss das Lenkrad in letzter Sekunde herum und schlitterte von der A5 auf die Ausfahrt Hockenheim zu.

Nur noch zehn Minuten. Der Gedanke an seine Freundin verdrängte in ihm auch noch den letzten Rest von Groll. Carmen – eine Frau, die ihn nicht mit Argusaugen beobachtete und hinterfragte, was er wie und wo und warum machte. Eine Frau, die ihn schon immer so genommen hatte wie er war und niemals die Meinung vertreten hatte, dass ihre Vorstellung, wie sich ein Mann zu verhalten habe, die bessere sei. Er hatte nie das Gefühl gehabt, dass sie versucht hätte ihn zu formen, in eine Richtung zu biegen. Nein, im Gegenteil: Sie hatte ihn immer darin unterstützt und sogar dazu aufgefordert, sich selbst zu sein und seine Vorstellungen und Wünsche anzupacken und in die Tat umzusetzen. Er konnte sich keine bessere Lebenspartnerin vorstellen.

Nur der Sex machte ihm keinen Spaß mehr. Sie hatte nie einen Hehl daraus gemacht, dass sie kein sonderlich großes Interesse daran hatte, sein Ding in den Mund zu nehmen. Da Fabian noch keine Erfahrungen aufzuweisen hatte und er damals froh gewesen war, Carmen überhaupt für sich gewinnen zu können, hatte dieses Detail für ihn aber auch nie eine Rolle gespielt. Es war immer schön zwischen den beiden gewesen und vertraut. Doch mittlerweile fehlte ihm etwas. Er konnte nicht definieren was. Er konnte nur erahnen, evaluieren und versuchen es herauszufinden. Heutzutage sprach jeder Fünftklässler versiert über das Blasen, Gruppensex, Anal und weiß der Geier was. Kleine Videonachrichten, die früher als Hardcorepornos nur mit Ausweis der Volljährigkeit verbreitet worden waren, hatte jetzt nahezu jeder bei sich auf dem Handy. Eine SM-Buchreihe sprengte gerade jegliche Verkaufscharts und doch trieben er und Carmen es sehr bieder und klassisch, in der Missionarstellung bei gedimmtem Licht.

Er fragte sich oft wie es wäre, einen geblasen zu bekommen. Er hatte gehört, es sei besser als der Sex selbst und doch war ihm dieses Gefühl bislang verwehrt geblieben. Kein einziges Mal war Fabian Carmen untreu gewesen und er untersagte es sich sogar, in ein Bordell zu gehen, um seine Erfahrungen auf den neuesten Stand zu bringen. Ja, er flirtete gerne und es hatte schon die ein oder andere Gelegenheit für einen seitlichen Ausrutscher gegeben. Die Bestätigung beflügelte ihn immer wieder aufs Neue, doch intimere Kontakte ließ Fabian einzig und alleine in seinem Kopf zu, niemals im wahren Leben. Seine

Vorstellungen von einer Beziehung waren konservativ geprägt und er könnte Carmen nicht mehr in die Augen sehen, sollte er sich jemals einem schwachen Moment hingeben. Die Vorstellung, Sex mit einer anderen Frau zu erleben, fand er zwar großartig, aber wenn, dann nur mit Carmen zusammen – quasi als gemeinsames Abenteuer.

Die letzten Meter bis zu seinem Haus konnte er beinahe nicht mehr abwarten. Er hatte sich gedanklich sexuell aufgeladen und hätte Carmen am liebsten bereits an der Haustür sämtliche Kleider vom Körper gerissen.

Doch nach dem Öffnen der Eingangstür, kühlte ihn der Alltag schnell wieder ab. Ein mit Wäsche beladener Plastikkorb kreuzte seinen Weg, und er konnte seine Freundin nur an der beigefarbenen Jogginghose erkennen, die darunter hervorlugte.

»Hallo Schatz«, stöhnte es angestrengt hinter dem feuchten Kleidungsberg hervor und Fabian ergriff die Gelegenheit, Carmen zur Hand zu gehen.

»Lass mal, Süße«, sagte Fabian und nahm ihr den schweren Korb aus den Händen, »ich mach das. Ist doch viel zu schwer für dich.«

»Oh, danke. Häng die Wäsche bitte draußen auf der Wäschespinne auf, dann kann ich mich um das Essen kümmern.« Fabian bereute seine Hilfsbereitschaft sofort. Da reicht man ihr den kleinen Finger und schon ist man in den Fängen der Wäschespinne, dachte er. Er hasste diesen Bereich der Hausarbeit. Gerne war er bereit zu kochen oder die Böden sauber zu machen, sogar zum Abstauben war er sich nicht zu fein. Aber Wäsche? Nein, danke. Missmutig belud er die Wäschespinne im Garten und überlegte sich einen neuen Anlauf.

Die Düfte, die aus der Dunstabzugshaube ihren Weg in Fabians Geruchsorgan fanden, beschleunigten die Fertigstellung seiner Arbeit ungemein und er eilte zu Carmen in die Küche. Ihr bauchfreies Shirt machte den ernüchternden Eindruck der Jogginghose wieder wett. Der Anblick inspirierte ihn sofort, wie sie da barfuss vor dem Herd stand und sich ihre Brüste spitz durch das dünne Stück Stoff abzeichneten. Das sexuelle Verlangen, das sich schon während der Heimfahrt aufgebaut hatte, fand umgehend seinen Weg zurück durch Fabians Blutbahn.

Während er begann, ihr seinen Abendplan zu erklären, fasste Fabian mit beiden Händen an ihre Hüfte und küsste ihr zärtlich Nacken und Schultern: »Was hältst du davon, wenn wir es uns heute Abend ein bisschen nett machen – im Schlafzimmer. Ich dachte so an einen Film und wenig Kleidung unter der Bettdecke.« Er drückte sich an ihren Po, um ihr seine Absichten anschaulicher zu verdeutlichen.

Doch Carmen wand sich von ihm ab und ernüchterte ihn erneut:

»Schatz, bitte. Ich hatte einen langen Tag und das Essen sollte heute noch fertig werden. Lass mich bitte in Ruhe kochen.«

»Was ist los, Süße?«, wollte er wissen. Er war es gewohnt, dass sie auf Anzüglichkeiten nicht immer so einging, wie er es sich wünschte. Doch dass sie sich so harsch von ihm abwendete, rief Fragen in ihm auf.

»Was soll los sein?«, zischte sie genervt, ihren Blick stur auf die Herdplatte gerichtet. »Ich hab zu tun, das siehst du doch.«

Fabian gab klein bei, öffnete die Kühlschranktür und zog sich mit einer Flasche Bier vor den Fernseher zurück. Weiber.

Yvonne hatte sich für das gleiche Outfit wie vor einer Woche entschieden. Sie hoffte inständig, dass dies kein schlechtes Omen war, denn der letzte Freitag Abend hatte sich als vollkommene Pleite herausgestellt. Doch sie mochte diesen Dress und er war überaus praktisch. Zweimal hintereinander durfte es einfach nicht schiefgehen.

Ihr Ziel war erneut die kleine Stadtvilla im Herzen Frankfurts. Auch heute brannten wieder die Fackeln, doch die Aluminiumtür stand bereits offen. Yvonne stieg in eine Wolke, einem Gemisch aus Zigarettenqualm, Nebelmaschine, menschlichen Ausdünstungen und dem Gestank von verschüttetem Alkohol. Es irritierte sie keineswegs. Yvonne war dieses Flair gewohnt und es steigerte ihre Vorfreude nur umso mehr. An der Kasse wurde sie freundlich vorbeigewunken, denn es war Ladies Night und jede Einzeldame hatte heute kostenfreien Eintritt. Nachdem sie ihre Pelzweste an der Garderobe abgegeben hatte, schlenderte sie durch den langen, nur mit Kerzen ausgeleuchteten Flur, hinein ins düstere Geschehen.

Sie fühlte sich großartig, sie fühlte sich frei. Sie befand sich in ihrem Terrain und sie war bereit für die Jagd – nur dass sie nicht die Jägerin sein würde.

Außer ihren hohen Plateauschuhen und den Armfesseln, trug sie nur noch ein schwarzes Lackkorsett, das ihre Brüste nicht verdeckte, sondern von unten stütze und somit die ganze Pracht noch mehr zur Geltung brachte. Auf ihrem rasierten Venushügel, den sie offen zur Schau stellte, prangte ein Tattoo. Es zeigte eine Peitsche, die sich noch weiter über die Hüfte, bis über ihren linken Pobacken erstreckte.

Yvonnes erster Anlaufpunkt war die Bar. Sie stellte sich an deren Ende und legte die Hände demonstrativ übereinander auf den Tresen, die Arme gerade ausgestreckt. Während sie auf einen spendierfreudigen Gönner wartete, beobachtete sie mit leicht gesenktem Kopf die anwesenden Outfits. Die meisten Männer erschienen klassisch, in schwarzen Lack- oder Motorradhosen. Sehr bullige, oft mit Nieten oder Ketten verstärkte Lederstiefel waren am meisten verbreitet und gut die Hälfte aller Herren trugen irgendeine Art Netzhemd, durch das man ihre rasierten Oberkörper bestaunen sollte.

An einer dünnen Metallgliederkette führte soeben ein in barockem Stil gekleideter Herr seine vollkommen nackte Begleitung in den Saal. Nur deren Rücken war auf irgendeine raffinierte Art mit zwei großen Engelsflügeln geschmückt. Ihr Kajal zeichnete verheulte Bahnen auf ihren Wangen. Yvonne war sich nicht sicher, ob es sich um einen Teil des Looks handelte, oder ob diese Spuren im Darkroom authentisch entstanden sein könnten.

Im selben Moment spürte sie eine kräftige Hand an ihrem Hinterteil und sie erschauderte. Die Augen geradeaus gerichtet, erkannte sie in ihrem rechten Blickfeld ein Glas Sekt, das ihr gerade vors Gesicht geführt wurde. Sie griff nicht danach. Ihr Hände lagen unverändert auf dem Tresen. Sie spürte den kühlen und feuchten Rand des Sektkelches an ihren Lippen und sie öffnete sie leicht. Die Hand winkelte das Glas an und mit einem etwas zu schnellen Schwung, schwappte der erste Schluck des prickelnden Alkohols nicht nur in ihren Mund, sondern auch seitlich daran vorbei. Der Sekt war erfrischend und sie spürte wie er ihre Kehle hinunterlief und gleichzeitig Hals und Dekolleté benetzte. Beim Zurückführen des Glases hielt die Hand auf Höhe ihrer Brüste inne und begann damit, mit dem feuchten Rand ihre rechte Brustwarze zu umkreisen. Es dauerte nur wenige Sekunden bis diese hart wurde und Yvonne tat, was man ihr beigebracht hatte – sie sagte: »Danke« und machte einen kurzen, beinahe nur angedeuteten Knicks.

Im selben Moment zuckte sie zusammen, als ihr auf einmal die Sicht genommen wurde. Mit irgendeiner Art Tuch oder Binde hatte man ihr die Augen verhüllt und Yvonne bebte innerlich vor Aufregung. Nur ganz grobe Umrisse konnte sie jetzt noch wahrnehmen und sie spürte wie die Karabiner ihrer beiden Handfesseln an etwas befestigt wurden. Metallisches Klicken war zu vernehmen, was darauf hindeutete, dass ein weiterer Haken, vermutlich in Verbindung mit einer Kette, daran befestigt worden war. Der ausgeübte Zug auf ihre Gelenke, veranlasste Yvonne, vorsichtigen Schrittes zu folgen. Mit ausgestreckten und zusammengebundenen Händen voraus, suchte sie Schritt für Schritt einen sicheren Stand auf dem unebenen, teils gepflasterten Gewölbekellerboden.

Sie spürte, trotz Augenbinde, auf sie gerichtete Blicke und merkte wie Menschen zur Seite wichen, während sie der Hand hinterher trottete. Eine Tür wurde geöffnet und nach ihrem beider Eintreten wieder verschlossen. Die Musik konnte man jetzt nur noch entfernt wahrnehmen und die Atmosphäre hatte sich auf einen Schlag vollkommen gewandelt. Sie war jetzt düster, bedrückend und es roch unangenehm nach Körpern. Doch Yvonne erregte der Moment, denn sie wusste wo sie soeben hingebracht worden war – aber sie konnte nur erahnen, was nun mit ihr geschehen würde.

Die Hand führte sie weiter in den Darkroom und begann, sich an ihren Fesseln zu schaffen zu machen. Yvonne musste die Arme seitlich über ihren Kopf strecken und umfasste nun massives Holz. Ihre Karabiner wurden mit den massiven Haken am Andreaskreuzes fixiert und so stand sie, ihre Rückseite auf das Publikum gerichtet. Am Räuspern und dem Getuschel hatte sie erkannt, dass eine überschaubare Besucherzahl anwesend sein musste. Es war auch üblich, dass sich bei solchen Veranstaltungen, hier immer ein paar schaulustige Personen aufhielten.

Das diffuse Licht im Raum und die Wand mit dem Kreuz, an dem sie gerade angebunden worden war, verdunkelten ihre Sicht noch mehr. Jetzt konnte sie nicht einmal mehr Umrisse erkennen. Keiner sprach mit ihr und sie nahm auch keinerlei Berührung oder auch nur Anwesenheit wahr. Eine kurzer Moment der Angst überkam sie, doch sie ließ ihn nur für ein paar Sekunden an sich heran. Zu erfahren war sie in der Szene und wusste, dass ihr nichts passieren konnte. Man kannte sie hier und es war darauf Verlass, dass sämtliche Aktivitäten unter der Beobachtung Verantwortlicher standen.

Die Hand begann ihren Po zu streicheln. Es fühlte sich angenehm warm an, aber nicht geschmeidig glatt wie bei einer Frau, sondern eher sehr kräftig und leicht kratzig. Es schien sich wohl um eine hart arbeitende Hand zu handeln. Mit kreisenden und immer fester werdenden Bewegungen, wechselte sie zwischen der rechten und der linken Seite hin und her und Yvonne wurde unruhig. Es kribbelte sie und sie sehnte sich nach mehr, viel mehr. Und auf einmal, ohne jegliche Ankündigung, knallte es durch den gesamten Raum. Yvonne durchzuckte der Schmerz wie ein Blitz und sie sackte kurz in die Knie. Obwohl ihr klar gewesen war, dass so etwas kommen würde, war sie dennoch in diesem Moment überrascht gewesen und besonders über die Intensität des Schlages auf ihren Hintern. Noch bevor ihre pochende Kehrseite sich erholen konnte, fuhr auch schon der nächste Hieb auf sie herab. Diesmal war Yvonne vorbereitet und sie ließ sich nicht das Geringste anmerken. Kein Zucken, kein Wimmern, als ob sie die Hand herausfordern wollte, gab sie sich störrisch und gelangweilt. Vier, fünf, sechs weitere Schläge musste Yvonne dafür einstecken und der brennende Schmerz, der sich nahezu über den gesamten Körper verteilte, begann sich zu transformieren, sich in pure Lust zu wandeln und Yvonne stöhnte leise: »Mehr!«

Die Hand aber hatte andere Pläne. Yvonne spürte einen Körper, wie er sich eng von hinten an sie schmiegte. Eine männliche Erektion drückte sich durch eine Hose an ihren Hintern und die Hand begann ihre Nippel zu stimulieren. Zuerst zupfte sie nur daran, bis sie hart waren, danach quetschte, drehte und drückte sie so stark, dass Yvonne nicht mehr anders konnte, als laut herauszuschreien.

Die Hand ließ von ihr ab, nur um sie kurz darauf noch härter zu malträtieren. Als Yvonne vor Schmerz wieder in die Knie sackte, verschaffte sie sich damit eine kurze Pause. Sie holte tief Luft, versuchte gleichmäßig und ruhig zu atmen und wartete darauf, was ihrem Peiniger als nächstes einfallen würde. Der Ehrgeiz packte sie. Yvonne wollte sich nicht geschlagen geben und sie hatte auch noch nicht nicht das Level erreicht, das sie für heute angestrebt hatte. Demonstrativ spreizte sie ihre Beine noch mehr und drückte ihren nackten Hintern heraus. »War das alles?«, fragte sie kess und fast im selben Moment knallte ein Peitschenschlag auf sie herab. Sie biss sich auf die Lippen, zuckte aber nicht. Es musste sich um eine Flogger handeln, eine mehrschwänzige Kurzpeitsche mit vielen Wildlederriemen, die zwar heftig klang, aber sich recht angenehm anfühlte. Yvonne freute sich. Es war ihr Lieblingsspielzeug und genau bei diesem, konnte sie sich normalerweise richtig fallen lassen.

Die Hand begann, in einem Takt von fünf Sekunden, ihre beiden Pobacken mit der Peitsche zu bedienen. Mal mit etwas mehr, mal mit etwas weniger Druck, aber genau so, dass Yvonne kanalisieren und sich dem, was sie da spürte, hingeben konnte. Mit jedem Schlag stöhnte sie lauter und intensiver. Immer wieder spürte sie zwischendurch den harten Schwanz an ihrer klitschnassen Spalte.

Mehr Schläge, immer und immer wieder und Yvonne erkannte die vollständige Wandlung ihrer Gefühle. Sie begann sich zu winden. Jeder Schlag brachte sie weiter, weg von hier, es war beinahe wie fliegen, auflösen und auf einmal, nach weiteren drei oder vier Schlägen auf ihren Hintern schrie sie einem sekundenlangen Höhepunkt entgegen, der sie vollständig in sich zusammensacken ließ. Sie hielt sich nicht mehr fest, sie hing nur noch mir ihren Handfesseln in den Haken und ihre Hände begannen sofort blau anzulaufen.

Eine zweite Hand schien sich nun auch nützlich zu machen und half dabei, Yvonne vom Andreaskreuz zu lösen. Man zog sie an den Haaren und ließ sie über den Boden kriechen. Nur wenige Meter, doch die reichten, dass ihre Knie schmerzten. Yvonne war jetzt alles egal, sie schwebte noch immer durch diesen fantastischen Orgasmus, der ohne das klassische Rein-Raus, sondern nur durch blanken Schmerz ausgelöst worden war. Und es war so viel mehr, als man sich vorstellen konnte. Sie kniete, wahrscheinlich mitten im Raum und sie hatte keine Zeit zu reagieren oder darüber nachzudenken, dass sie gerade irgendeinen Penis in den Mund gesteckt bekommen hatte. Sie reagierte kaum. Sie hielt ihn einfach weit geöffnet und ließ die Hand gewähren. Diese stieß sie tiefer und tiefer, immer und immer wieder. Yvonne nahm den Ständer in die Hand, leckte und lutschte daran, bis sie merkte, dass die Hand nicht länger warten konnte. Einhergehend mit lautem Stöhnen und einem langgezogenen Schrei, schoss die heiße Soße heraus und verteilte sich auf Yvonnes Brüsten.

Die Hand zog sich zurück und drückte Yvonne wenige Augenblicke später ein Tuch in die Hand. Während sie sich säuberte, kniete sich ihr Peiniger zu ihr auf den Boden und begann damit, ihre Augenbinde zu lösen. Yvonne benötigte ein paar Sekunden, bis sich ihre Augen wieder daran gewöhnten, sehen zu können. Sie war aufs Äußerste gespannt zu erfahren, ob es ein Freund gewesen war, der ihr diesen aufregenden Abend beschert hatte. Die Umrisse wurden schärfer und tatsächlich: Sie schaute in ein ihr sehr vertrautes Gesicht, nur leider kein angenehm vertrautes.

»Also Frau Richter, wir müssen unbedingt mal unseren Bürokeller testen, finden Sie nicht auch?«

»Rudolph? Rudolph Brender? Sind Sie das etwa?«, kreischte Yvonne um Fassung bemüht und schaute dem unbeliebtesten Menschen ihrer Abteilung direkt in die Augen.

»Darfst in Zukunft Rudi zu mir sagen, wir duzen uns doch jetzt alle«, bekam sie mit einem ekelhaft anzüglichen Grinsen zur Antwort.

Das Lead

»Hättest du dein blödes Navi angemacht, wären wir schon lange da«, schimpfte Yvonne.

»Ich weiß, wo die Hanauer Landstraße ist«, entgegnete Fabian genervt, der so langsam die Geduld mit seiner Beifahrerin verlor. Sie brausten auf der vierspurigen Straße an mehreren Autohäusern vorbei, bis Yvonne auf einmal aufschrie: »200, hier irgendwo muss es sein.« Fabian lenkte den Wagen auf einen Hof und stellte ihn auf dem nächstmöglichen Parkplatz ab.

»Der ist nur für Mitarbeiter der Firma Brecht«, moserte Yvonne. »Kuck, da steht's.« Sie wies mit dem ausgestreckten Zeigefinger auf ein Schild an der Mauer direkt vor ihnen. Der Putz war an einigen Stellen bereits stark abgebröckelt und man konnte Angst bekommen, ob das Gemäuer die Parkdauer überhaupt noch überstehen würde. Die Aussage auf dem kleinen Blechschild jedoch war unmissverständlich.

»Ist mir jetzt scheißegal«, antwortete Fabian und stieg aus dem Wagen, »wir haben keine Zeit mehr. In drei Minuten erwartet uns dieser Herr Bruckner.« Während Fabian sein iPad und Visitenkarten aus dem Kofferraum kramte, strich sich Yvonne ihr Kostüm zurecht. Mit einem kurzen Blick in die verdunkelten Rücksitzscheiben des Firmenwagens überprüfte sie ihre Hochsteckfrisur – und war bereit.

Das Interimsbüro des Becide Bank Centers, so verriet das gläserne Türschild, war im vierten Stock. Trotz des verfallenen Hinterhofes und der knarrenden Eingangstür vermittelte die an die blanke Backsteinwand geschraubte Visitenkarte Geld. Der Anblick des Fahrstuhls wiederum lud die beiden zu einem schweißtreibenden Treppenhausspaziergang ein. Und so wurden Fabian und Yvonne, exakt eine Minute nach 10.00 Uhr, beim Becide Bank Center vorstellig. Fabians Stirn glänzte und noch etwas außer Atem sagte er zu der kleinen Blondine hinter der Empfangstheke: »Guten Tag. Frau Richter und Herr Krämer von der Firma Van...«

»Guten Tag, Herr Krämer«, fiel ihm die Dame, die allem Anschein nach nur ihrer Größe bedingt keine Modelkarriere eingeschlagen hatte, ins Wort. »Herr Bruckner erwartet Sie bereits. Wenn Sie mir bitte folgen möchten.« Sie wartete nicht auf eine Antwort und ging in gemäßigtem Tempo voraus. Der Dielenboden knarrte und ächzte unter ihren Schritten und es lag ein leicht modriger Geruch in der Luft.

Yvonne hätte zu gerne losgeprustet, als sie erkennen musste, dass Fabian mal wieder mit der visuellen Erforschung weiblicher Kehrseiten beschäftigt war. Anstatt sich ein Bild von den Büros zu machen, wer hier arbeitete und ob die Stimmung eher gespannt oder locker war, hatte ihr Partner einmal mehr nur Geilheiten im Kopf. Der Termin war zum Scheitern verurteilt, soviel spürte sie schon jetzt.

Sie selbst hatte während der letzten drei Tage ihre Hausaufgaben gemacht: Informationen über die Company eingeholt, Geschäftsberichte gelesen und Organigramme zusammengetragen, die das Internet so hergegeben hatte. Fabian dagegen hatte sie nur dabei beobachten können, wie er auf Websites kostspieliger Armbanduhr-Fabrikanten herum gesurft war.

Man öffnete ihnen eine Bürotür, die zu einer Zeit gemacht worden sein musste, als sich im Möbelbau noch nicht die Massenproduktion von Billiganbietern durchgesetzt hatte. Weißes Holz mit allerlei Schnörkeln und Verzierungen, Einlegearbeiten und eine kleine Buntglasscheibe in der Mitte, erregten sogar Fabians Aufmerksamkeit.

Ein sehr hagerer Mann erhob sich am anderen Ende des Raumes aus seinem Sessel und schritt auf die beiden zu.

»Sie müssen Frau Richter sein«, erkannte er richtig und reichte Yvonne seine riesige Hand.

»Es freut mich Sie kennenzulernen, Herr Bruckner«, antwortete Yvonne.

Fabian musste seinen Kopf recken, um dem Mann in die Augen sehen zu können.

»Fabian Krämer, vielen Dank für die Einladung.« Er streckte ihm ebenfalls die Hand entgegen und Herr Bruckner schüttelte sie kraftvoll.

»Sehr gerne, Herr Krämer. Auch wenn ich es nicht gewohnt bin, dass man mich zu einem Termin warten lässt.« Für einen Moment hatte Fabian keine Antwort parat. Dass ihm zwei oder drei Minuten nachgetragen wurden, hatte er noch nie erlebt. Yvonne jedoch versuchte die Situation zu entschärfen: »Wir waren uns nicht ganz schlüssig, welche der Parkmöglichkeiten im Hof für uns gedacht waren.«

»Ja, das verstehe ich, Frau Richter«, antwortete Herr Bruckner und machte sich auf den Weg zu einem runden Holztisch, um den vier Clubsessel postiert worden waren. »Wir haben noch keine Besucherparkplätze ausgewiesen. Bitte entschuldigen Sie die Unannehmlichkeiten.« Yvonne war sich nicht sicher, ob seine Anteilnahme echt war oder nur höfliche Stimmungsmache.

Der Gastgeber wies auf zwei der Sessel und setzte sich ihnen gegenüber. »Nehmen Sie doch bitte Platz. Wir haben verschiedene Wasser, Apfelsaft und Kaffee wird sicherlich gleich kommen.«

»Vielen Dank«, antwortete Fabian, »ich warte dann auf den Kaffee.«

»Für mich gerade nichts«, meinte Yvonne, »danke.«

»Sie müssen bitte entschuldigen«, eröffnete Herr Bruckner das eigentliche Gespräch, »die aktuellen Räumlichkeiten sind mehr als notdürftig und entsprechen in keinster Weise unserem sonstigen Standard.« Yvonne konnte um sich herum nur Luxus erkennen. Die Sessel, in denen sie gerade saßen, entsprangen auch nicht dem Sortiment einer Billigmöbelkette und der Schreibtisch auf der anderen Seite, durfte mit Sicherheit weit über 100 Jahre alt sein. Ölgemälde zierten die Wände und von der gut vier Meter hohen Decke hing ein ausladender Kronleuchter herab.

»Mein Name ist, wie Sie ja bereit wissen, Paul Bruckner.« Er überreichte jedem von ihnen eine Visitenkarte und fuhr fort: »Ich leite seit 20 Jahren die Bruckner Unternehmensberatung und bin als Interimsmanager im Auftrag des Becide Bank Centers für den Aufbau der deutschen Niederlassung verantwortlich. Ihr Vorgesetzter, Herr Kuhn, ist an mich herangetreten und hat mich darüber in Kenntnis gesetzt, dass wir zukünftig Nachbarn sein werden. Ich möchte ehrlich zu Ihnen sein: Das ist bislang auch alles, was ich Gutes über Ihr Unternehmen weiß.« Er leckte sich mit seiner Zunge über die Oberlippe und hielt den Kopf dabei schräg. Seine letzte Äußerung schien ihm sichtlich Spaß gemacht zu haben, als ob er ein kleines Kind gepiesackt hätte und jetzt darauf wartete, wie es wohl darauf reagieren würde.

»Warum sind wir dann hier?«, fragte Fabian grinsend und Yvonne konnte sich gerade noch zurückhalten, ihrem Kollegen nicht auf den Fuß zu treten. Angesichts der Frechheit, die er sich gerade erlaubt hatte, hätte sie nur zu gerne sofort das Gespräch an sich gerissen.

»Herr Krämer, dieses Kennenlernen soll Ihnen eine Chance geben, auch wenn ich bislang nicht sonderlich davon überzeugt bin, dass unsere beiden Unternehmen zueinander passen.«

»Das nehme ich Ihnen nicht ganz ab, Herr Bruckner.« Fabians Überheblichkeit brachte Yvonne beinahe zur Raserei. Hier passierte gerade ein Albtraum, direkt vor ihren

Augen und sie wusste nicht, was sie dagegen tun konnte.

»Sie lehnen sich ganz schön weit aus dem Fenster, Herr Krämer und ich glaube nicht, dass mir das gefällt.« Herr Bruckner lächelte nicht mehr und seine Körperhaltung vermittelte Aufbruchstimmung. Diesmal war es die blonde Assistentin, die mit ihrem Erscheinen und dem Ausschank des Kaffees die Situation rettete.

»Möchten Sie Zucker, Herr Krämer«, erkundigte sich die junge Frau und Fabian antwortete überfreundlich: »Oh, vielen Dank. Nur Milch, bitte.« Er rührte konzentriert in seinem Kaffe herum und fuhr fort:

»Ich denke zu verstehen, welche ungeheuer verantwortungsvolle Aufgabe sie hier zu bewältigen haben. Eine deutsche Niederlassung für einen solchen Konzern aufzubauen – das macht sich nicht mal eben so mit links.« Man konnte das Anschwellen von Herrn Bruckners Brust richtig beobachten. Er lehnte sich wieder in seinen Clubsessel zurück und ließ weitere Schmeicheleien zu. »Ich kann mir nicht vorstellen«, ergänzte Fabian, »wie Sie das zeitlich alles bewerkstelligt bekommen. Daher bin ich froh und auch beeindruckt, dass wir heute hier bei Ihnen sitzen dürfen.« Sein Gesprächspartner wollte eben das Wort ergreifen, als Fabian seine Gedanken noch zu Ende brachte: »Aber ich kann mir auch nicht im Geringsten vorstellen, dass Sie sich diese Zeit für fünf oder sechs weitere IT-Dienstleister nehmen werden. Wenn wir es also in Ihr Büro geschafft haben, dann gibt es etwas, das wir für Sie tun können. Ich möchte nur wissen, was das ist.«

Yvonne traute sich nicht zu atmen, aus Angst, damit die Spannung in der Luft zerreißen zu können. Sie war überrascht, mit welcher Eloquenz Fabian an die Sache heranging. Die ersten Schreckmomente schienen überwunden und sie bekam das Gefühl, dass es gut gewesen war, Herrn Bruckner erst einmal von seinem hohen Ross zu holen. Dieser legte mit angewinkelten Armen die gespreizten Fingerspitzen aneinander und führte sie an seine Lippen. Der Ärmel seines Jacketts rutschte etwas zurück und für einen kurzen Moment, einen Moment, auf den Fabian schon seit Beginn des Gespräches gewartet hatte, blitzte etwas an Herrn Bruckners Handgelenk auf. Die Erkenntnis durchzuckte Fabian, ähnlich einem Geistesblitz.

»Eine interessante Uhr tragen Sie da«, meinte er.

»Ja, gefällt Sie Ihnen?«, antwortete sein Gesprächspartner skeptisch, als ob er Fabian jegliche Kompetenz dahingehend absprechen würde.

»Eine Audemars Piguet Royal Oak, wenn ich mich nicht irre. Weißgold?«

»18 Karat, richtig.« Das Gesicht des Managers wechselte den Ausdruck. Auf einmal wich die Skepsis und Ablehnung der ersten Minuten Anerkennung und Neugierde. »Sie kennen sich also mit Accessoires für Männer aus, ja? Was tragen Sie denn?«

»Herr Bruckner, das ist nicht der Rede wert. Etwas nettes, für den Alltag.« Er streckte seinen Arm aus und präsentierte eine Omega.

»Eine Seamaster Professional Automatic«, erkannte der Manager staunend. Er hob eine Augenbraue und griff Fabian tatsächlich ans Handgelenk. »So eine hatte ich auch einmal in meiner Sammlung - eine wundervolle Uhr. Sie scheinen Geschmack zu haben.«

»Das ein oder andere Stück hat mittlerweile den Weg zu mir gefunden, ja. Ich habe dahingehend ganz gute Kontakte.« Yvonne konnte es in den Augen von Herrn Bruckner erkennen. Etwas hatte sich verändert. Er betrachtete Fabian nicht mehr von oben herab. Er war neugierig geworden und ihr Kollege hatte es allem Anschein nach geschafft, sich dem Manager gegenüber auf Augenhöhe zu positionieren. Es war jetzt kein Gespräch mehr von Bittsteller zu Aristokrat, sondern eines zweier erwachsener Männer, die über ihre Hobbys sprachen. Yvonne war beeindruckt. Sie hätte sich niemals getraut, einem so einflussreichen Menschen die Stirn zu bieten. Doch genau das schien nötig gewesen zu sein, um den Mann für ein offenes Gespräch ohne Spielchen zu bewegen.

»Was meinen Sie damit«, fragte Herr Bruckner, »Sie haben Kontakte?«

»Ich habe einen guten Freund, der sich auf An- und Verkauf edler Sammlerstücke spezialisiert hat. Ich bekomme so manchen Tipp, wenn ich es einmal so ausdrücken darf.« Fabian lächelte und sein Gesprächspartner vermittelte den Eindruck, mit sich selbst zu ringen. Als ob sich eine Frage in ihm freikämpfen wollte, die er nicht – oder noch nicht – zulassen konnte. Fabian begann, den sprichwörtlich kleinen Spross zu gießen, den er gerade gepflanzt hatte: »Ich durfte schon die interessantesten Modelle in Augenschein nehmen. Von A. Lange & Söhne über Cartier, Rolex, Ebel oder Patek Philippe.«

»Patek Philippe?«, hakte der Interimsmanager nach. Sogar Yvonne war klar, dass sich Herr Bruckner soeben an Fabians Haken festgebissen hatte.

»Gibt es da ein Modell, das Ihnen noch fehlt, Herr Bruckner?«, fragte Fabian galant. Er ging keineswegs plump oder aufdringlich vor. Weltmännisch, als ob er es gewohnt wäre, mit den einflussreichen und mächtigen Menschen der Gesellschaft an einem Tisch zu sitzen.

»Sie wissen ja«, begann sein Gesprächspartner auszuweichen, »es gibt immer das ein oder andere Stück, das einem interessant erscheint. Ich kann natürlich nicht jede Uhr kaufen.«

»Demnächst bekommt er wohl eine Grand Complication ins Sortiment. Wäre das eine Uhr, die Ihnen interessant erscheinen würde?«

Herr Bruckners Gesichtsausdruck verriet mehr als Interesse. Fabian schien einen Volltreffer gelandet zu haben und Yvonne kam sich mittlerweile so überflüssig vor, wie während der Vertriebsmeetings. Sie fühlte sich wie ein Hingucker, ein Mitbringsel, nicht mehr als ein repräsentatives Püppchen, das stets freundlich lächeln sollte. Sie kam sich außerdem vor, wie das naivste Mädchen auf dem Schulhof, das als letzte erfahren hatte, dass ihr Freund mit einer anderen rumgemacht hatte. Tagelang war sie damit beschäftigt gewesen, das Sortiment von Vanbush zu studieren, Datenblätter der neuesten SAN-System auswendig zu lernen und zu versuchen, möglichst alle ranghaften Namen des Becide Bank Centers in den Kopf zu bekommen. Und hier erlebte sie gerade, wie man richtig Business machte: mit Smalltalk und Männerspielzeugen, mit kostbaren Armbanduhren. Sie war sich nicht sicher, ob sie darüber lachen oder sich aufregen sollte, musste aber eingestehen, dass die Vorgehensweise ihres verhassten Neukollegen brillant war. Mit ein paar gezielten Sätzen und einer guten Beobachtungsgabe, hatte er das wahre Bedürfnis des Herrn Bruckner herausgefunden und setzte nun diese Erkenntnis überaus geschickt ein. Geschlagene fünfzehn Minuten drehte sich das Gespräch ausschließlich um diese Uhr. Danach verloren sich die Herren in den Themen Uhrwerke, Gehwerke, Kadraturen und zum Schluss war von irgendwelchen Komplikationen die Rede. Bei Armbändern wäre sie gerne in die Diskussion mit eingestiegen, doch darüber sprachen sie nur kurz. Es war Fabian, der den Schwenk zurück zum eigentlichen Thema der heutigen Zusammenkunft fand:

»Wenn ich mir die Bemerkung erlauben darf, Herr Bruckner: ich denke, dass unseren beiden Unternehmen eine sehr fruchtbare Geschäftsbeziehung bevorsteht.«

»Sie sind ein ausgebuffter Hund, Herr Krämer. Das wissen Sie, ja?« Herr Bruckner lächelte und klopfte mit seinen Handknöcheln drei mal auf die Tischplatte. Fabian ging gar nicht auf seine Äußerung ein, sondern drückte weiter in Richtung Verkaufsabschluss.

»Ich werde mich darum kümmern, dass Sie die Grand Complication schnellstmöglich in Augenschein nehmen können und Ihre Consulter dürfen schon einmal eine Bedarfszusammenstellung für die benötigte Hardware erfassen, wenn sie diese nicht sogar schon haben. Frau Richter und ich erstellen dem Becide Bank Center dann innerhalb der nächsten 14 Tage ein passendes Angebot.« Für einen Moment fand der Manager zu seiner ursprünglichen Ernsthaftigkeit zurück. Es machte den Anschein, als ob er die letzten Minuten noch einmal kurz verarbeiten und darüber nachdenken musste, was der eigentliche Zweck dieses Meetings gewesen war.

»Herr Krämer«, begann er in getragenem Tonfall und kratzte sich das Kinn, »Sie können mir versichern, dass Vanbush sich mit diesem Auftrag nicht übernimmt und Sie unsere Anforderungen erfüllen können, ja?«

»Hätten Sie echte Zweifel, Herr Bruckner, würden Sie mich das gar nicht fragen. Und hätte ich Zweifel, dann wäre ich heute gar nicht zu Ihnen gekommen.« Herr Bruckner schaute Yvonne direkt in die Augen, doch sie erkannte, dass er sie gar nicht ansah. Er blickte quasi durch sie hindurch, bevor er aufstand und um den Tisch ging. Er gab Fabian die Hand, drückte sie fest und klopfte ihm mit der linken Hand auf die Schulter.

»Sie gefallen mir, Herr Krämer. Lassen Sie es uns angehen - und wehe Ihnen, sollten Sie mich enttäuschen.«

Carmen gab den Versuch auf, ihre riesige Sporttasche in dem kleinen Spind zu verstauen. Sie verschloss die Tür mit ihrem elektronischen Plastikschlüssel und warf die Tasche auf den Schrank. Heute war ihr Lieblingstag, denn um diese Uhrzeit wurde das Studio maximal von ein paar Rentnern besucht, die sich aber über das riesige Areal gut verteilten. Leider ergab sich dienstags für sie die einzige Möglichkeit in der Woche, um 10.00 Uhr morgens trainieren zu können. An den vier anderen Arbeitstagen musste auch sie ihre acht Stunden unter Neonlicht und in schlechter Luft absitzen, beziehungsweise abstehen.

Carmen freute sich schon seit ihrem ersten Kaffee heute, schwitzen und sich abreagieren zu können. Sie musste endlich das Babythema aus dem Kopf bekommen und Platz schaffen für neue, zielführendere Gedanken. Wie sollte ihr Leben nun weitergehen? Welcher neue Sinn sollte nun ihren Lebensmittelpunkt darstellen, ihr Kraft und Freude am Älterwerden geben. Ein Leben ohne Kinder? So hatten ihre Pläne für die Zukunft nicht ausgesehen.

Sie steckte ihren Schlüssel in den dafür vorgesehenen Schlitz des Laufbandes und mit ein paar Schritten auf dem Gummibelag erwachte das Gerät zum Leben. Viele aufleuchtende LED-Lichtchen auf dem Navigationsdisplay begleiteten den Boot-Vorgang, bevor ihr heute zu erreichendes Laufpensum angezeigt werden konnte. Carmens Trainingsplan wurde alle zwei Monate von einem hauseigenen Coach überprüft und an ihre jeweilige Bedürfnisse angepasst. Der heutige Countdown zeigte 35 Minuten an und Carmen begann, ihre Schrittfolgen auf das richtige Tempo zu steigern.

Was würde wohl Fabian von der ganzen Sache halten? Sie wusste, dass er sich ebenfalls Kinder wünschte. Doch war es ihm so wichtig wie ihr? Vielleicht hatte er sich bislang nur so bereitwillig gezeigt, weil ihm klar gewesen war, dass es sich um ihren großen Lebenstraum handelte?

Carmens Puls näherte sich der Marke 130 und sie verfiel in eine konstante Atemfrequenz. Die fünf Flachbildfernseher an der Wand zeigten den gesammelten Wahnsinn heutiger Vormittagsausstrahlungen. Pseudo-Richtersendungen auf dem einen, Pseudo-Teenagerdramen auf einem anderen TV-Gerät. Dazwischen die Wiederholung irgendeines Fußballspiels der englischen Premier-League.

Automatisch kam immer wieder der Gedanke einer Adoption in Carmen hoch. Eine Überlegung, die sie kategorisch ablehnte. Sie wollte keinen fremden Nachwuchs aufziehen. Kein Kind hatte es verdient, darunter leiden zu müssen, von seinen Eltern nicht richtig geliebt zu werden. Und sie hatte Angst davor, dass vielleicht genau das passieren könnte. Was, wenn es nur zu ersichtlich wäre, dass das Kind allein schon optisch nicht von ihnen beiden sein konnte? Wie würde sie reagieren, wenn man sie darauf anspräche? Was, wenn das Kind unter einer Krankheit leiden würde? Könnte sie die selbe, unerschütterliche Zuwendung aufbringen, wie es leibliche Eltern normalerweise tun würden?

Ein dunkelhäutiger Mann, dessen T-Shirt verriet, dass er dem Trainerstab angehörte, grinste vom anderen Flügel zu ihr herüber. Das hatte ihr gerade noch gefehlt. Um einen Flirt höflich abzuwürgen, fehlte ihr heute definitiv die Geduld. Noch dazu passte der kleine Kerl überhaupt nicht in ihr Opferschema. Wie groß mochte er wohl sein - 1,65? Ihr demonstrativ ablehnender Gesichtsausdruck schien ihn nicht davon abzuhalten, sich auf den Weg zu ihr zu machen.

Mit südamerikanischem Akzent begann er seinen überaus einfallsreichen Eröffnungsschachzug: »Hi, wie geht's dir?« Carmen hatte diesen Kerl bislang nicht ein einziges Mal hier gesehen und verstand deshalb erst recht nicht, warum sie jetzt ihren Gemütszustand mit ihm besprechen sollte. Er fasste sie tatsächlich auch noch an, legte seine Hand auf ihren Unterarm und grinste. Carmen hatte genug und wollte gerade loslegen, ihn nach Timbuktu zu schicken, als er meinte: »Hast du heute deine Sportsachen vergessen?« Carmen verstand nicht. Was will er? Er zeigte auf ihre Hosen und auf einmal wurde ihr die Situation klar. Sie trug immer noch ihre normale Straßenkleidung: Jeans, Straßenturnschuhe und ein Trägertop.

»Ist nicht schlimm«, flüsterte er ihr zu, »nur das nächste Mal bitte umziehen. Die Leute beschweren sich sonst, o.k.?« Er zwinkerte ihr zu und ging seiner Wege. Carmen wollte im Erboden versinken und hatte das Gefühl, so langsam durchzudrehen.

Ω

»Herr Kuhn, äh, ich meine Hallo, Ernst?...Ja, hier Yvonne Richter...ja...ja, der Termin war sehr aufschlussreich... das könnte was werden...ja...auf jeden Fall...nein...wir haben nur...ja...kleines Problem...ja...unser Wagen...nein...wir müssen ihn beim Abschleppdienst abholen...ja...kommen also etwas später zurück...bis nachher, tschüss.«

»Das Taxi kommt in ein paar Minuten«, meinte Fabian und ging zielgerichtet auf die Hanauer Landstraße zu. Wahrscheinlich musste er die letzte Stunde erst einmal Revue passieren lassen. Yvonne hatte während des Termins nicht die geringste Spur von Aufregung bei ihm erkennen können. Doch seit er vor wenigen Minuten sein Jackett ausgezogen hatte, zeigten die tellergroßen Flecken unter seinen Achseln, wie hoch sein Stresslevel tatsächlich war. Seine Vorstellung war zweifellos brillant gewesen, aber es beruhigte Yvonne zu sehen, dass Fabian ebenfalls kein Übermensch war. Sein cooles und überzeugendes Auftreten hatte eben auch nur ein Stück gut vorgebrachte Schauspielkunst zum Hintergrund. Trotz allem konnte sich Fabian Yvonnes voller Bewunderung sicher sein. Sie hätte sich niemals getraut mit so einer Gratwanderung an die Sache heranzugehen. Ihre Taktik hätte darin bestanden, höflich und zuvorkommend zu sein, fachlich einwandfrei und gut vorbereitet was die Strukturen und Anforderungen des Kunden angingen. Dass es auch eine Methode gab, die dies alles obsolet machte, war ihr bis zu diesem Zeitpunkt nicht klar gewesen. Sie beschloss daher, dass es wenig Sinn machte, weiterhin die Beleidigte und Übergangene zu mimen. Fabian hatte es ja nicht entschieden, dass sie den verdienten Job nicht zugesprochen bekommen hatte. Es fiel ihr auch nicht leicht, aber sie musste sich eingestehen, dass sie heute etwas dazugelernt hatte.

»Wenn ich nicht demnächst etwas zu Essen bekomme, falle ich ohnmächtig um.«Yvonne wartete auf eine Reaktion von Fabian, der stur auf sein blödes Handy starrte. Er schien ihre Anspielung nicht verstanden zu haben oder nicht verstehen zu wollen. Beides konnte Yvonne ihm nicht sonderlich verdenken. Ihre bisherige Zusammenarbeit hatte sich mittlerweile auf Anblaffen und Aus-dem-Weg-Gehen reduziert gehabt. Der treibende Faktor war dazu stets sie selbst gewesen.

»Lass uns doch essen gehen und unseren kleinen Sieg ein bisschen feiern«, hakte Yvonne deshalb nach, »einverstanden?«

»Von mir aus«, meinte er mürrisch, »ich kenne da was ganz nettes für den Hunger am Mittag.«

»Prima, wo geht's denn hin?«

»Lass dich überraschen.« Endlich konnte sie so etwas wie ein Lächeln auf seinem Gesicht erkennen. Sie mochte zwar keine Überraschungen, aber sie mochte Männer die Entscheidungen trafen. Obgleich es sich für den gemeinen Gentlemen als Höflichkeit geziemen mochte, eine Einladung offen und unverbindlich zu gestalten, galt dies jedoch für Yvonne als Zeichen von Schwäche und Einfallslosigkeit. Sie wollte nicht vor die Qual irgendeiner Wahl gestellt werden – in keiner Situation. Und so meinte sie nur:

»Wenn du es kennst. Ich vertraue dir da mal. Bin gespannt wo du mich hinführst.«

Ω

»Von Donnerstag Abend bis Sonntag? Vier Personen? Einen Moment bitte.« Er legte den Hörer zur Seite und schlug sein großes Reservierungsbuch auf. Der in Leder gebundene Kalender diente Christoph als einzige Gedächtnisstütze und zudem als Grundlage seiner halbjährlichen Planung. Die Saison war schon fast vorbei. Anfang Oktober würde er die Hütte winterfest machen und sich ins Tal zurückziehen. Noch eine Gruppe kurz vor Abschluss kam ihm somit recht gelegen. Christoph überflog seine Eintragungen und sah, dass sich für besagten Zeitraum bereits eine vierköpfige Familie und ein Alleinreisender angemeldet hatten. Er nahm den grünen Hörer wieder zur Hand und räusperte sich:

»Hören Sie bitte.« Das Kratzen im Hals war noch immer nicht verschwunden und so versuchte es Christoph mit leichtem Husten. »Entschuldigung – ein kleiner Frosch. Also, an den Tagen könnt ich Euch noch das große Lager anbieten. Der Raum hat vier Stockbetten und… Nein, kein Waschbecken…Bitte?…Ja…ja, sicher…Toilette und Dusche sind auf der Etage, ein Zimmer nebenan…nein…Gemeinschaftsdusche...ja...auch für die anderen Gäste...ja...gut, auf welchen Namen darf ich reservieren?« Christoph klemmte sich den Hörer hinter das Ohr und kruschtelte einen Bleistift aus der Stiftbox. Sorgsam und gut leserlich schrieb er den Namen *Mike Linder* aufs Papier und notierte daneben die Nummer eines Mobiltelefons.

»Ja, ich freue mich auch. Pfirtie.« Natürlich freute sich Christoph nicht, denn er hatte die Draufgänger-Typen satt, die sich unentwegt neue Superlative auf die Fahne schreiben mussten. Heute den Piz Buin, morgen eine Raftingtour mit Anschlussbesäufnis, tags darauf am Paraglider hängen und im kommenden Jahr die gut bezahlte Mount-Everest Tour. Ausrüstung immer vom Feinsten, Geld spielt ja keine Rolle. Doch Verstand und Respekt oder einfach nur in Bescheidenheit die Natur genießen? Ja, so etwas hatte Christoph schon lange nicht mehr hier heroben angetroffen.

Er schlurfte in die Küche und bediente sich eines großen Stücks Schinkenspeck, von dem er mit seinem Lieblingsmesser ein paar dünne Streifen abschnitt. Das japanische Kunsthandwerk war einst ein Geschenk an ihn gewesen, von einem Gast, dessen Leben Christoph gerettet hatte. Dieser Mann war alles andere gewesen, als einer dieser unsäglichen Aufschneider. Ein ehrenvoller und höflicher Mann war er gewesen und dennoch hatte auch er sich und seine Fähigkeiten überschätzt. Auch er hatte Christophs Rat nicht beherzigt und sich in unnötige Gefahren begeben, aus denen er um ein Haar nicht mehr herausgekommen wäre.

Eine Paprika schnitt Christoph ebenfalls in kleine Streifen und danach würfelte er drei Tomaten und eine kleine Zwiebel. Auf dem Schneideblock in der Mitte des Raumes lag bereits ein gut gereifter Hartkäse parat, von dem Christoph ein ordentliches Stück in eine kleine Schüssel raspelte. Der Funken sprang auf das Gas über und mit einem dumpfen und zugleich energischen Geräusch, loderte das Feuer an einer der sechs Kochstellen auf. Christoph stellte eine der gusseisernen Pfannen darauf und strich etwas Butterschmalz hinein. Bis auf den Käse briet er nun seine Zutaten an, würzte mit Salz und Pfeffer und kippte eine ordentliche Ladung Nudeln vom Vortag dazu. Der angenehme Duft von gebratenem Speck lag in der Luft und Christoph begann, das Wasser im Mund zusammenzulaufen. Die Zwiebeln wurden schnell goldbraun und die Nudeln bildeten bereits eine leichte Kruste. Jetzt musste es schnell gehen. Christoph verrührte zwei Eier mit dem geraspelten Käse und kippte beides über den Rest in die Pfanne. Zwei Minuten später war das Essen fertig. Mit einer ordentlichen Portion davon auf einem großen Teller, ging Christoph vors Haus und setzte sich an eine der beiden Massivholzbänke. Die Luft heute war noch immer recht frisch und die Bewölkung stark. Doch Christoph ahnte, dass sich daran in den nächsten Augenblicken etwas ändern würde. Er spürte förmlich den nahenden Wetterwechsel und schaute gespannt gen Süden, im sicheren Glauben daran, ihn in den nächsten Momenten zu Gesicht zu bekommen. Das Essen schmeckte köstlich – herzhaft und doch ein bisschen mediterran. Er hatte den Weißwein vergessen, eigentlich schade, denn mit ein bisschen mehr Säure wäre sein Mittagessen perfekt gewesen. Den halben Teller hatte er bereits geleert, als Christophs Gesicht ein breites Grinsen eroberte. »Da bist du ja«, murmelte er vor sich hin und betrachtete gebannt das Schauspiel der Natur, das gerade vor seinen Augen aufgeführt wurde. Wolken trieben zur Seite und lösten sich auf, Nebelschwaden zogen an ihm vorbei und es folgte gleißendes Licht, das durch den strahlend weißen Schnee reflektiert wurde und Christoph in den Augen schmerzte. Majestätisch thronte der Gletscher über ihm, bedrohlich und doch Schutz vermittelnd zugleich. Seit 20 Jahren war Christopher bereits hier oben und doch konnte er sich an diesem Anblick nicht satt sehen.

Ω

Die Taxifahrt dauerte keine fünf Minuten und als sie vor dem kleinen Lokal ausstiegen, bekam Yvonne Angst, es könnte sich um einen Racheakt ihres Kollegen handeln. Von außen sah die Kaschemme aus wie ein schlechteres Bahnhofsklo und von sich aus wäre Yvonne niemals auf die Idee gekommen, zu überprüfen, ob es im Inneren genauso aussehen könnte.

Doch Yvonne war entzückt, als sie das traditionell anmutende Lokal betrat, das mit so viel Liebe und Ideenreichtum eingerichtet worden war, dass ihr das Speisenangebot schlagartig sekundär erschien.

»Buonasera«, wurden die beiden freundlich von einem äußerst korpulenten Mann empfangen.

»Buonasera. Che bello qui«, antwortete Yvonne und mit äußert erfreutem Gesichtsausdruck entgegnetet der Gastwirt:

»Grazie mille. Un tavolo per due?«

»Si, esatto!«

Fabian musterte Yvonne überrascht und folgte dem Kellner zu einer gemütlich erscheinenden Nische auf der anderen Seite des Gastraumes.

»Es sind wohl die Insidertipps und die kleinen Zufälle, die dem Leben die richtige Würze geben«, meinte Yvonne, nachdem sie es sich auf der Eckbank gemütlich gemacht hatte. Sie schaltete ihr Handy lautlos.

Fabian schaute sie nur entgeistert an, nichtwissend wie er auf so einen belanglosen Smalltalk reagieren sollte.

»Na das Lokal hier.« Sie deutete in den Raum und hob fragend die Schultern. »Hier wäre ich nie reingegangen, wenn du nicht gewesen wärst. Es ist total süß. Wenn jetzt noch das Essen passt…«

»Es passt, glaube mir.«

Der Wirt kam mit zwei Speisekarten zu ihnen an den Tisch. Doch anstatt sie den beiden zu überreichen, strahlte er Yvonne nur an und fuhr mit der italienischen Konversation fort. Fabian war sich nicht sicher ob Yvonne gerade angeschnauzt, für die Wahl ihres Outfits gelobt oder die Tagesempfehlung bekommen hatte. Umso gespannter war er auf ihre Reaktion. Souverän lächelnd nahm sie eine der Karten entgegen und erklärte Fabian in zwitscherndem Tonfall, dass es heute hausgemachte Ravioli in Salbei-Butter gäbe.

»Du bist also Italienerin?«, wollte Fabian halbinteressiert wissen und studierte dabei das Essensangebot.

»Halbitalienerin«, antwortete Yvonne, die höflich den Augenkontakt suchte, ihn aber nicht erwidert bekam.

»Verstehe«, brummte es stattdessen hinter der aufgeschlagenen Karte hervor. Yvonne verstand durchaus, dass diese Äußerung eine Anspielung auf ihr bisheriges Verhalten ihm gegenüber sein musste. Sie entschied sich, sie unkommentiert zu lassen und versuchte es stattdessen weiter auf dem Friedenspfad: »Was kannst du empfehlen?«

»Piccata Milanese ist gut und der Lachs in Senf-Dillsoße.«

Und so stand, eine viertel Stunde später, von beidem jeweils eine Portion auf dem Tisch. Einen Teller Ravioli hatten sie, schon allein aus Höflichkeit dem Wirt gegenüber, als Vorspeise geteilt.

»Erzähl mir etwas über diese Uhrensache«, forderte

Yvonne ihren Begleiter während des Hauptganges auf.

»Was möchtest du wissen?«

»Diese Uhr, von der ihr gesprochen habt...«

»Du meinst die Grand Complication?«, versicherte sich Fabian.

»Ja, genau. Was kostet so ein Ding.« Yvonne genoss den Lachs sichtlich und rundete das Geschmackserlebnis mit einem trockenen Chianti ab.

»Das kommt ganz auf das Modell an«, begann Fabian einen kleinen Chronometer-Exkurs. »Es geht so bei 100.000 los. Das aktuelle Modell kostet knapp zwei Millionen, aber von dem war heute nicht die Rede. Es gibt davon meines Wissens auch nur sechs Stück, oder so.«

Yvonne musste aufpassen, nicht an ihrem letzten Bissen zu ersticken.

»Euro?«, schrie sie entsetzt auf. »reden wir tatsächlich von Euro?«

»Naturellement«, gab sich Fabian weltmännisch.

»Ihr seid komplett verrückt. Das weißt du, oder?«

»Ich doch nicht«, verteidigte er sich grimmig. »Ich habe mir eine vernünftige Eintrittskarte für die Welt der Spinner gekauft. Mein Wecker hat mich 4.000 € gekostet.« Er hielt ihr sein linkes Handgelenk hin, so dass Yvonne einen Blick auf seine Omega werfen konnte.

»Ich würde auch keine 4.000 € für eine Armbanduhr ausgeben«, meinte Yvonne, »nicht einmal 400.«

»Ich normalerweise auch nicht«, erklärte Fabian. » Aber damit darf ich mitreden, bin als Gesprächspartner akzeptiert. Nicht mehr und nicht weniger.« Yvonne hatte noch immer nicht ganz verarbeitet, was sie da gerade gehört hatte. Zwei Millionen Euro für eine Armbanduhr. Wer wollte dafür so viel Geld ausgeben? Es war ihr schon zu Ohren gekommen, dass es möglich sei, mehrere Tausender für solche Schmuckstücke hinzulegen. Aber dass solche

Summen im Spiel sein konnten, davon hatte sie keine Ahnung.

»Und woher hast du gewusst, dass Herr Bruckner so ein Freak ist?« Gut, er hatte allem Anschein nach Geld. Aber wo stand geschrieben, dass er es mit beiden Händen aus dem Fenster werfen wollte, fragte sich Yvonne.

»Ich habe es nicht gewusst«, antwortete Fabian. »Ich habe es gehofft.«

Yvonne sagte nichts. Sie starrte ihn nur mit ihren großen und dunklen Augen an und wartete auf weitere Erläuterungen.

»Sieh es einmal so«, erklärte Fabian und stützte sich mit den Ellbogen auf dem Tisch auf. »In Herrn Bruckners Liga gibt es eine gefühlt 80 prozentige Chance, mit diesem Thema richtig zu liegen. Diese Uhren sind Sammlerstücke und Kapitalanlagen, die ihren Wert über die Jahre erheblich steigern. Ich kenne fast niemanden aus dieser Gehaltsklasse, der kein Interesse an kostbaren Uhren hat.«

»Gewagtes Spiel«, stellte Yvonne fest. Doch ihr Kollege konterte schnell und begann wild mit seinen Händen zu gestikulieren: »Überhaut nicht. Das ist Business. Meinst du, der Typ hat Interesse daran, mit zig verschiedenen Anbietern über Stundensätze zu diskutieren?«

»Ich dachte, genau darum geht es bei solchen Geschäftsterminen«, sagte Yvonne leicht herablassend. Sie hielt den Kopf zur Seite gedreht, während sie mit der Gabel in ihren Linguini herumstocherte und erfahren eine Portion auf dem Teller aufdrehte.

»Falsch«, schrie Fabian nahezu. »Es geht immer nur um den eigenen Nutzen. Dem sind ein paar Tausender mehr oder weniger doch völlig egal – ist ja nicht sein Geld. Er muss dem Unternehmen vertrauen können, das Projekt muss sauber durchlaufen und er will einen kleinen Benefit für sich sehen.« Mit Fingerzählen unterstrich er gestisch seine Punkte.

Yvonne schwankte zwischen Faszination und Amüsiertheit. Sie hatte Fabian bislang noch nie so ernsthaft und bei der Sache erlebt. Er hatte es geschafft, ihr Interesse zu wecken und sie fragte sich was passieren würde, wenn sie es schaffte ihn weiter aus sich herauszulocken.

»Und das alles hast du ihm geboten, indem du ihn erst einmal vor den Kopf gestoßen und danach sozusagen erpresst hast?«

»Si, Senórita«. Fabian grinste über beide Backen. »Ich habe ihm gezeigt, dass er mich mit seinem Getue über zwei Minuten zu spät kommen und überteuerte Einrichtungen nicht beeindrucken kann. Ich habe ihm klar gemacht, dass ich nicht davon abhängig bin, den Deal mit ihm machen zu müssen. Wenn sich Menschen zu umschmeichelt fühlen, verlieren sie das Interesse. Sie spüren deine Unsicherheit und das macht dich als Partner nicht attraktiv. Aber nimm diesen Leuten etwas weg, zeige ihnen Desinteresse und sie rennen dir die Tür ein.«

»Was meinst du damit, etwas wegnehmen?« Yvonne wurde immer klarer, dass sie hier und jetzt etwas lernen konnte. Dieser Kerl mochte ein Hallodri sein, aber vom Verkauf schien er tatsächlich etwas zu verstehen. Allem Anschein nach, musste sie ihre Sichtweise der letzten Wochen tatsächlich noch einmal überdenken.

»Stell dir vor, du möchtest eine neue Stereoanlage kaufen. Du betrittst ein Fachgeschäft und erklärst dem Verkäufer dein Vorhaben.« Yvonne klebte jetzt an seinen Lippen. Seine Augen glänzten und er zog sie mit seiner Leidenschaft und Fachkenntnis für das Thema förmlich in seinen Bann.

»Der Verkäufer geht nun mit dir in einen Raum mit sechs Stereoanlagen. Fünf davon erklärt er dir, die sechste lässt er unerwähnt. Was machst du?«

»Ich frage nach der sechsten«, schlussfolgerte Yvonne.

»Richtig. Und als Antwort bekommst du, dass diese Anlage nicht für dich geeignet sei.«

»Warum?«, wollte Yvonne wissen und Fabian grinste erneut.

»Siehst du, es klappt immer wieder. Weil er dir genau diese Anlage verkaufen wollte und sie dir deshalb erst einmal rar gemacht hat. Etwas, was wir nicht haben können oder dürfen, steigert unser Interesse daran um ein Vielfaches.«

Yvonne verstand. Nun war sie es, die strahlte und die Geschehnisse auf einen Nenner brachte: »Und weil du dich erst einmal rar gemacht hast, ist Herr Bruckners Interesse an dir gestiegen. Er wollte wissen, was das Besondere an dir ist, richtig?«

Fabian nickte und lehnte sich zufrieden ein Stück zurück. Seine Euphorie war so schnell dahin, wie sie gekommen war und er schnitt sich in aller Ruhe ein Stück seines Kalbsschnitzels in Parmesan-Panade ab. Mit vollem Mund und behäbig kauend, fügte er noch eine Anmerkung hinzu:

»Das größte Problem an dem Deal wird sein, an die scheiß Uhr ranzukommen.«

»Was?«, rief Yvonne aufgeregt, »ich habe gedacht, du hast einen Kontakt, der die reinbekommt?«

»Hmmh«, schmatzte Fabian, »und ich hab an meinem ersten Arbeitstag gedacht, du wärst nett.«

Ω

Die Rückfahrt mit dem Taxi ging sehr still von statten. Keiner der beiden hatte Interesse an weiterer Kommunikation gezeigt und so konnte Yvonne die Ereignisse der letzten Stunden für sich in Ruhe bewerten. Sie kam zu dem Schluss, dass sie Fabians Seitenhieb wohl verdient hatte, denn wie eine unterstützende Kollegin hatte sie sich in den letzten Tagen weiß Gott nicht verhalten. Fabian hatte ihre Frustration und Enttäuschung ausbaden müssen, obwohl er für die Unternehmensentscheidungen nicht im Geringsten die Verantwortung trug. Auch er war nur ein kleines Zahnrad im Getriebe und konnte froh sein, diesen Job bekommen zu haben. Woher sollte er wissen, warum Yvonne einen Grund haben könnte, ihm gegenüber so biestig zu sein.

Sie schenkte ihrem iPhone einen kurzen Blick und registrierte drei neue Kurznachrichten. Eine von ihrer Freundin Stephanie, bezüglich einer verliehenen BluRay und die beiden anderen von Rudolph Brenders Firmenhandy.

Yvonne erschauderte. Vor so etwas hatte sie bereits seit diesem verheerenden Abend Angst gehabt. So gut es ging hatte sie versucht, die Geschehnisse in diesem Club zu verdrängen, denn sie ekelte sich vor Rudolph und vor sich selbst.

»»»Zum Pfarrturm, Ecke Mainkai. Uferseite. Morgen, 21 Uhr«««

»»»Nuttiges Outfit. Du wirst abgeholt«««

Glaubte der Typ tatsächlich, dass sie ihn nochmal an sich ranlassen würde? Meinte er allen Ernstes, sie mit zwei Kurznachrichten herumkommandieren zu können? Schlimm genug, dass sich Yvonne diesem abstoßenden Widerling voll und ganz hingegeben hatte. Doch damit wusste nun ein Arbeitskollege über ihre intimsten Geheimnisse bescheid und hatte ein Druckmittel gegen sie in der Hand.

Keiner würde sich einen Dreck dafür interessieren, ob ein Verkäufer in einem SM-Club gesichtet worden wäre. Doch eine Vertriebsassistentin, die sich gerne öffentlich auspeitschen ließ, war gefundenes Fressen für die Lästermäuler und den Firmentratsch. Und so schwankten ihre Gefühle zwischen Angst und Widerwille – doch am meisten ekelte sie sich vor ihren ganz speziellen Gedanken, die immer wieder zwischen der ganzen Abscheu herausstachen. Lüsterne und begierliche Flashs, die die Szenerie vor ein paar Tagen so in Erinnerung riefen, wie sie Yvonne in den Momenten ihres Ausgeliefertsein gefühlt hatte. Dieser Typ, der seine Nase stets gen Decke gerichtet trug und dessen schmierig langen Haare quasi an seiner Kopfhaut klebten, war es gewesen. Dieses ekelhafte Subjekt, dessen grauen Schläfen und tiefen Falten nach zu urteilen, er locker als ihr Vater durchgehen konnte, hatte es geschafft sie zum Fliegen zu bringen. Er hatte ihr einen Orgasmus beschert, der einzig und allein durch transformierten Schmerz zustandekommen war. Dies herbeizuführen war die wahre Kunst, der Gipfel im Gefühl des Ausgeliefertseins. So ein fantastisches Gefühl hatte Yvonne bislang nur ein einziges Mal davor erlebt und sich danach lange Zeit verzehren müssen – bis vor ein paar Tagen.

»»»Ich stehe nicht zur Verfügung«««

»»»Das habe ich anders in Erinnerung«««

»»»Du bist ein Schwein«««

»»»Ich weiß :-)«««

»»»Was hast du vor?«««

»»»Ich hab da so eine Idee«««

»»»Sei pünktlich und nimm auf der Straße keine anderen Jobs an ;-)«««

»Was ist los? Gibt's Ärger?«, riss Fabian sie aus ihrem

SMS-Dialog.

»Was, wieso, nein«, stammelte Yvonne, »ich war nur gerade in Gedanken.«

»Waren aber offensichtlich keine schönen. Du siehst aus, als hätte dir jemand eine verpasst.« Fabian hatte ja keine Ahnung, wie nahe er mit dieser Vermutung lag.

Unter Freunden

Noch bevor er heute die Möglichkeit bekam, den beiden den neuen Tag anzukündigen, schaltete Carmen widerwillig den Wecker ab. Sie hatte stundenlang wachgelegen und sich gedankengeplagt von einer auf die andere Seite gewälzt. Vielleicht war eine knappe Stunde an Schlaf zusammengekommen, doch das ständige Aufschrecken in der Nacht hatte mehr nicht möglich gemacht.

Sie schaute zu Fabian, der angewinkelt neben ihr lag und die Unschuld eines kleinen Kindes vermittelte. Es fehlte noch der Daumen im Mund, um das Bild zu komplettieren. Carmen liebte ihren Freund sehr und so hatte sie es bis heute nicht geschafft, ihm von der sorgenvollen Nachricht zu erzählen. Nur der Gedanke daran, erfüllte sie bereits mit nackter Angst. Bislang war die Unfruchtbarkeit eine Information, die nur sie und ihr Arzt kannten. Doch wenn sie Fabian einweihen würde, wäre es offiziell. Ab dann hätten sie ein gemeinsames Problem, über das es nachzudenken galt und das ihre Beziehung auf eine harte Probe stellen würde. Nichts wäre mehr wie früher. Egal ob bei Streitereien oder in einer Liebesnacht, das Gefühl keine vollwertige Frau zu sein würde sie immer wie ein dunkler Schatten umgeben. So lange sie sich über ihre eigenen Gedanken und Gefühle nicht im Klaren war, so lange wollte Carmen das Geheimnis noch für sich behalten.

Sie strich ihrem Lebenspartner sanft durch die Haare und quälte sich ins Bad für die Morgentoilette. Erst als sie 20 Minuten später wieder das Schlafzimmer betrat, startete der Tag, begleitet von quietschenden und stöhnenden Geräuschen, nun auch bei Fabian.

»Guten Morgen, Süße.«

»Guten Morgen, Schatz.«

Carmen setzte sich an ihre Frisierkommode und begann damit, die Schäden der Übernächtigung auf ein minimales Maß an Auffälligkeit zu reduzieren.

»Schatz, denkst Du dran, dass wir heute Abend bei Hegers zum Spieleabend eingeladen sind?« Carmens Worte hallten noch durchs Schlafzimmer, ohne dass Fabian die Bedeutung der Aussage ausreichend erkannte. Für ihn fühlte es sich so an, als ob sie ihn dazu aufgefordert hätte, sich eine Kugel in den Kopf zu jagen. Ein Spieleabend mit Hegers glich der Tortur, alle Teile der Sissi-Trilogie an einem Nachmittag anschauen zu müssen. Dieses Paar war mit Abstand das Langweiligste, was Waghäusel in den letzten 50 Jahren zu Tage gefördert hatte. Die Dame des Hauses hatte offenbar gar nichts anderes im Kopf als Cupcake Rezepte. Vermutlich musste das der Grund sein, warum Carmen an ihrer Gesellschaft so interessiert war. Aber er, er sprach einfach nicht – gar nicht. Fabian hatte es schon mit den unterschiedlichsten Themengebieten probiert, sogar mit dessen Beruf. Aber mehr als einsilbige Antworten waren in den drei Jahren, die sie sich mittlerweile kannten, noch nicht aus ihm herausgekommen.

Mit der Aussicht auf einen sterbenslangweiligen Abend, quälte sich Fabian aus dem Bett. Er schlappte zum direkt an das Schlafzimmer angebundene Bad und schaltete den Flugmodus seines iPhones ab. Seit er die Horror-Berichte über Elektrosmog und Verstrahlung durch Mobilfunkgeräte gesehen hatte, traute er sich nicht mehr das Gerät über Nacht auf Empfang zu lassen. Während er die gemeinschaftliche, elektrische Zahnbürste mit seinem Aufsatz bestückte, erschienen auf dem Startbildschirm des Smartphones die unterschiedlichsten Mails und Nachrichten. Eine davon schaffte es auf Anhieb, im Mittelpunkt von Fabians Interesse zu stehen:

»»»Denk an heute Abend – Sachsenhausen!«««

Am liebsten hätte er vor Glück laut aufgeschrien, schaffte es aber noch, sich im letzten Moment zusammenzureißen. Das hatte er wieder völlig vergessen und es beflügelte seine morgendliche Stimmung in unvorstellbarem Maße.

»Süße, es gibt ein Problem«, rief er aus dem Bad ins Schlafzimmer, wo sich Carmen immer noch an ihrem Frisiertisch zurecht machte.

»Was denn?«, wollte sie wissen.

»Heute bin ich von meiner Abteilung zu einem geselligen Abend eingeladen. Also so etwas wie mein Einstand, kann man sagen.« Fabian hatte das Gefühl, seinen Nacken einziehen zu müssen. Er rechnete jeden Moment mit einem verbalen Donnerwetter, doch es passierte erst einmal gar nichts. Die Stille fühlte sich zunehmend beunruhigend an und so trat er aus dem Bad, um nach seiner Freundin zu sehen. Sie hatte offensichtlich auf ihn gewartet. Die Fäuste in die Seiten gestemmt, saß sie auf ihrem kleinen Hocker und fixierte ihn mit eng zusammengepressten Augenlidern.

»Das ist nicht dein Ernst, oder?«

»Ich kann nichts dafür«, verteidigte sich Fabian und kratzte seinen verwuschelten Kopf.

»Wir haben dieses Treffen schon zweimal verschoben und seit Wochen ausgemacht. Ich kann das nicht schon wieder absagen«, schimpfte Carmen.

»Naja, das musst du doch auch gar nicht. Spielt doch ohne mich«, schlug Fabian vor.

»Sehr witzig, ein Pärchenabend mit eineinhalb Pärchen, oder wie?«

»Rüdiger redet doch eh nie mit mir. Dann könnt ihr

noch intensiver Backrezepte austauschen und der Typ kann das machen, was er am liebsten mag: Schweigen.« Fabian hatte es geschafft, ein Grinsen auf Carmens Gesicht zu provozieren und mit einem Schlag war die Wut und Ernsthahaftigkeit der letzten Minuten verflogen.

»Dein Timing ist wirklich doof«, hakte sie noch einmal nach, als ob sie nicht kampflos aufgeben wollte.

»Ich weiß«, antwortete Fabian einsichtig, »aber ich kann wirklich nichts dafür. Und ich bin neu und sollte mich da auf jeden Fall blicken lassen.«

»Also gut, aber dass du mir brav um elf zu Hause bist. Und keine Zigaretten.« Sie grinste ihn an und Fabian zog sich guten Gewissens wieder ins Bad zurück.

Ω

Trotz der gewöhnlich 90-minütigen Fahrt genoss Fabian normalerweise den morgendlichen Pendelverkehr. Es war eine Zeit, die nur ihm allein gehörte, ohne dass er sich mit anderen Menschen auseinandersetzen musste. Die Automatik der sanft dahingleitenden Limousine half ihm dabei, sich nicht einmal in Stausituationen gestresst zu fühlen. Bei manchen Streckenabschnitten konnte er sich nicht erinnern, diese zurückgelegt zu haben, so gedankenverloren war er.

Heute jedoch war er weit entfernt von jeglicher Entspannung. Unentwegt musste er an den Becide Deal denken und die Versprechungen, die er Herrn Bruckner gemacht hatte. Es ging jetzt kein Weg mehr an dieser Uhr vorbei, denn Fabian selbst hatte sie durch seinen Auftritt zur Grundlage ihrer Vertragsverhandlungen erhoben.

Kurz vor Darmstadt erschien auf dem Navigationsdisplay seines Audi ein Kontakt, den er seit gestern Abend versucht hatte zu erreichen.

»Bernd«, rief Fabian erfreut auf, nachdem er mit einem Tastendruck auf seinem Multifunktionslenkrad das Telefonat entgegen genommen hatte.

»Grüße dich, mein Freund«, antwortete eine weit entfernt klingenden Stimme und Fabian tippte umgehend ein paarmal auf die Taste für die Anhebung der Lautstärke. »Du scheinst es ja nötig zu haben, mein liebliches Stimmchen zu hören. Acht Anrufe in Abwesenheit – Respekt. Was kann ich denn für dich tun?«

»Bernd, ich brauche eine Grand Complication von Patek Philippe zu möglichst guten Konditionen. Sage mir bitte, dass du liefern kannst.« Fabian biss sich auf die Unterlippe, als ob er die Antwort nicht ertragen könnte. Sollte er nicht in der Lage sein, diesen zweifelhaft begonnenen Deal zum Abschluss zu bringen, würde ihn Yvonne mit Sicherheit zur Schlachtbank führen. Sie saß ihm im Nacken und war scharf auf seinen Job, so viel war sicher. Aber dazu kam noch, dass sie auch wirklich gut war, in dem was sie tat. Das erste, was diese Frau einen Tag zuvor unternommen hatte, als sie beide gut gesättigt das Büro betreten hatten, war ein Meeting einzuberufen. Mit dem hauseigenen Enterprise Consulting Team hatte sie ein erstes Sizing und mit den drei Kollegen die weitere Vorgehensweise besprochen. Noch bevor ein Anforderungskatalog vom Becide Bank Center den Weg zur Vanbush IT Solutions AG gefunden hatte, wusste außer Fabian schon jeder Beteiligte, was er in den nächsten Tagen zu tun haben würde.

»Das ist gerade nicht ganz so einfach«, antwortete Bernd nach kurzem Zögern.

»Warum?«, rief Fabian beinahe panisch.

»Weil ich gerade auf Malle verweile.« Bernd Lösel war ein alter Schulkamerad von Fabian, der es in der Welt der

Schönen und Reichen mit einigen Unternehmungen zu etwas gebracht hatte. Illegal war angeblich nichts von alldem, doch so ganz durchsichtig waren seine Geschäfte dennoch nie gewesen. Die Finca auf Mallorca, das kleine Boot und seine unentwegt freie Zeit schienen ihm aber Recht zu geben, mit dem was er tat.

»Ist der Umstand, dass du gerade auf Mallorca bist, der einzige Hinderungsgrund einer Vermittlung?« Wieder war für einen Moment nur das Rauschen der Funkverbindung zu hören. Fabian hatte das Gefühl, jeden Moment platzen zu müssen vor Aufregung, bis auf einmal ein nahezu erlösendes Wort aus den Lautsprechern erklang:

»Ja.«

»Na das ist doch prima«, rief Fabian völlig erleichtert. »Wann kommst du zurück?«

»In vier Wochen, bin heute angekommen.« Jetzt war es Fabian, der für Stille in der Leitung sorgte. Das Kartenhaus, das er sich so schön aufgebaut hatte, schien in eben diesem Moment zusammenzufallen. Innerhalb der nächsten Tage musste er Hern Bruckner diese Uhr präsentieren.

»Hast du einen Assistenten oder Vertreter, der mir das Stück zeigen kann?«

»Nein, weil sie gerade zwei Meter neben mir liegt. Du kannst gerne rüberkommen und sie dir ansehen.« Fabian überkam eine neue Idee, eine noch viel bessere und noch dazu äußerst angenehme.

»Kann ich auch einen Gast mitbringen?« fragte Fabian seinen alten Schulfreund und kniff dabei die Augen zusammen, als ob er somit vor einer negativen Antwort gefeit wäre.

»Klar«, kam die Antwort mit Zeitverzögerung, »wir haben fünf Schlafzimmer und aktuell ist nur eines belegt.« Fabian hatte das Gefühl vor Freude schreien zu müssen. Um die Anspannungen aus sich heraus zu lassen, ballte er eine Siegerfaust und schlug damit auf seinen Beifahrersitz ein.

»Bernd, du bist ein Tier! Ich melde mich umgehend bei dir, sobald ich geklärt habe ob und wann, O.K.?

»O.K.«, antwortete Bernd amüsiert und fügte noch hinzu. »Ich werde mich mal zusammenreißen und die Zimmer nicht gleich wieder mit braungebrannten Schönheiten bestücken.«

»Sehr freundlich von dir, bis dann.« Fabian legte auf und hatte noch an die 15 Minuten übrig, um wenigstens einen Teil der Fahrt, zur Entspannung nutzen zu können.

Ω

»Nein, ich geh nicht mit. Tut mir leid, bin anderweitig verplant.« Fabian hatte das Gefühl, diesen Satz heute zum zehnten Mal von seiner ungeliebten Kollegin zu hören. Im Moment war es der Zwei-Meter-Mann namens Klein, der nicht darüber wegzukommen schien, dass Yvonne heute die kleine Herrenrunde nicht mit ihrer Anwesenheit bereichern würde. Fabian war es ganz recht so. Was sollte denn Weibsvolk auf einer Kneipentour? Interessante oder lustige Gespräche konnte man dann vergessen, da jeder der Herren nur damit beschäftigt wäre, sich von seiner attraktivsten Seite zu zeigen und ausdauernd den Stelzbock zu mimen. Schlimm genug, dass heutzutage auch ohne weibliche Begleitung jeder auf seinem dämlichen Smartphone unentwegt noch dämlichere Kurznachrichten versenden musste. Es war nicht mehr möglich, sich konzentriert mit einer Thematik auseinanderzusetzen, ohne dass das Gegenüber alle fünf Minuten auf sein Mobilfunkgerät glotzte. Ah, Moment...ich muss mal grad ganz kurz...warte mal bitte…eine Sekunde…bin gleich wieder bei dir…ich hab's gleich…das ist echt ganz wichtig grad. Wichtig war das Zeug mit Sicherheit so gut wie nie. Wenn es beim Leser anzügliches Grinsen verursachte, konnte man sich schon denken, um welche Art von Wichtigkeit es sich gerade handelte. Aber das war nun mal die neue Zeit. Fabian hatte sich zwei Strategiespiele auf seinem iPhone installiert, die er jederzeit für jeweils nur 2 oder drei Minuten aktivieren und sofort wieder wegdrücken konnte. Aus der Erfahrung heraus wusste er mittlerweile, dass es über den durchschnittlichen Abend gesehen eine starke halbe Stunde Leerlaufzeit zu überbrücken galt.

»17.00 Uhr, Herr Kollege«, meinte der rothaarige Riese und wies mit dem Zeigefinger auf Fabian.

»Ich bin bereit«, antwortete er und hob bestätigend den Daumen nach oben. Der Wikinger zwinkerte ihm zu und machte sich davon.

Yvonne schaute nachdenklich zu Fabian und erweckte den Eindruck, jeden Moment zu ihm herüberkommen zu wollen. Er fragte sich, was sie nun schon wieder von ihm wollte und hoffte inständig, dass sie da sitzen bleiben würde, wo sie gerade war. Doch bei der Hoffnung blieb es, denn sie trat tatsächlich den kurzen Weg zu ihm an. Verschwörerisch nah stellte sie sich zu ihm und flüsterte in dazu passendem Tonfall:

»Pass auf dich auf, ja?«

»Wie meinst du das jetzt?«, fragte Fabian etwas verwirrt.

»Die Jungs haben etwas vor mit dir und es wird dir sicher nicht gefallen.« Fabian verstand die Welt nicht mehr. Eine freundschaftliche Warnung – von ihr? Wie kam er zu der Ehre oder wollte sie ihn nur verunsichern, um ihm die abendliche Stimmung zu versauen?

»Woher willst du das wissen? Was haben sie denn vor

mit mir?«

»Ich weiß nicht was. Aber es ist so Brauch hier. Jeder Neue muss durch diese Feuerprobe und jedes Mal wird es abartiger und abstruser. Es hat meistens etwas mit abgefüllt werden und peinlichen Fotos zu tun. Wie gesagt: Pass auf dich auf!« Damit ließ Yvonne ihn allein. Er war verblüfft, denn ihre Warnung klang aufrichtig. Womit hatte er das verdient, dass diese Schreckschraube auf einmal nett zu ihm war. Schon beim Italiener gestern hatte er das Gefühl gehabt, dass Yvonne auf Annäherungskurs gehen wollte. Hatte der Termin bei Herrn Bruckner etwas damit zu tun? Er war sich ziemlich sicher, dass Yvonne seit diesem Meeting den Ton ihm gegenüber verändert hatte.

Was ihn betraf, so hatte sich rein gar nichts verändert. Er hatte keine Lust, seine kostbare Zeit an anstrengende Karrierefrauen zu verschwenden. Dieses permanente Zwangsverhalten, der Welt aufdrücken zu müssen, dass sie besser, schlauer, gerissener und ausdauernder als alle anderen seien, minderte seine Lebensqualität. Was hinderte Yvonne daran, seinen Job zu machen, wenn sie tatsächlich so gut war? Warum versteckte sie sich in der zweiten Reihe? Wohl weil es einfacher war, die Arbeit anderer zu kritisieren, als sie selbst zu erledigen.

Was den letzten Punkt betraf, so wusste Fabian selbst, dass gerade der Ärger mit ihm sprach. Sie war sogar sehr gut und überließ rein gar nichts dem Zufall. Das Projekt, so jung und unausgereift es bislang war – sie hatte es bestens im Griff. Wenn Yvonne nicht diesen Überehrgeiz aufweisen und nicht aus allem einen internen Wettkampf machen würde, könnten sie sogar ein unschlagbares Team abgeben. Er an vorderster Front, im direkten Schlagabtausch mit dem potentiellen Kunden und sie als administrative Geheimwaffe, die den Überblick über Abwicklung und Beteiligte hielt.

Ω

Zwei Stunden später, versammelte sich die kleine Gruppe Account Manager an der nahegelegenen S-Bahn Station. Schon während der Fahrt nach Sachsenhausen, noch bevor überhaupt der erste Schluck Alkohol getrunken worden war, demonstrierten die sieben Männer höchste Ausgelassenheit. Ihre Garderobe passte nicht im Geringsten zu ihrem Auftreten. Die Schlipse waren ordentlich gebunden, die Anzüge teuer. Doch als ob eine Gruppe Teeanger ihrem Elternhaus entflohen wäre, so grölten und feixten die Herren und schienen die S-Bahn mit einem After-Work Club zu verwechseln.

Der kleine, schwitzende Fleischberg hatte sich auch zur Gruppe gesellt. Fabian hätte auf Holger Schmiech gerne verzichtet, denn nach wie vor vermittelte er einen durchweg ungepflegten Eindruck und roch. Er schien es wahnsinnig komisch zu finden, jede Haltestationsansage mit seiner Fistelstimme nachzuahmen. Seine Kollegen bekamen sich gar nicht mehr ein vor Lachen.

Fabian war noch nicht so weit, sich der allgemeinen Heiterkeit hingeben zu können. Yvonnes Worte klangen noch nach und er fragte sich, was ihm wohl bevorstehen würde. Er sehnte sich nach einem Bier, um die Anspannung loszuwerden und in den Fluss des Abends zu kommen.

Ω

Sachsenhausen gehörte bereits seit dem Mittelalter zum Stadtgebiet. Ehemals zwei, mittlerweile nur noch eine berühmte Brauerei hatte hier ihren Sitz. „Dribb de Bach“, also „Drüben vom Bach“, wie die Frankfurter sagten, war nach dem Krieg sogar international durch seine Ansammlung von Apfelwein-Wirtschaften bekannt geworden. Der kleine Bereich Alt-Sachsenhausen war der Magnet für Nachtschwärmer und Bierliebhaber und jeder gute Junggesellenabschied in der Region fand hier meist seinen Höhepunkt. Die Kopfsteinpflaster-Gässchen luden zum Flanieren ein und üblicherweise im Stundentakt wechselte man von einer Kneipe in die andere.

Fabian hatte den Plan schnell durchschaut. Es war immer ein anderer der sechs Kollegen, der ihn zu einem Kurzen oder einer weiteren Runde Schoppen einlud. Nur ganz selten tranken sie alle gemeinsam. Eigentlich ein ganz alter Hut und Fabian war es ein Leichtes, das Spiel mitzugehen. Er musste nur hin und wieder unbeobachtet daneben schütten, was bei den düsteren und völlig überfüllten Kneipen kein sonderlich großes Hindernis darstellte.

Henner Müller, mit seinen zarten 24 Jahren der Jüngste in der Runde, war der erste, der sich den Abend nochmals durch den Kopf gehen ließ. Sein Abendessen verteilte er großflächig über den Fußboden einer Sportbar. Jürgen Frank, ein etwas ruhigerer Geselle, schaffte es immerhin bis vor die Tür. Dass er ausgerechnet an eine Harley-Davidson kotzen musste war ungeschickt und veranlasste die Exkursionsgruppe zu einem spontanen Ortswechsel. Aus der Karaoke-Bar wurden sie bereits nach 15 Minuten wieder des Hauses verwiesen, nachdem Holger Schmiech demonstrativ gegen den Biertresen gepinkelt hatte.

Das erste Taxi wurde bestellt und die beiden Alkoholleichen traten zusammen mit Holger den Weg nach Hause an.

»Mid dir...gesch...ni...wieda saufn«, lallte der fette Kerl, als er versuchte, halbwegs würdevoll in das Auto zu steigen. »Dea knn...vertrang, sach isch dür«, erklärte er dem nicht sonderlich interessierten Taxifahrer. »Wir...am...ihn... abfüllen, aber guck...och. Stehd immernoch.«

Die verschworene Truppe schien sich nicht an ihre eigenen Strategie gehalten zu haben. Es war gerade erst halb neun vorbei und Fabian hatte schon lange nicht mehr drei so besoffene Typen erlebt.

Der Hühne Lothar Klein, ein sehr sympathischer Kollege namens Alex Bernhard und ein grässlicher Schwätzer, dessen Namen sich Fabian einfach nicht merken konnte, waren noch übrig geblieben. Die vier steuerten die nächste Bar an, als Lothar auf einmal mit einer Idee auf sich aufmerksam machte, vor der Fabian schon den ganzen Abend Angst gehabt hatte:

»Lasst uns einen richtigen Herrenabend draus machen.«

»Was meinst'n«, fragte der unsympathische Kerl und fügte eine nachfolgende Eingebung an: »Nutten? Na endlich!«

»Nennen wir es doch lieber „Saunagang mit angenehmer Unterhaltung“«, korrigierte der Wikinger. Alex Bernhard meinte nur knapp: »Bin dabei« und nun war es an Fabian, nicht als Spielverderber der Gruppe hervorzugehen. Weder hatte er Lust zu dieser Unternehmung, noch hatte er einen Hauch von Ahnung, was die Spielregeln eines solchen Clubs betraf. War er gezwungen, etwas mit einer Dame machen zu müssen oder konnte er sich auch einfach auf das Thema Sauna beschränken? Es überkam ihn der Gedanke, vielleicht doch noch in die geplante Falle zu tappen und mit prekären Bildern erpressbar gemacht zu werden. Doch wenn er sich jetzt den durchaus willigen Herren verweigern würde, könnte das sein Ansehen unter den

Kollegen nachhaltig beschädigen.

Fabian entschied sich, dem Druck nachzugeben. Es würde ihn wohl keiner mit vorgehaltener Waffe zum Geschlechtsverkehr zwingen. Auch durch seinen recht ordentlichen Alkoholpegel bedingt, fand er es im Grunde eine ganz nette Vorstellung, ein paar nackte Körper bestaunen zu gehen. Angucken war ja nicht Fremdgehen.

»Ich organisier uns ein Taxi«, erklärte er deshalb. »Weiß jemand wo der Laden ist?« Lothar Klein grinste breit und meinte: »Na, sicher.«

Ω

Zwanzig Minuten später überquerten sie die Alte Brücke nach Norden. Der Main trennte hier Sachsenhausen von der Frankfurter Altstadt, mit einer dicht bewaldeten und etwa 300 Meter langen Maininsel direkt darunter. Die Pappeln und Weiden dienten zahlreichen Wasservögeln als Brutplatz und als wichtigen Rastplatz für Zugvögel.

An Fabian jedoch ging dieser Aussichtspunkt gerade völlig vorbei. Er merkte wie er schwitzte. Sein Fuß wippte wieder einmal einen imaginären Takt und alle paar Minute verlagerte Fabian seine Sitzposition, als ob er mit Hämorrhoiden zu kämpfen hätte. Seine Mitfahrer waren sehr ruhig und die Partystimmung für einen Moment passé. Es schien wohl jeder der Anwesenden, dem kommenden Ereignis auf seine eigene Weise entgegenzufiebern.

Das Taxi bog nach links ab, auf den Mainkai und folgte der Uferstraße in Richtung Bahnhof. Einer kurzen Beschleunigung des Wagens folgte eine ruckartige und starke Bremsung, die Fabian und seine Kollegen für einen Moment aufstöhnen ließ.

»'Tschuldigung, die Herren«, meinte der Fahrer. »Hab gedacht, die Ampel krieg ich noch. Aber zu knapp.«

»Allerdings«, murmelte Fabian vor sich hin und starrte durch das Fenster auf das Mainufer hinaus. Eine Szenerie wie aus einem Hollywood-Film erregte dabei seine Aufmerksamkeit. Eine Stretchlimousine, ein in teurem Zwirn gekleideter Mann, eine Prostituierte.

»Hey«, rief der Schwätzer, der es sich auf dem Beifahrersitz des Taxis gemütlich gemacht hatte, »da geht schon die erste Party los.« Er zeigte auf die Geschäftsverhandlung, die der Limousinengast und die Gewerbedame gerade miteinander führten und Lothar fügte hinzu:

»Die wäre was für unsere Runde hier, wenn wir noch was frei hätten im Auto.«

»Für die schaffen wir hier auch noch Platz«, meinte Alex, »obwohl ich finde, dass die Tante aussieht wie unsere Frau Richter.« Lauthals schallendes Gelächter, einzig allein Fabian erstarrte. Alex hatte recht. Dem Outfit zufolge, war die Dame unübersehbar eine Nutte. Minirock, Netzstrümpfe, Lack-Overknees, bauchfrei, das ganze Programm. Doch das Gesicht, so geschminkt und aufgetakelt es auch sein mochte – Fabian erkannte darin seine Kollegin Yvonne.

Die Herrenrunde wartete in ihrem Taxi noch immer an der roten Ampel. Während seine Kollegen noch darüber philosophierten, wie es wäre, von Yvonne einen geblasen zu bekommen, wandte Fabian seinen Blick nicht mehr von der gegenüberliegenden Straßenseite ab. Er versuchte das Gesicht förmlich heran zu zoomen, seine ihm gegebene Schärfeeinstellung aufs Maximum zu erhöhen. Er war sich beinahe sicher, dass es sich um sie handeln musste, doch was würde das bedeuten? Konnte es tatsächlich möglich sein?

Ihr Taxi begann wieder anzufahren und im Vorbeifahren, einen kurzen Moment bevor sie außer Sichtweite kam, passierte es: Eine sonst nichts sagende Kopfbewegung, gefolgt von einem Lippenkräuseln, doch für Fabian kam es einer Offenbarung gleich.

Ω

Als sie den FKK-Club im Bahnhofsviertel erreicht hatten, dachte keiner der kleinen Männergruppe noch an die Szenerie eben am Mainkai. Niemand außer Fabian. Er wusste gar nicht wohin mit all seinen Gedanken und nickte den beiden kahl rasierten Herren leicht abwesend zu, als sie ihm und seiner Entourage die Eingangstür zum Freudenhaus öffneten. Die erste Hürde war somit genommen. Fabian hatte sich schon oft gefragt, wie es wohl sein würde, ein Bordell zu betreten. Alleine hätte er sich niemals getraut, diese Schwelle zu übertreten. Schon allein die beiden Fleischberge an der Tür hätten ihn dauerhaft auf sicherer Distanz gehalten. Doch nun war er hier und die Enttäuschung stand ihm ins Gesicht geschrieben. Fabian war davon ausgegangen, von schönen Frauen und exotischem Ambiente willkommen geheißen zu werden. Doch ein steriler, weißer Gang mit einem Gummiboden wie in einer Turnhalle sorgte stattdessen für Ernüchterung. Düstere Stimmung ohne jegliche Musik und ein kleines Kassenhäuschen mit einer fürchterlich hässlichen Frau hinter einer Glasscheibe, gaben ihr Übriges. Die Dame begann sofort, mit geübtem Auge, die kleine Männergruppe in Kleidergrößen aufzuteilen. Mit nikotingeschwängerter Stimme meinte sie:

»Also wenn ich das richtig sehe, dann haben wir hier

einmal M, zweimal L und einmal XXL.«

»Was meint sie damit?«, flüsterte Fabian zu Alex, dessen Antwort ausblieb. Mit flinker Hand drückte die Frau ihnen jeweils einen weißen Frotteemantel und dazu passende Stoff-Badelatschen in die Hand.

»Die Duschen sind den Gang runter und dann links. Eintritt macht 60€ pro Nase. Essen, Softgetränke und Bier sind im Preis inklusive. Ein Arrangement mit den Damen verhandelt ihr separat. Noch Fragen?«

Es gab keine mehr – zumindest traute sich keiner, diesem Mannsweib gegenüber den Mund aufzumachen. So schnell es ging steuerten sie den Waschraum an, in dem weitere Assoziationen von Hallenbad Umkleideräumen aus Jugendtagen in Fabian aufkamen. Für ihn stand fest, dass er sich mit ein bis fünf Inklusiv-Bieren in eine Ecke verdrücken und abwarten würde, bis seine Kollegen den Druck rausgelassen hätten. Der Start in diesem Etablissement war für ihn bereits so abturnend gewesen, dass er sich nicht im Geringsten vorstellen konnte, überhaupt jemals wieder eine Erektion zu bekommen.

»Zieht man nur den Bademantel an? Keine Unterwäsche?«, fragte Fabian.

»Steigst du aus dem Meer, wenn du pinkeln musst?«, entgegnete der Schwätzer. Es sollte wohl soviel bedeuten wie: Ja. Fabian beobachtet seine Kollegen, wie sie mit Bademantel und Schlappen bekleidet, den Raum Richtung Bar verließen. Diese wurde durch das Schild über dem zweiten Ausgang angepriesen. Während die Tür hinter ihnen zuschlug, werkelte Fabian noch an seinem dünnen Stoffgürtel herum. Er war das Einzige, was diesen viel zu kurzen Bademantel zusammenhielt und Fabian kam sich nackt vor, als er seiner Gruppe folgte. Doch was ihn empfing, glich einer Oase inmitten des bislang vorherrschenden Betons und Plastiks und ließ ihn sein Unwohlsein schlagartig vergessen. Als ob er ein Portationstor zu einem fernen Land durchschritten hätte, wurde er auf einen Schlag von Luxus, Prunk und Schönheit umgeben. Es glich einem Palast aus einem orientalischen Märchen. Eine riesige Aula, die sich über drei Stockwerke erstreckte, bildete den zentralen Ausgangspunkt des Clubs. Bronze, Braun und Rot wechselten sich an den Wänden, Decken und den Raum unterteilenden Geländern ab, durch die kuschlige Separees zum Verweilen einluden. Ein kunstvoll anmutender Teppichboden, sorgte für eine angenehm gedämmte Geräuschkulisse und die unzähligen Polster, Couchen und Kissen taten ihr Übriges. Kleine Teetischchen, Kerzenständer und Statuen rundeten das Bild vollständig ab. Das rotgoldene Licht sorgte für schummrig-gemütliche Stimmung und ließ die flanierenden Damen noch glanzvoller und begehrenswerter erscheinen, als sie es ohnehin schon waren. Noch nie hatte Fabian so viele, schöne Frauen auf einmal gesehen.

»Champagner«, brüllte Lothar durch den Saal, was Fabian überhaupt nicht gefiel. Seines Wissens kostete in einem solchen Laden eine Flasche der prickelnden Plörre hunderte Euro. Er wusste nicht, wie es seine Kollegen wohl damit hielten, auch hier die Endrechnung durch vier teilen zu wollen. In Sachsenhausen waren sie bislang den Abend über so verfahren. Doch es half alles nichts – mitgefangen, mitgehangen, und Alex legte gleich noch einen obendrauf:

»Aber zwei Flaschen, wir haben Durst.«

Ihr Aufsehen erregender Auftritt an der Bar blieb auch bei den anwesenden Damen nicht unbemerkt. Es dauerte keine Minute, bis sich die ersten zwei Schönheiten zu ihnen gesellten. Einzig und allein mit einem orientalischen Seidentuch um die Hüften gekleidet, schmiegten sie ihre wohl riechenden und von Lotion glänzenden Körper an die Männer. Fabian wusste nicht was er tun sollte, als eine der beiden ihre Hand unter seinen Bademantel schob und begann, ihm gefühlvoll seine Brust und den Bauch zu streicheln. Zum ersten Mal heute war er froh um die Gesellschaft des Schwätzers, denn der packte das maximal 20 Jahre alte Mädchen und zog sie unsanft zu sich. »Du gehörst heute mir«, forderte er sie auf und sie ließ es geschehen, als ob sie auf nichts anderes gewartet hätte. Zwei weitere Bewerberinnen kamen zu ihnen geschlendert, was Fabian dazu veranlasste, sich ein frisch gefülltes Glas Champagner von der Theke zu schnappen und einen kleinen Rundgang durch die Räumlichkeiten zu starten.

Die Grundfläche des Clubs schien in etwa an die Größe einer mittleren Sporthalle heranzureichen. An den Außenwänden entlang gab es immer wieder kleine Nischen, Whirlpools oder Liebesschaukeln zu bestaunen. Versteckt hinter einer kunstvoll verzierten Wand, aber durch ein gold umrahmtes Schild angepriesen, bot sich der Durchgang zu einem kleinen Kino an. Fabian wurde neugierig und ging die fünf Schritte hinein. Die Wände mit rotem Teppichboden verkleidet und der Boden in vier Liegeebenen unterteilt, lud der Raum förmlich zu sexuellen Aktivitäten ein. Die mit Matratzen und Kissen belegten Abstufungen sahen sehr gemütlich aus und der vorgeführte Film ließ auch keinen weiteren Zweifel am gedachten Verwendungszweck des Kinos aufkommen. So war es auch nicht verwunderlich, dass bereits ein Paar dieser Aufforderung nachgekommen war und sich gerade lautstark verlustierte. Fabian erstaunte es, wie offen und ungehemmt manche Menschen mit ihrer Sexualität umgingen. Störte es sie nicht, dass ihnen jeder dabei zuschauen konnte, wie sie mit einer Prostituierten vögelten? Hatten sie keine Angst, von jemandem erkannt zu werden?

Um nicht weiter aufzufallen und den beiden „Filmfreunden“ ihren ungetrübten Spaß zu lassen, wandte sich

Fabian schnell wieder ab und ging auf das weitläufige Treppenhaus zu. Ein 180° Stufenbogen führte ihn auf die Empore des zweiten Stockwerks, von dem aus er einen wundervollen Blick auf die Aula und die anwesenden Frauen hatte. Als gemütliche Samstag-Nachmittag-Bar konnte er sich das hier sehr gut vorstellen. Wenn man nicht andauernd dazu ermutigt werden würde, mit irgend jemandem bezahlten Sex haben zu müssen, würde er hier im Prinzip gerne ab und zu ein Bier nehmen. Wo sonst gab es so ein wundervolles Ambiente und wo sonst liefen im Minutentakt unbekleidete Brüste an einem vorbei?

Als ob er gerade wachgerüttelt worden wäre, kam auf einmal die Erinnerung an seine Kollegin zurück. Yvonne Richter – eine Prostituierte? Konnte das tatsächlich möglich sein? Er versuchte sie sich vorzustellen, wie sie einen Kunden in das kleine Kino unten locken und die Dinge mit ihm tun würde, die Fabian Momente zuvor bestaunen durfte. Ja, sie war eine überdurchschnittlich attraktiv Frau und sie kleidete sich meistens sehr aufreizend. Aber war das automatisch eine Beweis dafür, dass jemand Geld für Sex nahm? Doch was konnte diese Szene vorhin anderes bedeutet haben? Yvonnes Outfit war noch ein paar Kategorien verschärfter gewesen, als sie sich ohnehin präsentierte und Verhandlungen an einer Straßenecke mit einem Mann, der in einer Stretchlimousine durch die Stadt kutschierte? Nein, da gab es Fabians Ansicht nach nichts misszuverstehen. Die Sache war klar: Yvonne musste wohl eine Nutte sein.

Das Gute daran war, dass Fabian diese Erkenntnis äußerst gelegen kam. Schon seit seinem Telefonat mit Bernd Lösel hatte Fabian sich gefragt, mit welchen Argumenten er diesen Herrn Bruckner nach Mallorca lotsen konnte. Fabian war sich nicht sicher, ob dieser wegen einer Uhr ein Flugzeug besteigen und ein Wochenende mit ihm auf der

Insel verbringen würde. Es brauchte noch etwas mehr. Vielleicht die Aussicht auf eine diskrete Eroberung, weit weg von zu Hause und der Gefahr, dabei erwischt zu werden. Fabian versuchte das Gespräch Revue passieren zu lassen. Hatte Herr Bruckner Yvonne beachtet? Waren dessen Augen auf Entdeckungsreise gegangen, um diesen unerforschten Körper kennenzulernen? Fabian konnte sich nicht mehr erinnern. Zu sehr war er während des Meetings auf seinen Part konzentriert gewesen und zu sehr hatte er Herrn Bruckners Handgelenk und nicht dessen Augen im Blick gehabt.

Er würde es versuchen. Yvonne musste in den Plan mit einbezogen werden und sie würde die tragende Rolle dieses Wochenendes darstellen. Fabian war von seiner eigenen Idee so fasziniert, dass er grinsen musste. Es war perfekt. Nach diesem Kurztrip konnte gar nichts mehr schief gehen. Der Deal wäre gefixt, Vanbush mit seiner Leistung überglücklich und die Frage, wann er Vertriebsleiter werden würde, nicht mehr eine Frage von Jahren, sondern maximal von Monaten. Fabian sah den Traum von seiner eigenen Mallorca-Finca immer näher rücken. Die Party zu seinem 30. Geburtstag konnte kommen.

Er schlenderte mit dem Glas in der Hand weiter und umrundete die Empore bis ihm eine eingerückte Kachelwand auffiel. Auch der Boden an dieser Stelle war gefliest und aus der Decke ragten Regenwald-Duschköpfe heraus. Eine typische Holzblocktür bildete die direkte Verbindung zur nebengelegenen Sauna.

Fabian überkam spontan die Lust, ein bisschen schwitzen zu gehen. Er entledigte sich seines Bademantels und ging auf die Duschlandschaft zu. Große, goldene Armaturen steuerten Wasserfluss und Temperatur und Fabian stellte sich alles so ein, dass er in Folge das angenehm warme Wasser genießen konnte. Es tat gut, sich den Schmutz und die Aufregung des Tages vom Körper zu waschen. Ein Cremeseifenspender an der Wand lud zum Benutzen ein und Fabian begann sich am ganzen Körper einzuseifen. Als er damit anfing sein bestes Stück zu waschen, überkamen ihn zwei intensive Gefühle gleichzeitig. Beim ersten handelte es sich um das ihm nur zu bekannte, angenehme Verlangen weiter zu machen und sich selbst bis zum Höhepunkt zu bringen. Das andere Gefühl betraf die Tatsache, so etwas in einem riesigen, offen gehaltenen Raum zu tun, jederzeit Gefahr laufend, von jemandem beobachtet zu werden. Doch genau das reizte ihn an diesem Moment. Sein Penis begann anzuschwellen und mit weiteren Bewegungen seiner Hand, fiel es Fabian immer schwerer damit aufzuhören. Ein plötzliches Klacken und ein damit einhergehender Rums ließen ihn zusammenschrecken und sich peinlich berührt zur Seite drehen. Die Saunatür hatte sich geöffnet und eine zierliche Asiatin trat aus dieser hervor. Sie war splitternackt. Als sie sich neben Fabian unter die Dusche stellte, schenkte sie ihm ein freundliches Lächeln und zwinkerte ihm einmal kurz zu. Fabian verspürte den Instinkt, Diskretion zu wahren und fortgehen zu müssen. Doch der Anblick dieser wunderschönen Frau, die keine 1,60 Meter groß sein konnte, schien etwas anderes in ihm auszulösen. Behutsam, die Augen stur auf die Dusche gerichtet, ergriff er seinen Bademantel und schritt auf eine nahegelegene Couch zu. Als ob er mit jeglicher Berührung einen Alarm auslösen könnte, senkte er sein Hinterteil quasi in Zeitlupe. Was er da tat, gehörte sich nicht. Soviel Erziehung machte sich in ihm noch bemerkbar. Aber er schaffte es einfach nicht, seinen Blick von diesem Schauspiel abzuwenden. Die junge Frau hatte ihre langen, schwarzen Haare mit einer Klammer hochgesteckt und versuchte ihren Kopf dem Wasserstrahl fern zu halten. Dabei tänzelte sie auf ihren Zehenspitzen herum und machte ein Hohlkreuz, das ihren mädchenhaften Hintern noch besser in Szene setzte. Ihre kleinen und festen Brüste drückte sie nach vorne und als sie Fabians Blicke verfolgte, begann sie neckisch, an ihnen herumzuspielen.

Fabian fragte sich, wann der dazugehörige Mann aus der Sauna kommen würde, denn er konnte sich nicht vorstellen, dass die Damen diese hier einfach so zu ihrem Vergnügen benutzen durften. Doch die Duschszene dauerte an und mit jeder Sekunde, die verstrich, wurden ihm andere Menschen immer gleichgültiger. Noch nie hatte er so etwas erotisches gesehen und noch nie hatte ihn das Verlangen nach einem fremden Körper so gepackt, wie in diesem Moment. Er schätzte sie auf thailändische Abstammung. Ihre großen, mandelförmigen Augen strahlten aus einem rundlichen Gesicht hervor, das sofort jeglichen Beschützerinstinkt in einem Mann hervorrief. Die hellbraune Haut des Mädchens glänzte im Licht der beleuchteten Dusche und es sah aus, als ob die Wassertropfen, wie durch ein unsichtbares Kraftfeld abgelenkt, von dem zierlichen Körper abperlen würden. Unterhalb ihres Kopfes, störte kein einziges Haar die Sicht und ihre Finger- und Zehennägel vervollständigten den Eindruck hundertprozentiger Gepflegtheit. Völlig surreal, als ob er einen Film in Slowmotion betrachten würde, verfolgte Fabian ihre Bewegungen unter der Regenwaldbrause.

Als sie das Wasser abstellte, sprach sie Fabian ganz direkt an:

»Kannst du mir bitte helfen?« Ihre Worte waren akzentfrei.

»Gerne, was soll ich tun?« Fabian verstand nicht sofort, dass es der Badenixe um eine Gelegenheit ging, sich abtrocknen zu können. Mit einem weiteren Lächeln und einer kurzen Kopfbewegung ihrerseits, zu den aufgestapelten Badetüchern hin, fand Fabians Kombinationsgabe aber doch noch den Weg zurück in sein Bewusstsein.

»Ach, natürlich«, meinte er und stellte sein Glas auf einem kleinen Beistelltischchen ab. Danach schnappte er sich eines der Frotteetücher und hechtete zu ihr hinüber. Mit mehr als einer Armlänge Abstand, streckte Fabian es ihr hin, als ob es einen Graben voll giftiger Schlangen zwischen den beiden zu überwinden galt. Das Mädchen lächelte nur und drehte ihm auffordernd ihre Rückseite hin. Der Anblick ließ Fabian verharren. Er musste die schmale Taille und diesen makellosen Hintern erst einmal in Gänze für sich erfassen. Doch die Asiatin begann ungeduldig zu hüpfen und meinte:

»Mir wird kalt.« Fabian verstand und trat an sie heran, um ihr das Badetuch langsam über die Schultern zu legen. Er vernahm den aufreizenden Duft ihres Haares und spürte ihre zarte Hand, wie sie ganz beiläufig die seine streifte. Es war nur ein flüchtiger Moment, als sie nach dem Stoff griff, doch Fabian wünschte insgeheim, sie würde ihn hier und jetzt verführen.

»Danke dir, sehr aufmerksam. Ich bin Cheyenne.« Sie knotete das Tuch oberhalb ihrer Brüste zusammen und gab Fabian einen flüchtigen Kuss auf die Wange.

»Oh, natürlich. Sehr gerne. Ich bin Fabian.«

»Hallo Fabian, es freut mich, dich kennenzulernen.« Sie reichte ihm in aller Form die Hand und grinste dabei, als ob sie beide genau wussten, dass diese traditionelle Geste gerade mehr als überflüssig und fehl am Platz war.

»Darf ich?«, fragte sie und zeigte auf das Glas Champagner, das er kurz zuvor noch in der Hand gehalten hatte.

»Selbstverständlich«, antwortete Fabian. Sie gingen zu der kleinen Couch und setzten sich. Fabian überreichte ihr die Sektflöte, die sie dankend annahm, um danach einen Schluck des prickelnden Getränks zu genießen.

»Danke dir.«

»Ich danke dir«, antwortete Fabian und Cheyenne schaute ihn verwirrt und interessiert zugleich an.

»Wofür?«, wollte sie wissen.

»Na, für deine kleine Duschshow, gerade eben.« Sie lächelte und zwinkerte.

»Hat sie dir gefallen, ja?«

»Das kann man sagen«, antwortete Fabian heftig nickend. »Ich habe mich nur gefragt, ob du eben alleine in der Sauna warst, oder ob da noch jemand rauskommt.« Cheyenne lachte herzerfrischend natürlich.

»Nein«, sagte sie, »keine Sorge. Da kommt keiner mehr nach.«

»Darfst du denn hier so alleine die Sauna benutzen? Ich meine...so während...naja...der Arbeit.« Cheyenne musste wieder lachen und streichelte zärtlich Fabians rechte Wange.

»Du bist süß, Fabian«, antwortete sie mit strahlenden Augen und strich ihm interessiert durchs Haar. »Ich darf hier machen was ich will, weißt du? Ich bin die Stieftochter des Besitzers.« Fabian wusste nicht, ob er geschockt oder beeindruckt sein sollte. Welcher Vater ließ seine Tochter in einem Puff arbeiten, auch wenn es der eigene war?

»Und du«, fragte Fabian nach, »du arbeitest hier?«

»Heute schon, ja.« Sie lächelte verschmitzt.

»Zwingt dich dein Stiefvater dazu?« Fabian wagte sich auf gefährliches Terrain, aber seine Neugierde obsiegte.

»Ganz und gar nichts«, meinte Cheyenne. »Wenn er wüsste, dass ich heute hier bin, würde er durchdrehen. Er hat mir schon tausendmal verboten, hier zu arbeiten.«

»Aber...?«, hakte Fabian nach.

»Aber...«, erklärte Cheyenne weiter, »er hält mich auch finanziell kurz und ich liebe es einfach, ihn auf die Palme zu bringen.«

»Na, das würdest du damit auch bei mir schaffen, wenn

du meine Tochter wärst.«

»Aber dafür bist du zum Glück noch ein bisschen zu jung«, meinte Cheyenne und forderte ihn auf, ein bisschen mehr über sich zu erzählen. Sie sprachen eine gute viertel Stunde über ihn, über seinen Beruf und über Carmen. Cheyenne hielt dabei unentwegt Körperkontakt zu ihm. Sei es, dass sie ihm durch die Haare kraulte, den Nacken streichelte oder mit ihren Fingerspitzen vorsichtig zu seinen Brustwarzen vorstieß. Fabian schwebte auf einer Wolke der Gefühle. Er genoss die schummrige Atmosphäre, sog den Duft dieser schönen Frau ein und ging darin auf, umschmeichelt und liebkost zu werden. Er hätte stundenlang so weitermachen können, bis aus Cheyenne dann doch noch die Geschäftsfrau hervorkam.

»Ich fände es sehr schön, jetzt mit dir auf ein Zimmer zu gehen. Meinst du nicht auch?« Fabian hatte Angst. Noch nie war er seiner Freundin jemals untreu gewesen und doch war es im Moment der einzige Wunsch, den er hatte. Zu gerne wäre er noch hier und jetzt über dieses liebreizende Geschöpf hergefallen, doch ein letzter Rest von Anstand und Loyalität hielt ihn auf.

»Gibt es vielleicht etwas, was dir deine Partnerin nicht so gerne erfüllt?« Ihre Frage war gezielt, denn viele Frauen hatten keinen Spaß daran, ihre Männer oral zu befriedigen. Doch gleichzeitig war es allgemein bekannt, dass es einer der meist genannten Wünsche der Männer war. Cheyennes Hand wanderte Fabians Bademantel hinunter und an seinem Oberschenkel streifte sie diesen ein Stück zur Seite. Sie begann behutsam sein Bein zu streicheln, immer so, dass sie mit dem Handrücken gerade noch so an seinem Penis vorbeistreifte. Fabian bekam sofort eine Erektion und Cheyenne nutzte die Gelegenheit, mit einem gezielten Griff ihre Absichten zu verdeutlichen.

»Ich habe gar kein Geld hier oben«, stieß Fabian hervor,

der sich maßlos konzentrieren musste, nicht die Beherrschung zu verlieren.

»Ich warte hier so lange, bis du zurück bist, o.k.?« Sie schaute ihm verführerisch in die Augen und leckte mit spitzer Zunge über seine Lippen.

»Und damit du weißt, was dich gleich erwartet«, meinte sie weiter, »gebe ich dir einen kleinen Vorgeschmack.« Cheyennes Kopf wanderte nach unten und noch ehe es sich Fabian versah, nahm sie seinen harten Ständer in den Mund und begann genüsslich daran zu saugen und zu lutschen. Fabian überkam die Angst, dass ihm jeden Moment die Schädeldecke explodieren könnte. Ein Gefühl des Ausgeliefertseins und der vollkommenen Sinnlichkeit. Eine so mächtige und sich immer stärker aufbäumende Erregung, hatte er noch nie zuvor empfunden.

Cheyenne blies ihn weiter und als ob sie selbst gerade daran Spaß haben könnte, machte sie leise stöhnende Geräusche, die Fabian nur umso mehr anstachelten. Als sie noch zusätzlich begann, ihre Hand mit zu Hilfe zu nehmen, stöhnte Fabian auf:

»Mach weiter so, ich bring dir das Geld, versprochen. Nur nicht aufhören, jetzt.« Die kleine Asiatin zog sich das Badetuch vom Körper und drückte Fabian ihre Brüste ins Gesicht. Begierig schnappte er nach ihnen und saugte, als ob er von Sinnen wäre. Fabian wusste nicht was er zuerst machen sollte. Er wollte sie küssen, lecken, ficken und doch gleichzeitig geblasen werden und kommen. Er wollte alles auf einmal und war nicht mehr Herr seiner selbst. Zu ungewohnt und außerordentlich war das Erlebnis, das er hier gerade erfuhr. Cheyenne kniete sich jetzt vor ihn und konzentrierte sich darauf, ihn zum Höhepunkt zu bringen. Mit fachmännischer Kunst ließ sie ihn sich winden, zucken und aufstöhnen, bis er sich mit einem gewaltigen Schwall in ihren Mund ergoss. Fabian konnte nicht glauben, was da gerade passierte, denn immer wieder überkamen ihn Wogen und Cheyenne machte den Eindruck, begierig jeden einzelnen Tropfen von ihm aufsaugen zu wollen.

»Wow«, begann er, noch immer nach Luft schnappend die Konversation wieder aufzunehmen. »Ich glaube...ich liebe dich.« Cheyenne lachte.

»Du Süßer«, noch immer hielt sie sein privatestes Stück in der Hand und sorgte für nachträgliches Wohlbefinden. »Vielleicht ist das nicht der richtige Ort hier für Liebe, meinst du nicht auch?« Sie zwinkerte ihm zu und Fabian antwortete: »Ja, klar. Das war jetzt auch nicht so ganz wörtlich gemeint.«

»Komm, lass uns duschen gehen«, forderte sie ihn auf. »Das wird uns beiden guttun.« Er ließ sich nicht zweimal bitten und so wiederholte sich die anregende Szene unter der Brause, nur dass Fabian diesmal nicht Beobachter, sondern Teil davon war. Er genoss das wohlig warme Wasser zum zweiten Mal und noch mehr, dass er sich diesmal nicht selbst einseifen musste. Sie wusch ihn ausgiebig. Ein erneutes Verlangen bäumte sich in ihm auf und ihre vorherigen Worte bezüglich eines Zimmers klangen in ihm nach. Cheyenne blieb seine Erregung nicht verborgen und mit einer kindlich und zugleich sündigen Stimmlage meinte sie: »Ich glaube, es wird Zeit für dich.«

»Was schulde ich dir eigentlich?«, wollte Fabian wissen.

»Hör zu Süßer, du bist ein wirklich netter Kerl«, sie küsste ihm, wie zur Bestätigung, sanft auf die Brust. »Ich gebe niemals Kredit. Das heute geht aufs Haus und wenn du das nächste Mal zu mir kommst, dann gibst du mir 300€, O.K.?«

»300?« Fabian erschrak und ließ es sich durch die spitze und laute Wiederholung des geforderten Geldbetrages auch anmerken.

»Dafür schaue ich bei dir nicht auf die Uhr – versprochen. Ich denke, wir beide werden noch eine Menge Spaß haben, was meinst du?«

»Einverstanden«, hörte sich Fabian sagen. Er war noch immer nicht Herr seiner Selbst und wie ein Lustsklave, gesteuert durch die allmächtige Liebesgöttin, war er bereit, Haus und Hof zu versprechen.

»Gib mir deine Nummer«, meinte Cheyenne, »dann schreib ich dir eine Nachricht, wenn ich weiß wann ich hier sein kann.«

»Aber sicher«, antwortete Fabian immer noch leicht benommen. Sie kramte aus einem Nichts von Stoff, das neben der Dusche lag, ein Handy hervor.

»Tipp sie mir da rein, o.k.?« Fabian tat wie ihm geheißen und meinte leicht aufgeregt: »Ich hoffe, dass du bald wieder da bist.«

»Das hoffe ich auch, Süßer. Nächste Woche mach ich eine kleine Reise, aber danach bin ich sicher für dich da.«

»Eine Reise?«, fragte Fabian nach. »Beruflich?«

»Na du bist aber neugierig«, meinte Cheyenne amüsiert.

»Ich dachte nur...ich meine...das klingt ja schon gut... was kostet das eigentlich mit dir im Urlaub?« Cheyenne lachte wieder einmal laut auf und untermauerte den sympathischen und liebenswürdigen Eindruck, den sie vermittelte. Wenn sie nicht gerade splitternackt wäre und die Tatsache im Raum stünde, dass sie Fabian soeben einen geblasen hatte, gäbe sie das perfekte Mädchen von nebenan ab.

»Alles der Reihe nach, Süßer. Lern mich doch erst einmal näher kennen. Danach kannst du Urlaubstrips mit mir planen, oder nicht?«

»Du hast recht«, antwortete Fabian leicht enttäuscht.

Und so verließ er die schöne Frau – befriedigt, entzückt, geschmeichelt und – erpressbar. War das der Fehler, den er den gesamten Abend versucht hatte zu vermeiden? Cheyenne hatte jetzt seine Nummer und somit hatte sie auch ein Stück weit ihn. Wer konnte schon wissen, was sie mit dieser kleinen Zahlenfolge alles anstellen würde. Vielleicht kämen jetzt immerzu anzügliche Nachrichten und Fabian müsste für den Rest seines Lebens sein iPhone von Carmen fern halten. Vielleicht würde Cheyenne ihn mit Fotos überhäufen, die von irgendeiner Überwachungskamera in diesem Puff gemacht worden waren. Vielleicht...Fabian wurde es heiß und kalt und je mehr er über die zurückliegende Szene nachdachte, umso mehr trat die eigentliche Leidenschaft des Augenblicks in den Hintergrund und kamen selbst inszenierte Horrorszenarien in ihm hoch. Wie hatte er nur so nachgiebig sein können und sich so ungeniert einfach einer wildfremden Frau hingeben können? Sein ganzes Leben lang hatte er sich stets im Griff gehabt und heute – noch dazu mit Vorwarnung? Er war von sich selbst enttäuscht und mit gesenktem Kopf und niedergeschlagenem Gemüt lief er an seinen noch feiernden Kollegen vorbei, die es immer noch nicht weiter geschafft hatten, als drei Schritte von der Bar weg.

Ω

Angsterfüllt schreckte Carmen hoch. Etwas hatte sie geweckt, doch sie konnte nicht eruieren, ob es ein böser Traum oder ein verdächtiges Geräusch im Haus gewesen war. Sie betätigte den Schalter ihrer Nachttischlampe und ließ das beruhigende Gefühl eines beleuchteten Schlafzimmers ein paar Momente auf sich wirken. Kalter Schweiß stand auf ihrer Stirn und sie zitterte leicht. Was hatte sie nur so beunruhigt? Sie konnte sich nicht erinnern geträumt zu haben und sie meinte zu spüren, dass es etwas aus dem realen Leben sein musste, das gerade nicht stimmte.

Fabian lag noch immer nicht neben ihr im Bett, wie es eigentlich um diese Uhrzeit sein sollte. Ohne zu zögern ergriff sie ihr Handy und schaltete den Flugmodus aus. Während der Sekunden, die das Gerät benötigte, um den Datentransfer der letzten Stunden aufzuarbeiten, kaute Carmen aufgeregt an ihrer Nagelhaut herum. Da! Eine Nachricht von Fabian!

»»»Habe mir Zimmer genommen Süße. Nicht mehr in Lage heimfahren. Schlaf gut leib dich«««

Die Nachricht wurde um 23.30 Uhr versendet, etwa eine halbe Stunde nachdem Carmen zu Bett gegangen war. Jetzt zeigte der Wecker bereits 01.12 Uhr an und Carmen wusste nicht, ob sie beruhigt oder aufgeregt sein sollte. Es war ja nicht das erste Mal, dass Fabian beruflich außer Haus schlief. Doch er hatte von dieser After-Work Feier erzählt und es gefiel ihr gar nicht, dass er in einer fremden Stadt, mit fremden Leuten Spaß hatte, dessen Ausgang sie nicht überblicken konnte.

Fast eine halbe Stunde wälzte Carmen sich im Bett herum, bis sie es nicht mehr aushielt, das Smartphone zur Hand nahm und in der Favoritenliste auf Fabians Namen tippte. Der Anrufbeantworter schaltete sich noch vor dem ersten Klingeln dazwischen, was normalerweise bedeutete, dass er das Gerät ausgeschaltet hatte. Jetzt war sie so schlau wie vorher.

Eine weitere, schlaflose Stunde verstrich und Carmen sorgte die Aussicht auf den nächsten Tag. Bereits gestern hatte sie sich nahezu schlafwandelnd durch die Stunden gekämpft, unfähig klar zu denken oder in sonst irgendeiner Form produktiv sein zu können. Mit einer Stunde in der letzten und vielleicht zwei Stunden Schlaf heute Nacht, stellte sie eine Gefahr für die Zahnarztpraxis dar. So konnte man sie unmöglich auf Patienten loslassen. Carmen riss sich die Decke von ihrem verschwitzten Körper und stapfte in ihrem Zimmer auf und ab. Die innere Unruhe brachte sie beinahe um den Verstand. Das beklemmende Gefühl und die einhergehende Kurzatmigkeit trieben ihr Tränen in die Augen. Carmen hatte Angst. Angst vor der ungewissen Zukunft, die sie sich ohne ihren sehnlichsten Lebenstraum nicht mehr erfüllend vorstellen konnte und Angst vor Fabians Reaktion. War ihre Beziehung in Gefahr? Würde Fabian ihr auch unter diesen Umständen immer beistehen? Carmen stürmte aus dem Schlafzimmer, keuchend, tränenüberströmt und sie schrie auf. Sie schrie, als ob sie damit Kummer und Panik aus ihrer Seele vertreiben könnte und für einen kurzen Moment verschaffte es ihr auch Frieden. Doch als sie sich auf den Weg zurück zum Bett machte, kehrte die Beklemmung ungehindert zurück. Jetzt reicht's, dachte Carmen, machte auf dem Fuß kehrt und sprintete hinunter in die Küche. An der letzten Treppenstufe blieb sie mit der Ferse hängen und vor Schmerzen aufschreiend, humpelte sie zum Apothekerschränkchen an der Küchenwand. Doch es war kein Pflaster oder etwa ein Verband, was Carmen zwischen der ganzen Medizin hervorkramte, sondern eine Notration Schlaftabletten, die sie bislang nur ein einziges Mal in ihrem Leben benutzt hatte. Heute würde wohl das zweite Mal werden. Wie ein Junkie auf Entzug fummelte sie fahrig an der Schachtel herum, bis sie es endlich schaffte eine der Pillen zwischen die Finger zu bekommen. Ein paar Momente schaute sie das kleine Ding nur an, denn sie verabscheute Chemie und es machte ihr Angst davon abhängig werden zu können. Homöopathie und Pflanzenwirkstoffe hatten die letzten beiden Tage zu keinem Ergebnis geführt. Daher ging es wohl nicht mehr anders, dachte sie sich und schluckte die Schlaftablette hinunter.

Warteschleife

»Hallo Herr Degen, Krämer hier. Ja, von der Vanbush IT Solution...Ja, danke...und Ihnen?« Fabian stand auf den Absätzen wippend vor seinem Arbeitsplatz in der kleinen Vier-Personen-Box. Yvonne, die quasi Rücken an Rücken mit ihm arbeitete, bewarf ihn mit zusammengeknüllten Papierkügelchen. Ihre gute Laune sprudelte heute über, was Yvonne dazu animierte, Fabian ein bisschen aus der Ruhe bringen zu wollen. Doch ihr Kollege ließ sich nicht im Geringsten in seiner Konzentration beeinflussen.

»Ja, ich hab heute was für Sie.« Fabian schritt vor seinem Monitor auf und ab und es schien nur die Telefonschnur zu sein, die eine Ausweitung seines Unruheradius verhinderte.

»Was für mich dabei drin ist? Herr Degen, nach so kurzer Zusammenarbeit scheinen Sie mich schon recht gut zu kennen.« Ein völlig übertriebenes Lachen schallte durch den Großraum, doch nur die wenigsten schenkten Fabians Theaterstückchen Beachtung. Zu sehr waren die meisten der Anwesenden mit ähnlichen Offerten beschäftigt und quälten nichts ahnende Geschäftspartner am anderen Ende ihrer Leitungen mit verlockenden Angeboten. »Ich will ehrlich zu Ihnen sein: Wir stehen kurz vor dem Quartalsabschluss und unsere Abteilung, wie auch ich, benötigen noch ein bisschen was in der Kasse.«

»Das wird ihn mit Sicherheit überzeugen«, säuselte ihm Yvonne entgegen, die sich einen Spaß aus seiner Gesprächstaktik zu machen schien. Seit der Ansprache von Herrn Kuhn vor zwei Stunden beobachtet sie Fabian dabei, wie er seine restliche Würde vollständig gegen die Gier eintauschte. Da dem umsatzstärksten Verkäufer heute 500€ Extrabonus netto auf die Hand winkten, glich das

Vertriebsbüro ansatzweise dem sprichwörtlichen Haifischbecken. Tosendes Stimmengewirr, gepaart mit Tschakka-Rufen und dem metallenen Scheppern umgetretener Mülleimer erfüllten die Luft. Rituelle Freudentänze auf dem Zwischengang und Verkäufer, die unnachgiebig ihren Kopf gegen die Bürowand schlugen, gaben das dazu passende Bild.

»Das Gute für Sie, Herr Degen, ist, dass wir die Kriegskasse aufgemacht haben.« Fabian wippte jetzt nicht mehr – nein, er tanzte. »Unser gesamtes Enterprise-Portfolio schieb ich Ihnen heute zu 5% unter EK durch...Ja, 5% drunter...Server und Storage-Systeme...ich brauche die Bestellung bis 17.00 Uhr auf meinem Tisch...Ja...Nein...Frau Richter schickt Ihnen das Angebot innerhalb der nächsten zehn Minuten per Mail durch...Ja...Herr Degen, es war wie immer ein außerordentliches Vergnügen...Ja...lassen Sie uns das auf dem Platz austragen...auf Wiederhören.«

»Was wollt ihr auf welchem Platz austragen?«, wollte Yvonne wissen.

»Na was wohl«, antwortete Fabian mit riesigen Schweißflecken unter den Armen, »Schlamm-Catchen natürlich.«

»Ihr habt doch nicht etwa über Golf gesprochen, oder?«

»Über was denn sonst?« Fabian nervte es, dass Yvonne ihn permanent für einen Idioten hielt, sie aber die naheliegendsten Dinge des Berufslebens nicht in der Lage war zu begreifen. Was zudem als Sinn oder Unsinn zu definieren war, oblag allem Anschein nach nur ihrer Betrachtungsweise.

»Ich hielt das bislang immer für ein schlechtes Klischee«, meinte Yvonne, die immer noch Spaß an der Feststellung zu haben schien, dass ihr Kollege die Wochenenden auf dem Spießerrasen verbrachte. Mit vorgehaltener Hand versuchte sie nicht sonderlich ernsthaft, ihr höhnisches Grinsen zu unterdrücken.

»Wenn du in der Businesswelt ernst genommen werden willst und keine Lust darauf hast, immer nur die kleinen Brötchen zu backen, dann solltest du dich dringend zu einem Anfängerkurs melden.« Fabian kritzelte hastig ein paar Worte auf ein DIN A4 Blatt und ergänzte in äußerst angespannter Tonlage: »Golf«, er schaute ihr bei dem Wort tief in die Augen und drückte ihr das soeben beschriebene Papier in die Hand, »Golf ist der letzte Rückzugsort für Männer, um solchen Nervensägen wir dir aus dem Weg zu gehen.« Damit machte er sich davon und hastete zum Büro seines Vorgesetzten. Auf 11.30 Uhr hatte er einen Termin mit Herrn Kuhn vereinbart, um über seinen ersten offiziellen Urlaubsantrag zu sprechen. Es machte sich üblicherweise gar nicht gut, wenn man all zu früh mit diesem Thema bei seinem Arbeitgeber anklopfte. Doch es war unmöglich, den Mallorca-Trip nur von Samstag auf Sonntag zu planen. Wie man es drehte und wendete, fehlte immer mindestens ein Tag.

»Also ehrlich gesagt bin ich nicht sonderlich begeistert, wenn meine neuen Mitarbeiter schon im ersten Monat Urlaub nehmen.« Herr Kuhn schielte über seine rechteckige Brille und wartete eine für ihn zufriedenstellende Antwort ab.

»Das verstehe ich«, antwortete Fabian, »doch es handelt sich ja nur um einen einzigen Tag und das auch noch zum Wochenende hin. Ich verspreche dir, dass unser Projekt darunter nicht leiden wird.« Ganz im Gegenteil, dachte er stattdessen. Doch Fabian verkniff sich den Kommentar.

»Wie steht es denn da so?«, fragte Herr Kuhn interessiert nach. »Gibt es irgendwelche Issues zu clearen?«

»Nein, keine Probleme bislang, Ernst. Alles läuft nach Plan und ich denke, dass wir nächste Woche in die heiße

Phase kommen.« Herr Kuhn wirkte nicht sonderlich überzeugt. Sein nachdenklicher Blick streifte durch den Raum und nach einer ganzen Weile war Fabian sich nicht mehr sicher, ob sein Chef gedanklich noch beim Projekt, seinem Urlaubsantrag oder etwas ganz anderem war. Doch die nächste Äußerung stellte klar, wo ihn der Schuh gerade drückte:

»Ausgerechnet der Tag, um den mich heute Vormittag bereits Yvonne gebeten hat. Was gibt's denn da Besonderes? Ihr geht doch nicht etwa zusammen aus?«

»Sicher nicht, Ernst. Es handelt sich um eine äußerst private Angelegenheit«, was soviel heißen sollte wie: Das geht dich einen Scheißdreck an. So wie Fabian Herrn Kuhn bislang kennengelernt hatte, konnte er sich nicht vorstellen, dass der geplante Urlaubstrip mit einem Kunden auf viel Verständnis stoßen würde. Es hatte Fabian bereits drei Mittagessen und schier unermessliche Überredungskraft gekostet, Yvonnes Unterstützung zu gewinnen. Daher empfand er es als überaus kontraproduktiv, auch noch seinen Chef in die Sache zu involvieren.

»Also gut«, gab Herr Kuhn langsam nach, »aber das nächste Mal kommst du mit deiner Planung bitte etwas früher. Das ist ja bereits diesen Freitag – schon etwas kurzfristig.«

»Ja, tut mir leid«, erklärte Fabian, »ist wirklich etwas knapp. Ich wusste es nicht eher. Das nächste Urlaubsersuchen wird frühzeitiger kommen, versprochen.«

»Na gut, dann viel Spaß bei was auch immer und jetzt ab an die Arbeit. Du willst doch sicher der Top-Seller des Tages werden, richtig?«

»Aber sicher, ich bin dran. Habe da eine interessante Opportunity auf dem Tisch.«

»Ist sie booked?«, fragte Herr Kuhn kritisch nach.

»Noch nicht, ich warte noch auf die Order. Aber ich

habe ein mündliches Go.«

»Mündlich ändert sich stündlich«, philosophierte der Vertriebsleiter, »nur der Vertrag bringt den Ertrag.« Fabian verschwendete keine Zeit mit weiteren Höflichkeiten. Zu sehr musste er sich beherrschen, nicht mit einer unqualifizierten Äußerung zu kontern und verließ daher umgehend das Büro. Noch während er die Tür hinter sich zuzog, kramte er sein iPhone aus der Tasche und tippte einen Kontakt in seinem Adressbuch an.

»Bernd?«

»Der bin ich«, antwortete die Stimme am anderen Ende leicht verzögert.

»Wir kommen zu viert. Ankunft Freitag Mittag, 12.10 Uhr Ortszeit.«

»Zu viert jetzt? Wer kommt noch?«, wollte Bernd wissen.

»Carmen«, antwortete Fabian. »Wir nutzen die Gelegenheit, ein bisschen zur Ruhe zu kommen. Irgendwie ist sie zur Zeit gestresst. Könnte ihr guttun.«

»Alles klar. Gute Idee. Ich schick euch dann einen Wagen. Schaut einfach auf einen der Schilderboys am Flughafen. Ich freu mich.«

»Ich mich auch«, antwortete Fabian und legte auf.

Ω

Yvonne hatte unterdessen Fabians auf Papier gekritzelte Anweisungen in ein qualifiziertes Angebot verwandelt. Aus vier Zeilen nahezu unlesbarem Kauderwelsch hatte sie binnen weniger Minuten ein fünfseitiges Dokument erzeugt. Zum Glück musste sie solche Texte nicht eigenhändig erstellen, sondern nur aus ihrem Angebots-Programm die jeweiligen Bausteine auswählen und mit entsprechender Stückzahl versehen. Hier und da galt es noch eine individuelle Veränderung auf Kundengeheiß mit einzubinden und danach den verhandelten Rabatt zu errechnen. Da es Yvonne nicht gestattet war, die Angebote ungeprüft an die Kunden zu versenden, beschäftigte sie sich die darauffolgenden Minuten mit ihrem Smartphone. Vier ungelesene Nachrichten von Rudolph Brender, galt es für sie nach wie vor zu ignorieren. Nach dem Abend in Frankfurt, hatte sie sich geschworen niemals wieder auf seine Offerten zu reagieren. Rudolph war ekelhaft schleimig und ein ungehobelter Psycho. Er hatte es zwar erneut geschafft, Yvonne zum Fliegen zu bringen, doch sie hatte auch erkannt, dass das Benutzungsszenario, das er mit ein paar Freunden inszeniert hatte, kein Spiel für ihn war. Er lebte den Sadismus ernsthaft aus, mit voller Härte und Konsequenz. Absoluter Gehorsam und völlige Selbstaufgabe waren anscheinend die Grundsätze, die er von einer Sklavin erwartete. Und dazu wollte er sie auch direkt unter Vertrag nehmen. Einen Tag nach ihrem erneuten Zusammentreffen hatte er ihr ein Pamphlet von vier Seiten vorgelegt, mit dem sie eigentlich sämtliche Persönlichkeitsrechte an ihn abgetreten und sich sozusagen in seinen Besitz überschrieben hätte. Noch heute lief Yvonne der kalte Schauer über den Rücken, wenn sie darüber nachdachte, dass sie sich einem solchen Irren hingegeben hatte. Sie liebte das Spiel und nichts auf der Welt erfüllte sie so sehr wie das Gefühl des Ausgeliefertseins. Doch es gab geschriebene und ungeschriebene Regeln und vor allen Dingen gab es Grenzen. Diese wurden ihrer Meinung nach mit solchen „Verträgen“ weit überschritten.

Yvonne löschte Rudolphs Nachrichten ungelesen und schrieb eine einzige kurze Zeile an ihn zurück:

»»»*Bin nicht mehr verfügbar*«««

Es dauerte keine zehn Sekunden bis Yvonnes Handy pingte und eine Antwort unter ihrem Text erschien:

»»»Warum?«««

Yvonne rang sich noch zu einer letzten, unmissverständlichen Äußerung durch, die jegliche weitere Konversation im Keim ersticken würde:

»»»*Habe neuen Herren*«««

Ω

Zur Mittagszeit hatten sich Fabian und Yvonne wieder für das kleine italienische Restaurant verabredet, das sie bereits nach dem Gespräch beim Becide Bank Center besucht hatten. Als Fabian die Gaststube betrat, war Yvonne bereits in einen lautstarken Wortwechsel mit dem Wirt verstrickt.

»Buongiorno«, rief er Fabian zu, dem auf die Schnelle nichts besseres einfiel, als einfach freundlich zurückzunicken. Yvonne erhob ihren Zeigefinger, was wohl so viel bedeuten sollte wie: Noch eine Minute, dann bin ich bei dir. Und es dauerte nicht einmal diese, denn wenige Augenblicke später gesellte sie sich zu Fabian an ihren kleinen Eckbankplatz, an dem die beiden jetzt bereits das fünfte Mal miteinander speisen sollten.

»Diese Ariane«, begann sie das Gespräch, »wollte sich einfach nicht abschütteln lassen.«

»Wie bist du sie losgeworden?«

»Ich habe ihr gesagt, dass ich bei einem Verwandten vorbeischauen muss, dem es zur Zeit nicht sonderlich gut geht.«

»Ja, die Jungs wollten mit mir zum Döner«, erklärte Fabian, »haben gleich rumgenörgelt, dass ich wohl was Besseres zu tun hätte und als ich nicht widersprochen habe, waren sie zufrieden.«

Fabian und Yvonne war es wichtig, dass sie nicht zu oft zusammen gesehen wurden. Was sie aktuell auf keinen Fall brauchen konnten, war Bürotratsch. Keiner der Kollegen hatte auch nur eine Ahnung von dem was die beiden vorhatten und so sollte es auch bleiben. Eine unterstellte Affäre, noch dazu gestützt von einem gemeinsamen Flug in ein Urlaubsparadies, konnte ihre Stellungen im Unternehmen ernsthaft erschüttern. Vor allem Yvonne würde darunter zu leiden haben, denn innerbetrieblicher Sex wurde nach wie vor als weibliche Schwäche ausgelegt. „Wie hat die sich denn hochgebumst?“, war auch im neuen Jahrtausend eine alltagsgebräuchliche Redewendung und der dazugehörige, männliche Gegenpart wurde maximal mit einem kurzen Augenzwinkern bedacht.

»Was deine Kollegen betrifft, scheinst du es übrigens tatsächlich geschafft zu haben«, meinte Yvonne.

»Wie jetzt?« Fabians überraschte Frage wurde untermalt von schmatzenden Kaugeräuschen. Er hatte sich kurz zuvor eines der vorgelegten Weißbrotstücke mit dem heutigen Meerettich-Lachs-Aufstrich gegönnt.

»Keine zirkulierenden Fotos und keine Story, die hinter vorgehaltener Hand erzählt wird. Du hast wohl den Einstandstest ohne Ausfallerscheinungen überstanden. Braver Junge.« Yvonne lächelte aufrichtig.

Fabian war sich noch immer unsicher, wie er zu seiner Kollegin stehen sollte. Zu sehr hatte er von Beginn an mit ihrer Biestigkeit und ihrer offen gelebten Ablehnung zu kämpfen gehabt. Doch mittlerweile schien sich die Situation grundlegend geändert zu haben. Das Verhalten, das sie ihm seit ein paar Tagen entgegenbrachte, konnte geradezu als warm und freundschaftlich bezeichnet werden. Doch sein gekränkter Stolz ließ es nicht zu, dass er ihr in gleichem Maße begegnete – zumindest noch nicht.

»Also«, begann Yvonne mit dem eigentlichen Grund ihres heutigen Zusammentreffens. Sie musste aufgeregt sein, denn ihre sonst so tiefe Stimmlage überschlug sich leicht und sie schien sich nicht ganz im Klaren zu sein, was sie mit ihren Händen anfangen sollte.

»Bei Herrn Bruckner geht alles klar. Ich habe seine letzten Restzweifel ausgeräumt und ihm hundertprozentige Diskretion zugesichert. Dass er sogar mit einem separaten Flug anreist, hat ihn endgültig überzeugt.«

»Das war auch eine super Idee von dir«, stellte Fabian fest.

»Dankeschön.«

»Und er ist nach wie vor nur an dieser Uhr interessiert?«, wollte Fabian wissen.

»Na klar«, antwortete Yvonne, »woran denn sonst?« Fabian musste eine kurze Pause einlegen, bevor er auf ihre letzte Frage eingehen konnte. Er durfte bei dieser Gratwanderung nicht auf die Seite kippen. Die nächsten Worte mussten wohl überlegt platziert werden, damit Yvonne nicht der eigentliche Zweck ihrer Begleitung aufging. Doch diese hatte offensichtlich bereits eins und eins zusammengezählt. Fabian hatte sich zu lange Zeit zum Nachdenken genommen und in einem Anflug erbitterten Zorns fuhr sie ihn an:

»Moment.« Zwischen ihren Augenbrauen entstanden tiefe Zornesfalten und ihre Gesichtsfarbe wechselte ins Purpure. »Du hast mich doch nicht etwa als Gespielin für den Typen dabei, oder doch?«

»Moment mal, Yvonne«, versuchte sich Fabian zu verteidigen. »Jetzt mal ganz langsam. Ich habe nur gedacht, dass…« Doch weiter kam er nicht mit seinen Erklärungen. Mit einem spitzen Schrei, der die vorbeilaufende Bedienung zusammenzucken ließ, brachte Yvonne ihre Sichtweise unmissverständlich zum Ausdruck:

»Was bin ich für dich? Eine Nutte, oder was? Bist du verrückt? Meinst du, dass ich mich für deinen Deal von irgendeinem dahergelaufenen Typen durchvögeln lasse?«

»Jetzt warte doch mal«, hakte Fabian völlig verunsichert ein. Ihre Reaktion hatte er so nicht kommen sehen. Eigentlich war er davon ausgegangen, dass sie an diesem Arrangement vielleicht sogar ihren ganz persönlichen Nutzen finden würde. »Das habe ich doch alles gar nicht gesagt. Du machst dir da ein vorschnelles Bild, denke ich.«

Yvonne war noch weit von Beruhigung entfernt und saß mit spitz zusammengepressten Lippen da, aufs Äußerste gespannt, welche Worte es in den nächsten Momenten für sie zu verarbeiten galt. Ihre Kampfeslust war wachgerufen, denn sie hatte sich schon lange nicht mehr so gekränkt gefühlt wie in diesem Moment.

»Wir beide«, sprach Fabian weiter, »du und ich – wir machen hier eine kleine Show. Ein Theaterstückchen. Es geht nur darum, diesem Herrn Bruckner ein gutes Gefühl zu vermitteln.«

»Dann hol du ihm doch einen runter«, rief Yvonne empört dazwischen.

»Darum geht es doch gar nicht. Er soll sich doch mit uns beiden einfach nur wohlfühlen. Die Finca, das Wetter, das Meer, die Uhr und eine aufgeweckte, charmante Dame, die ihm einfach nur gerne zuhört.«

Yvonnes Lippen wurden weicher und der aufgestaute Hass verschwand langsam aus ihren Augen. »So habe ich die Sache bislang auch verstanden, aber eben klang es eher nach einem Kuppelgeschäft. Was ist denn, wenn der Kerl sich zu sehr auf das nette Zuhören einlässt und mir eindeutige Angebote macht?«

»Na, wie gehst du denn üblicherweise darauf ein?« Fabian war sich nicht im Klaren, welch unbedachte Äußerung er da soeben von sich gegeben hatte. Yvonne starrte ihn an, als ob er ihr gerade eine schallende Ohrfeige verpasst hätte.

»Du denkst wohl tatsächlich, dass ich mich kaufen lasse. Hast du vielleicht irgend eine Störung oder ist das in deinem Kaff normal so?« Fabian schaute ihr eine Weile in die Augen, spürte ihren wieder voll entfachten Hass und fragte sich, wie viel Schauspielerei er noch im Stande war zu ertragen. Er hatte keine Lust mehr darauf, den Gentleman zu mimen und ihre Spielchen mitzumachen. Er beschloss das Theater ein für alle Mal zu beenden und konfrontierte Yvonne mit seiner Entdeckung:

»Ich habe dich gesehen.«

»Wo, wann, wobei?«

»Am Mainkai, neulich Abend.« Ihre Gesichtsfarbe schlug wieder um. Aus dem Purpur wurde in Sekundenschnelle eine Mischung aus Aschgrau und Milchweiß. Er hatte sie ertappt und es erfasste sie die Panik. Doch Yvonne versuchte dennoch, sich peinlich schlecht aus der Sache herauszureden:

»Was soll da gewesen sein? Und was hat das mit mir zu tun?«

»Yvonne, lass doch den Scheiß. Du hast Verhandlungen mit so einem Geldsack in einer dicken Limo geführt und du hast nicht so ausgesehen, als wärst du da gerade joggen gewesen.«

Yvonne lachte spitz und falsch. Sie versuchte die Situation weiter zu überspielen und offenbarte überdeutlich, dass keine Schauspielerin an ihr verloren gegangen war:

»Du musst mich da wohl verwechselt haben. Ich kann mich nicht erinnern, wann ich das letzte Mal am Mainkai gewesen war.«

»Yvonne«, sagte Fabian in einem beruhigenden und einfühlsamen Tonfall, »mach mir doch bitte nichts vor. Dein Lippenkräuseln ist einmalig. Nicht einmal eine Zwillingsschwester könnte dir so ähnlich sein wie die Dame, die ich am Abend meines Einstandes gesehen habe. Yvonne«, Fabian legte eine theatralische Kunstpause ein, »du kannst es mir sagen. Ich habe kein Problem damit. Verdienst du dir mit solchen Sachen ein bisschen was nebenbei?«

Sie sackte in sich zusammen. Wie ein Kind das beim Klauen erwischt worden war, saß sie mit gesenktem Kopf vor Fabian. Er hatte gewonnen, sie gedemütigt und gleichzeitig ihre tiefsten Abgründe erkannt. Das zumindest deutete in diesem Moment ihre Körpersprache an. Doch die Worte, die sie aussprach, passten so gar nicht zu dem Bild, das sie gerade abgab:

»So ist es nicht.« Ihre resignierende Stimme jedoch gab Fabian recht. Vielleicht stimmte seine Vermutung nicht ganz, doch irgendeinem wunden Punkt war er mit Sicherheit auf die Schliche gekommen.

»Ich bin submissiv«, erklärte sie kleinlaut.

»Subwas?« Fabian hatte diesen Begriff noch nie gehört.

»Ich bin eine Masochistin«, erklärte Yvonne weiter und dieses Fremdwort konnte Fabian schon viel eher einordnen.

»Du meinst, Masochistin von Sado-Maso, richtig?«

»Sadomasochismus, richtig«, bestätigte Yvonne. »Was du da neulich gesehen hast war ein Rollenspiel. Und nein, es hatte nichts mit Geld zu tun.«

»Naja«, antwortete Fabian, »sowas würde ich jetzt auch sagen an deiner Stelle. Aber findest du nicht, dass das ein bisschen weit hergeholt ist?«

»Du bist ein Arschloch, Fabian.«

»Und du erzählst mir hier etwas vom Pferd, Yvonne. SM ist doch mit Peitschen und Ketten und so Kram, oder? Du hast ganz klar ausgesehen wie eine Nutte.« Ein kurzer Moment der Stille verschaffte beiden die nötige Zeit, um die letzten Momente zu verarbeiten. Yvonne schaute, trotz ihres Wutausbruches, immer noch ertappt und mit sich ringend drein. Fabian entging das nicht und erste Überlegungen kamen in ihm auf, ob Yvonne vielleicht doch die Wahrheit gesagt haben könnte.

»Es sollte auch so aussehen«, begann sie wieder zu ihrem Schoß zu sprechen, »Ich sollte als Prostituierte am Mainkai auf eine große Limo warten. Sie haben mich zu einer kleinen Villa gefahren, in der ich einer Herrenrunde zu Diensten sein sollte. Ich musste servieren und als lebendes Abstelltischchen vor dem Hausherren und seinen Gästen knien. Immer wenn irgendetwas von mir herunterfiel oder wenn einer der Herren der Meinung war, dass ich sonst irgendetwas falsch gemacht haben könnte, wurde ich gezüchtigt.«

Fabian wusste nicht, wie er reagieren sollte. Lebendes Abstelltischchen? Züchtigung? Das klang ja alles grauenvoll. Aber was sollte er mit der Information jetzt anfangen? Hatte er sich vielleicht doch getäuscht? Wenn ja, dann hatte er Yvonne mit einer Behauptung konfrontiert, die man wohl keiner Frau ungestraft entgegenbringen durfte. Er hatte sie als Nutte betitelt, dabei schien sie eher irgendeine perverse Vorliebe auszuleben, die ihn überhaupt nichts anging. Er begann sich schäbig vorzukommen und bereute sein Verhalten.

Doch Yvonne machte den Anschein, als ob sie nur darauf gewartet hätte, sich irgendjemandem öffnen zu dürfen. So erzählte sie einfach darauf los und erklärte Fabian alles, was sie in der Lage war in die einstündige Mittagspause zu packen. Es war von Fesseln, Ketten, Bondage, anderen öffentlichen Parties, Peitschen, Schmerzen und allen möglichen abstrusen Praktiken die Rede, die sich Fabian bislang nicht einmal in seinen dunkelsten Phantasien vorstellen wollte. Mit offenem Mund saß er da und ließ das Gewitter von Perversitäten über sich ergehen. Kein Sexfilm der Welt hatte ihn bislang so schockiert, wie die nicht enden wollenden Geschichten, die Yvonne gerade preisgab. Fabians Gedanken schwankten zwischen Interesse, absolutem Ekel und spürbarer Geilheit und nach einer ganzen Weile schaffte er es sogar, eine Frage an Yvonne zu richten:

»Du sagst also, dass du Lust dabei empfindest wenn dich ein Mann schlägt?«

»Es ist etwas zu einfach zusammengefasst, aber im Grunde geht es in die Richtung«, bestätigte Yvonne.

»Würden nicht alle Frauenrechtsbewegungen sofort durchdrehen, wenn sie unser Gespräch belauschen könnten? Haben nicht Generationen genau gegen so etwas angekämpft?« Fabian verstand die Welt nicht mehr. Für ihn war SM bislang immer eine Fantasiewelt gewesen. Ein Fetisch-Märchen, in dem heiß angezogene Mädels mit Handschellen herumspielten und sich mit Peitschen ein bisschen den Popo streichelten. Nie hätte er auch nur in Erwägungen gezogen, dass dieses Tamtam tatsächlich ernst gemeint sein könnte. Dass sich Menschen, bei welcher Sexpraxis auch immer, absichtlich und berechnend echte Schmerzen zufügen könnten, hätte er niemals für möglich gehalten.

»Niemand darf mich einfach so schlagen«, erklärte Yvonne weiter. »Es ist ein Spiel, das zu einer bestimmten Zeit, möglicherweise an einem bestimmten Ort in Absprache gespielt wird. Es gibt Regeln, Absicherungen und es sind Leute, die wissen was man machen kann und was nicht. Es geht um Vertrauen und völlige Hingabe. Es ist viel mehr Einfühlungsvermögen erforderlich, als bei jedem Stino-Sex.«

»Was ist denn jetzt Stino-Sex?«, fragte Fabian verdutzt nach.

»Stino steht für „Stink Normal". Du bist sozusagen auch ein Stino.«

»Na dankeschön.« Fabian verdrehte die Augen und setzte sich kerzengerade auf. »Da lerne ich heute doch mal richtig dazu, was? Ich habe einen Titel und weiß gar nichts davon.«

»Oh, du hast sogar zwei«, begann Yvonne zu ergänzen. »Vanillas werdet ihr auch gerne von uns genannt.« Sie lachte und schenkte ihm ein herzliches Lächeln, als ob sie ihn damit gleichzeitig um Verzeihung für die abwertenden Worte bitten würde.

»Von euch, von uns, ihr, wir, Regeln, Riten, Rollenspiele – mir war nicht klar, dass wir beide in einer Abteilung arbeiten und gleichzeitig auf zwei unterschiedlichen Planeten leben. Und dann bin ich noch ein stinknormaler Vanilla. Ich weiß gar nicht, ob ich das sein will.« Fabian war höchstgradig verunsichert, was er mit Verärgerung in seiner Stimme zum Ausdruck brachte. Doch Yvonne war die Stärkere in diesem Moment und sie schien zu verstehen, dass Fabian mit all diesen Informationen überfordert sein musste. Sie streckte sich über den Tisch und ergriff seine Hände. Sein erster Reflex war sie zurückzuziehen. Doch ihr freundlicher und Vertrauen erweckender Blick ließ ihn verharren. Er spürte ihre Wärme und es begann ihm zu gefallen, Kontakt zu ihr zu haben.

»Hey«, sagte Yvonne, »sei bitte nicht böse. Das klingt jetzt vielleicht alles ziemlich verrückt für dich, aber wir schützen uns damit selbst.« Fabian war nicht im Geringsten klar, was sie damit meinen könnte und sein fragender Blick entging Yvonne keineswegs: »Wir sind doch nur neidisch, dass ihr euch in allen Stellungen des Kamasutra ausleben, Swingerclubs besuchen, oder was auch immer treiben dürft. Doch wenn irgendetwas über uns ans Tageslicht gelangt, dann sind wir die Perversen, die geistig gestörten, gleichgesetzt mit sexuellen Triebtätern und Sodomisten. Sogar in verkaufsstarken SM-Romanen, die uns ja eigentlich zugetan sein wollen, steht im Hintergrund eine psychische Belastung als Auslöser für unsere Neigung.«

»Das heißt, dass du nicht von deinem Vater missbraucht worden bist?« Fabian grinste dabei und gleichzeitig bewegte ihn die Hoffnung, nicht gerade in ein riesiges Fettnäpfchen getappt zu sein.

»Nur an Wochenenden.« Yvonnes ironische Äußerung und ihr breites Lächeln beruhigten ihn. Die Anspannung der letzten Minuten fiel von ihm ab und er nahm wieder seine Kollegin wahr – nicht die Geschichten, Absurditäten und die schlüpfrigen Details, die er gerade gezwungen gewesen war zu verarbeiten. Vor ihm saß eine wunderschöne Frau, die sich ihm gegenüber völlig geöffnet und ihm die intimsten Geständnisse preisgegeben hatte. Bis vor wenigen Augenblicken hatte er nicht einmal geahnt, dass es solche Praktiken und Neigungen überhaupt geben könnte, geschweige denn, dass er in so viele Details davon eingeweiht werden könnte. Er begann zu verstehen, dass sich Yvonne auf einer anderen Ebene des Geschlechterkampfes bewegte. Zum einen musste sie sich in der hart umkämpften Businesswelt gegen die Männer behaupten und zum anderen machte sie sich diesen offen zum Geschenk. Er hatte noch nie gehört, dass sich ein Frau freiwillig schlagen, auspeitschen oder anderweitig sexuell benutzen lassen würde. Er hätte niemals geahnt, dass Frauen daran Spaß haben könnten, als Objekt gesehen und auch so behandelt zu werden.

Vielleicht lag darin Yvonnes Verhalten begründet, wie sie sich in der Firma und ihm gegenüber zeigte. Sie hatte ganz andere Erwartungen an einen Partner oder eine kurze Affäre. Es erklärte, warum sie so immun gegen jegliche Annäherungsversuche zu sein schien. Sie suchte ihresgleichen, was offensichtlich schwer zu finden und nur in kleiner Menge auf dem Markt der Beziehungswilligen verfügbar sein dürfte. Fabians schlechtes Gewissen wurde lauter. Er musste sich immer deutlicher eingestehen, dass er Yvonne falsch eingeschätzt und unfair behandelt hatte. Es war Zeit, sein Verhalten ihr gegenüber grundsätzlich zu überdenken.

»Es tut mir leid«, begann er mit zaghafter Stimme einen freundschaftlich gemeinten Annäherungsversuch.

»Das braucht es nicht«, antwortete Yvonne. »Ich habe mich in den letzten Wochen dir gegenüber wie eine blöde Ziege verhalten. Und was du gesehen hast, hätte wahrscheinlich jeder so interpretiert.«

Sie sprachen noch eine ganze Weile.

Es war ein angenehmes Gespräch und weder Yvonne, noch Fabian merkten, dass sie bereits seit über zwei Stunden zu Mittag aßen.

Aufbruch

Christophs Morgen begann ohne erschrockenes Aufspringen. Das letzte Mal, dass er einen kreischenden Wecker hatte zum Schweigen bringen müssen, lag schon Jahre zurück. Sein trainierter Biorhythmus und das diffuse Licht seiner Nachttischlampe halfen ihm dabei, den Weg aus dem Reich der Träume angenehm zurückzufinden. Langsam, nach Orientierung ringend, richtete er sich auf. Er benötigte ein paar Momente des Verweilens und lies das noch recht düstere Ambiente seiner Stube auf sich wirken. Momentan fühlte es sich nur wie der schöne Gedanke an einen neuen Tag an. Doch Christoph konnte spüren, dass es jeden Moment soweit sein musste.

Seine Füße erforschten währenddessen das naturbelassene Holz des Dielenbodens, bis sie Christophs Pantoffeln leicht unterhalb des schmalen Bettes ausmachten. Heute gab es wieder einiges zu tun und ohne eine Uhr konsultieren zu müssen, wusste er, dass es Zeit wurde damit anzufangen.

Die Badezimmertür knarzte immer noch schrecklich. Er nahm sich seit Monaten vor, endlich ein wenig Öl auf das Scharnier zu träufeln. Doch in dem Moment als er die Duschbrause betätigte, hatte er diese kleine Nebensächlichkeit auch schon wieder vergessen. Sein morgendliches Ritual begann mit heißem Wasser und Christoph senkte kontinuierlich, im Zehn-Sekunden-Takt, die Temperatur. Von warm über laufwarm bis hin zu eiskalt, brachte er schrittweise seinen Kreislauf auf Touren. Das ungeheizte Nass bitzelte auf seiner Haut und er musste tief und stoßweise atmen. Nach wenigen Augenblicken jedoch hatte er sich auch an die kälteste Stufe gewöhnt und genoss die morgendliche Erfrischung mit allen Sinnen. Minuten später beendete er seine Dusche lauwarm und als er aus der Kabine stieg fühlte es sich wie in einen wohligen Mantel gehüllt.

Jetzt konnte es losgehen. Er war bereit. Voller Tatendrang beendete er seine Morgentoilette und machte sich auf den Weg in die Küche. Das kleine Kofferradio aus den 80er Jahren erwachte nach einer kurzen Rechtsdrehung des Lautstärkereglers zum Leben. Der Empfang war ausgezeichnet, nur die Auswahl empfangsbereiter Radiosender auf gerade einmal einen beschränkt. Aber im Laufe der letzten Jahre hatte Christoph die Volksmusik für sich gewinnen können. Sie stellte zwar keine Bereicherung in Sachen Musikalität und Komplexität für ihn dar und veranlasste ihn auch nicht zu emotionalen Ausbrüchen, aber sie ärgerte ihn auch nicht. Er fühlte sich selten davon belästigt und hatte meist gute Laune beim Hören. Eine Tatsache, die er von den meisten moderneren Stationen nicht behaupten konnte.

Den aktuellen Titel mitpfeifend, ließ er zwei Liter Wasser in einen Messbecher laufen und goss anschließend den Inhalt in die linke der beiden Kaffeemaschinen. Er wiederholte die Prozedur mit der rechten Maschine und füllte bis zum Eichmaß frisch gemahlene Bohnen in die Filterpfannen. Mit jeweils einem Druck auf die entsprechenden Funktionsschalter, fand der frisch gebrühte Kaffee, langsam aber stetig, seinen Weg in die Edelstahl-Thermoskannen.

Christoph ging in Gedanken nochmals seine Checkliste durch und öffnete die kleine Tür zur Vorratskammer. Den schwarzen Lichtschalter musste man noch drehen. Mit einem leichten Widerstand und einem hohl klingenden Klacken, gab er dem Strom den Weg zur einzigen Glühbirne im Raum frei. Ein Fenster suchte man vergebens, nur eine Tür auf der gegenüberliegenden Wand bot einen Weg ins

Freie. An den beiden Seiten waren Regale bis zur Decke errichtet worden, auf denen eine Vielzahl von Vorräten gelagert waren. Christoph schnappte sich eine Salami am Stück, einen großen, luftgetrockneten Schinken und einen brotlaibgroßen Goudakäse. In der Küche zurück, begann nun seine Lieblingsarbeit am Morgen. Er stellte die Aufschnittmaschine jeweils auf die unterschiedlichen Rohstoffe ein und schaute konzentriert dabei zu, wie Scheibe für Scheibe davon auf die Ablage glitt. Es hatte etwas Beruhigendes an sich. Ein scharfes Messer, das ungehindert seinen Weg durch den aromatisch duftenden Schinken fand und Christoph das Wasser im Mund zusammenlaufen ließ. Kaffeeduft durchströmte seine Nase und durch eines der kleinen Sprossenfenster konnte er jetzt auch die Dämmerung erkennen.

Eine Milchkuh hatte er schon lange nicht mehr hier oben. Heutzutage reichte auch ihm der Griff in den Kühlschrank. Zusammen mit ein paar Scheiben Brot, frischer Sennbutter und etwas selbstgekochtem Mus platzierte er die beiden Kaffeekannen, Wurst, Käse und Milch auf einem der Tische. Als ob Christoph ein Startsignal gegeben hätte, kam in diesem Moment auch bereits der erste der Runde in den Frühstücksraum geschlurft.

»Guten Morgen«, grüßte ein noch sehr verknautscht wirkender, groß gewachsener Mann Anfang Vierzig.

»Ja, schönen guten Morgen«, antwortete Christoph freundlich, »seid's bereit für eine gute Tour, ja?«

»Oh, Mann. Da bin ich mir noch nicht so sicher. Dein Schnaps gestern Abend hatte es in sich.«

»Ach, iwo«, lachte Christoph, »Das war Medizin – Kräutermedizin. Du wirst sehen. Damit rennt ihr praktisch hinauf.« Jetzt lachte auch der schlaksige Mann und strich sich seine roten Haare aus dem Gesicht. Er schlappte über den Dielenboden auf den rechten der beiden Frühstückstische zu und setzte sich an dessen Kopfende auf die Eckbank. Die Kaffeetasse noch nicht angerührt, surfte er bereits durch die vielen Informationskanäle seines Smartphones, um kurz darauf erste Emotionen zum Ausdruck zu bringen:

»Diese Arschlöcher«, rief er überdeutlich, sodass Christoph sich zur Nachfrage aufgefordert fühlte.

»Ist was passiert? Bei der Arbeit?«

»Das kann man laut sagen«, erklärte der Mann, »sie haben mir mal wieder nur die Hälfte von meinem Bonus ausgezahlt. Diese HR-Schnepfe ist einfach zu blöd zum Wasser kochen.«

»Das ist ja wirklich ärgerlich«, zeigte sich Christoph betroffen, »und das passiert öfter, ja?«

»Eigentlich gibts fast jeden Monat unkorrekte Abrechnungen. Wenn man da nicht extrem aufpasst, wird man nur verarscht. Aber 8.000€ übersehe ich nicht – auch wenn sie das gerne hätten.« Christoph wusste nicht was ihn mehr irritieren sollte, dass Personalabteilungen sich um 8.000€ verrechnen konnten, oder dass es sich bei dieser horrenden Summe um die Hälfte eines monatlichen Bonus handeln konnte. Er selbst war froh, wenn er so eine Hälfte im Monat an Umsatz generierte, wohlgemerkt vor Abzug aller Kosten.

»Das ist das ganze Computerzeugs«, meinte Christoph. »Seit die Menschen das Denken abgenommen bekommen haben, macht es auch keiner mehr. Wenn ich das schon höre: Da kann ich Ihnen gerade nicht helfen, mein System gibt das nicht her.«

»Ja, den Spruch kenn ich auch«, pflichtete ihm der Rothaarige bei und klopfte freudig erregt auf den Tisch. »Manchmal will man doch einfach nur, dass sie einen Zettel rausholen und mit einem Stift was aufschreiben.«

»Was ist ein Stift?«

»Ja, der war gut«, meinte der Gast, »doch was soll ich mich beklagen – verdiene mein Geld damit, aus allem einen computergestützten Prozess zu generieren. Ich betreue Unternehmen, die zwei Millionen Euro Projektsumme in ihre IT stecken, um mittelfristig drei Halbtagsstellen zu streichen. Es muss dann nur noch einer unserer Consulter 50 Stunden im Jahr das System verwalten, zu einem kostengünstigen Satz von 130€ pro angefangener Arbeitseinheit.« Jetzt lachte er schallend und Christoph fühlte sich in seiner Erkenntnis bestätigt, dass die Welt in den letzten Jahren verrückt geworden war.

»Servus, Mike. Servus, Christoph.« Ein ebenso großer, doch dazu noch recht kräftig gebauter Mann mit kurzen, schwarzen Haaren betrat den Raum.

»Guten Morgen, Norbert«, begrüßte ihn der rothaarige Mike.

»Kann ich bitte einen Cappuccino haben?«, fragte der Neuankömmling.

»Oh, so etwas haben wir hier heroben leider nicht«, antwortete Christoph, »aber der Kaffee steht bereits auf dem Tisch.« Mit leicht gerümpfter Nase gesellte sich Norbert zu seinem Kameraden und Christoph machte sich wieder auf den Weg zurück in seine Küche.

Fünf Minuten später hatten sich auch die restlichen Männer der Vierergruppe zum Frühstück aufgemacht und während der Himmel immer mehr an Farbe gewann, taten sich die Herren am reichlichen Essen gütlich. Christoph brutzelte Spiegeleier und die Stimmung im Gastraum wurde immer ausgelassener. Der Schnaps des Vorabends schien durch den Kaffee in Vergessenheit geraten zu sein und die Vorfreude auf ihre gemeinsame Wanderung wurde von Minute zu Minute größer. Fachsimpeleien wurden vom Stapel gelassen und man begann, sich mit populären Gipfeleroberungen gegenseitig zu überbieten. Christoph konnte über so viel Egomanie und Prahlerei nur den Kopf schütteln. Jeder Bergschuh, Eispickel und Karabinerhaken wurde gerade miteinander verglichen und die investierten Summen sogar für Steigeisen oder Verpflegungsgel voreinander aufgerechnet. Christoph vernahm Bergnamen wie den Piz Buin oder die Zugspitze und war heilfroh darüber, dass seine Zeiten als Bergführer schon eine Weile hinter ihm lagen. Auch als er noch aktiv gewesen war, hatte es schon Möchtegern-Bergsteiger gegeben, die sich regelmäßig maßlos überschätzt hatten. Doch heutzutage hatte der Wahnsinn eine neue Qualität angenommen: Die Business-Spinner, die sich und ihrer Umwelt unentwegt beweisen mussten, dass sie nicht nur reich, sondern auch unendlich sportlich und erfahren waren. Diese Menschen hatten weder Zeit für Akklimatisierung oder Training, noch hatten sie es ihrer Meinung nach nötig. Freitag nachmittags, direkt vom Schreibtisch in den Firmenwagen gesprungen und mit 200 Sachen nach Österreich geblasen. Danach schnell auf die Hütte, ein kleiner Rausch am Abend und am nächsten Morgen hinauf auf den Gipfel. Je mehr Höhenmeter an einem Tag umso besser – Hauptsache die Statistik stimmte.

»Wo wollt's eigentlich hin heute«, fragte Christoph, als er seinen Gästen die Eier servierte.

»Na, auf den Gletscher natürlich«, antwortete der dunkelhaarige Norbert schmatzend und kratzte sich mit seiner Gabel an der Nase. Die Antwort hatte sich Christoph eigentlich denken können und er versuchte auch nur kurz an die übrig gebliebene Vernunft der kleinen Gruppe zu appellieren:

»Die Tour ist recht lang, Leuts. Ihr solltet vielleicht heute eine kleinere Runde einlegen. Es ist für den Nachmittag ein Wetterumschwung angesagt.«

»Wirklich?« Die Besorgnis des kleinsten Mannes der

Runde wirkte echt. Mit gerunzelter Stirn bohrte er nach:

»Kann es gefährlich werden? Gewitter? Oder...«

»Oh, du bist so eine Pussy, Alex«, tönte Mike und gab ihm einen Klaps auf den Hinterkopf. »Die Tour ist nicht sonderlich schwierig. Habe alles darüber gelesen und danke Christoph, aber wir sind keine Anfänger mehr.« Der Hüttenwirt drehte sich um und ließ die Gruppe alleine. Er hatte es schon vor einiger Zeit aufgegeben, sich um die nicht abbrechende Flut an Spinnern Sorgen zu machen. Sollten sie sich doch ihren Schädel einrennen.

Ω

Die letzten Tage vor dem ersehnten Abflug hatten sich für Fabian als nervenaufreibende Warteschleife herausgestellt. Er hatte unentwegt den Moment herbeigesehnt, endlich den bevorstehenden Deal vorantreiben zu können. Seine sonstigen, geschäftlichen Erfolge hielten sich aktuell auf sehr niedrigem Niveau. Auch den Tagessieg neulich hatte er leider nicht für sich verbuchen können. Um 17.15 Uhr war der Umsatzführende von Ernst Kuhn prämiert worden und Fabians letzte Bestellung hatte erst um 17.30 Uhr das Faxgerät zum Erwachen gebracht. Mit diesem Auftrag wäre er weit vorne gelegen, doch so hatte sich Alex Bernhard, der freundliche Kollege von der Sachsenhausentour, über die 500€ freuen können. Fabian gönnte dem jungen Burschen zwar das Geld, doch er ärgerte sich gleichzeitig über die Unzuverlässigkeit der Menschen. Er hatte seine Kunden bekniet, als Gegenleistung für die versprochenen Rabatte, die Bestellungen bis spätestens 17.00 Uhr zu senden. Und alle hatten sie es ihm versprochen. Konnte es so schwer sein, sich an eine vereinbarte Bedingung zu halten?

Was seine Beziehung betraf, so gab diese ihm noch viel größere Rätsel auf. Seit Tagen hatten sie keinen Sex mehr miteinander gehabt und Carmens Stimmungsschwankungen wurden immer auffälliger. Sie wollte sich nicht einmal mehr von ihm anfassen lassen und wenn Fabian sie darauf ansprach, brach sie unmittelbar in Tränen aus. Sein erster Gedanke war gewesen, dass sie etwas über Cheyenne in Erfahrung gebracht haben könnte. Doch wie in aller Welt hätte sie darauf kommen sollen? Es hatte weder Zeugen während seines kleinen Liebesaktes gegeben, noch war Fabian mit Cheyennes Geruch am Körper in ihr gemeinsames Bett geschlüpft. Nicht einmal verräterische Flecken von Lippenstift oder anderem Make-Up konnte es geben, denn er war schließlich nur mit einem Leihbademantel bekleidet gewesen. Je länger er darüber nachdachte, desto größer wurde seine Überzeugung, dass Carmen nichts über diesen kleinen Ausrutscher wissen konnte. Doch das Verhalten seiner Freundin besorgte ihn immer mehr. Es verging kein Abend, an dem sie nicht mindestens eine halbe Flasche Wein trank und ihre morgendlichen Augenringe zeigten klar, dass sie zu wenig oder zu schlechten Schlaf bekam.

Doch sie ließ ihn nicht mehr an sich heran. Immer wieder suchte er das Gespräch, doch auf seine Fragen wie es ihr ginge, kam immer nur ein verlogenes: »Gut.«

Und so war es nicht nur die Hoffnung auf ein gutes Geschäft, sondern auch die Hoffnung, Carmens Psyche zu helfen, die Fabians Ungeduld ins schier Unerträgliche anwachsen ließ.

Am Morgen der Abreise jedoch schienen die Sorgen der letzten Tage bereits vergessen zu sein. Carmen strahlte über das ganze Gesicht, als Fabian ihre beiden Trolleys in den Kofferraum verstaute. Sie hatte sogar ihr Lieblingsoutfit für den Alltag angezogen – ein quietschgelbes Spaghettiträgerkleidchen, kombiniert mit grünen Sneakers. Als Fabian den Wagen startete, lehnte sich Carmen von der Beifahrerseite zu ihm herüber, schlang ihre Arme um ihn und küsste ihn innig.

»Ich freue mich total auf unseren kleinen Ausflug«, meinte sie nahezu euphorisch und Fabian fragte sich, wie diese 180° Drehung innerhalb einer einzigen Nacht nur möglich sein konnte. Am Abend davor hatten sie noch streitend mit den Türen geknallt. Carmens Eifersuchtsanfall bezüglich seiner Kollegin Yvonne hatte mit der Tatsache zu tun gehabt, dass ihr Freund mit einer fremden Frau in Urlaub flog. Dass sie selbst ebenfalls mit dabei sein würde, schien Carmen nicht im Geringsten zu beruhigen. Verletzende Worte wechselten hin und her und eine kleine, weiße Gipsstatue galt es am Schluss als Kollateralschaden zu verzeichnen.

Und so war Fabian zwar positiv überrascht und froh darüber, dass es Carmen wieder besser zu gehen schien, doch er traute der Sache nicht ganz über den Weg. Er fragte sich, ob sie eventuell Stimmungsaufheller oder gar Drogen genommen haben könnte. Doch dann erinnerte er sich an ihre Chemie-Phobie und verwarf seine letzten Gedanken.

Er beschloss, die Fahrt zum Frankfurter Flughafen zu genießen. Das morgendliche Wetter versprach einen wundervollen Tag und Carmen philosophierte darüber, ob sie wohl über ihr Haus fliegen und es bei diesem klaren Himmel vielleicht sogar sehen würden.

»Wann geht unser Flieger genau?«, wollte Carmen wissen, als Fabian den Wagen auf einem der zigtausend Plätze des nebengelegenen Parkhauses abstellte.

»Um 10.05 Uhr ist Abflug und wenn alles glatt geht, kommen wir um 12.10 Uhr in Palma an.«

»Was heißt, wenn alles glatt geht?«, fragte Carmen mit panischem Gesichtsausdruck nach, »mach mir keine Angst jetzt, o.k.?«

»Ich meine doch nur, falls das Flugzeug verspätet abfliegt oder so etwas.« Aber für entschärfende Erklärungen war es bereits zu spät. Carmen schaute völlig verunsichert drein und ihre anfängliche Urlaubseuphorie war mit einem Mal wie weggewischt. Zwar sprachen sie erst einmal nicht weiter über den bevorstehenden Flug, doch auch sonst konnte Fabian seine Freundin für kein anderes Thema begeistern.

Ω

Für den Marschtee waren sich die vier Gipfelstürmer nicht zu fein, denn jeder von ihnen hatte seine 100€-Thermoskanne mit Christophs vorgekochter Kräutermischung gefüllt. In der Gaststube herrschte mittlerweile reges Treiben. Eine vierköpfige Familie wurde während ihres Frühstücks Zeuge davon, wie sich Mike, Alex, Norbert und der glatzköpfige Werner um die Vervollständigung ihrer Ausrüstung kümmerten. Seile wurden überprüft, Klettergurte mit Karabinerhaken bestückt, Steigeisen an den Rucksäcken befestigt und Sonnencreme herumgereicht.

»Guck mal, Papa«, meinte der kleine Junge am Nebentisch, »die gehen zum Schnee hoch, gell?«

»Willst du mit?«, fragte Norbert, der ihn mit scherzhaft aufgerissenen Augen anstarrte. Doch der Jüngste der Familie drehte sich verschüchtert zur Seite und vergrub seinen Kopf im Schoß seiner Mutter.

»Vielleicht in ein paar Jahren«, konterte der Vater und ein höfliches Lachen aller Beteiligten beendete den Smalltalk.

»Ihr solltet aufbrechen, wenn's wirklich auf den Gletscher wollt's«, forderte Christoph die Wandergruppe auf. Er hatte die Wetterdaten nochmals gecheckt und die angekündigte Warnung für den Nachmittag hatte sich gefestigt. Auch wenn ihm die einzelnen Personen unsympathisch waren, so begann er sich dennoch Sorgen um die Gruppe zu machen.

»Ich hab euch auch ein bisserl Wegzehrung zusammengestellt, dass ihr was zum Beißen habt's.«

»Danke, Christoph«, antwortete Werner und strich sich mit der Hand über den rasierten Kopf, »ist mir ja beinahe unangenehm das zu sagen, aber wir haben uns ganz spezielle Expertennahrung zusammenstellen lassen. Das sind Gels mit exakt aufeinander abgestimmter Kohlenhydrat- und Vitamin-Menge. Aber trotzdem – ganz arg lieb von dir.«

»Kein Problem, Männer. Familie Heiler nimmt die Semmeln bestimmt auch gerne, oder?«

»Wir nehmen alles, was wir kriegen können«, freute sich Herr Heiler und gestikulierte mit seiner Hand eine dankende Geste.

Ω

Als sie sich um 8.30 Uhr, wie verabredet, mit Yvonne im Eingangsbereich des Terminal 1 trafen, sackte Carmens Stimmung gänzlich in den Keller. Die förmliche Begrüßungszeremonie zweier Menschen, die sich das erste Mal im Leben vorgestellt wurden, absolvierte sie zwar noch adäquat, doch was danach passierte glich einer Seifenoper. Unentwegt starrte sie Fabians Kollegin an, musterte sie von oben bis unten und versuchte nicht einmal, ihre offenkundige Abneigung Yvonne gegenüber zu verbergen. Fabian war die Situation äußerst unangenehm. Er versuchte mit flachen Witzchen und nett gemeinten Schmeicheleien, Carmen wieder zur Vernunft zu bringen. Doch so hoffnungsfroh die Stimmung am Morgen gewesen war, so aussichtslos erschien jetzt die Vorstellung eines gemeinsamen Urlaubes zu dritt.

Sie schafften es dennoch, ohne weiteren Eklat, einzuchecken und die Zeit bis zum Boarding ohne verbale Aussetzer zu verbringen. Es waren die vielen Einkaufsgelegenheiten nach dem Sicherheitscheck, die es den beiden Damen ermöglichten, sich unauffällig aus dem Weg zu gehen. Hektoliterweise Parfum und Alkohol gab es durch den Steuervorteil zu vermeintlich günstigeren Preisen zu erwerben. Selbst Fabian schaffte es nicht an einer großen Flasche 7-jährigen Havanna vorbei. Carmen schaffte noch viel weniger. Sie kam erst gar nicht mehr aus der Parfumabteilung heraus. Mit weißen Kartonstreifchen in den Händen spurtete sie durch die drei Gänge der Damendüfte.

»Fabian, komm bitte mal.« Ihr Stimme vermittelte Konzentration und Fabian war froh, dass sie eine ablenkende Beschäftigung gefunden hatte.

»Gefällt dir dieser Duft besser?« Carmen hielt ihm ihr linkes Handgelenk unter die Nase. »Oder vielleicht doch mehr dieser hier«, und wiederholte die Prozedur kurz darauf mit dem rechten Handgelenk. Fabian fand beide Sorten scheußlich, wollte Carmens neu errungene, positive Stimmung aber nicht gleich im Keim ersticken.

»Ich bin mir nicht ganz sicher«, antwortete er stattdessen, »eigentlich mag ich beide ganz gerne.« Normalerweise log er niemals, was solche Fragen betraf, doch heut ging es nicht anders.

Nachdem sich Carmen dafür entschieden hatte, gleich beide Parfums mit auf die Reise zu nehmen, schafften es Fabian, Carmen und Yvonne schließlich zu ihrem Gate. Der Wartebereich war beinahe voll und trotzdem ergatterten sie drei wunderbare Plätze an der großen Fensterfront. Der A321 stand direkt vor ihnen bereit und ließ dennoch genügend Aussicht auf den regen Verkehr auf dem Flughafengelände zu. Ankommende Maschinen, die ihre zugewiesenen Plätze suchten und fanden, PS-starke Schlepper, die haushohe Flugzeuge aus ihrer Warteposition zogen und viele kleine Transporter, Gepäckwägen und Transferbusse gab es zu bestaunen. Wie dieses Gewusel ohne Auffahrunfälle oder gar größere Crashs vonstatten gehen konnte, war nicht auf den ersten Blick ersichtlich. Wie ein Ballett, das jahrelang seine Choreographie perfektioniert hatte, so mutete der Tanz der Maschinen und Transportmittel auf dem heißen Asphalt an.

Fabian war von dem Anblick viel zu beeindruckt, um Carmens erneute Gefühlsschwankung sofort zu bemerken. Sie starrte mit kreidebleichem Gesicht aus dem Fenster. Erst als sie begann hektisch und schwer zu atmen, fiel auch ihrem Freund auf, dass wieder einmal irgendetwas mit ihr nicht in Ordnung war.

»Hey, was ist los«, fragte Fabian und streichelte ihr zärtlich über die Schulter. Doch Carmen antwortete nicht. Ihr Hecheln wurde lauter und andere Passagiere begannen sich nach ihr umzudrehen.

»Carmen, hey, was ist denn los?« Fabian drückte sie etwas stärker und auch Yvonne griff jetzt besorgt nach ihrer Hand.

»Lasst mich«, stöhnte Carmen los, »ich kann nicht.«

»Was kannst du nicht, Süße. Es ist alles in Ordnung. Magst du einen Schluck Wasser?« Fabian sprang auf ohne ihre Antwort abzuwarten und eilte zum Wasserspender auf der anderen Seite des Wartebereichs. Als er wieder zurückkam griff Carmen hektisch nach dem kalten Becher, doch weder Gesichtsfarbe noch Atmung normalisierten sich.

»Ich kann da nicht rein, Schatz.« Carmen starrte den Airbus an und wiederholte den Satz immer und immer wieder:

»Ich kann da nicht rein...ich kann da nicht rein...ich kann da nicht rein.«

»Aber Süße«, versuchte Fabian sie zu beschwichtigen, »wir sind doch schon öfter zusammen geflogen. Du liebst das Fliegen, hast du das vergessen?«

»Ich kann da nicht rein...ich kann da nicht rein...«

Fabian und Yvonne teilten fragende Blicke und weder er noch seine Kollegin wusste sich für den Moment zu helfen.

»Carmen«, versuchte es Fabian nochmals mit Vernunft, »das ist das sicherste Verkehrsmittel der Welt. In Deutschland kommen pro Jahr mehr Menschen im Straßenverkehr um, als bei Flugzeugunglücken auf der ganzen Welt.«

»Ich kann da nicht rein...ich kann da nicht rein...« Carmens stumpfsinnige Wiederholung dieses einen Satzes beunruhigte Fabian zunehmend. Mit Blick auf ein Rotkreuz-Symbol an der Decke des Gates, entschied er sich Hilfe zu holen. Wenige Minuten später knieten zwei Sanitäter vor seiner Freundin, die mit beruhigenden Worten und einer Papiertüte zum Atmen, Carmen auf ein halbwegs ansprechbares Niveau zurückbrachten.

»Sie hatte eine Panikattacke«, lautete die knapp formulierte Diagnose von einem der Rettungshelfer, »Sie brauchen sich keine Sorgen machen. Es geht ihr ansonsten gut.«

Carmen hatte wieder etwas Farbe zurückgewonnen und sah nicht mehr wie ein Leichentuch aus. Auch ihre Atmung hatte sich wieder entspannt. Doch dass sie Yvonnes Hand hielt und mit ihr freundliche Worte austauschte, verhieß nichts Gutes. Fabian setzte sich zurück zu den beiden und streichelte Carmen übers Bein.

»Alles wieder o.k. mit dir?«, wollte er wissen.

»Nein, Schatz. Tut mir leid. Aber ich kann nicht mit.« Carmens Antwort erwischte ihn nicht unvorbereitet. Fabian hatte sich nach dieser Situation schon gedacht, dass es schwierig werden würde, sie heute in das Flugzeug zu bekommen. Doch dass sie in so ruhigem und besonnenem Tonfall mit ihm sprach, hatte er nicht erwartet. Es zeigte zugleich, dass dieser Entschluss für sie feststand und es keine dahergesagte Äußerung war, die sie im Anflug von Panik gemacht hatte.

»Ich weiß nicht warum«, erklärte Carmen weiter, »aber ich kann nicht in dieses Flugzeug steigen. Ich würde gerne, wirklich, aber es geht nicht. Sei mir nicht böse.«

»Ja aber Süße, was machen wir denn jetzt?«, wollte Fabian wissen.

»Fliegt ohne mich!« Fabian spürte Yvonnes fragenden Blick von der Seite, erwiderte ihn aber nicht. Seine fragenden Augen vermittelten Unschlüssigkeit.

»Es ist o.k. – wirklich«, versicherte Carmen. »Ich komme klar und ich will, dass ihr dieses Geschäft abschließt, verstanden? Tut's für mich.« Fabian gefiel der Gedanke gar nicht, seine Freundin hier einfach so zurückzulassen. Er hegte große Zweifel, ob sie stabil genug war, heil wieder nach Hause zu finden. Außerdem fragte er sich, was gerade wieder in ihrem wirren Kopf vorging. Gestern noch dieser Eifersuchtsanfall wegen Yvonne und heute schickte Carmen sie beide alleine nach Mallorca? Wollte sie ihn etwa testen, ob er ihr beistehen und den Urlaubstrip für sie absagen würde? Vielleicht wollte Carmen einmal mehr eine Bestätigung, dass sie nach wie vor den wichtigsten

Menschen für ihn darstellte. Dass dem so war, versuchte er ihr nahezu jeden Abend auf die ein oder andere Weise zu vermitteln. Carmen war zweifellos der wichtigste Mensch in seinem Leben, doch dass er diese Tatsache immer und immer wieder aufs Neue beweisen musste, ermüdete ihn langsam. Der Gedanke, dass sie ihren Freund tatsächlich nur testen wollte, wurde Fabian immer deutlicher und er trieb ihm die Wut in den Bauch.

»Yvonne, kommen wir auch alleine klar?« Seine leicht trotzige Stimmlage blieb nicht unbemerkt und Carmen ergriff seine Hand.

»Hey, Schatz«, sagte sie mit weichen und vorwurfsfreien Worten, »bitte sei mir nicht böse. Es tut mir leid wegen gestern Abend und ja, es ist völlig o.k., wenn ihr beiden in das Flugzeug steigt. Ich vertraue dir.« Als hätte sie seine Gedanken gelesen, schaffte sie es mit diesen drei kurzen Sätzen, seinen aufkeimenden Ärger im Keim zu ersticken.

»Und du kommst sicher klar?«, wollte er von ihr wissen.

»Sicher. Ich liebe dich.«

»Ich liebe dich auch.« Fabian küsste sie innig. Er übergab ihr den Autoschlüssel, schrieb ihr Flugdaten und Uhrzeiten auf und versicherte sich noch einige Male, ob es ihr tatsächlich ernst war. Nach einer letzten Umarmung zum Abschied drehte er sich um und ging neben Yvonne auf die Dame am Boardingschalter zu. Wenige Augenblicke später, kurz bevor er durch die Fluggastbrücke aus dem Sichtfeld verschwinden würde, drehte er sich nochmals zu Carmen um. Er überblickte den mittlerweile fast leeren Wartebereich, in der Hoffnung ein letztes Lächeln von ihr aufschnappen zu können, doch sie war bereits verschwunden.

Straight up

Die Gruppe kam bislang gut voran. Da Christophs Hütte oberhalb 2.000 Metern lag, hatten Mike, Alex, Norbert und Werner die Baumgrenze bereits bei ihrer Anreise mit dem Auto hinter sich gelassen. Doch nun wanderten sie einer hinter dem anderen einen schmalen, kaum bewachsenen Pfad hinauf, umschlossen von steil aufragenden Felswänden zu allen Seiten. Sie kämpften sich bereits seit einer halben Stunde durch diese Art Kessel hindurch und ihre Stimmung wurde von Höhenmeter zu Höhenmeter gereizter.

»Scheiß unangenehm diese Stelle hier«, meinte Werner, der sich eine schützende Baseball-Kappe auf den rasierten Kopf gezogen hatte.

»Brutal steil«, pflichtete ihm der rothaarige Mike bei, der sich so viel Sonnencreme ins Gesicht geschmiert hatte, dass es immer noch milchig weiß glänzte. Die beiden übrigen Kollegen hatten allem Anschein nach für sich entschieden, zu schweigen und ihre Kräfte auf die schweißtreibende Route zu konzentrieren. Der Weg bog nun nach Westen ab und beschrieb in engen Serpentinen den noch kräftezehrenderen Aufstieg über einen der Steilhänge hinweg.

»Ach du Kacke«, rief Werner, »also wenn das nach diesem Anstieg nicht besser wird, dann könnt ihr mich mal.«

»Ruhig«, versuchte Mike ihn zu beschwichtigen, »das wird auf jeden Fall besser. Ich habe alles über die Tour gelesen und oben können wir uns erstmal an den See legen.«

»Reinlegen«, verbesserte ihn Norbert, der sich nun doch noch zu Wort meldete.

»Würde ich dir nicht empfehlen«, mahnte Mike, »das Ding ist ein klassisches All-Time-Low. Mehr als 5-10 Grad

Wassertemperatur wird der nicht haben und dann sieht man von deinem Pillermann gar nichts mehr.« Doch Norbert schien weder Kraft noch Lust zu haben, sich über den kleinen Seitenhieb aufzuregen. Auch seine Kollegen konzentrierten sich nun voll und ganz auf den erbarmungslos ansteigenden Weg. Nur noch fußbreit und zu einer Seite hin stets steil abfallend kämpften sich die vier eine weitere halbe Stunde lang gen Gipfel. Immer wieder von kleinen Pausen unterbrochen und mit lautstarken Anstrengungsbekundungen aller Beteiligten übertönt, schafften sie es schließlich auf ein weitläufiges Hochplateau. Der Ausblick ließ die Gruppe für einen Moment sprachlos verharren und die Schindereien der letzten Minuten schienen im Nu vergessen zu sein. Ein kristallklarer See, umringt von einer blühenden Wiese und Geröllstrand bildete das Zentrum. Zur westlichen und östlichen Seite hin erhoben sich Felsspitzen, an denen noch vereinzelt Moos und Buschwerk zu erkennen war. Hinter den vieren, zur Nordseite hin, eröffnete sich ein atemberaubendes Panorama über das Tal, durch das sie sich bis eben noch herauf gekämpft hatten. Doch was die Männer andächtig in sich gehen ließ, war der Ehrfurcht erregende Anblick des Gletschers zur Südseite hin. Ein paar hundert Meter hinter dem Gebirgssee begannen bereits die ersten Ausläufer des Eismassivs. Gespenstisch und doch strahlend hell und einladend leuchtete ihnen ihr Ziel auffordernd entgegen. Als ob der weiße Wall wie ein roter Teppich für die vier ausgelegt worden wäre und man schon Jahrhunderte nur auf sie hier oben gewartet hätte. Der Rolle der Zeit schien hier eine andere Aufgabe zuzukommen. Zeit diente nur als Mittel zum Zweck, um im Wechselspiel der Jahreszeiten die Berge, den See, Felsen und Geröll zu dem zu formen, was sie heute waren. Jahrtausende hatte es gedauert, um aus massiven Granitblöcken einen Kiesstrand zu formen und doch blieb der

Wandergruppe nur der heutige Tag, um die Schönheiten der Umgebung in sich aufzunehmen. Gefangen in einer Welt, in der sie heute in Tokyo, morgen in L.A. und auf dem Nachtflug zurück auf dem Weg zu Mutti nach Bottrop waren, erfassten sie die Großartigkeit ihrer Umgebung doch nur sehr oberflächlich. Schon übermorgen mussten sie allesamt zurück an ihren Schreibtischen sitzen, wichtige Telefonate führen und Konferenzen abhalten. Andere Leute davon zu überzeugen, Geld bei ihnen auszugeben, war das vordergründigste Ziel in ihrem Leben. Diesen Berg zu erklimmen diente nur einmal mehr der Selbstbestätigung. Die Challenge alles noch besser, schneller und effizienter betreiben, erleben, bewältigen und spüren zu können, diente ihnen als Motor.

»Ihr könnt sagen was ihr wollt, aber ich werde mich jetzt hier ad hoc erst einmal ausruhen.« Mikes Äußerung stieß auf keinerlei Ablehnung. Zusammen steuerten sie auf zwei große Felsplatten am See zu, die als Sitzgelegenheiten nicht besser hätten platziert werden können. Als ob die Natur bei ihrer ganzen Erosion und Gesteinsbewegung nie vergessen hätte, dass man als Wanderer auch einen ordentlichen Rastplatz benötigte. Mit ächzendem Gestöhne und übertrieben affektiertem Getue, fläzten sich die vier Männer auf die beiden rund geschliffenen Steine und begannen damit, ihre Wegzehrung zu verspeisen. Werner fummelte an einem der kleinen Aluminiumpäckchen herum, bis er einige Augenblicke später endlich an das ersehnte Innere herankam. Mit Daumen und Zeigefinger drückte er sich das schwabbelige Gel in den Rachen und spülte mit einem kräftigen Schluck Marschtee die klebrige Masse hinunter. »Also ehrlich gesagt, die Brötchen vom Christoph wären mir jetzt lieber«, stellte er unzufrieden fest.

Ω

Fabian und Yvonne kämpften sich durch den Mittelgang des mit jeweils drei Sitzen links und drei Sitzen rechts bestuhlten Airbusses. Das absurde Verständnis mancher Passagiere ihr Handgepäck betreffend amüsierte die beiden nur zu Beginn des Spießroutenlaufs auf dem Weg zum hinteren Bereich des Fliegers. Monströse Taschen und überdimensionierte Rucksäcke wurden versucht in die schmalen Ladeschalen über den Sitzreihen zu hieven. Menschen, die gerade erst Platz genommen hatten, sahen sich nach Sekunden genötigt, etwas elementar wichtiges aus den gerade verstauten Gepäckstücken wieder hervorzukruschteln. Ellenbogen trafen auf Schläfen und Jackenärmel auf Pupillen.

Yvonne hatte man beim Check-in unaufgefordert einen Fensterplatz zugewiesen. Als sie diesen nach einigen Schienbeintritten und weiteren, unerfreulich intensiven Körperkontakten erreicht hatte, bestand ihre erste Handlung darin, die Fensterverdunkelung herunterzuziehen.

»Willst du nicht rausgucken?«, fragte Fabian, der gerade versuchte, es sich auf dem Platz neben ihr gemütlich zu machen. Aufgrund seiner Knie, die in aufrechter Sitzhaltung direkt an die Reihe vor ihm stießen, ein sichtlich unerreichbares Ziel.

»Bloß nicht«, stieß sie lautstark hervor. »Wenn du nicht willst, dass du Bekanntschaft mit meinem Frühstück machst?«

»Verstehe«, antwortete Fabian. Er begann sich mit dem Bordinformationssystem vertraut zu machen. Ein kleines Display im Kopfteil des Vordersitzes stellte die neueste Annehmlichkeit der heutigen Luftfahrtindustrie dar. Es gab eine recht ordentliche Auswahl an Filmen, Radioprogrammen und sogar kurzweiligen Computerspielen zu erkunden. Fabian jedoch interessierten nur die Flugdaten. Es machte ihm jedes Mal Spaß, die Geschwindigkeit, Höhe und Distanz der bereits zurückgelegten Strecke zu beobachten. Er studierte gerne die Namen der überflogenen Städte und freute sich über jeden Millimeter, den die eingezeichnete Linie hinter dem kleinen Flugzeug anwuchs.

Fabians Hoffnung, der noch freie Platz neben ihm könnte während des Fluges auch frei bleiben, erfüllte sich zu seinem Bedauern nicht. Eine kurzhaarige Dame kräftigerer Statur begann damit, Berge von mitgebrachter Literatur in die schmale Illustrierten-Tasche des Vordersitzes zu stopfen. Danach durfte Fabian gleich zweimal nähere Bekanntschaft mit dem Hintern der Frau machen. Es reichte ihr allem Anschein nach nicht, einfach nach dem Gurt unter sich zu greifen, sie musste ihn sehen.

Nachdem sie sich zu ihrer Zufriedenheit angegurtet und justiert hatte, versuchte sie sich am In-flight Entertainment System, das zuvor Fabian schon erforscht hatte. Sie tippte orientierungslos auf dem Display herum, fern jeglichen Gefühls für Technik und Logik. Fünf Sekunden später gab sie auf, ohne sich einen abfälligen Kommentar zu ersparen: »Diese Technik. Funktioniert doch nie richtig, das Zeug.« Fabian überkam das Verlangen, die Ehre der Entwickler verteidigen zu müssen. Er tippte zweimal auf das Display und meinte: »Schauen Sie, wenn Sie hier drücken haben Sie die Filmauswahl und hier gibt es Musik.«

»Danke schön«, meinte sie in einem grell überkandidelten Tonfall und betrachtete Fabian abschätzend von der Seite. »Eben ging das aber noch nicht. Und ich habe genau das Gleiche gemacht wie Sie.«

»Naja, das System hat vielleicht gerade gebootet«, beschwichtigte Fabian.

»Aber ganz sicher«, quiekte die Dame, »ich wurde ja bei meiner Geburt nicht mit Dummheit gestraft.« Mit einem Gesichtsausdruck, der ihre letzte Äußerung allerdings in Frage stellen könnte, begann sie durch die virtuelle Landschaft des Unterhaltungssystems zu surfen. Mit ihrer linken Hand spielte sie dabei ununterbrochen an ihrer überdimensionierten Holzperlenkette herum. Fabian war sich nicht ganz sicher was schlimmer an ihr aussah: dieses Geschmeide oder der fürchterlich hässliche Strickpulli. Die Kombination von beidem jedoch war nahezu unerträglich für das menschliche Auge. Er beschloss, die Aktivitäten neben sich zu ignorieren und widmete nun wieder Yvonne seine volle Aufmerksamkeit.

»Alles o.k.?«, wollte er von ihr wissen.

»Alles bestens. Ich habe mir vorhin eine Beruhigungspille eingeworfen und wenn dann gleich der Rotwein kommt, kann nichts mehr schief gehen.« Sie lächelte sogar überzeugend, als ob ihr der Alkohol-Medikamenten-Mix ernst sein könnte.

»Entschuldigen Sie bitte.« Die überspitzte Wortmeldung ging mit einem unsanften Stupser in Fabians Seite einher. Doch die Äußerung seiner Nachbarin galt nicht ihm, sondern Yvonne. Als ob er gar nicht zugegen wäre, überwand die merkwürdige Frau den Abstand zu Fabians Begleiterin und stützte sich dabei sogar auf seinem Knie ab.

»Mir ist aufgefallen«, klirrte ihre Stimme in seinen Ohren, »dass Sie gar nicht aus dem Fenster schauen wollen.«

»Das ist richtig«, bestätigte Yvonne mit einer ebenso übertrieben freundlichen Stimmlage, doch ohne jegliche Gefühlsregung in ihrem Gesicht.

»Wären Sie eventuell daran interessiert, dass wir beide die Plätze tauschen? Wissen Sie, ich bin ja Lehrerin und wenn ich meinen Schülern ein bisschen...« Doch weiter ließ Yvonne sie nicht ausreden.

»Selbstverständlich«, sang sie nahezu und begann mit der Umzugsprozedur. »Wenn ich Ihnen damit eine Freude machen kann.«

»Ach, Sie ahnen gar nicht was für eine. Übrigens, mein Name ist Schlindwein.« Noch mit einer Hand auf Fabians Knie, reichte sie Yvonne ihre andere.

15 Minuten später waren sie in der Luft und Fabian wollte ein Gedanke nicht mehr loslassen:

»Sag mal«, flüsterte er Yvonne ins Ohr, »was hat jetzt eigentlich der Fensterplatz damit zu tun, dass diese komische Tante neben mir Lehrerin ist?«

»Ach, was weiß ich«, antwortete seine Kollegin, »die finden doch immer irgendeinen Grund, ihren Beruf erwähnen zu müssen.«

Weitere zehn Minuten später demonstrierte Yvonne deutlich, dass sie zuvor keinen Scherz gemacht hatte. Noch während sie ihren ersten Becher Rotwein leerte, bestellte sie bei der äußerst freundlichen Flugbegleiterin bereits den nächsten. Diese, mit solchen Situationen offensichtlich vertraut, erklärte Yvonne in verschwörerischer Stimmlage, dass sie jederzeit gerne noch einen dritten Rotwein bekommen könnte. Doch der war gar nicht mehr notwendig. Yvonne fiel wenige Augenblicke später in einen tiefen und ungestörten Schlaf und erwachte in einem Rollstuhl mit Blick auf eine Gepäckförderanlage.

Es dauerte einige Augenblicke, bis Yvonne begriff wo sie war. Die spanischen Hinweisschilder machten deutlich, dass sie sich nicht mehr in Deutschland aufhielt. Es fiel ihr auch wieder ein, dass sie den Start mit einem Flugzeug miterlebt hatte. Doch dann? Wie war der Flug? Wie kam sie wieder aus dem Airbus und vor allen Dingen: was machte sie in diesem Rollstuhl? Sie sah Fabian wie er gerade zwei Koffer vom Förderband hievte und mit strahlendem Blick auf sie zukam.

»Hey, du lebst«, stellte er in bester Laune fest.

»Bin mir noch nicht so sicher«, antwortete sie zerknautscht. »Was ist passiert?« Fabians Zusammenfassung der Geschehnisse klangen zwar erheiternd, doch gleichzeitig begann sich Yvonne für ihr Verhalten zu schämen. Anscheinend musste sie nach dem letzten Becher Rotwein völlig zusammengesackt sein. Fabian hatte sie taktvoll den Flug über schlafen lassen, doch nach der Landung war sie wohl immer noch nicht ansprechbar gewesen. Zwei Flugbegleiterinnen, Fabian und diese Frau Schlindwein hatten es nicht geschafft, sie zu Bewusstsein zu bekommen. Sie hätte wohl zusammenhanglose Sätze geblubbert und wäre danach immer wieder eingeschlafen.

»Ich hatte zwischendurch kurz Angst, du könntest einen Schlaganfall oder etwas in der Art haben. Aber die Stewardess meinte, so etwas käme schon mal vor, wenn zuviel Beruhigungstabletten im Spiel wären.« Fabians Kommentar erinnerte Yvonne an ihre kleine Notlüge. Sie hatte ihm erklärt eine Tablette genommen zu haben, doch in Wirklichkeit waren es zwei gewesen. Der Alkohol hatte seinen Teil dazu beigetragen und Yvonne schwor sich in genau diesem Moment, zukünftig etwas vorsichtiger mit solchen Stoffen umzugehen.

»Da, das ist mein Koffer«, rief sie laut auf, froh darüber wieder etwas erkennen zu können. Fabian sprang zur Förderanlage und mit ingesamt drei Trolleys machten sie sich auf den Weg zum Ausgang. Als sie durch die Tür ins Freie traten, empfing sie nicht nur die feucht-heiße Meeresluft, sondern auch jemand, der sie abholen sollte. Yvonne beobachtete, wie Fabian dem Herren in die Arme fiel und die beiden wild aufeinander einklopften. Es schien sich wohl um diesen Bernd Lösel selbst zu handeln. Er machte auf

Yvonne den gleichen Sunnyboy-Eindruck, den auch Fabian bei ihrer ersten Begegnung hinterlassen hatte. Große und schlanke Statur, zurückgegelte Haare, dunkle Sonnenbrille und braungebrannte Haut. Letztere konnte ihm nicht einmal Yvonne verdenken, schließlich hatte er eine Finca auf Mallorca. Der auffälligste Unterschied der beiden Männer stach auf Anhieb heraus. Fabians Nase erschien eher gerade und spitz zulaufend, während Bernds dicker Zinken eingedrückt und bestimmt schon mehrmals gebrochen sein musste. Wahrscheinlich hatte ihr Gastgeber irgendetwas mit dem Boxsport zu tun.

Sie tauschten die üblichen Höflichkeiten und Anzüglichkeiten unter Freunden aus, bis Bernd auf Fabians Begleitung aufmerksam wurde.

»Wie unhöflich. Da bringst du so eine Schönheit mit und stellst uns nicht einmal vor?« Bernd Lösel ging ein paar Schritte auf Yvonne zu, fasste ihr sanft an die Schulter und gab ihr zwei Wangenküsschen zur Begrüßung. »Du musst bestimmt Carmen sein.« Yvonne schaute leicht verlegen zu Fabian, der sofort hektisch begann die Situation aufzuklären:

»Nein, nein, Bernd. Darf ich vorstellen: das ist meine Kollegin Yvonne Richter.«

»Oh là là. Das ist noch viel besser. Es gibt also noch Hoffnung?« Yvonne wurde ihr Fehler just in diesem Moment deutlich. Was hatte sie sich eigentlich gedacht, mit Fabian in Urlaub zu fliegen? Und wen hatte sie als Gastgeber erwartet? Die beiden waren nicht einmal 30 und standen noch mehr als einmal täglich unter Testosterondruck. Dieser Bernd hatte allem Anschein nach Geld im Überfluss und sein kleines Anwesen auf dieser Insel war sicher nicht als Rückzugsort für seine Schriftstellerkarriere gedacht. Yvonnes Überlegungen der letzten Tage hatten immer nur mit Herrn Bruckner zu tun gehabt. Dabei war für sie völlig in Vergessenheit geraten, dass sie während der nächsten 48 Stunden zwei Playboys um sich haben würde.

»Danke, Herr...«, erzwang sich Yvonne eine förmlich gehaltene Antwort und ließ das „Herr" ausschwingen, auf eine Reaktion seinerseits wartend. Bernd verstand sofort und meinte: »Oh, sag doch bitte Bernd zu mir. Wir wollen doch in diesem Paradies nicht so zugeknöpft sein, oder?«

»Danke, Bernd. Ich fühle mich geehrt, dass ich herkommen durfte und ich freue mich auf zwei schöne Tage am Meer.«

»Die werdet ihr haben«, antwortete Bernd und lachte charmant. »Wo sind eigentlich Carmen und dieser Herr Bruckner?«

»Sie konnte leider nicht mit«, erklärte Fabian geknickt. »Das erzähle ich dir später. Herr Bruckner kommt erst um 14.00 Uhr an und fährt dann mit einem Mietwagen direkt zur Finca. Er hat darauf bestanden.«

»Warum ein eigenes Auto?«, wollte Bernd wissen.

»Keine Ahnung«, antwortete Fabian grinsend, »vielleicht traut er deinen Künsten am Steuer nicht.«

Ω

Die Steigeisen machten die Bergschuhe noch schwerer als sie ohnehin schon waren. Schnelle Schritte schienen nun endgültig unmöglich zu sein, doch auf dem mit Schnee bedeckten Eis stellte alles andere auch eine Gefährdung für Leib und Leben dar. Mittlerweile hatten sich die vier mit einem Seil verbunden und liefen in Abständen von etwa sechs Metern hintereinander her.

»Halt mehr Abstand«, rief Norbert seinem Hintermann Alex zu, »das Seil muss immer auf Spannung sein.«

»Ja, ist ja gut«, maulte dieser zurück und verlangsamte sein Tempo. »Ist das Angurten eigentlich wirklich nötig? Es ist doch gar nicht so steil, eher eine gemütliche Odenwald-tour, nur halt auf Schnee.«

»Eben deswegen«, antwortete Norbert. »Wir sehen nicht was drunter ist.« Was sie jedoch sahen erschien, trotz ihrer Sonnenbrillen, im blendend grellen Sonnenschein. Durch die Eisschicht wurde das UV-Licht reflektiert und so wirkte das Vielfache der normalen Strahlung auf sie ein. Doch auch das gehörte zum Abenteuer und da jeder von ihnen mindesten 300€ in seine Brille investiert hatte, konnte sie davon ausgehen ohne bleibende Sehschäden nach Haus zu kommen.

Schritt für Schritt stapften sie ihrem Ziel entgegen. Es mochten noch gerade einmal 200 Höhenmeter bis zum Gipfel sein. Mike und Werner konnten es dennoch nicht lassen, angeregt über Businessfragen zu diskutieren.

»...dann hab ich dem CEO von dieser Scheißhaus-Company einmal deutlich gemacht, dass er mit Corporate Citizenship keinen Meter weiter kommt.« Werner gestikulierte wild mit seinem Eispickel herum, während die drei Männer vor ihm konzentriert an einer kniffligen Stelle vorbeischritten. Zu ihrer Linken eröffnete sich ihnen der dunkle Schlund einer hunderte Meter tiefen Gletscherspalte. Auch wenn man Gott und der Natur für den Anblick danken wollte, so war es schwer, das mulmige Gefühl in der Magengegend ruhig zu stellen. Zu sehr verdeutlichte es, was bei einer Unachtsamkeit ihrerseits passieren konnte. Nachdem Alex, der zweite im Bunde, die Spalte passiert hatte, war es Mike, der diesmal nicht auf den Seilabstand achtete. Alex war stehengeblieben, um das Naturschauspiel nochmals etwas näher zu betrachten, doch Mike lief mit links gerichtetem Kopf geradewegs auf ihn auf. »Abstand«, brüllte Werner hinter ihm und während er noch mit seinem Eispickel fuchtelte, erfüllte ein dumpfer Schlag die Luft. Innerhalb von Sekundenbruchteilen brach der Schnee unter Mikes Füßen weg und mit einem markerschütternden Schrei sackte er in die Tiefe hinab. Geistesgegenwärtig hechtete Werner hinter ihm in den Schnee und rammte den Eispickel in den Untergrund. Durch das gestraffte Seil hatte der Fall nicht genug Kraft um Werner mitzureißen, doch der vor Mike gehende Alex hatte keine Chance. Die Wucht, mit der er zu Fall gebracht wurde, übertrug sich sofort auf den führenden Norbert, der ebenfalls zu Boden ging und schreiend auf die Gletscherspalte zu raste.

»Der Pickel«, schrie Werner wie von Sinnen, »der Pickel.« Norbert hatte kaum Zeit zu handeln. Alles passierte so schnell und erbarmungslos und obwohl er nicht fähig war zu denken, reagierte er instinktiv. Wenige Zentimeter vor der todbringenden Schlucht schaffte er es, seinen Eispickel fest zu packen und mit letzter Kraft in den Gletscherboden zu schmettern. Der Bremsruck ließ ihn vor Schmerzen aufschreien und mit verzerrtem Gesicht sah er zu, wie ihm der letzte Hoffnungsanker aus der Hand zu gleiten drohte.

»Füße«, schrie Werner erneut zu ihm herüber, »ramm deine Steigeisen ins verdammte Eis.« Norbert verstand und stemmte sich mit geballter Kraft in den Boden, um kurz darauf am Eispickel nachzugreifen.

»Ich hab sie«, rief Norbert und sicherte mit kleinen, korrigierenden Bewegungen seine Lage ab. Sowohl er als auch Werner saßen jetzt in der Hocke, die Knie angewinkelt, mit den Steigbügeln im Eis und jeder klammerte sich an seinen Eispickel in der Hand als Anker. Von den beiden, die nur durch das Seil verbunden in der Spalte hingen, hörte man kein Wort mehr.

»O.K.«, rief Werner, »Mike ist direkt vor mir runter und

wird nicht so tief hängen wie Alex. Du darfst dich jetzt nicht bewegen. Ich versuche mich Stück für Stück nach hinten zu drücken, bis ich Mike wieder oben habe. Zu dritt kriegen wir dann auch Alex.« Werner schaffte immer nur wenige Zentimeter, mit denen er Mike unerträglich langsam nach oben zog. Ein fester Stand und gespannte Körperhaltung war jetzt alles was zählte. Werner musste nun nicht nur auf sein Leben aufpassen – er war gerade für ihr aller Leben verantwortlich. Sollte ihm auch nur ein kleiner Fehler unterlaufen, würde Norbert am anderen Ende dem drohenden Abgrund nichts mehr entgegenzubringen haben. Doch auf einmal verspürte Werner Erleichterung am Seil und er sah einen Eispickel, der über die Kante hinweg in den Gletscher geschlagen wurde.

»Mike? Alles klar?«

»Soweit, ja.« Mike erklomm festen Boden und stemmte sich, wie seine beiden Kollegen, ins Eis.

»Wenn du bereit bist, ziehen wir Alex gemeinsam hoch.«

»Alles klar«, antwortete Mike zittrig, »kann losgehen.« Diesmal erhoben sich die beiden, während Norbert nach wie vor in der Hocke verharrte. Werner und Mike hingegen hielten ihr Seil gespannt und zogen Schritt für Schritt den in der Tiefe schwebenden Alex nach oben. Zuerst sah man nur ein Stück Kopf, doch kurz darauf hatten sie ihn gänzlich auf die sichere Kante gehievt. Aber Alex bewegte sich nicht.

»Scheiße«, rief Mike und lief sofort zu ihm. »Puls und Atmung scheinen in Ordnung zu sein«, stellte er schnell fest, »ist wohl ohnmächtig.«

»Pass auf seinen Kopf auf«, forderte Werner, »nicht dass irgendwas mit der Wirbelsäule ist.« Norbert löste unterdessen seinen Anseilknoten. Mit zittrigen Beinen und einem beängstigenden Schwindelgefühl im Kopf stellte er sich hin und machte sich auf den Weg, die nächstbeste Verbindung zu seinen Kollegen zu suchen. Diese lag zwar direkt vor ihm, doch die eingebrochene Schneebrücke hatte ihm zu denken gegeben. Er wollte sicher gehen, dass er nicht alleine über eine solche steigen würde. 200 Meter lang ging er deshalb nach Westen, bis er es schließlich über sich brachte die nördliche Richtung einzuschlagen, um damit die vermeintliche Spalte zu überqueren. Für einen Moment traute er sich nicht zu atmen, doch der Boden unter seinen Füßen hielt. Er eilte so schnell es ging zu seinen Kameraden. Alex war noch immer nicht bei Bewusstsein und weder Werner noch Mike wussten sich in dieser Situation zu helfen. Ratlos hielten sie seinen Kopf gestützt und redeten unentwegt auf ihn ein.

»Komm schon, Alex, wach auf.«

»Hey, alles gut. Wir haben es geschafft, Alex. Alex?«

Norbert hatte seine Gruppe gerade erreicht, als sein bewusstloser Freund langsam und irritiert die Augen aufschlug. Seine Pupillen rasten hin und her und sein Gesichtsausdruck vermittelte Unsicherheit und Angst.

»Was ist los, Männer?«, fragte er, »was ist passiert?«

»Oh, was ein Glück. Er lebt und spricht«, stellte Werner erleichtert fest. »Kannst du uns sehen und verstehen?«

»Kann ich.«

»Wie viele Finger siehst du gerade?« Werner zeigte ihm drei Finger seiner rechten Hand und Alex antwortete folgerichtig: »Drei.«

»Welcher Tag ist heute?«

»Freitag.«

»Wann hast du dir das letzte Mal einen runtergeholt?«, hakte Mike ein. Doch seine Schlagfertigkeit schien Alex ebenfalls nicht verloren zu haben: »Seit ich es deiner Frau regelmäßig von hinten mach, brauche ich das nicht mehr.« Alle vier lachten erleichtert auf. Mit einem Schlag hatten sie die schrecklichen Momente der letzten Minuten hinter sich gelassen und saßen nun auf dem Eisboden zusammen um einen schmutzigen Witz nach dem anderen zum Besten zu geben.

»Kennt ihr den? Kommt ein Bauer zum Arzt, weil ihn eine Biene in den Schwanz gestochen hat. Kein Problem, meint der Arzt. Gehen Sie nach Hause und halten Sie ihn in eine Schüssel kalte Milch. Der Bauer macht, was er verschrieben bekommen hat, geht in die Küche und hält seinen Schwengel in eine Schüssel kalte Milch. In dem Moment kommt die Magd durch die Tür und fängt an sich zu schütteln vor Lachen. Was ist, fragt der Bauer, hast noch nie einen ordentlichen Schwanz gesehen? Doch, antwortet die Magd, aber noch nie wie er wieder aufgeladen wird.« Die Männer schrieen laut auf, als ob sie in ihrem Leben noch keinen besseren Witz gehört hätten. Wenn man an ihnen so vorbeigelaufen wäre, hätte man nicht einmal einen Gedanken daran verschwendet, dass diese Gruppe gerade beinahe dem sicheren Tod entgangen war. Sie wirkten wie eine paar Betrunkene, die seit Stunden um ein Lagerfeuer herumsaßen und sich mit Nachdruck die Kante gaben.

Ω

In einem BMW Cabrio fuhren sie mit offenem Verdeck über die teilweise sechsspurige Stadtautobahn durch Palma de Mallorca. Zu diesem Zeitpunkt wäre Yvonne ein geschlossener Wagen lieber gewesen. Doch als sie auf die kleine Landstraße MA-1040 abbogen und Richtung Westen auf das Tramuntana-Gebirge zufuhren, begann sie jede einzelne Sekunde der Fahrt zu genießen. Das herrliche Wetter und die wunderbare Seeluft entschädigten sie für die zerzauste Frisur, die ihr in diesem Moment völlig egal erschien. Sie passierten die Bergdörfer Son Comes und Esporles, bevor sie über dutzende Serpentinen auf ihr Ziel Banyalbufar zusteuerten. Der Ort, der an einem der umgebenen Berghänge lag, sah aus wie ein gigantischer Weinberg. Hunderte von Terrassenabstufungen endeten schlussendlich an einer steil abfallenden Klippe, die mehrere idyllische Badebuchten erst auf den zweiten Blick preisgab. Früher, so erfuhr Yvonne von ihrem Fahrer, wurde hier auch fast ausschließlich Wein angebaut. Doch die Dinge hatten sich schon lange geändert. Der Anbau von Tomaten und anderem Gemüse stand seit nunmehr Jahrzehnten im Vordergrund. Die Malvasiertraube, deren Pflege man über Generationen vernachlässigt hatte, fand erst in letzter Zeit ihren Weg zurück. Und so sah man seit ein paar Jahren erst wieder Bauern, die sich auf dem perfekt gelegenen Gelände am Weinbau versuchten. Einzigartig auf der Insel seien auch die Wasserleitungen, erfuhr Yvonne. Sie seien noch aus maurischen Zeiten, als sich im zehnten Jahrhundert eine entsprechende Gemeinde hier angesiedelt gehabt haben soll. Die Wasserwege versorgten die Terrassenfelder mit dem gesammelten Nass, das aus den Bergen heruntergleitet wurde.

Bernds Finca lag recht außerhalb, im westlichen Teil von Banyalbufar. Direkt an die Ma-10 grenzte die weiß gekalkte Mauer des Anwesens. Die drei passierten ein schmiedeeisernes, doppelflügliges Tor, das sich durch den Druck auf einen Fernbedienungsknopf elektrisch öffnete. Wie in einem Hollywoodfilm, so fuhr man auch hier die Auffahrt hinauf, um direkt vor dem Haus am obligatorischen Springbrunnen zu parken. Unzählige Blumen, allen voran rosa und weiß erblühender Oleander, säumten den Weg. Direkt am Brunnen endete eine lange, flachstufige

Treppe aus rotem Stein, die sich einen kleinen Hügel hinauf, bis direkt zum Haupteingang des Hauses erstreckte. Ein Bogengang umgab das gesamte Haus und jeweils eine schmiedeeiserne Laterne hing hinter jedem einzelnen dieser Bögen. Riesige Blumenkübel standen zu Dutzenden auf dieser 360°-Veranda, die entweder mit großen Palmen oder duftenden Blumen bestückt waren. Ein großer Pool fiel ins Auge, der seitlich neben dem Haus die optische Brücke zwischen Gartenanlage und Finca bildete. Yvonne wusste nicht, ob sie beeindruckt oder eingeschüchtert sein sollte, als sie aus dem Wagen stieg. Wie in aller Welt konnte man sich so einen Luxus leisten, in diesem Alter wohlgemerkt? Vom beinahe höchsten Punkt der Terrassenformation aus, hatte man einen Blick über das gesamte Dorf bis weit zum Meer hinaus. Das Meer. Yvonne hatte es schon so lange nicht mehr gesehen und musste einen Moment innehalten. Die Schönheit und beruhigende Kraft des Ozeans war einer der Hauptgründe gewesen, warum sie eingewilligt hatte Fabian zu begleiten. Am liebsten wäre sie sofort hinunter gerannt, um mit ihren Füßen einen ersten Kontakt zum Wasser aufzunehmen. Doch es gab auch in solchen Situationen wie jetzt Regeln, Riten und Rollenspiele, die man zu befolgen hatte. Zuerst einmal galt es, das Gepäck zu verstauen und sich der bevorstehenden Begrüßungsprozedur zu ergeben. Wahrscheinlich würde mit einem Gläschen angestoßen werden, gefolgt von einem nicht enden wollenden Hausrundgang. Danach noch ein Gläschen und die Wiederholung der Prozedur, wenn der verspätete Gast eintreffen würden. Yvonne konnte sich das Meer für heute abschreiben, so viel stand für sie fest. Doch Bernd sollte noch eine Überraschung für sie parat haben und mit seinem nächsten Satz eroberte er, für den Moment, ihr Herz:

»Wir haben mindestens zwei Stunden Vorsprung vor

Herrn Bruckner. Lasst uns Jet-Ski fahren.«

»Sollten wir nicht erst einmal das Gepäck verstauen?«, fragte Fabian. Wäre Yvonne dichter bei ihm gestanden, hätte sie ihm mit Anlauf gegen sein Schienbein getreten. Was für ein armseliger Spießer, fuhr es ihr durch den Kopf. Ihre Ansichten über ihn hatte sie zwar mittlerweile etwas korrigiert, aber ihr bester Freund konnte er mit solchen Spielverderber-Aktionen nicht werden.

Es war der Gastgeber, der ihre Gedanken aufgriff: »Was bist du denn für eine Piense geworden, Fabian? Darf ich vorstellen, Madelena.« Eine schwarzhaarige Frau kam aus dem Haus gewatschelt. Ihr Breiten-Größen-Verhältnis ließ eine andere Gangform wahrscheinlich nicht mehr zu. Sie strahlte über das ganze Gesicht und begann sofort damit, erste Gepäckstücke an sich zu reißen.

»Madelena wird sich um die Koffer kümmern. Außerdem wird sie euch mit allem versorgen, was ihr während eures Aufenthaltes benötigt.« Zustimmendes Nicken kam von der kleinen Frau Ende Dreißig, deren auffällige Hexennase den einzigen Makel ihres sonst recht lieblichen Gesichtes darstellte.

Mit zwei Quads fuhren sie mit Badebekleidung und Strandutensilien bewaffnet bis zum äußersten Rand der steil abfallenden Klippe. Über eine in das Massiv geschlagene Treppe, überwanden sie den restlichen Weg bis zur Bucht. Yvonne hatte noch nie so einen idyllischen und nahezu intim anmutenden Strand gesehen. Fern des Massentourismus hatte sie das Gefühl, gerade Zeuge eines der letzten gehüteten Geheimnisse der Insel zu werden. Der meterhohe Fels formte ein halbrundes Amphitheater, das von keinem anderen Teil der Küste einsehbar war. Schroffe Gesteinsbrocken bildeten den Abschluss der Zungen, die bis weit ins Meer hineinragten.

Unten angekommen, betraten die drei eine kleine Betonterrasse, die nach wenigen Metern in den schmalen Kiesstrand überging. Es gab keine lärmende Bar oder gar ein Restaurant, das die Badegäste mit innervierenden Küchendüften lockte. Es waren insgesamt nur eine Handvoll Menschen auszumachen, die der dunklen Hautfarbe nach eher dem einheimischen Volk zuzurechnen waren.

»So, wo sind die Flitzer?«, meldete sich Fabian zu Wort, der das Motorradfahren auf offenem Meer allem Anschein nach nicht abwarten konnte.

»Die stehen noch in der Garage«, antwortete Bernd.

»Garage?«, fragte Yvonne verdutzt.

»Da drüben.« Bernd zeigte auf fünf in den Fels gesprengte Höhlen. Boote, Jet-Skis und sonstige Wasserfahrzeuge fanden dort Unterschlupf.

»Wir müssen nur noch kurz anpacken.«

Da jedes der kleinen, zweisitzigen PS-Wunder über 300 Kilo auf die Waage brachte, konnten sie Tragen ausschließen. Auf einem Gestell mit Rollen zogen Fabian und Bernd jedes einzeln die schräg abfallende Betonplatte hinunter, bis ins Meer hinein. Die beiden Männer gaben sich dabei alle Mühe, ihre geölten und trainierten Körper ordentlich zur Schau zu stellen. Doch Yvonne war keineswegs interessiert. Sie verlor sich stattdessen im Anblick des Mittelmeeres. Auf einem kleinen Felsen sitzend, die Füße ins kühle Nass gestreckt, schaute sie in die Ferne. Eine leichte Brandung sorgte für das erholsame Rauschen, das Yvonne auch noch über Stunden hätte genießen können. Am liebsten wäre sie einfach hier sitzengeblieben, anstatt mit Karacho über die Wellen zu brettern. Sie suchte das genaue Gegenteil von Hektik und Anspannung. Sie wollte loslassen. Sorgen und Enttäuschungen über ihren Job durften sie nicht auch noch hierher verfolgen. Sie brauchte jetzt Ruhe, Wärme und diese Weite.

Doch als sie ein paar Minuten später das erste Mal am

Gashebel zog, zauberte die Beschleunigung auch bei ihr ein Lächeln aufs Gesicht. Der Zündschlüssel, der auf dem Armaturenbrett des Jet-Skis steckte, war mit einem kleinen Plastikkettchen mit Yvonnes Handgelenk verbunden. Es diente dazu, den Schlüssel herauszureißen und das Boot sofort lahmzulegen, sollte sie unbeabsichtigt abgeworfen werden. Das Gedankenkonstrukt hatte Yvonne zuerst kein sonderlich Vertrauen erweckendes Gefühl vermittelt, zumal sie noch nie zuvor mit einem solchen Gefährt in Kontakt gekommen war. Aber nach ein paar Minuten der Eingewöhnung, gab es auch für sie kein Halten mehr. Immer schneller und schneller peitschte sie über das offene Meer. Yvonne beobachtet ihren Tachometer, der an mancher Stelle sogar 70 Kilometer pro Stunde und mehr anzeigte. Der aufkommende Seegang entpuppte sich mancherorts als Sprungschanze. Eine neue, große Welle ansteuernd, klammerte sich Yvonne an ihrem Untersatz fest, um Sekunden später, mit diesem jeglichen Kontakt zum Wasser zu verlieren. Es war atemberaubend und als Fabian mit seinem Jet-Ski knapp ihren Weg kreuzte, jubelte sie ihm vollen Herzens zu. Es war ein unglaubliches Gefühl von Freiheit und Ausgelassenheit und es war das erste Mal seit ihrem letzten SM-Benutzungsszenario, dass Yvonne nicht an ihren Job dachte.

Der kräftige Fahrtwind und das ins Gesicht peitschende Salzwasser kühlten sie unter der heiß brennenden Mittagssonne angenehm ab. Ihre Augen brannten zwar wie Feuer, doch an Aufhören war für sie nicht zu denken. Aber sie wusste jetzt, wofür so eine merkwürdig aussehende Surferbrille gut sein dürfte. Bei der nächsten Gelegenheit, soviel konnte sie schon jetzt sagen, würde sie sich so ein Ding kaufen. Allerdings gelangte mittlerweile eine Gemisch aus Sonnencreme und Salzwasser in ihre Augen, was Yvonne augenblicklich dazu zwang, den Motor abzustellen. Sie konnte nichts mehr sehen und jeder weitere Meter wäre eine Gefährdung für sie und andere gewesen. Das Ufer war mindestens 200 Meter entfernt und Yvonne hatte keine Ahnung, wie sie unter diesen Umständen dahin zurück gelangen sollte. Sie konnte weder ihre Augen öffnen, noch diese auswaschen. Linderung spendendes Süßwasser war aktuell nicht verfügbar. Instinktiv probierte sie es mit Meerwasser und wusch sich das restliche Sonnenöl vom Gesicht ab. Die Augen brannten danach zwar immer noch, aber es wurde erträglicher. Als Yvonne wieder im Stande war ihre Umgebung zu betrachten, fiel ihr ein großer Stein vom Herzen. Die letzten Augenblicke hatten sie verängstigt.

Sie wollte gerade wieder den Motor starten, als sie erstarrte. Da war ein Mensch vor ihr, vielleicht zehn Meter entfernt. Schreckensszenarien kamen in ihr hoch. Was wäre passiert wenn sie nicht gestoppt, sondern über diesen Schwimmer gefahren wäre? Was, wenn sie jemanden getötet hätte? Doch als sie näher hinsah, erkannte sie, dass es sich um etwas anderes handeln musste. Yvonne packte erneut die Angst. Gab es hier Haie? Das Etwas kam ihr entgegen und im Moment des Erkennens, tauchte es direkt neben ihr in die Tiefe hinab. Selten zuvor hatte Yvonne solche Angst- und Glücksgefühle in so kurzer Folge erlebt. Und sie konnte sich nicht erinnern, wann sie jemals zuvor so etwas Schönes gesehen haben sollte. Mit majestätischer Anmut, ohne jegliche Hektik, hatte die riesige Schildkröte einen neuen Kurs eingeschlagen. Sie durfte weit größer als einen Meter im Durchmesser gewesen sein und Yvonne wurde das Gefühl nicht los, von ihr beobachtet worden zu sein. Es kam ihr vor, als ob das gepanzerte Tier neugierig auf sie und ihr merkwürdiges, kleines Boot gewesen war.

Yvonne ließ den Motor ausgeschaltet. Die kurze Begegnung hatte sie aufgewühlt. Sie schaute nach links, der Küste entlang, wo sich Fabian und Bernd gerade ein kleines Rennen lieferten. Danach betrachtete sie Banyalbufar, die Klippe und die unzähligen Terrassenfelder. Nur 200 Meter entfernt und doch sah die menschliche Zivilisation schon klein und unwichtig aus. Kurz unterhalb der Meeresoberfläche konnte sie Fische ausmachen und sie spürte Wind und Wasser auf ihrer Haut intensiver denn je. Mit dem Rücken zur Küste gedreht, sah sie auf das weite, offene Meer hinaus. Diesmal gab es keine Bucht oder ein sonstiges Hindernis, das ihren Blick einschränkte. Es gab nur sie und das Meer. Yvonne breitete ihre Arme aus, schloss die Augen und ließ sich treiben. Sie wollte eins sein mit der Natur und unerreichbar für den ganzen Irrsinn. Meetings, Forecasts, Projektkalkulationen und Quartalsabschlüsse – alles Blödsinn, der nur dazu diente, das wahre Leben zu verschleiern oder gar gänzlich zu verstecken. Hier und jetzt fühlte sie sich lebendig.

Ω

»Hallo, Sie.« Carmen zuckte zusammen, als sie die kräftige Hand an ihrer Schulter spürte. »Geht es Ihnen nicht gut? Können wir Ihnen helfen?«

»Mir is gut, Herr Polizeiwachtmeista«, antwortete sie etwas leiernd und wedelte dabei mit ihrem Zeigefinger in der Luft herum.

»Sind Sie betrunken?«, fragte der zweite der beiden Flughafenpolizisten und stützte Carmen dabei leicht an ihrer Seite.

»Nein, nein«, meinte diese überzogen beschwichtigend, »lleicht nur n winzig kleiner Schnapsssviel.« Sie simulierte mit Daumen und Zeigefinger einen kleinen Spalt, zwischen dem sie mit einem Auge hindurch schielte.

»Sind Sie alleine hier?«, fragte jetzt wieder der erste Kollege. »Sollen wir Sie mitnehmen?« Carmen wurde die Situation unangenehm. Sie hatte vor drei Stunden die erstbeste Flughafenbar dazu benutzt, sich mit mehreren Cosmopolitans sprichwörtlich die Lampen auszuschießen. Doch in Anbetracht der Tatsache, dass die Herren mit dieser Antwort höchstwahrscheinlich nicht zufrieden sein würden, versuchte sie jegliche ihr zur Verfügung stehende Nüchternheit auf einen Satz zu konzentrieren:

»Danke die Herrn, es geht scho. Mn Mann kommt gleich mit den Koffern. Ich hatt aufm Rückflug n bissn zu viel Wein zur Ruhigung.« Die Männer schauten sich gegenseitig skeptisch an. Ein paar Momente sagte keiner von ihnen ein Wort, bis Carmen nochmals die Gelegenheit ergriff.

»Soll hier warten. Glauben s mir. Alles gut.« Sie zeigte auf eine kleines Café, wenige Schritt von ihnen entfernt. »War nur Klo.«

»O.k.«, meinte nun wieder der zweite von ihnen, »dann setzen sie sich bitte wieder hin und warten Sie auf Ihren Mann. Alleine können Sie in diesem Zustand nicht hier herumlaufen.«

»Versprchn, Herr Schutzmnn«, bestätigte Carmen. Sie wartete nicht länger, machte schwungvoll auf dem Fuß kehrt und schwankte auf das kleine Lokal zu.

Es war im angesagten Lounge-Stil gehalten, hellbraun auf schwarz, Holz kombiniert mit Wildleder und dazu noch etwas Glas. Die Lampen über den rechteckigen Tischchen hingen tief und das diffuse Licht schaffte eine gemütliche und private Atmosphäre. Carmen suchte sich einen Platz an der hinteren Wand und machte es sich auf einer gepolsterten Bank bequem, die für zwei Personen konzipiert worden war.

Der Kellner war fix. Noch bevor sie richtig ihre Umgebung erkunden konnte, war er auch schon zur Stelle, bereit, Carmens Bestellung entgegen zu nehmen.

»Capptschino«, orderte sie angestrengt und der junge Mann im schwarzen Anzug wiederholte freundlich:

»Einen Cappuccino, sehr gerne. Wünschen die Dame eventuell auch ein Stück Kuchen dazu?« Kuchen, dachte sie sehnsüchtig und war gleichzeitig erfreut über diesen brillanten Vorschlag. Wie oft schon hatte sie sich diesen Wunsch in ihrem Leben untersagt? Mit einem Mal wurde ihr klar, dass sie regelrecht Hunger hatte und zusammen mit der Vorstellung auf diese süße Sünde platzte das »Ja« förmlich aus ihr heraus.

»Möchten Sie vielleicht dazu mit nach vorne kommen, dort können Sie...« Doch den Satz durfte er nicht fertig aussprechen. Carmen brachte unmissverständlich zum Ausdruck, welche Art Kuchen ihr gerade so vorschwebte:

»Gaans egaal. Bringn s mir iiergendeinen mt Schoklade – viel Schokolade – unn Sahne – vll Sahne.« Der Kellner nickte höflich und ging davon.

Die Wand neben ihr war mit Leder bezogen und, wie die kleine Bank auch, gepolstert. Carmen verstand dies als Einladung, ihren Kopf anlehnen zu dürfen und mit geöffneten Augen sinnierte sie da weiter, wo sie in der letzten Bar aufgehört hatte. Noch immer konnte sie nicht fassen, was vorhin in sie gefahren war. Sie hatte ihren Freund, ihren geliebten Lebenspartner, in die offenen Arme dieser Hure getrieben. Wie konnte sie nur so fahrlässig gewesen sein, Fabian auch noch dazu zu ermutigen, mit dieser Schlampe zusammen abzufliegen. Oh ja, sie wusste genau, was für eine Person diese Yvonne Richter war. Sie hatte nur einen Blick benötigt, um über diese Tussi Bescheid zu wissen. Niemand takelte sich vor einem Flug so auf.

Niemand bestieg einen Urlaubsbomber mit High-Heels und niemand trug einen Push-Up ohne Hintergedanken. Zumindest tat so etwas niemand, der nur an einer bequemen und stressfreien Reise interessiert war. Yvonnes Interessen schienen sich Carmens Ansicht nach auf einen anderen Bereich zu konzentrieren. Und sie konnte sich nur zu gut vorstellen, um welchen speziellen Bereich es sich dabei genau handelte. Dieses Gegackere und das verschworene Getuschel der beiden heute Morgen, hatte sie beinahe die Beherrschung verlieren lassen. Von der ersten Begegnung an war Carmen auf Angriff gepolt gewesen, jederzeit bereit für ihre Beziehung die Messer zu wetzen. Umso weniger verstand sie, wo diese plötzliche Panikattacke hergekommen sein sollte. Carmen war schon dutzende Male in ihrem Leben geflogen und bis zum heutigen Tag hatte sie daran immer Spaß gehabt. Sie liebte es sogar.

Eine Tasse Cappuccino passierte ihr Sichtfeld und dazu noch ein tiefschwarzes Stück Schokoladenkuchen. Das Wasser lief ihr im Mund zusammen und sie sammelte ihre übrig gebliebenen Kräfte zusammen, um sich wieder gerade aufzurichten. Der Kellner schaute sie hoffnungsfroh an, wohl darauf erpicht, später ein besonders gutes Trinkgeld für seine zuvorkommende Freundlichkeit einheimsen zu können:

»Wenn Sie noch einen Wunsch haben, ich bin gleich da vorne.« Carmen schaffte es, ein knappes »Danke« zu erwidern.

Ω

»Also ich würde ihn trotzdem gerne sehen.«

»Wen meinst du, Werner?« Mike kratzte sich das Kinn,

als wäre es nicht im Entferntesten zu erahnen, was sein Kamerad da gerade ansprechen wollte.

»Na den Gipfel natürlich.« Als ob sie vergessen hätten was hier vor einigen Minuten passiert gewesen war, schien die Erinnerung daran sie erneut zu ängstigen. Sofortige Stille kehrte ein und keiner wagte es auch nur, sich zu räuspern. Der Wind pfiff leicht über die eisige Landschaft und außer etwas Vogelgezwitscher war es vollkommen ruhig. Zu ruhig, denn je länger das verlegene Schweigen anhielt, desto abstruser und bedrohlicher schien es sich für sie anzufühlen.

»Also ich bin dabei.« Da es ausgerechnet Alex war, der die Initiative ergriff, derjenige, der ohnmächtig in der Gletscherspalte gehangen war, fiel seinen Kollegen die Entscheidung leicht.

»Also wenn Alex das kann, dann kann ich das auch.«

»Recht hast du, Norbert.« Mike klatschte freudig in die Hände und begann, sich behäbig und angestrengt ans Aufstehen zu machen. Rucksack, schwere Stiefel und Steigeisen erschwerten komplizierte Bewegungsabläufe nach wie vor.

»Lasst es uns angehen«, meinte Werner euphorisch, »es sind vielleicht noch 15 Minuten bis zum Ziel. Das packen wir.« In der selben Reihenfolge wie zuvor, sicherten sie sich wieder aneinander und traten leicht verunsichert, aber dennoch voller Tatendrang die letzten Meter zum Gipfel an. Jeder von ihnen hatte seinen Eispickel in der Hand und jeder achtete peinlichst genau auf das Seil und den Abstand zum Vordermann. Sie stapften den immer spitzer zulaufenden Gletscher hinauf, dessen Steigung von Meter zu Meter zunahm. Um einen guten Stand zu haben und nicht abzurutschen, mussten sie mittlerweile jeden Schritt in das Eis treten und ihre Steigeisen tief in den gefrorenen Schnee versenken. Es war nochmal eine anstrengende und schweißtreibende Tortur, doch was sie nach knapp einer halbe Stunde auf dem Gipfel erwartete, war die vollkommene und grenzenlose Freiheit. Eine unvorstellbare 360° Sicht mutete an, als ob sie auf dem „Dach der Welt" stünden. Der tiefblaue Himmel wurde von keiner einzigen Wolke gestört und die Zwei- und Dreitausender um sie herum schienen alles zu sein, was noch real und greifbar war. Die Zivilisation unter ihnen verlor jegliche Bedeutung und nur der Gedanke an Vertriebsstrategien, Netzwerkverbindungen oder Social Medias wirkte surreal und wie von einem anderen Planeten.

»Ich hab das Gefühl, ich könnte hier gerade abspringen und losfliegen.«

»Lass das mal lieber, Alex«, meinte Werner.

»Nein, im Ernst. Ich habe das Gefühl hier schon mal gewesen zu sein, in einem früheren Leben, als Adler oder so. Ich hab das Gefühl hier gestanden, die Flügel ausgebreitet zu haben und losgeflogen zu sein.«

»Du solltest das nächste Mal doch einen Helm tragen«, stellte Mike belustigt fest, »der Sturz vorhin hat dir nicht gut getan.«

»Gruppenbild«, rief Norbert, der an seinem Fotoapparat herumhantierte und einen kleinen Schneesockel für ihn präparierte. »Ich muss nur gucken, dass ich das mit dem Selbstauslöser auf die Reihe bekomme.«

»Alles klar«, rief Mike, »wir machen das hier vor dem Gipfelkreuz. Guck, dass du ein bisschen Panorama dahinter mit draufbekommst.« Werner, Mike und Alex postierten sich vor dem gut vier Meter hohen Metallkreuz. Norbert hatte allem Anschein nach das entsprechende Programm bereits gefunden, denn er hastete auf seine Freunde zu, als ginge es um Leben und Tod.

»Achtung«, rief er aufgeregt, »die Kamera schießt jetzt zehn Bilder hintereinander. Also legt euch gut ins Zeug.«

Und das taten sie dann auch. Auf den ersten beiden Bildern mimten sie noch die üblichen Siegerposen. Doch dann begannen sie damit, wildeste Grimassen zu ziehen und Werner zeigte dabei sogar seinen blanken Hintern. Wie eine Horde aufgescheuchter kleiner Jungs sprangen sie auf dem Gipfel herum, stolz darauf es geschafft zu haben und insgeheim überglücklich, den heutigen Tag überlebt zu haben.

Ω

Yvonne, Fabian und Bernd hatten ihre Jet-Skis wieder verstaut und bestiegen nun die Quads für die Rückfahrt. Das Salzwasser kratzte auf der Haut und Fabian freute sich auf eine ausgiebige Dusche. Es war ein riesiger Spaß gewesen, Seite an Seite mit seinem Freund über das Meer zu rasen. Die Tatsache, dass er das kleine Rennen zwischen ihnen beiden verloren hatte, kränkte ihn zwar, aber er gestand Bernd auch zu, mit diesem Gefährt einfach mehr Übung zu haben. Das nächste Mal, dachte er sich, das nächste Mal.

Es war mittlerweile 14.45 Uhr und Fabian musste sich zwingen, den Urlaubsmodus abzuschalten und sich langsam darauf zu besinnen, weswegen er eigentlich hier war. In der nächsten halben Stunde würde Herr Bruckner in Erscheinung treten. Und innerhalb der nächsten halben Stunde musste Fabian wieder Profi sein.

Er wurde unruhig. Es war keine gute Idee gewesen, sich breitschlagen zu lassen, gleich nach ihrer Ankunft mit ans Meer zu gehen. Zeit war es, die ihm jetzt fehlte, denn er musste duschen, sich vernünftig anziehen, zur Ruhe kommen und seinen Rhythmus finden. Eine plötzliche Panik erfasste ihn, die Sache vielleicht doch zu versauen.

Kaum hatten sie die Finca erreicht, sprang Fabian von seinem vierrädrigen Moped und eilte ohne einen weiteren Kommentar ins Haus. Sein Zimmer kannte er bereits, denn er war schon oft hier gewesen. Bernd hatte ihm die kleine Suite mittlerweile fest zugesprochen und so wunderte sich Fabian nicht schlecht, als er beim Betreten über eine Reihe Damenschuhe stolperte. »Was soll denn der Scheiß?«, sprach er zu sich selbst und so schnell er hineingestürmt gewesen war, so schnell rannte er auch wieder die langgezogene, weiße Marmortreppe zum Eingang hinab.

»Bernd«, rief er nahezu panisch durch die geöffnete Haustür. Yvonne und ihr Gastgeber standen immer noch bei den Mopeds und schauten mit fragenden Blicken zu Fabian hinauf.

»Was soll das?«, wollte dieser mit zorniger Miene wissen.

»Was soll was?«, fragte Bernd.

»Das Zimmer, Bernd. Das Zimmer.«

»Ach das.« Sein Freund verstand und mit beschwichtigendem Tonfall erklärte er seinem Fabian: »Ich meine, Hallo? Das Türmchenzimmer? Ich denke das sollte unstrittig sein, dass das die einzig angemessene Herberge für eine Dame ist, findest du nicht auch?« Fabian fand das keineswegs und ärgerte sich wieder einmal, Yvonne überhaupt mitgenommen zu haben. Seit ihrem Gespräch beim Italiener, als sie ihm offenbart hatte, eine devote Masochistin zu sein, hatte er sich nicht mehr getraut das Thema Bruckner anzusprechen. Zwar redeten sie unentwegt über die Uhr und ob sie den Deal damit klarmachen würden, doch wie sie sich dem Herren auf der zwischenmenschlichen Ebene präsentieren würde, blieb als Gesprächspunkt stets unangetastet. Fabian hatte trotz Yvonnes Erläuterungen über ihr Privatleben nie ganz die Hoffnung verloren, sie könnte sich dem Herren vielleicht doch etwas nähern. Ihre Ausführungen über Parties, Benutzungsszenarien und den ganzen anderen perversen Kram konnte man so oder so verstehen. Yvonne hatte Fabian zwar deutlich gemacht, dass sie nicht für Geld zu haben war, doch welchen Sinn ergab das? Im gleichen Atemzug hatte Yvonne ihm von Gegebenheiten berichtet, bei denen sie jeder dahergelaufene Typ einfach so hatte nehmen dürfen. Im Prinzip sah er da keinen nachvollziehbaren Unterschied zu einer gewerblichen Dame, nur dass Prostituierte wohl etwas cleverer sein mussten.

»Na gut«, gab Fabian klein bei, »aber nicht, dass das jetzt zur Regel hier wird. Nächstes Mal gehört das Zimmer wieder mir.«

»Versprochen«, antwortete Bernd, »außer Yvonne kommt wieder mit.« Er grinste breit und flüsterte ihr noch ergänzend zu:

»Du darfst aber auch gerne bei mir schlafen.«

»Oh, sehr liebenswürdig«, antwortete sie geübt freundlich, »aber ich denke dazu kennen wir uns noch ein bisschen zu wenig. Meinst du nicht auch?«

Im selben Moment ertönte eine Hupe und Fabian durchfuhren Angst und Verärgerung zugleich. Am Eingangstor parkte ein Wagen, bereit jeden Moment die Auffahrt heraufzukommen. Fabian hingegen war alles andere als bereit. Er stand da, in Flip-Flops, Badehose und schlampigem T-Shirt und musste sich damit abfinden, seinen Gast gleich in diesem Aufzug in Empfang zu nehmen. Unprofessionell, dachte er sich, einfach unprofessionell.

Bernd betätigte seine Fernbedienung und das schmiedeeiserne Tor gab langsam und gemächlich den Weg für das nächste Cabrio an diesem Tag frei. Diesmal handelte es sich um einen schneeweißen VW Golf. Es verstrichen noch ein paar Augenblicke, bis der Wagen Fahrt aufnehmen konnte, in denen Yvonne, Bernd und Fabian wie gebannt den Schotterweg hinunter starrten. Die hünenhafte Statur des Herrn Bruckner konnte man schon von Weitem auf dem Fahrersitz ausmachen. Doch als sich der Golf näherte, erkannte Fabian noch eine weitere, wesentlich kleinere Person auf dem Beifahrersitz. Hatte Herr Bruckner ein Kind mitgebracht?

»Weißt du etwas davon, dass er in Begleitung kommen wollte?«, rief Fabian Yvonne zu, während er sich langsamen Schrittes auf den Weg zu ihnen hinunter machte.

»Nein, hatte keine Ahnung«, antwortete sie. »Das muss er auf eigene Faust organisiert haben.«

Fabian interessierte nur noch der Beifahrersitz. Es fiel ihm überhaupt nicht auf, dass Herr Bruckner mit Fliegerbrille und im Schlabbershirt hinter dem Steuer saß und lässig den Arm aus dem Wagen hielt. Fabian fokussierte einzig und allein die Person neben ihm. Mit jedem Meter des Näherkommens kristallisierte sich ein klareres Bild, wich die Verschwommenheit präziser Schärfe und es wurde immer deutlicher, dass da kein Kind neben ihm saß, sondern eine Frau.

Als das Auto am Brunnen zum Stehen kam, würdigte Fabian Herrn Bruckner noch immer keines Blickes. Er starrte die dunkelhaarige Dame an und konnte einfach nicht glauben, was er da gerade sah. Durch seinen Kopf schnellten alle nur erdenklichen Überlegungen, die ihm eine halbwegs vernünftige Erklärung für diese Situation geben könnten. Doch er schaffte es nicht, auch nur eine logische Schlussfolgerung zu finden. Er kannte diese Frau – oh, ja. Doch sie dürfte auf keinen Fall hier sein.

»Herr Krämer«, rief der mit Spannung erwartete Gast, als er mit sportlichem Schwung dem Wagen entstieg. Fabian schaffte es endlich, seinen Blick von der Dame zu lösen und Herrn Bruckner mit seinem gewohnten Sunnyboy-Lächeln entgegenzutreten.

»Herr Bruckner, schön dass Sie uns so schnell gefunden haben.« Herr Bruckner packte Fabians Hand und schüttelte sie so kraftvoll, dass Fabian ein schmerzhaftes Zucken nur schwer unterdrücken konnte.

»Ich sehe schon, Herr Krämer, Sie lassen es auch gerne leger angehen.« Bruckner zeigte auf Fabians Badeschlappen und lächelte dabei vergnügt.

»Naja, ich dachte wir sind hier auf Mallorca, die Sonne scheint...«, antwortet Fabian vorsichtig.

»Ich finde das hervorragend, Herr Krämer. Hatte schon Angst, Sie würden das förmliche Zeremoniell auffahren.« Fabian wusste nicht, ob er lachen oder weinen sollte. Wer hätte gedacht, dass der zugeknöpfte Unternehmensberater und Interimsmanager aus diesem Aufschneiderbüro neulich es auch lieber entspannt angehen ließ. Und wie entspannt genau, erfuhr Fabian wenige Augenblicke später, als Herr Bruckner seine Begleitung ins Spiel brachte:

»Ich hoffe Sie haben nichts dagegen, dass ich nicht alleine angereist bin. Sie sprachen von einer großen Finca mit mehreren Zimmern.«

»Das ist überhaupt kein Problem, Herr Bruckner. Ihre Begleitung ist uns ebenfalls herzlich willkommen.« Fabian erlaubte sich einen erneuten Blick zu der Dame, die mittlerweile auch aus dem Cabrio gestiegen war und jetzt einen Arm, in bester Vertrautheit, um Paul Bruckners Hüfte legte.

»Darf ich Ihnen vorstellen, Herr Krämer. Das ist meine Freundin Cheyenne.«

»Cheyenne«, spielte Fabian den interessierten Gastgeber und reichte der kleinen Asiatin die Hand, »welch hübscher Name.«

»Ja? Gefällt er Ihnen, Herr Krämer?«, fragte Cheyenne nach und blinzelte dabei etwas zu übertrieben mit ihren stark getuschten Wimpern.

»Oh, ja. Er gefiel mir gleich auf Anhieb.«

Ω

Carmen schrak aus einem verängstigenden Traum auf. Sie musste wohl kurz eingenickt sein. Leicht verwirrt schaute sie sich in dem kleinen Café um. Die Szenerie hatte sich geändert. Neue Gäste waren anwesend und der Kellner durch eine blonde Kellnerin mit Pferdeschwanz ersetzt worden. Einer der beiden hatte wohl Carmens Cappuccino und den Rest ihres köstlichen Kuchens abgeräumt. So langsam überkam sie die Vermutung, dass ihr kleines Nickerchen vielleicht etwas länger gedauert haben könnte.

Sie fühlte sich scheußlich. Eine Mischung aus Schwindel und leichter Übelkeit, gemischt mit aufkommender und doch noch verschleierter, geistiger Klarheit. War da vorhin etwas mit der Polizei? Sie erinnerte sich an ein Gespräch mit zwei Herren in Uniform, doch sie konnte nicht mehr sagen, um was es sich dabei gehandelt haben sollte.

»Darf ich Ihnen etwas bringen?« Die Kellnerin hatte sie nicht kommen sehen. Verlegen und unfähig eine Entscheidung zu treffen, bestellte sie das Erstbeste was ihr durch den Kopf ging.

»Einen Milchkaffee, bitte.«

»Sehr gerne«, bestätigte die junge Frau und gerade als sie sich wegdrehte, fiel Carmen noch eine viel bessere Idee ein:

»Entschuldigung«, rief sie eine Spur zu laut durch den Raum.

»Ja, bitte«, antwortete die Kellnerin und wendete sich

Carmen wieder zu.

»Machen Sie bitte noch einen großen Schuss Rum rein, o.k.?«

Ω

Die Steigeisen hatten sie schon vor einer Weile wieder an ihren Rucksäcken fixiert und auch ihre Sonnenbrillen hingen zusammengeklappt an ihren Shirts oder lagerten in einer Seitentasche. Aus dem tiefblauen Himmel hatte sich ein dunkelgrau-bedrohliches Szenario entwickelt, das die Schritte der vier Bergfreunde in erheblichem Maße beschleunigte.

»Scheiße, Mann«, schimpfte Mike, »Christoph scheint tatsächlich recht gehabt zu haben.«

»Sieht ganz danach aus«, bestätigte Werner, »macht, dass ihr eure Füße lupft und wir nach Hause kommen. Ich hab echt keine Lust, hier in ein verdammtes Gewitter zu geraten.«

Doch der Himmel zog sich immer stärker zu und erstes Donnergrollen war zu vernehmen.

»Wie weit ist es noch?«, stotterte Alex aufgeregt.

»Ungefähr eine Dreiviertel Stunde«, antwortete Norbert und legte noch einen Schritt an Tempo zu. Mittlerweile flogen sie förmlich über den moosbedeckten Boden. Wie Parkour-Läufer, deren Bewegungsfluss stets optimal auf die Gegebenheiten ihrer Umwelt abgestimmt ist, suchten sie bei jedem Schritt die effizienteste Art, von Punkt zu Punkt zu gelangen. Ein guter Tritt und Sicherheit in jeder Lage standen jetzt nicht mehr im Vordergrund. Hier und jetzt hieß es die Energie zu bündeln, den Schwung des Abstieges aufzunehmen und ihn gegebenenfalls bei einem

Fehltritt in einen weiterführenden Sprung oder ein Abrollen umzuwandeln. Ein Blitz durchzuckte den Himmel hinter ihnen und der anschließende Donner verriet eine Entfernung des Gewitters von noch etwa drei Kilometern.

»Oh Scheiße, Mann. Das geht nicht gut aus«, rief Alex aufgeregt.

»Weiter, Leute«, forderte Mike, »vielleicht finden wir noch irgendwo Unterschlupf.« Ob er selbst daran glaubte war nicht ersichtlich, aber zumindest äußerlich ließ er sich nicht unterkriegen und spurtete weiter den immer breiter werdenden Pfad hinab. Erste Tropfen fielen vom Himmel, dick und schwer, doch bislang nur vereinzelt und unregelmäßig.

»Das zieht vorbei, Leute«, versuchte Mike es mit Aufmunterung, doch seine Kollegen schienen für Märchen nicht in der Stimmung zu sein. Werner hatte die Hoffnung allem Anschein nach aufgegeben und flüchtete sich in Flüchen und Kraftausdrücken:

»Einen Scheiß wird das vorbeiziehen. Unser Leben zieht vielleicht gleich an uns vorbei, verfickte Scheiße.« Die Regentropfen wurden jetzt regelmäßiger, dafür Werners Schimpftiraden malerischer und lauter. Zwei weitere, kurz aufeinanderfolgende Blitze erhellten den düsteren Himmel. Wieder Donnern, gewaltiger und dichter. Der Weg wurde immer glitschiger und die Schritte der vier immer unsicherer. Sie waren jetzt mittlerweile so von Dunkelheit und Wolken umschlossen, dass sie nur schwer erkennen konnten, wohin sie überhaupt gehen sollten. Um nicht Gefahr zu laufen heute ein zweites Mal irgendwo abzustürzen, entschieden sie sich für den Moment stehenzubleiben. Doch die nächste Herausforderung ließ nicht auf sich warten: Die vereinzelten Tropfen hatten sich zu einem ausgewachsenen Wolkenbruch entwickelt. Die Kleidung der Wanderer konnte das Wasser zwar abhalten, doch ihre

Haare und Krägen waren schutzlos ausgeliefert. Der Regen war so stark, dass es nicht lange dauerte, bis alle vier unterhalb ihrer Funktionskleidung durchnässt waren. Wieder Blitze, grell und erschreckend. Doch das Grollen danach wurde schwächer. Der Abstand zwischen beidem hatte sich um zwei Sekunden vergrößert. Noch traute sich keiner einen Kommentar abzugeben. Doch als nach dem nächsten Blitz der Donner um eine weitere Sekunde später einsetzte, wagte es Werner die Sache auf den Punkt zu bringen:

»Ich glaube wir sind vier echt verdammte Glücksschweine.«

»Allerdings«, meinte Alex, »erst die Gletscherspalte und jetzt entgehen wir auch noch diesem Gewitter.« Leichter Nieselregen kam jetzt vom Himmel und das Gewitter konnte man nur noch weit entfernt im Hintergrund wahrnehmen.

»Dem Himmel sei Dank«, schrie Mike laut hinaus.

»Jungs, das nächste Mal gehen wir surfen.«

»Klar, Norbert«, meinte Mike, »was kommt dann? Der weiße Hai?« Ein Psychologe hätte nicht viel Erfahrung benötigt, um Hintergründe und Emotionen der erneuten Ausgelassenheit zu eruieren. Zu offensichtlich waren die Witze weit unterhalb jeglicher Gürtellinie und das abfällige Gerede Ausdruck tiefster Erleichterung. Die Anspannung der letzten halben Stunde suchte ihren Kanal nach draußen. So unüberlegt und bösartig manche Äußerung auch erscheinen mochte, so notwendig und befreiend schienen diese für die vier Männer zu sein. Es war vom Ficken die Rede und von willigen Frauen mit riesigen Brüsten. Über Kolleginnen und Geschäftspartnerinnen wurde bezüglich ihrer vermeintlichen Vorliebe für ausgefallene Sexpraktiken philosophiert und jeder halbwegs ruhige und unauffällige Kollege als „Homo" betitelt. Nach einer

Weile schien der erste Druck entwichen zu sein und sie wechselten zu ihrem sonst üblichen Lieblingsthema: Geld. Sportwagen hier, Ferienhaus da und das generelle Unverständnis denjenigen gegenüber, die es schafften mit einem Jahreseinkommen unterhalb 100.000 € zurecht zu kommen. In ihren Augen war diese Grenze fast gleichzusetzen mit Hartz 4 oder dem Leben unter der Brücke.

»Hört ihr das?«, fragte Norbert auf einmal und blieb abrupt stehen. Er legte seine Hand ans rechte Ohr, als ob er somit den Ursprung der imaginären, akustischen Auffälligkeit ergründen könnte.

»Was denn«, fragte Mike und schaute sich interessiert um. Mittlerweile waren sie aus dem felsigen Gebiet heraus und durchquerten wieder blühende Wiesen. Jede Menge Buschwerk und sogar vereinzelte Bäume waren nun erneut Teil ihrer Umgebung.

»Na das«, bekräftigte Norbert. Mit verstellter und hoher Piepsstimme rief er: »Trink mich, trink mich.«

»Hast du einen Stich, Mann?« Mike schüttelte ungläubig mit dem Kopf.

»Das ist mein Hefeweizen, du Homo. Es ruft.«

»Ja, genau«, stieg Alex mit ein, »jetzt hör ich's auch. Meins ruft auch schon.« Wieder lachten alle und die Aussicht auf ein ordentliches Feierabendbier beschleunigte erneut ihren Schritt. Es waren nur noch wenige Minuten bis zur Hütte und in Gedanken hatten die vier bereits einen ganzen Kasten ihres ersehnten Hopfengetränks vernichtet. Der Weg wurde von einem winzigen Bachlauf gekreuzt, der die massive Steinplatte an dieser Stelle bereits seit sehr langer Zeit überspülen musste. Das Wasser hatte es mittlerweile vollbracht, eine Spurrille in den Granit hineinzufressen.

»Sehr schön«, meinte Mike, »ein Schluck aus der Quelle.« Er stellte sich breitbeinig über die Wasserstelle und beugte sich tief hinunter. Ein Jahrhunderte alter Baum, dessen weit verzweigte Wurzeln sich auch seitlich des Weges gabelten, machte den idyllischen Anblick perfekt. Mike hatte sein Gewicht auf das rechte Bein verlagert und stand in einer dieser Gabelungen. Das Wasser schien eisig kalt und äußerst erfrischend zu sein, denn mit lautem Zischen und schmatzenden Geräuschen, zelebrierte Mike förmlich die kurze Szene.

»Weiter geht's«, forderte Norbert. Doch als Mike sich zum Gehen herumdrehte, blieb er mit seinem Fuß in der Gabelung stecken. Er hatte bereits zuviel Schwung mitgenommen, um einfach stehenbleiben zu können. Den Körper ausbalancierend suchte er mit seinem linken Fuß neuen Halt, rutschte jedoch mit einer ruckartigen und von einem kurzen Schrei untermalten Bewegung von der feuchten Wurzel ab und stürzte. Durch dichtes Gestrüpp, flankiert von kleinen Bäumen und Gesteinsbrocken, schleuderte Mike mit mehrfachen Überschlägen die Böschung hinab, bis er an die 50 Meter tiefer besinnungslos liegen blieb. Norbert, Alex und Werner starrten völlig entsetzt den Abhang hinunter, bis Letzterer es schließlich war, der endlich begriffen zu haben schien, was da eben passiert war. Die Füße stets parallel zum Hang gerichtet, spurtete er zu seinem Kollegen hinunter, in der Hoffnung noch ein Lebenszeichen von ihm feststellen zu können. Kurz darauf machten sich auch Norbert und Alex auf den Weg, doch alle drei hatten mit den unwegsamen Begebenheiten schwer zu kämpfen. Um ein Haar hätte es auch Werner von den Füßen gerissen, doch er hatte mehr Glück als sein Freund zuvor. Bei Mike angekommen empfing die drei ein Bild des Grauens. Er lag auf dem Bauch, mit dem Gesicht im Dreck und seine zerrissene Kleidung ließ erahnen, welch schmerzhaften Abgang er durchlebt haben musste. Sein rechtes Bein stand unnatürlich zur Seite ab und überall an seinem Körper klebte oder floss Blut. An seinem Hinterkopf haftete undefinierbare Masse und oberhalb seines rechten Ohrs schien eine offenen Wunde zu klaffen. Werner kniete sich zu ihm hinunter und begann Mike nach Lebenszeichen zu untersuchen.

»Er hat Puls, ganz schwach«, stellte er erleichtert und besorgt zugleich fest. Um herauszufinden, ob Mike frei atmen konnte, legte er sich flach neben ihn auf den Boden und schob dessen verschmierte Haare zur Seite.

»O.K. Er hat Puls und er atmet«, erklärte Werner seinen beiden Freunden, »doch von hier weg bekommen wir ihn auf keinen Fall.«

Alex zog sein Smartphone hervor und tippte ohne zu zögern auf den Kontakt der Auskunft. »Einer von uns sollte zu Christoph. Vielleicht kann der auch irgendwie helfen«, meinte Alex, während er auf eine Stimme am anderen Ende der klingelnden Leitung hoffte.

»Das übernehme ich«, meinte Norbert und machte sich auf, den Berg wieder hinaufzusteigen.

»Pass auf dich auf«, rief ihm Werner noch hinterher, den Blick weiter auf den schwer verletzten Mike gerichtet.

»Hallo? Ja, die Bergrettung bitte. Ja, wir haben einen Notfall.«

Runterkommen

Nachdem sich die fünf frischgemacht und für das bevorstehende Abendessen schick gemacht hatte, folgte nun endlich die obligatorische Hausführung. Bernd ging voraus und präsentierte der kleinen Gruppe die rund 600 Quadratmeter große Finca. Säulen aus Marmor und Rundbögen aus rotem Stein dienten als grundlegendes Thema. Türen und Fenster waren aus dunklem Edelholz gefertigt und die Böden mit kühlendem und hellem Granit belegt. Im oberen Stockwerk, wo die Schlafzimmer zu finden waren, lag dunkles Holz auch als Parkettboden aus. Yvonne folgte dem Tross als Letzte und beobachtete dabei die beiden Turteltäubchen Cheyenne und Herrn Bruckner. Außer einem kurzen »Schön Sie wiederzusehen« und einem höflichen Flüchtigkeitsküsschen, hatte er sich bislang nicht im Geringsten für Yvonne interessiert. Dass sich daran während dieses Aufenthaltes noch etwas ändern würde, bezweifelte sie. Zu sehr fiel der Mann dieser kleinen Thailänderin in den Ausschnitt und grabschte ihr unentwegt am Hintern herum. Yvonne fand es höchst amüsant, dass Fabians beherzte Bemühungen, sie mit diesem Mann in irgendeiner Form zu verkuppeln, so völlig ins Leere liefen. Beinahe tat er ihr leid. Welchen Mut hatte Fabian wohl aufbringen müssen, eine solche Taktik zur Sprache zu bringen und was hatte er sich danach nicht alles von ihr anhören müssen. Sie verstand ja, warum er sie mit Prostitution in Verbindung gebracht hatte. Schließlich war ihr Aufzug damals entsprechend gewählt gewesen. Sie konnte ihm dafür nicht böse sein. Fabian war im Prinzip kein schlechter Kerl, so viel hatte sie mittlerweile über ihn in Erfahrung gebracht. Er war nur ein fürchterlich eingebildeter Aufschneider, der ironischerweise überhaupt keine Ahnung zu haben schien, was da draußen in der Welt sexuell so vor sich ging. Große Sprüche und tatsächlich nichts dahinter – ein auf Fabian, ihrer Meinung nach, sehr zutreffendes Sprichwort. Und jetzt musste er auf einen Schlag so viele pikante Details aus Yvonnes Privatleben verdauen, die bestimmt die meisten zwangsläufig überfordert hätten.

Sie beschloss Fabian erst einmal verarbeiten zu lassen, bevor sie sich auf weitere Gespräche dieser Art mit ihm einlassen würde. Seine Neugierde war nahezu unerschöpflich und wenn es nach ihm gehen würde, sprächen sie den ganzen Tag nur noch über anzügliche Phantasien. Wo das herrührte, war ihr seit heute morgen klar. Fabians Freundin schien zwar recht hübsch zu sein, doch ein Quell der Freude und Basis erotischer Phantasien war sie nicht.

Bernd erklärte gerade die Funktionsweise des Jacuzzi, um den herum sich die Gruppe positioniert hatte und Yvonne beobachtet dabei seine auffallend unsichere Körpersprache. Sie wusste nicht so recht, wie sie ihren Gastgeber einschätzen sollte. Er verhielt sich ihr gegenüber charmant, doch agierte er dabei oft maßlos übertrieben. Die klassischen Worthülsen eines Durchschnittsaufreißers schien er verinnerlicht zu haben und doch wollte sie ihm als Mensch noch eine Chance einräumen. Zu schnell hatte sie sich bei Fabian festgelegt und danach feststellen müssen, dass sie ihm in manchen Dingen Unrecht getan hatte. Doch was Bernd betraf wollte sich diese Erkenntnis noch nicht so recht bei ihr durchsetzen. Er vereinte alle unangenehmen Eigenschaften von Fabian, ergänzt durch ein paar neue indiskutable Marotten. Doch im Gegensatz zu diesem Bernd, konnte Fabian mit geistiger Spitzigkeit und intelligenter Dominanz für einen gewissen Ausgleich sorgen.

»Wollen wir ihn gleich einmal testen?«, rief Bernd

Yvonne anzüglich entgegen, als ob er damit ihre letzten Gedanken unterstreichen wollte.

»Danke«, entschuldigte sie sich, »für heute hatte ich genug Wasser.«

Es hätte auch an Verschwendung gegrenzt, sich auf diesem Anwesen nur den Badefreuden hinzugeben. Außer dem Jacuzzi und dem großen Pool bot es noch eine finnische und eine Dampfsauna, zwei Tischtennisplatten, einen Billardraum, ein Heimkino und eine ernstzunehmende Bar zum Austoben. An dieser machten sie kurz Station und Herr Bruckner schien über die umfangreiche Whiskey-Sammlung beeindruckt zu sein. Er verlor sich zusammen mit Bernd in einem Expertengespräch über die unterschiedlichen Sorten und sie zögerten auch keine Sekunde, die ein oder andere dabei zu testen.

Fabian und Cheyenne spazierten unterdessen auf die Veranda hinaus. Yvonne beobachtete die beiden dabei aus den Augenwinkeln und wollte nicht wahrhaben, was sie da gerade sah. Sie konnte eine Vertrautheit zwischen den beiden bemerken, die sehr subtil, aber definitiv da war. Konnte das möglich sein? Warum sollte Fabian die Freundin ihres potentiellen Kunden kennen? War Yvonne vielleicht in irgendein Detail nicht eingeweiht worden und die kleine Thailänderin ein weiterer Baustein in Fabians Plan? Dass eine Asiatin mit vielleicht gerade einmal 20 Jahren nicht aus Liebe mit einem mindestens 30 Jahre älteren Mann ins Bett stieg, war für Yvonne nicht der verwunderliche Part. Aber konnte es möglich sein, dass Fabian hinter dieser kleinen Romanze steckte? Für Menschen, die sich das erste Mal begegneten, hatten er und Cheyenne ihre Köpfe ein bisschen zu nah beisammen und auch der gebotene Höflichkeitsabstand zweier fremder Menschen wurde beidseitig missachtet. Den Wenigsten wären diese unscheinbaren Details ins Auge gestochen, doch Yvonne hatte Antennen für Menschen – und für Lügner. Und sie konnte spüren, dass hier irgendetwas im Busch war.

Ω

Kurz bevor Christoph und Norbert an die Unglücksstelle geeilt kamen, konnten sie den Rettungshubschrauber bei seinem Landeanflug sehen. Der zweimotorige MD902 war für acht Personen entwickelt worden, bot aber aufgrund der vielen Technik nicht genug Platz für die traumatisierte Wandertruppe. Auch aus versicherungstechnischen Gründen, wurde ihnen erklärt, wäre eine Mitnahme der drei Freunde nicht möglich. Werner versuchte mit allen Mitteln auf die Rettungshelfer einzureden. Er zückte sogar Bargeld und versuchte es mit Beschimpfungen. Erst als Christoph ihn zur Seite nahm und ihm erklärte, dass er damit keinen Erfolg haben werde, stellte Werner seine Bemühungen ein.

Mike war seit seinem Unfall noch nicht wieder ansprechbar gewesen, aber seine Lebenszeichen waren immerhin stabil geblieben. Auf einer Krankenbare wurde er festgeschnallt und in den Helikopters geschoben. Im selben Moment begannen sich die Rotorblätter zu drehen und mit immer lauter werdendem Getöse erreichten sie die für den Abflug erforderliche Drehzahl. Werner, Alex, Norbert und Christoph zogen sich eilig zurück, darauf bedacht, ihre Ohren zu schützen und lose Kleidungsstücke und Accessoires festzuhalten. Der aufkommende Wind glich einem Orkan und im Moment des Abhebens,überkam die vier das Gefühl, jeden Moment mitgerissen zu werden.

»So, die Herren«, kam der Hüttenwirt unweigerlich zur

Sache, »wir müssen schauen dass wir sofort hinunter kommen. In wenigen Minuten sehen wir hier heroben gar nichts mehr.« Die Sonne war tatsächlich schon eine Weile nicht mehr zu sehen und Düsternis verbreitete sich in der idyllischen Bergwelt. Wortkarg und in sich gekehrt machten sich die Männer auf den Rückweg. Keiner von ihnen schien Bedarf an Konversation zu haben und an eine Aufarbeitung der Geschehnisse war im Moment nicht einmal zu denken. Während der halben Stunde Fußmarsch wurden gerade einmal drei Sätze gewechselt.

Mit dem ersten Schritt in die Hütte stoben sie alle in unterschiedliche Richtungen auseinander. Die drei Amateur-Bergsteiger verteilten sich auf Bad, Schlafzimmer und das Auto hinter dem Haus, während Christoph sich auf den Weg in seine Küche machte. Durch einen Dreh am Lautstärkeregler des kleinen Kofferradios erhoffte sich Christoph ein wenig Ablenkung von seiner Aufgewühltheit. Er hätte darauf wetten können, dass mit dieser Gruppe etwas schiefgehen würde. Die jahrelange Erfahrung hatte seinen Blick geschärft, denn seine inneren Antennen hatten von Beginn an negativ ausgeschlagen. Halbstarke Geldsäcke, die in früheren Zeiten höchstens als Marktschreier ihr Geld hätten verdienen können. Doch heutzutage schien man solchen Leuten wohl den Reichtum hinterherzuwerfen. Wofür nur, fragte sich Christoph immer wieder, wurden solche Spezis so großzügig entlohnt? Wie stand deren Gehalt in Relation zu hart arbeitenden und langjährig ausgebildeten Fachkräften, wie zum Beispiel Krankenpflegern, Erziehern, Zimmerleuten oder Bauern. Ein Assistenzarzt konnte gut und gerne einmal 70 Stunden die Woche zusammenbringen. Mit welchen Argumenten sollte man ihm klar machen, dass seine Arbeit nur ein Fünftel wert war, im Vergleich zu den Schaumschlägereien dieser Leute.

Christoph beschäftigte sich wieder einmal mit Wurstschneiden. Das Abendessen musste heute in Form einer Brotzeit reichen, denn es war viel zu spät, um jetzt noch Töpfe und Pfannen zu schwingen. Die Kinder von Familie Heiler hatten schon zu verstehen gegeben, dass sie an unverzüglicher Nahrungsaufnahme großes Interesse hatten.

Eine Wagentür schlug zu und kurz darauf eine weitere. Christoph beugte sich zum kleinen Küchenfenster vor und lugte auf den nachtgeschwärzten Parkplatz hinaus. Was hatten die da draußen vor? Die Rückleuchten des Mercedes Kombi leuchteten auf und mit einem dumpf röhrenden Geräusch kam das 4 Liter-Geschoss in Gang. Die wollen doch nicht etwa...? Christoph pfefferte seine Schürze auf den Boden und stürmte zur Tür hinaus. Doch als er um die Ecke auf den Schotterplatz gehechtet kam, konnte er nur noch die schwächer werdenden Lichter des in der Dunkelheit verschwindenden Wagens ausmachen.

Und wieder wurde es Christoph bang. Der Versorgungsweg nach unten stellte bereits am Tag eine Herausforderung dar, doch bei Nacht konnte er zu einer echten Gefahr werden. Wollten die drei Herren das Schicksal heute tatsächlich nochmal herausfordern? Er verstand ja, dass sie wissen wollten wie es ihrem Kollegen erging, aber morgen früh hätte das sicher auch noch gereicht. Was konnten sie heute schon noch ausrichten? Besorgt und unruhig ging Christoph zurück in die Hütte. Hoffentlich geht das mal gut, dachte er und bekreuzigte sich an der geschnitzten Marien-Statue im Eingangsbereich. Zurück in der Küche fiel sein Blick auf die beiden Kinder, die es sich auf der Eckbank mit ein paar Spielkarten gemütlich gemacht hatten.

»Geht bald los, die Damen«, versprach Christoph. Der Alleinreisende schlurfte an ihm vorbei und erklärte, dass er sich mittlerweile anderweitig versorgt hätte und kein

Abendessen mehr benötigte.

»Aber morgen früh wie gewohnt, oder?«

»Ja, bitte«, meinte dieser wortkarg. Er drehte sich gerade zum Gehen, als ihm noch eine Sache einzufallen schien:

»Ah, eins noch.«

»Ja bitte?«

»Mein Bett ist doch so ungemütlich. Kann ich jetzt vielleicht in dem ehemaligen Zimmer der vier Halbstarken schlafen?«

»Das tut mir leid«, antwortete Christoph. »Die Herren sind nur auf dem Weg ins Krankenhaus. Sie sind noch nicht abgereist.« Der Alleinreisende schaute ihn mit großen Augen an und mit sehr verunsichertem Tonfall fragte er:

»Und warum haben sie dann ihre Sachen gepackt und alles mitgenommen?«

«Wie bitte?« Christoph wusste nicht wie ihm geschah. Konnte es wirklich sein, dass sich diese Spinner für immer aus dem Staub gemacht hatten? Weder ein Wort des Abschieds, noch die Begleichung der Rechnung war erfolgt gewesen. Soviel Unverfrorenheit hätte er nicht mal ihnen zugetraut. Christoph musste der Sache auf den Grund gehen und machte sich auf den Weg in das Zimmer. Als er die Türe zum Schlafsaal aufmachte, traf ihn die Erkenntnis hart. Arschlöcher, war das erste Wort das ihm einfiel. Sie waren tatsächlich mit Sack und Pack abgereist. Nicht einmal ihren Müll hatten sie weggeräumt. Die ein oder andere Schmutzwäsche, in Form von einzelnen Socken oder Schlüpfern, lag noch auf dem Boden verstreut und ein Blick ins Badezimmer zeichnete ein ähnliches Bild vom unrühmlichen Abgang der Herren. Christoph kochte vor Wut und konnte sich nicht erklären, wie Menschen Gastfreundschaft und Hilfsbereitschaft so scham- und skrupellos ausnutzen konnten. Hatte er ihnen nicht eben noch vom Berg heruntergeholfen? War es zu viel verlangt, sich zu verabschieden? Hatten sie ihr ach so gigantisches Einkommen auf dem Berg verzockt und waren nun nicht mehr in der Lage, die Rechnung zu bezahlen? Waren Anstand und Sitte nur noch unangenehme Erinnerungen an eine längst vergangene Zeit? Christoph stürmte zurück in den Schlafsaal, riss die Schränke auf, in der Hoffnung vielleicht dort ihr Gepäck vorzufinden. Nichts, alles ausgeräumt. Nur noch zum Dampf ablassen riss er die Bettwäsche von den Lagern und feuerte Kissen gegen die Wand. Doch da, bei der letzten Schlafstätte angelangt, entdeckte er unter dem Bett den Griff einer Sporttasche. Mit überschüssiger Energie zerrte Christoph sie hervor und schleuderte sie mit voller Wut durch den Raum. Kleidungsstücke verteilten sich über den Boden, eine Parfümflasche zerbarst klirrend an der Wand und ein kleines schwarzes Kästchen knallte geräuschvoll gegen den Bettpfosten der gegenüberliegenden Schlafstätte. Christoph erschrak vor seiner eigenen Tat. Zu geräuschvoll und aufsehenerregend hatte sich sein Ärger Luft gemacht und sofort überkam ihn ein schlechtes Gewissen, weil er Eigentum anderen Leute zerstört hatte. Das Parfüm war mit Sicherheit nicht billig gewesen und er hoffte, dass er nicht auch dieses kleine schwarze Ding demoliert hatte.

Christophs Neugierde obsiegte gegen seinen Ärger. Was war das wohl? Er bückte sich hinunter, um die kostbar anmutende Schatulle aufzuheben. Sie war mit Samt überzogen und ein Scharnier an der Seite machte deutlich, dass sie aufklappbar war. Vorsichtig, als ob er Angst davor hätte, ein kleines Tier könnte sich jeden Moment seinen Weg ins Freie bahnen, öffnete er das Kästchen, bis ihm eine silbrig glitzernde Armbanduhr entgegenfunkelte. Neugierig nahm er den Chronometer in die Hand und betrachtete ihn von allen Seiten. Christoph kannte sich mit so etwas nicht aus. Er selbst hatte noch nie eine Uhr am Arm getragen. Doch das Stück hier gefiel ihm. Das Material glitzerte schön und es waren mehrere Uhrzeiger zu sehen. Allem Anschein nach konnte das kleine Ding verschiedene Zeiten anzeigen. Christoph beschloss, erst einmal abzuwarten. Vielleicht würden die Typen sich ja morgen bei ihm entschuldigen und die Rechnung überweisen. Doch bis dahin würde er diese Uhr erst einmal unter Verschluss halten. Vielleicht konnte sie ihm ja wenigstens einen Teil seines Fehlbetrages ausgleichen.

Ω

Der Kerl im teuren Anzug beobachtete sie schon seit mindestens zehn Minuten. Ihre Blicke trafen sich jetzt schon das fünfte Mal und immer lächelte er dabei freundlich, einhergehend mit einer leicht nickenden Kopfbewegung. Er sah sehr gut aus, vor allen Dingen wenn man andere Männer seines Alters mit ihm verglich. Die Schläfen waren ergraut und das restliche, dunkle Haar nicht mehr voll. Doch seine Geheimratsecken vermittelten einen gebildeten Eindruck und sein sehr schmales und hellhäutiges Gesicht unterstrich den akademischen Touch. Er schien Geld zu haben. Der Anzug passte sehr gut und er trug goldene Manschettenknöpfe, ein Accessoire, das heutzutage kaum noch jemand zu tragen pflegte. Die Schuhe konnte sie nicht erkennen, nicht ohne eine auffällige Verrenkung zu riskieren. Und so freute sie sich beinahe, als er sich auf den Weg zu ihr hinüber machte. Endlich hatte sie freien Blick auf die hochglanzpolierten, hellbraunen Edelschnürer und es war ihr egal, dass sie dafür einen Eroberungsfeldzug von ihm in Kauf nehmen musste. Er griff an die

Stuhllehne ihr gegenüber und räusperte sich knapp.

»Italienisch?«, kam sie ihm zuvor.

»Wie meinen?«, antwortete er verdutzt und beugte seinen Oberkörper leicht zu ihr hinunter.

»Ihre Schuhe. Aus Italien?«

»Ach so, das?« Er lachte charmant und angenehm. Nicht aufgesetzt oder unsicher, sondern charismatisch und souverän.

»Ich bin beeindruckt. Sie kennen sich mit Schuhen aus?«

»Ich liebe Schuhe«, antwortete sie verträumt.

»Darf ich mich vielleicht ein wenig zu Ihnen setzen? Ich würde Ihnen gerne noch so einen Drink bestellen.«

»Tun Sie das«, forderte sie ihn auf und wies mit der rechten Hand auf den Stuhl, den er bereits ergriffen hatte. Doch er zögerte, drehte sich zuerst zur Kellnerin um und rief ihr zu:

»Noch einen...«

»Cosmopolitan«, half ihm Carmen aus, als sie bemerkte, dass er nicht wusste was sie da gerade trank. Nach ihrem Kaffee mit Rum war sie wieder auf das Bewährte umgestiegen. Die Übelkeit hatte sie damit besiegt, doch ihr Sprachzentrum begann schon wieder leicht zu leiern.

»...einen Cosmopolitan«, vervollständigte er seine Bestellung und setzte sich zu ihr. Er hatte schöne Zähne und er verströmte einen sehr angenehmen Duft. Chanel Allure tippte sie, war sich dabei aber nicht ganz sicher. Sein Gesicht wirkte frisch rasiert und sein Hemd wies keine Knautschfalten auf.

»Sie kommen aber nicht gerade aus dem Flieger und so wie Sie aussehen reisen Sie auch nicht gleich ab«, fasste sie ihre Beobachtungen zusammen.

»Richtig«, antwortete er. »Mein Name ist Roland Hauser und ich bin auf einer dreitägigen Tagung gleich drüben im Hotel.«

»Freut mich. Ich bin Carmen und ich betrinke mich gleich hier in der Bar.« Wieder lachte er auf eine ganz besondere Weise und wieder durchströmte sie dabei ein angenehmes Gefühl. Er erzählte ihr von einem Beraterkongress, von Auslandsgesellschaften, die die Nähe zu einem zentralen Verkehrsknotenpunkt vorzogen und von seiner Langeweile, die er nach all diesen endlosen Gesprächen hier ertränken wollte. Dieser Roland war kein Weiberheld, so viel stand fest. Das Lehrbuch der femininen Eroberung missachtete er sträflich, denn er plauderte ausschließlich über sich, seinen Beruf, über Geld und seine Suite. Doch für Carmen war es genau das, was sie sich an Konversation gerade wünschte. Zuhören, nicht denken, einfach abgelenkt und amüsiert werden. Es tat gut.

»...naja und dann habe ich Sie hier gesehen und gedacht, dass es sich zu zweit doch viel besser trinkt, nicht wahr?« Carmen lächelte und legte dabei den Kopf etwas zur Seite.

»Ich glaube«, begann sie ihre Gedanken in Worte zu fassen, »du hast dich eher gefragt, ob du mit mir ficken gehen kannst.« Ein kurzer Moment der Stille störte auf einmal das ansonsten wortreiche Blind Date. Roland schaute Carmen tief in die Augen und er schien innerlich mit seinem nächsten Schachzug zu kämpfen. Als ob er sich nicht sicher wäre, was er sagen konnte oder durfte oder vielleicht sogar wollte.

»Wäre das denn so frevelhaft?«, fasste er sich ein Herz und fragte vorsichtig. Carmen überlegte nur kurz. Zu lange saß sie bereits in diesem Café fest. Sie hatte keine Ahnung was sie als nächstes tun, oder wie sie von hier wegkommen sollte. Ihr Blutalkohol musste für vier Führerscheinentzüge reichen und weiter als bis kurz hinter das Parkhaus würde sie den Wagen mit Sicherheit nicht ohne Unfall gesteuert bekommen.

»Zeig mir doch einfach mal deine Suite. Mir ist hier eh so langsam langweilig geworden.«

Ω

»War das ein Test? Bin ich die ganze Zeit verarscht worden?« Fabian war außer sich vor Zorn und doch durfte er seinen Emotionen jetzt auf keinen Fall freien Lauf lassen. Zu viel stand auf dem Spiel und zu sehr fühlte er sich gerade unter Beobachtung.

»Und womit soll ich dich bitte schön verarscht haben?« Cheyenne antwortete völlig entspannt. Sie hatte offensichtlich keinerlei Stress mit dieser Situation, was Fabians Ängste nur umso mehr schürte.

»Ist das hier ein abgekartetes Spiel?«, zischte er sie von der Seite an, während sie nach außen sichtbar, entspannt über die Veranda flanierten.

»Was genau?«, wollte sie wissen.

»Warum bist du hier? Ausgerechnet du und ausgerechnet hier.«

»Vielleicht habe ich dich vermisst?« Ihre rechte Hand suchte den Weg zu seinem Hinterteil, was Fabian aber unmissverständlich abwehrte.

»Lass den Scheiß. Woher wusstest du, dass ich hier bin?«

Cheyenne lachte piepsig: »Du bist noch süßer, wenn du böse bist.«

»Ich kann gleich noch böser werden, dann hast du aber sicher keinen Spaß mehr daran.«

Cheyenne blieb stehen und strafte ihn mit einem Blick, der sagte: „Das glaubst du doch selber nicht“. Doch sie wählte eine diplomatischere Antwort und ergriff dabei seine linke Hand: »Ich hatte keine Ahnung, dass du hier bist, ehrlich. Aber irgendwie hatte es mich bis eben eigentlich gefreut.«

Erneut körperlichen Kontakt zu Cheyenne zu haben überraschte Fabian im falschen Moment. Die angenehme Berührung durchzuckte förmlich seinen gesamten Körper und er verspürte eine anbahnende Erektion. Doch Fabians Zweifel und sein Ärger waren noch in gleichem Maße präsent und so passte dieser Annäherungsversuch für ihn nicht in den Moment.

»Ich glaube dir nicht. Das kann einfach kein Zufall sein.« Er löste den Kontakt, denn er war drauf und dran die geistige Kontrolle wegen körperlicher Begierden zu verlieren.

Cheyenne schien langsam zu verstehen, dass es Fabian sehr ernst war und so begann sie ihm zu erklären, wie es ihrer Ansicht nach zu dieser Begegnung gekommen war:

»Ob du es glaubst oder nicht, aber Paul ist einfach ein lieber, netter Stammkunde von mir. Ich weiß, der Zufall ist krass. Aber es ist ein Zufall. Wir kennen uns seit etwa einem Jahr und er kommt einmal die Woche mindestens zu mir.« Fabians skeptischer Blick entspannte sich ein Wenig und doch war er noch nicht vollständig überzeugt.

»Und nimmt er dich öfter mit auf Urlaubsreisen?«

»Es ist das dritte Mal«, antwortete sie. »Einmal waren wir drei Tage in New York zum Shoppen und einmal eine viertägige Kreuzfahrt auf dem Mittelmeer.« Cheyennes Augen wirkten verklärt und Fabians Frage schien angenehme Erinnerungen in ihr hervorgerufen zu haben.

»Liebst du ihn?« Fabian bereute die Frage in dem Moment, in dem er sie ausgesprochen hatte. Er verstand auch überhaupt nicht, was ihn dazu animiert hatte. Cheyennes Reaktion daraufhin war wenig verwunderlich:

»Mach dich nicht lächerlich, Fabian.«

»Entschuldige. Ich weiß auch nicht warum…« Ein dynamisch blecherner und energetisierender Ton erlöste Fabian aus der misslichen Situation.

»Was war das?«, fragte Cheyenne und lugte durch eine der geöffneten Bogentüren. Der Ursprung musste von dem schallplattengroßen, bronzenen Wind-Gong stammen. Madelena wandelte damit durch die Räumlichkeiten und schlug immer wieder mit einem Filzschlägel dagegen.

»Wir werden zum Abendessen gerufen«, erklärte Fabian und ohne ihr Gespräch abzuschließen, eilte er erleichtert durch die Tür in den Innenraum. Die beiden Herren schwadronierten noch immer an der Bar über Alkohol. Yvonne saß in ihrem cremefarbenen, leicht durchsichtigen Abendkleid daneben und strafte Fabian mit einem anklagenden Blick. Was hat die jetzt schon wieder, ging es ihm durch den Kopf, doch einen kurzen Moment später hatte er sie auch schon wieder vergessen.

Die Tafel war auf dem ausladendsten Teil der Veranda gedeckt worden. Von hier aus hatte man einen ähnlichen Blick wie vom Eingangsbrunnen, nur noch ein Stückchen erhöhter und weitläufiger. Pool, Garten, Meer und ein gutes Essen. Was konnte man sich besseres von einem schönen Abend erhoffen? An dem gigantischen Holztisch gab es genug Sitzgelegenheiten für eine halbe Busladung an Besuchern. Fünf edle Tischgedecke und die dazugehörigen Esswerkzeuge kündigten ein mehrgängiges Menü an und da sowohl Weiß- als auch Rotweingläser postiert worden waren, schien der Keller entsprechende Sorten bereit zu halten. Selbstgebackenes Brot lag in Körbchen aus, abgedeckt mit Tüchern, auf denen die eingestickten Initialen B und L prangerten.

Etwas unbeholfen standen die fünf um den Tisch herum. Keiner wollte den Anfang machen und damit wertende Blicke auf sich ziehen. Cheyenne trug ein bezauberndes, rotes Sommerkleidchen, das ein gutes Stück oberhalb ihrer Kniekehlen endete. Ihr Ausschnitt offenbarte deutlich die Ansätze ihrer Brüste und sie trug keinerlei Schmuck, der lüsterne Blicke ablenken könnte. Die Herren waren in leichte Stoffhosen, kombiniert mit Kurzarmhemden gekleidet.

»Bitte schön«, brach Bernd das verlegene Schweigen, nahm an der Kopfseite Platz und deutete auf die Tischgedecke. Fabian und Yvonne setzten sich rechts neben ihren Gastgeber, Cheyenne und Herr Bruckner wählten die Plätze ihnen gegenüber. Im selben Moment kam Madelena mit einer Glaskaraffe in jeder Hand auf die Veranda gespurtet und nahm die Weinbestellungen der Gäste auf, während sie deren Wassergläser füllte.

Nach ein paar Minuten schien fürs Erste jeder versorgt zu sein. Man hatte sich durchgängig für Rotwein entschieden und zwei Flaschen eines edleren Brunellos dekantiert. Das Brot machte gerade die Runde und die vier selbstkreierten Dip-Soßen fanden reißenden Absatz. Bernd nahm den ersten Moment der Ruhe zum Anlass, sich vor der Gruppe zu erheben und ein paar Worte an diese zu richten:

»Ich möchte euch alle noch einmal recht herzlich hier in Banyalbufar begrüßen. Das Wetter soll in den nächsten Tagen so herrlich bleiben und die aktuelle Wassertemperatur könnte angenehmer nicht sein. Essen gibt es reichlich und wir haben den Keller voll von diesem wunderbaren Stoff hier.« Er hob sein Glas in die Luft, um es einen Augenblick später wieder auf den Tisch zu stellen. »Vor allen Dingen möchte ich aber Sie, Herr Bruckner, willkommen heißen. Bis heute Morgen kannten wir uns nicht und doch musste ich bereits feststellen, dass wir mehr als nur eine Leidenschaft miteinander teilen.«

»Ich hoffe, Sie meinen nicht meine Freundin.« Allgemeines Gelächter brandete auf und um die Pointe noch auf die Spitze zu treiben, antwortete Bernd:

»Darüber sprechen wir später.« Wieder etwas Gelächter und ein Herr Bruckner, der höchst amüsiert mit der geballten Faust eine drohende Geste andeutete.

»Spaß beiseite«, trug Bernd weiter vor, »Liebhaber kostbarer Uhren habe ich bereits einige kennengelernt, doch noch nie hat mich jemand mit einem so umfangreichen Fachwissen über edle Tropfen beeindruckt. Ich freue mich auf unsere gemeinsame Zeit hier und hoffe, dass das bescheidene Mahl eure Gaumen erfreuen wird.« Er griff erneut zu seinem Weinglas und hob es demonstrativ über die Tafel.

»Und wie es einst der von mir höchst geschätzte Loriot zum Ausdruck brachte, trinken wir auf das Wohl unseres verehrten Gastes, die Hausfrau und das, was wir lieben. Zum Wohl, jawohl.« Die restlichen Gläser wurden ebenfalls erhoben und nachdem die kristallenen Töne des Anstoßens verklungen waren, flüsterte Yvonne Fabian ins Ohr:

»Welche Hausfrau?«

»Das war doch nur ein Zitat aus einem Sketch«, erklärte er, von ihrer Unwissenheit genervt. Yvonne drehte sich daraufhin verlegen zur Seite und befasste sich mit ihrem Rotwein.

Das „bescheidene Mahl", wie es Bernd betitelt hatte, beinhaltete vorweg eine Karotten-Ingwer Suppe. Danach wurde ein Rindercarpaccio, garniert mit Tomaten, Paprika und etwas Salat kredenzt. Das Zitronensorbet zwischendurch sollte den Magen für den eigentlichen Hauptgang vorbereiten: Das Coq au vin. Der Hähnchenschmortopf in Rotweinsoße überzeugte ausnahmslos jeden der Gäste und es fehlte nur noch das gemeinsame Sauberlecken der Teller. So sehr wurde Madelena des Lobes für das hervorragende Essen überschüttet.

Als die abschließende Crème brûlée serviert wurde, war es bereits dunkel. Madelena hatte Fackeln rings um das Haus entzündet, die mit ihrem flackernden Licht anmutige Stimmung verbreiteten.

»Wann möchten Sie die Uhr in Augenschein nehmen, Herr Bruckner«, fragte Bernd, nachdem die letzten Überreste des Festmahls abgeräumt worden waren.

»Lassen Sie uns das bitte morgen machen, Herr Lösel«, antwortete dieser. »Ich denke, dass ich mich demnächst auf mein Zimmer begebe. Ihr Brunello hat es in sich.« Ob es am Rotwein lag oder an der Tatsache, dass die kleine Gruppe acht Flaschen davon getrunken hatte, hätte noch diskutiert werden können. Fabian jedoch hatte den Eindruck, dass es Herrn Bruckner mehr um die zwischenmenschlichen Aspekte ging, die er bestimmt noch zu erledigen hoffte. Und so verließen Cheyenne und ihr Kunde wenige Momente später, höflich aber zielstrebig die illustre Runde.

»Na, wenn ich mir eins nicht vorstellen will«, murmelte Bernd zwischen seinen geschlossenen Zähnen hervor, »dann diesen langen Lulatsch auf der kleinen Asiabärbel.« Bernds Gedankenkonstrukt zeichnete Bilder in Fabians Kopf. Er selbst wollte sich die beiden auch nicht vorstellen und obwohl er wusste, dass es völlig unangebracht war, überkam ihn ein flüchtiges Eifersuchtsgefühl.

»Ich muss mir ein bisschen die Beine vertreten«, erklärte er und stand vom Tisch auf.

»Ich komme mit«, meinte Yvonne und sowohl Fabian wie auch sein Freund, schauten ihr irritiert dabei zu wie sie sich ebenfalls erhob.

»Was ist denn jetzt los?«, rief Bernd empört. Habt ihr etwa was am laufen?

»Absolut nicht«, antwortete Fabian, der sich schon den

ganzen Abend gefragt hatte, was mit Yvonne los war. Immer wieder hatte er sich von ihr beobachtet und durch manche ihrer Fragen verhört gefühlt. Auch Cheyenne gegenüber hatte sie unentwegt die Staatsanwältin gemimt, deren Ausbildung und Beruf in Erfahrung bringen wollen, wo sie wohnte und seit wann sie Hern Bruckner bereits kannte. Zweimal hatte sich die Situation während des Essens so zugespitzt gehabt, dass Fabian mit irgendeinem fadenscheinigen Thema hatte eingreifen müssen. Inständig hatte er die ganze Zeit gehofft, dass der Abend endlich vorübergehen würde und er Yvonne endlich zur Rede stellen könnte. Ihr offensichtliches Klärungsbedürfnis überraschte ihn allerdings.

Bernd schien nicht im Geringsten darüber glücklich zu sein, dass er als Einziger am Tisch übrig blieb.

»Lasst mich wenigstens mitmachen«, rief er ihnen hinterher, doch weder Fabian noch Yvonne schienen an dem Vorschlag interessiert zu sein.

Ω

»Seit wann kennst du sie?«, fragte Yvonne. Ihre sonst so gedeckte und rauchige Stimme klang auf einmal schrill und unangenehm fordernd.

»Wen?«, hakte Fabian vorsichtshalber nach, obwohl ihm sonnenklar war über welche Person seine Kollegin da gerade Auskünfte einholte.

»Na wen wohl? Die kleine Asia-Schlampe, die sich gerade von unserem Kunden vögeln lässt, natürlich.« Fabian reagierte nicht sofort. Er nahm sich Zeit darüber nachzudenken, noch ein Weilchen den Ahnungslosen zu spielen, oder die Katze aus dem Sack zu lassen. Doch was hatte er schon verbrochen? Er kannte eine Nutte, na und? Wahrscheinlich kannten zwei Drittel aller Männer irgendeine Nutte. Es überraschte ihn nur, dass es für Yvonne so offensichtlich erschien, dass er Cheyenne heute nicht das erste Mal in seinem Leben gesehen hatte. Er beschloss nicht länger um den heißen Brei herumzureden:

»Seit meiner Einstandfeier, neulich.« Yvonne schaute ihn mit großen Augen und hochgezogener Stirn an und begann damit, ihre Schuhe auszuziehen. Eine sehr niedrige Steinbank am Rande des Pools lud zum erfrischenden Fußbad ein und die beiden standen mittlerweile nur noch zwei Schritte davon entfernt. Ohne weiter auf Fabian einzugehen, setzte sie sich und planschte mit ihren Zehen in dem beleuchteten Becken. Fabian fiel es schwer, Yvonnes Stimmung richtig einzuschätzen und beließ es erst einmal dabei, vollständig bekleidet hinter ihr stehen zu bleiben.

»Ich dachte, du hättest den Abend skandalfrei überstanden? Oder haben dich die Jungs doch in der Hand?« Yvonne zeichnete mit ihren Zehen Ringe auf das Wasser und die hypnotisierende Wirkung der kleinen Wellen ließ auch Fabian nicht unberührt.

»Die Kollegen wissen von nichts«, antwortete er leicht in sich gekehrt als Yvonnes spitze und übertrieben laute Reaktion ihn zusammenzucken ließ:

»Aha, es gibt also etwa zu wissen.« Fabian konnte nicht glauben, wie dämlich er gerade gewesen war. So einfach in die Falle zu gehen, wäre sonst einem Schulkind gleichgekommen.

»Hast du es dir zur Abwechslung mal von einer kleinen Thaidame machen lassen, ja? War sie ihr Geld wert?«

»Es ist nicht so, wie du…«, versuchte Fabian zu antworten, doch Yvonne war schneller:

»Ist es nicht so, wie ich denke, ja? Das ist es nie.« Fabian fühlte sich völlig in die Ecke gedrängt. Er wollte sich erklären und freisprechen lassen von seiner Untreue. Doch es ärgerte ihn auch gleichzeitig, sich so vor jemandem rechtfertigen zu müssen, der in größter Regelmäßigkeit die wildesten Absurditäten auslebte.

»Was hast du eigentlich für ein Problem mit mir? Du erzählst mir von deinen ganzen Orgien und wenn ich einmal in meinem Leben...«

»Einmal in deinem Leben«, würgte Yvonne ihn wieder einmal mitten im Satz ab, »erzähl doch keinen Mist. Du bist doch jede Woche mit einer anderen in der Kiste.«

»Und was würde dich das stören?«, wollte Fabian wissen.

»Mich stört«, sie betonte dabei jedes einzelne Wort so, als ob sie mit einem schlecht Deutsch sprechenden Menschen reden würde, »dass du hier irgendein Spiel mit dieser kleinen Nutte und unserem Kunden arrangiert hast. Und ich will wissen was dahinter steckt und welche Überraschungen noch auf mich zukommen werden.« Den letzten Satz betonte sie nicht mehr, sondern schoss ihn wie eine abgefeuerte Pistolenkugel heraus.

Jetzt begann Fabian damit, seine Schuhe auszuziehen. Er krempelte seine Stoffhose über die Knie und setzte sich links neben Yvonne an den Pool.

»Es kommen keine weiteren Überraschungen, versprochen. Ich versteh dich ja.«

»Was versteht du?«

»Ich habe vorhin so ähnlich reagiert wie du, denn ob du es mir glaubst oder nicht, ich hatte keine Ahnung, dass sie kommt.«

»Ja, ist klar.« Yvonne schien keineswegs überzeugt. Mit gesenktem Kopf saß sie da und zeichnete weiter Kreise auf die Wasseroberfläche. Fabian erzählte ihr von seinem Gespräch mit Cheyenne, dass Herr Bruckner ihr Stammkunde sei und dass sie anscheinend schon mehrmals zusammen verreist wären. Immer wieder hakte Yvonne nach, wollte Bestätigung haben, die Fabian nicht geben konnte und ließ ihn schwören, nichts hinter ihrem Rücken ausgeheckt zu haben. Ihr Misstrauen beeindruckte Fabian. Einfach um den Finger zu wickeln war Yvonne auf jeden Fall nicht. Allem Anschein nach hatte sie ihre Lektionen im Leben bereits lernen müssen und sie schien jemand zu sein, den man nicht ungestraft hinters Licht führen durfte.

»...und sei das nächste Mal ein echter Mann und eiere nicht so in der Gegend herum«, polterte sie immer noch drauf los.

»Ich habe überhaupt nicht rumgeeiert.« Fabian stemmte die Fäuste in die Seiten und schaute sie beleidigt an.

»Und was sollte das mit erstes Mal im Leben und so?« Fabian zögerte erneut mit einer Antwort. Er wusste nicht, ob er sich damit reinwaschen oder nur lächerlich machen würde. Doch so wie Yvonne gerade in Fahrt war, sah er gar keine andere Möglichkeit, ihr den Wind aus den Segeln nehmen zu können.

»Ich habe zum ersten Mal in meinem Leben einen geblasen bekommen, vom allerersten Seitensprung in meinem Leben – von Cheyenne.«

Die nächsten Augenblicke sprach keiner von ihnen. Yvonne kreiste noch immer mit ihren Zehen und Fabian begnügte sich damit, seine Füße unter Wasser zu halten. Die kurze Pause tat gut und ließ ihn nach diesem Verhör etwas zur Ruhe kommen. Trotz allem war er sich nicht sicher, ob es vernünftig gewesen war, Yvonne diese Dinge anzuvertrauen.

»Stimmt das wirklich?«, fragte sie auf einmal.

»Glaub mir«, antwortete Fabian, »dich zu verarschen, habe ich mir vor spätestens fünf Minuten vollständig abgeschminkt.«

»Du meinst«, Yvonne begann zu kichern und stieß die

Worte abgehackt hervor, »du hattest vor ein paar Tagen das erste Mal dein Ding im Mund von einer Frau?«

»Um genau zu sein, hatte ich mein Ding das erste Mal im Mund von irgendjemandem.«

Yvonne schüttelte leicht den Kopf und legte ihren Arm um Fabian. Er wusste nicht, was das zu bedeuten hatte, trotzdem erschien ihm der Moment angenehm. Fabian erwiderte die Umarmung, indem er begann leicht ihre Schulter zu streicheln.

»Irgendwie bist du goldig«, flüsterte sie leise vor sich hin.

»Danke«, antwortete Fabian, » aber ich habe ein fürchterlich schlechtes Gewissen.«

»Weil du es mit der Kleinen getrieben hast?«

»Ich habe es nicht mir ihr getrieben. Sie hat mir einen geblasen und das war's. Es ging ganz schnell, vielleicht vier Minuten, höchstens fünf. Ich hab sowas noch nie zuvor erlebt.«

»Also ich weiß auch nicht.« Yvonne lachte leise. »Ich kann mich nicht erinnern, dass ich mich jemals in einem Menschen so getäuscht habe wie in dir.«

»Ich hoffe, dass du das jetzt positiv meinst«, antwortete Fabian.

»Natürlich meine ich das positiv. Ich hab gedacht, du wärst der Stino-Aufreißer-Typ schlechthin. Und jetzt tust du mir fast leid.«

»Wegen der Kleinen und meinem Gewissen?«

»Nein, wegen deinem Blow-Job. Das kann doch nicht wahr sein, dass ein Kerl in deinem Alter das zum ersten Mal erlebt. Ich mache sowas andauernd, fast schon als nette Geste, nebenher. Quasi aus Freundschaft, damit ihr Männer einen schönen Tag habt.«

»Verarsch mich nicht.« Ohne es selbst zu merken, wurden Fabians Streicheleinheiten unkoordiniert und fordernder.

»Überhaupt nicht«, antwortete Yvonne, »soll ich schnell?«

»Danke, lass mal.« Fabian lachte. Er war automatisch davon ausgegangen, dass Yvonnes Vorschlag scherzhaft gemeint gewesen war. Doch die anschließende Stille stimulierte sein Kopfkino und er fragte sich, ob sie es vielleicht sogar getan hätte.

»Würdest du?« Seine Neugierde obsiegte.

»Zu spät«, antwortete Yvonne spitz und streichelte ihm freundschaftlich über den Rücken, »solche Angebote gibts nur einmal.« Doch die Erklärung ärgerte Fabian. Er kam sich wie ein Siebtklässler vor, der zu naiv gewesen war, den Annäherungsversuch seiner Angebeteten richtig zu deuten. Ablehnung vertrug er generell nicht gut. Doch dann auch noch von einer Frau, die schon mehr als genug von ihrem Hang zum Masochismus und ihren skurrilen Abenteuern berichtet hatte? Das konnte er so nicht akzeptieren. Er verspürte Neid. Neid auf Yvonnes ausschweifendes Leben und die vielen Freiheiten, die sie sich einfach nehmen konnte und er nicht einmal im Traum zu wagen hoffte.

Die Vorstellung auf eine erneute orale Befriedigung hatte ihn irritiert und gleichzeitig ungemein angespitzt. Sein innerer Trieb schaffte es nicht zur Tagesordnung überzugehen und einfach das Thema zu wechseln. Er wollte jetzt wissen was dahintersteckte, wollte in Erfahrung bringen wie es sich anfühlte, die dunkle Seite der Macht ins Spiel zu bringen.

»Und wenn ich es mir einfach nehme?« fragte er in bedrohlichem Tonfall, was Yvonne mit erneutem Kichern quittierte. Doch Fabian war bereit – bereit etwas auszuprobieren, was er bislang nur von Yvonnes Schilderungen und vage gezeichneten Phantasien kannte. Er packte Yvonne an beiden Armen und verschränkte sie hinter ihrem

Rücken. Das Kichern erstarb sofort und sie begegnete ihm mit einem trotzigen Gesichtsausdruck. Eigentlich hatte Fabian eine Ohrfeige erwartet, zumindest einen kurzen Protest. Doch Yvonne ließ es geschehen und stachelte ihn sogar noch an.

»Und jetzt? Was machst du jetzt?«

Fabian hielt Yvonne nach wie vor fest und drehte sie dabei so, als ob sie auf einem Pferdesattel säße. Jeweils ein Bein auf einer Seite der kleinen Bank drückte er sich ganz eng an Yvonne, beschwerte ihre Hände mit seinem eigenen Gewicht und packte sie am Hals. Zuerst noch ganz sachte, doch mit immer stärker aufkommender Lust übte er mehr und mehr Druck auf ihre Kehle aus. Fabian war sich nicht sicher was er auf einmal fühlte. Zum einen spürte er seine anschwellende Männlichkeit, zum anderen überwältigte ihn das Gefühl nie da gewesener Macht. Doch wollte er diese? Wollte er Yvonne tatsächlich dazu zwingen, ihm zu Diensten zu sein? Er hatte es nun in der Hand, ihr weh zu tun und echte Schmerzen bereiten zu können. Doch war das etwas, was ihn stimulieren würde und was er mit seinen Prinzipien in Einklang bringen konnte? Sein eigener Körper und dessen Handlungen gaben ihm die Antwort. Er presste sich an sie und begann ihr gleichzeitig die Luft zum Atmen zu nehmen. Es fühlte sich archaisch an, als ob ein längst vergessener Trieb in ihm aufkeimen und ihn zu diesen Taten anstacheln würde. Fabian umfasste jetzt ihre Kehle so stark er nur konnte und mit merklich bebendem Körper begann Yvonne auf einmal leise zu stöhnen.

»Sag mal, fickt ihr beiden oder ist das eine neue Yoga-Übung?« In Sekundenschnelle ließen Fabian und Yvonne voneinander ab und starrten zum anderen Ende des Pools, an dem Cheyenne gerade begann sich auszuziehen. Fabian fühlte sich, als ob ihm gerade jemand einen Eimer kaltes

Wasser über den Kopf gegossen hätte.

»Und du?«, fragte er leicht verärgert, »fühlst du dich eingeladen?«

»Ganz und gar nicht. Ich habe meinen Job für heute erledigt. Jetzt brauche ich ein kühles Bad. Aber kommt doch mit rein. Zu dritt macht es mehr Spaß.«

»Wir haben keine Badesachen dabei«, stellte Fabian fest.

»Macht nichts, ich auch nicht.« Cheyenne entledigte sich ihrer letzten Kleidungsstücke und stand vor ihm, wie kürzlich unter der Saunadusche. Erinnerungen wurden in ihm wach und noch weitere, lüsterne Gedanken verschafften sich Raum.

»Ich bin dabei«, hörte er Yvonne sagen, während er immer noch Cheyennes makellosen Körper fixierte. Dass sich seine Kollegin gerade ebenfalls völlig entblößte, registrierte er zunächst gar nicht. Und so flüchtig er einen Blick auf Yvonnes wundervolle Brüste erhaschen konnte, so schnell war sie auch schon mit einem grazilen Köpfer ins Becken eingetaucht. Cheyenne hingegen tänzelte zu ihm an die kleine Bank und begann auffordernd an seinen Kleidungsstücken zu ziehen.

»Los jetzt«, mahnte sie streng, »zieh den Kram aus und komm ins Wasser. Wann hast du schon mal wieder die Gelegenheit mit zwei so netten Damen zu baden?« Wo sie recht hatte, hatte sie recht, musste Fabian eingestehen. Doch er konnte sich nicht entkleiden, zumindest nicht in diesem Moment. Zu sehr hatte ihn die vorangegangene Situation mit Yvonne überdreht und angespitzt. Er wollte auf keinen Fall seine sexuellen Bereitschaftssignale vor den beiden Frauen offen zur Schau stellen. Und so gab Cheyenne ihre Überredungsversuche auf und tauchte ebenfalls im erfrischenden Wasser ab.

Fabian war nicht mehr in der Lage einen Gedanken zu

fassen, der nichts mit Sex zu tun hatte. Zwei wundervolle Frauen planschten da direkt vor ihm, nackt und durch die Beleuchtung des Pools entging ihm kaum ein Detail. Zunächst schwammen die beiden mit relativ großem Abstand zueinander. Yvonne zog kraulend ihre Bahnen durch das Becken, während Cheyenne sich damit begnügte, mehr auf einer Stelle zu tänzeln. Doch irgendwann trafen sie sich in der Mitte, zeigten mit Fingern auf Fabian und feixten miteinander. Fabian sah, wie sich ihre Körper unter Wasser berührten, leicht, unscheinbar und mit Sicherheit versehentlich. Doch irgendwann konnte er Zärtlichkeiten erkennen, Hände, die über Körperteile strichen und Lippen, die Schultern mit sanften Küssen benetzten. Fabian traute sich nicht mehr zu atmen, um nicht versehentlich die Magie des Augenblicks zu gefährden. Es glich einem sehnsüchtigen Traum, was sich da gerade direkt vor seinen Augen abspielte. Sollte er eingreifen und versuchen, Teil von diesem Spektakel zu werden oder würde er damit nur alles verderben? Sollte er sich damit begnügen, diesen wundervollen Anblick zu genießen und für alle Zeiten in sein Gehirn einzubrennen?

Fabian vernahm zärtliche Töne und sanftes Stöhnen. Die beiden Frauen tuschelten sich ins Ohr, kicherten, küssten sich und streichelten gegenseitig ihre Wangen. Fabian konnte seinen Blick nicht von den Brüsten der beiden nehmen, die sie eng aneinander drückten. Heiße Zungenküsse spornten ihn nur umso mehr an, doch weder Cheyenne noch Yvonne würdigten Fabian auch nur eines Blickes. Als ob er sie schon vor geraumer Zeit verlassen hätte, konzentrierten sich die beiden einzig und allein auf sich selbst, ihre Zärtlichkeiten und den Moment, der nur ihnen beiden zu gehören schien.

Fabian verstand, dass er gerade überflüssig geworden war. So sehr es ihn auch reizte, sich auszuziehen und mit in den Pool zu steigen, so deutlich erkannte er, dass es nicht funktionieren würde. Er war selbst nicht bereit dafür, denn es würde einen erneuten Betrug Carmen gegenüber bedeuten. Und diesmal gäbe es keinen Interpretationsspielraum. Er wäre echt, vorsätzlich und dazu noch mit seiner Assistentin. Fabian ergriff den kurzen Moment der Einsicht und schlich sich betrübt und gleichzeitig erleichtert davon. Ein paar Blicke jedoch musste er noch mit auf den Weg nehmen, musste sich das anmutige Liebesspiel der Frauen für immer auf seiner biologischen „Festplatte" speichern, bereit, jedes Detail davon später einmal abrufen und davon zehren zu können.

Komplikation

In dem Moment, als Carmen die Augen aufschlug, wünschte sie sich, sie wäre nicht wieder erwacht. Nach stundenlanger Ruhe und Erholung wurde sie mit maßlosen Schmerzen und Übelkeit bestraft. Ihre Halsschlagader pochte nahezu hörbar und schien Grundlage der rasenden Kopfschmerzen zu sein, die sie gerade zu ertragen hatte. Ihr Mund fühlte sich wie eine Kloake an. Übersäuert, eine Ahnung von Erbrochenem und Carmen wurde das Gefühl nicht los, maßlos zu stinken.

Ein Gedanke ließ sie aufschrecken und kurz darauf wieder ängstlich verharren. Sie erinnerte sich, dass sie nicht alleine in diesem Bett gelandet war und sie wusste, dass sie sich jeden Moment einem Mann stellen musste, der jetzt voraussichtlich genau neben ihr liegen würde.

Was für eine Scheiße, ging es ihr durch den Kopf. Sie starrte die Hotelzimmertür zu ihrer Linken an. So schnell wie möglich wollte sie diese von außen schließen, wenn möglich ohne weiteren, zwischenmenschlichen Kontakt. Sie spürte Blicke, die gerade auf ihre Rückseite gerichtet schienen. Wahrscheinlich starrte der Typ gerade ungeniert auf ihren Hintern, dachte Carmen. Sie war splitternackt und als klassische Seitenschläferin hatte sie eine schützende Decke nicht über sich, sondern zwischen ihre Beine geklemmt. Vielleicht hatte er bei der Spannerei sogar seinen übergroßen Schwanz in der Hand, bereit eine erneute Runde am Morgen einzulegen. Wundern würde sie das nicht. So eine durchtriebene Nacht hatte sie noch nie erlebt. Dieser Mann hatte Sachen mit ihr gemacht, von denen sie zuvor noch nicht einmal gehört hatte. So freundlich, zuvorkommend und normal er in dieser Bar auf sie gewirkt hatte, so animalisch war er hier in der Suite zur Sache gegangen.

Carmen konnte nicht glauben, wie dumm und leichtsinnig sie gestern gewesen war. Sie hatte sich abschleppen lassen – von irgendeinem dahergelaufenen Kerl, der wahrscheinlich psychische Probleme hatte. Zumindest bewegten sich seine Vorstellungen von Sex weit außerhalb der Norm. Carmen hatte alles mit sich machen lassen – alles. Ihr fielen Szenen unter der Dusche ein, auf dem Fußboden und sogar auf dem völlig einsichtigen Balkon.

Carmens Schmerzen und Erinnerungen mischten sich mit einer ganzen Reihe von Gefühlen – Schuldgefühlen. Sie hatte Fabian betrogen, wenige Stunden nachdem er sie allein in Deutschland zurückgelassen hatte. Nicht einmal nach Hause hatte sie es geschafft, wie eine Hure, nur darauf aus, endlich wieder einmal flachgelegt zu werden. Carmen konnte nicht verstehen was in sie gefahren war, warum sie sich einem Fremden hingegeben hatte. Waren es die Ängste und Eifersuchtsgefühle, die sie hatte ertragen müssen? Schließlich hatte sie Fabian zusammen mit dieser Schlampe in das Flugzeug steigen lassen. Oder war es ein unbewusst gesteuerter Ausgleich für die unerklärliche Panikattacke? Vielleicht war es auch einfach nur der Suff, ließ Carmen als weitere Erklärung zu, denn ihr Kopf sprach, was das betraf, eine eindeutige Sprache. Carmen fühlte sich verkatert, beschmutzt und schuldig. Doch das Beängstigendste von allem war, dass ihr die gestrige Nacht gefallen hatte. Erinnerungen an verruchte und leidenschaftliche Momente blitzten in ihr auf und sie wunderte sich selbst darüber, wie sie diese kurzen Flashs nicht angeekelt von sich wies, sondern sogar begehrlich und sehnsüchtig zuließ. Carmen konnte sich nicht erinnern, wann sie das letzte Mal einen Höhepunkt ohne eigenes Mitwirken erleben durfte. Seit Jahren hatte es kein Mann mehr geschafft, sie mit dem normalen Rein-Raus-Spiel zum Orgasmus zu bringen. Doch in der letzten Nacht war sie von einer ganzen Flut davon durchströmt worden, zu denen sie nicht im Geringsten mit eigenen Handlungen beigetragen hatte. Carmen war auf das Niedrigste reduziert worden: Körper und Mittel zum Zweck. Ja, sie war nur noch Objekt gewesen, das routiniert und zielgerichtet, stundenlang benutzt worden war. Carmen hatte Exzesse über sich ergehen lassen, bis sie schlussendlich zitternd und bebend vor Lust in sich zusammengesackt war. Sie hatte sich frei jeder Form von Angst oder Zurückhaltung hingegeben und jemandem die Führung überlassen, den sie weder kannte, noch dem sie vertraute. Und es war gut gewesen. Es war so gut, dass ihre aktuellen Schuldgefühle und Schmerzen in den Hintergrund traten. Sie begann sich zu wünschen, dass dieser Verrückte hinter ihr irgendetwas mit ihr anstellen würde, sie anfasste, sie rücksichtslos zu sich ziehen oder ihr ungeniert seinen Schwanz an den Hintern drücken würde. Carmen wünschte sich die Ekstase der Nacht zurück, während dieser sie nicht darüber nachdenken hatte müssen, was wohl gerade auf Mallorca vor sich ging. Sie wollte den Kopf auf die gleiche Weise freibekommen wie gestern, jegliche Gedanken abstellen und sich bis zur Besinnungslosigkeit vögeln lassen.

Das Laken aus ägyptischer Baumwolle, das sie straff zwischen ihren Schenkeln hielt, fühlte sich wunderbar weich und glatt an. Carmen begann ihr rechtes Bein leicht anzuwinkeln und spürte wie der kühle Stoff sie angenehm an ihrer empfindlichsten Stelle rieb. Immer mehr Bewegungen folgten und Carmen hielt es keine Sekunde länger aus. Sie wollte ihn jetzt und hier. Sie wollte ihn spüren und sich unter seiner Führung erneut treiben lassen. Jegliche Schuldgefühle und Ängste überwindend, drehte sie sich zu ihm um und erstarrte augenblicklich. So intensiv ihre Begierde in den letzten Momenten wieder aufgekommen war, so abrupt wurde sie durch den Anblick auf das leere Laken auf den Boden der Tatsachen zurückgerissen. Carmen suchte Anhaltspunkte, scannte in Sekundenschnelle den Raum und wurde von der Erkenntnis so hart getroffen, dass sie für den Moment zu nichts anderem fähig war, als gedankenverloren und leer auf die fünf 100-Euro Scheine neben sich zu starren.

Ω

Fabian war bereits seit einer Stunde wach. Die ersten Sonnenstrahlen hatten ihn wachgekitzelt und Gedanken an den vor ihm liegenden Tag versperrten die Rückkehr ins Reich der Träume. Er saß auf seinem Bett, starrte auf den ausgeschalteten Fernseher und kaute auf seiner Nagelhaut herum. Zu seiner Rechten lag sein iPhone, bereit jede übliche Form von elektronischen Nachrichten in Empfang zu nehmen. Doch weder auf seinen abendlichen Gute-Nacht-Gruß, noch auf seinen Weckruf hatte Carmen bislang reagiert. Große Besorgnis machte sich mittlerweile in ihm breit, denn außer einer zweizeiligen, verwirrenden SMS kurz nach der Landung, hatte er von seiner Freundin nichts mehr gehört. Ihre unvorhergesehene Panikattacke hatte ihn erschreckt und je länger Fabian darüber nachdachte, desto ausgeprägter wurde sein schlechtes Gewissen. Er hätte Carmen niemals alleine am Flughafen zurücklassen dürfen.

Doch was Fabian für den heutigen Morgen auf keinen Fall brauchte, waren schlechte Schwingungen. Er musste gute Laune verbreiten, den weltoffenen und angenehmen Gesprächspartner abgeben und seinem Gast eine perfekte Show liefern. Die Sorgen, die er sich um Carmen machte, musste er zumindest für den heutigen Vormittag hinten anstellen.

Fabian schwang sich vom Bett, steckte das Telefon in die Gesäßtasche seiner Jeans-Bermudahose und zog sich ein frisches, hellblaues Polohemd über. Er schlich sich leise durch die verwaist wirkende Villa und traf erst in der Küche auf die erste Person des heutigen Tages. Emsig war sie damit beschäftigt, ihm und dem Rest der kleinen Urlaubsgruppe ein opulentes Frühstück zu bereiten.

»Guten Morgen, Madelena.«

»Senior Fabian«, antwortete sie schüchtern und deutete einen leichten Knicks an, »Kaffee?«

»Oh, ja. Danke Madelena, sehr gerne.« Sofort machte sich die Haushälterin an einem sündhaft teuren Kaffee-Vollautomaten zu schaffen und Fabian beäugte das Angebot an Speisen des bevorstehenden Brunchs. Was das Herz begehrte und noch mehr, lag da wie selbstverständlich auf dem Küchentresen und teilweise sogar auf Eis verteilt. Ob spanische Wurst, erlesene Käsesorten, Lachs oder Schinken, es war alles in mehr als ausreichender Menge vorhanden. Obst, Eier, selbst gebackene Brote, Marmeladen, Honig und sogar Waffeln schien Madelena später ihren Gästen kredenzen zu wollen.

»Das sieht hervorragend aus, Madelena.«

»Gracias, Senior Fabian.« Wieder ein kurzer Knicks und schon Fabian einen Becher Kaffee mit aufgeschäumter Milch in der Hand.

»Ah, danke. Wie ich ihn am liebsten mag. Viel Milch, kein Zucker.«

»So nehme ich ihn auch, bitte«, krähte auf einmal eine belegte Stimme durch den Raum. Fabian hatte Yvonne nicht kommen hören und für einen kurzen Moment war seine heiße Tasse Gefahr gelaufen, ihm aus der Hand zu entgleiten.

»Guten Morgen«, begrüßte sie Fabian.

»Guten Morgen«, antwortete Yvonne.

»War wohl eine kurze Nacht, so wie du aussiehst«, stellte Fabian fest.

»Oh, danke – wie charmant.«

»War nur Spaß. Du siehst gut aus wie immer. Aber dein liebreizendes Stimmchen hast du wohl gestern Abend am Pool vergessen, was?«

»Oh nein, nicht am Pool«, erklärte Yvonne. »Cheyenne hat mich noch zu ein paar spanischen Absackern verführt. Also irgendwo zwischen Bar und dem Jacuzzi, da muss ich sie wohl verloren haben.«

»Hattet wohl noch eine Menge Spaß, ihr beiden.« Yvonne antwortete nicht, sondern schaute ihn nur mit einem zufriedenen Grinsen an. Fabian war sich unsicher wie er reagieren sollte. Ihr Blick drückte Zufriedenheit aus, doch wirkte er auch zugleich auffordernd und abschätzend. Fabian fühlte sich unter Zugzwang, als ob Yvonne eine Antwort von ihm erwartete und nicht mit der eigenen Geschichte einer heißen Liebesnacht aufwarten wollte.

»Ich habe euch dann mal lieber alleine gelassen. Wurde das Gefühl nicht los, Fehl am Platz zu sein.« Fabian wollte seine Weitsicht und Toleranz zum Ausdruck bringen, doch Yvonnes Antwort ließ ihn sich fast die Haare raufen:

»Eigentlich schade – hätte noch nett werden können.« Mit einem Augenzwinkern nahm sie von Madelena ihren Kaffee entgegen. Ihr neckischer Hüftschwung, mit dem sie auf dem Absatz kehrtmachte, traf Fabian nicht unbeabsichtigt. Mit verdattertem Gesichtsausdruck schaute er ihr noch nach, als sie bereits um die Ecke gegangen war.

Während des Frühstücks, das die kleine Gruppe so gegen halb Zehn am Morgen zu sich nahm, zeigte das Thermometer schon 26 Grad Celsius an. Eine angenehme Meerbrise wehte an die Terrasse heran, auf der sie am Abend zuvor gemeinsam gespeist hatten. Sprudelndes Geplapper und Gekicher zeugten von bester Gesellschaftslaune. Jeder aus der Runde schien es geschafft zu haben, den Urlaubsmodus innerhalb der wenigen Stunden auf dieser Insel für sich zu aktivieren.

Yvonne beobachtete interessiert die Weltmännischkeit, die Fabian schon so früh am Tag ausstrahlte. Er verstand es, die Gratwanderung zwischen kumpelhafter Ausgelassenheit und respektvollem Geschäftsgebaren auf den Punkt hin auszubalancieren. Im einen Moment noch dachte Yvonne, Fabian wäre zu weit gegangen. Doch Herr Bruckner reagierte auch hier äußerst amüsiert und gelassen. Sie musste sich eingestehen, dass sie nicht den Mut gehabt hätte, manche Fragen so tiefgehend zu durchleuchten. Andere Situationen meisterte Fabian mit unerwarteter Zurückhaltung und Ruhe und überließ seinem Gegenüber des Öfteren die vermeintliche Führung des Gespräches. Doch selbstverständlich war es Fabian, der die Themen immer genau dahin lenkte, wo er sie haben wollte. Seine Kunstfertigkeit zeigte sich darin, dass dieser Schachzug zu keinem Zeitpunkt auch nur ansatzweise ersichtlich war. Seinen Gesprächspartner hielt er stets in Glauben, dass alles nach dessen Plan abliefe. Herr Bruckner war ausgelassener Stimmung, klopfte Fabian vergnügt auf die Schulter und zwinkerte unentwegt seiner Begleitung zu.

»Ich bin ja mal sehr auf das gute Stück gespannt«, begann Herr Bruckner den eigentlichen Grund der Reise zur Sprache zu bringen. Bislang hatten sowohl Bernd, als auch Fabian die kostbare Uhr kaum erwähnt.

»Ich möchte gar nicht zuviel vorwegnehmen, Herr Bruckner«, antwortete der Hausherr mit tiefen Stirnfalten und beinahe schon theatralischem Tonfall. » Bilden Sie sich bitte Ihr eigenes Urteil – ich möchte nur soviel sagen: Sie ist ein Meisterwerk.« Yvonne fand die Äußerung zu aufgesetzt und hoffte insgeheim, Bernd würde Fabian das Reden überlassen. Sie konnte noch immer kaum glauben, welche Weitsicht ihr Kollege bei solch geschäftlichen Situationen an den Tag legte. Sein Verhalten zeugte von solch beispiellosem Einfühlungsvermögen, dass sie einfach nicht verstehen konnte, warum er in seinem Privatleben teilweise so holprig und unüberlegt an den Start ging. Würde er in zwischenmenschlichen Situationen ähnlich überzeugend Gewandtheit und Sicherheit ausstrahlen, dann würde Yvonne sich höchstwahrscheinlich die Finger nach ihm lecken. Fabian war zwar liiert, doch an solch klassische Stino-Beziehungen glaubte Yvonne schon lange nicht mehr. Sie konnte sich nicht vorstellen, dass sich Menschen immer und ausnahmslos kontrollieren konnten. Dabei machte sie keine Unterschiede zwischen Männern und Frauen. Es gab eben diese gefährlich magischen Momente, in denen der animalische Trieb die Kontrolle übernehmen konnte. Und dann? Was sollte man dann mit seiner monogamen Beziehung machen? Den Fehler beichten und die gemeinsame Zweisamkeit dabei aufs Spiel setzen – nur wegen einer kleinen, verruchten Dummheit? Blödsinn, dachte sich Yvonne. Die Grundlage einer guten Beziehung stellt Ehrlichkeit und Vertrauen dar. Nur so kann eine Beziehung viele Jahre, Höhen und Tiefen und eben auch einen Seitensprung überleben. Und aufrichtig kann man in einer monogamen Ehe nicht sein. Die menschliche Neugierde am anderen Geschlecht ist viel zu ausgeprägt, als dass man überzeugende Angebote unentwegt ausschlagen könnte. Gestern Nacht hatte Fabian ein solches klar offeriert – um ein Haar hätte er Yvonne damit gehabt. Mit einer solch überzeugenden Dominanz seinerseits hatte sie nicht im Entferntesten gerechnet. Und als hätte er ein Bedienungshandbuch über sie in die Hände bekommen, hatte er verstanden sie so zu nehmen, wie es die wenigsten der "erfahrenen" Doms bislang zustande gebracht hatten. Doch der flüchtige Moment der Leidenschaft war durch Cheyennes plötzliches Erscheinen gestört worden und anstatt seine neu entdeckte Souveränität gleich an zwei schönen Frauen auszuleben, hatte sich Fabian am Anblick von Brüsten verloren – ein geradezu armseliges Bild. Doch es wunderte Yvonne auch nicht sonderlich, dass Fabian nach all den aufreizenden Eindrücken schnell das Weite gesucht hatte. Aus seiner spießbürgerlichen Beziehung in dieses bisexuelle SM-Konstrukt katapultiert zu werden, war für ihn mit Sicherheit des Guten zu viel gewesen. Aber Yvonne war neugierig auf ihn geworden – erneut. Doch diesmal fragte sie sich nicht, ob er fähig wäre einen Deal abzuschließen oder ein Gesellschaftstreffen halbwegs vernünftig über die Bühne zu bekommen. Die Erinnerungen an seine Getriebenheit und die authentische Härte, mit der er sie gestern überwältigt hatte, verursachten noch heute ein unerwartetes Kribbeln in ihrem Bauch.

Der große Moment war gekommen. Durch das Frühstück gestärkt und voller morgendlichem Tatendrang, ging die kleine Gruppe zurück ins Haus. An der Bar vorbei, ging Bernd auf einen kleinen Sekretär aus der Jugendstil-Epoche zu. Die mit kunstvollen Einlegearbeiten verzierte Schreibklappe war verschlossen und Bernd kramte einen bronzefarbenen Schlüssel aus seiner Hosentasche hervor. Keiner wagte zu sprechen und der ein oder andere schien sogar die Luft anzuhalten, während Bernd das hölzerne Schmuckstück öffnete. Kleine und mittelgroße Schubkästchen kamen zum Vorschein, doch von Uhren war erst einmal noch nichts zu sehen. Ihr Gastgeber war darauf bedacht, den Spannungsbogen hoch zu halten, doch Yvonne hoffte inständig, dass er mit diesem theatralischen Getue endlich aufhören und zur Sache kommen würde. Sie war auch beim Sex keine Freundin des ewigen Vorspiels. Es musste knistern und dann sollte es zur Sachen gehen. Alles andere langweilte sie. Ein Kästchen wurde langsam geöffnet und eine mit Samt überzogene Schatulle herausgenommen. Wieder Theatralik und wieder ein paar Sekunden vergeudeter Zeit. Die Anwesenden wurden unruhig, denn nahezu jeder war damit beschäftigt mit irgendeinem Körperteil zu tippeln, zu wippen, zu kratzen oder zu klopfen. Yvonne wollte schreien, als Bernd ein weiteres Kästchen aus der Schatulle hervorzog. Doch als er dieses überraschend schnell und direkt Herrn Bruckner reichte, beruhigte sie sich wieder. Langsam und vorsichtig nahm dieser die verzierte Holzbox entgegen, hielt sie mit seiner kräftigen, linken Hand umschlossen und öffnete mit seiner rechten den an einem Scharnier befestigten Deckel. Yvonne konnte den Inhalt nicht sehen, denn sie stand ihrem Gast quasi gegenüber. Was sie jedoch erkennen konnte, gefiel ihr überhaupt nicht: Leere. Der Anblick der Uhr schien Herrn Bruckner nicht sonderlich zu bewegen. Sollte die Urlaubsreise doch ein kostspieliger Fehler gewesen sein?

»Hat sie eine Minutenrepetition?«

»Herr Bruckner«, stieg Bernd in sein Verkaufsgespräch ein, »wir reden von einer Grande Complication. Das bedeutet, dass dieser Chronometer mit mehr als 20 Komplikationen ausgestattet wurde. Dieses gute Stück beherbergt weit mehr als 1.000 Teile. Selbstverständlich hat sie eine Minutenrepetition.« Bernd stellte sich dicht neben ihn und wies mit seinem kleinen Finger auf besondere Gegebenheiten der Uhr. »Hier sehen Sie den Panoramakalender, hier die Mondphasenanzeige, mehrere Zeitzonen sind selbstverständlich und sie hat auch einen Wecker.« Herr Bruckner nahm die Uhr aus ihrer schmucken Verpackung und drückte daran herum. Auf einmal ertönten Glöckchen, die dreimal hintereinander die Tonhöhe wechselten.

»Was bedeutet das?«, fragte Yvonne verdutzt.

»Es ist die Zeit«, antwortetet Fabian, »wiedergegeben in Stunden, Viertelstunden und Minuten.«

»Klingt sehr gut«, stellte Herr Bruckner fest und zeigte zum ersten Mal so etwas wie Zufriedenheit. »Ist das die Anzeige für die Gangreserve?«

»Sehr richtig, Herr Bruckner. Der Chronometer hat ein Acht-Tage-Werk und hier bekommen Sie angezeigt, wie lange sie noch läuft. Ich gehe davon aus, Sie haben einen Uhrenbeweger?« Das Gesicht seines Gesprächspartners sprach Bände, als ob er sich gerade tief beleidigt fühlte. Er dachte offensichtlich auch nicht daran zu antworten, sondern fragte:

»Wie viele Vorbesitzer hat das gute Stück?«

»Einen einzigen. Ich habe dazu einen originalen Beleg mit Käuferdaten und einen auf den gleichen Namen ausgestellten Kaufvertrag an mich. Ein Echtheitszertifikat, sowie eine Urkunde mit Seriennummer liegen ebenfalls mit dabei. Wenn Sie sich bitte einmal davon überzeugen möchten, dass sie Gebrauchsspuren mit der Lupe suchen müssen.« Herr Bruckner tat wie ihm geheißen, prüfte, wendete die Uhr hin und her, strich mit dem Finger über Glas und Rand und legte sich zu guter Letzt die Uhr an. Immer wieder streckte er seinen linken Arm aus, betrachtete die Grande Complication im Schein des hereinflutenden Sonnenlichts an seinem Handgelenk und machte dabei merkwürdige Lippenbewegungen. Er spitzte sie wie zu einem Kussmund, um kurz darauf ein unnatürliches Grinsen aufzulegen.

»Wieviel?«, fragte er schließlich.

»137.000«, antwortete Bernd entspannt, als ob er gerade 1,19€ für einen Cheeseburger verlangt hätte. Herr Bruckner legte seine Stirn in Falten und betrachtete weiter sein ausgestrecktes Handgelenk.

»Herr Krämer«, meinte er schließlich, ohne den Blick von der Uhr zu richten, »es liegt jetzt in Ihrer Hand. Vielleicht müssen Sie sich Ihre vereinbarte Provision abschminken, vielleicht noch ein bisschen was von Ihrem Deal zwischen unseren beiden Unternehmen dazulegen. Ich stelle jetzt einen Scheck über 125.000€ aus und was noch fehlt übernehmen Sie – Ihre Entscheidung.« Die Spannung war fast unerträglich. Yvonne hatte keine Ahnung wie viel und ob überhaupt Spielraum im Uhrenpreis eingerechnet war. Sie hatte auch keine Vorstellung, wie hoch ihre Prämie bei dem Geschäft mit dem Becide Bank Center werden würde. Sie starrte gespannt ihren Kollegen an, der völlig emotionslos seinen Verhandlungspartner anschaute.

»Habe ich Sie gerade richtig verstanden, Herr Bruckner, dass die Vanbush IT Solutions AG den Alleinauftrag für das anstehende Projekt des Becide Bank Centers in Frankfurt am Main bekommt, wenn ich die Differenz von 12.000€ bei dieser Uhr trage?«

»So ist es.«

»Daran knüpfe ich eine Bedingung.« Yvonne verspürte wieder einmal das Bedürfnis, ihrem Kollegen Schmerzen zuzufügen. Wie konnte er in solch einem Moment, so kurz vor dem ersehnten Ziel, alles aufs Spiel setzen und womöglich den Bogen überspannen?

»Und die wäre?«, fragte Herr Bruckner leicht zerknirscht, der es wohl nicht gewohnt zu sein schien, seinen Willen nicht sofort durchsetzen zu können.

»Sie erhalten die Uhr hier und heute, doch die Papiere

übergebe ich Ihnen wenn Ihre unterschriebene Bestellung bei mir auf dem Schreibtisch liegt.« Zum ersten Mal, seit Herr Bruckner den Chronometer angelegt hatte, richtete er seinen Blick von ihm ab und schaute Fabian tief in die Augen. Es vergingen Sekunden, doch Yvonne durchlebte Gefühlsregungen, die in dieser Intensität und Abwechslung normalerweise viele Minuten benötigen würden. Keiner der beiden Männer blickte zur Seite, getreu dem Motto: der erste der wegschaut verliert. Doch in einem für Yvonne erlösenden Moment meinte schließlich ihr neuer Kunde:

»Einverstanden.«

Ω

Christoph war bereits mit den Vorbereitungen für die Mittagsjause beschäftigt. Endlich ließ er sich von seinem Ärger ablenken, dass sich die vier Schnösel aus dem Staub gemacht hatten. Original Wiener Schnitzel zu braten benötigte seine Zeit und Sorgfalt und da Christoph statt für zehn Personen nur für sechs kochen musste, blieb ihm noch etwas Luft für ein gutes Dessert. Er hatte sich für Eis-Palatschinken entschieden, seine eigene Leibspeise. Doch da er zu dieser Jahreszeit keine Erdbeeren mehr gab, durchforstete er gerade seinen Tiefkühler nach alternativem Obst. Den Kopf tief im Frostschrank versunken, pfiff es auf einmal laut über die Theke. Christoph zuckte vor Schreck so zusammen, dass er sich an der Tür stieß.

»Ja kruzitürken«, schrie er auf und rieb sich vehement seine zukünftige Beule. »Haben Sie mich erschreckt«, meinte er schließlich, als er den Alleinreisenden hinter dem Tresen ausmachen konnte. »Sie können's aber laut pfeifen.«

»Na klar«, antwortete der Mann, »wenn ich sowas hier einfach so rumliegen sehe.« Er zeigt auf die Armbanduhr, die Christoph am Vortag gefunden hatte. »Gehen Sie immer so mit dem guten Stück um?«

»Ach, das Ding. Haben die feinen Herren gestern hier liegen lassen.« Der Reisende zog die Stirn in Falten und pfiff noch einmal vor sich hin. Diesmal jedoch nicht so laut und etwas mehr in die Länge gezogen.

»Sie wissen was das ist, ja?«

»Eine Uhr, natürlich. Und wenn es wenigstens eine Rolex oder sowas gewesen wäre, könnt die vielleicht meine ausstehende Rechnung begleichen.« Der Mann lachte schallend und er benötigte ein Taschentuch um seine Freudentränen wegzuwischen.

»An Ihrer Stelle würde ich dafür beten, dass die nicht mehr kommen, um eine Rechnung zu begleichen.« Christoph wurde neugierig und hakte umgehend nach:

»Ist die vielleicht wertvoll?«

»Das ist eine A. Lange & Söhne, eine Top-Uhrenmanufaktur aus Glashütte. International sehr begehrt und ja, wahrscheinlich sogar verdammt wertvoll.«

»Wieviel?«, wollte Christoph wissen, immer noch den Griff seines Eisschranks in der Hand. »Die Kerle schulden mir immerhin 420€.«

»Ich bin kein Fachmann, aber die begehrten Modelle liegen zwischen 20 und 300.«

»Naja«, meinte Christoph leicht enttäuscht, »so viel ist das ja auch wieder nicht. Aber wenn es die Hälfte der Rechnung deckt, soll es mir recht sein.«

»Tausend, Sie Witzbold.« Der Alleinreisende schrie laut hinaus. »20 bis 300.000€« Christoph legte den Kopf leicht zur Seite und mit einem völlig verunsicherten Lächeln meinte er:

»Ah, iwo. Der Herr belieben's zu scherzen.«

»Ganz und gar nicht. Ich weiß zwar nicht in welche Kategorie diese Uhr hier gehört, aber anhand der vielen Komplikationen, denke ich eher in den oberen Bereich. Das Problem werden nur die Papier sein. Ohne die werden Sie keinen vernünftigen Preis erzielen können.«

»Papiere?«

»Ja, klar. Papiere, die deutlich machen, dass es sich nicht um gefälschte oder gestohlene Ware handelt.« Christoph verlor in der Sekunde die gerade erst aufgekeimte Hoffnung, dass er am Ende doch noch gut aus der geprellten Rechnung herauskommen würde. Papiere hatte er zu diesem Teil nicht. Doch das Thema als solches interessierte ihn dennoch und so gab es weitere Fragen, die er seinem Gast stellen wollte:

»Was meinen's denn eigentlich mit Komplikationen?«

»Das bedeutet bei einer mechanischen Uhr, dass sie Sonderfunktionen hat. Zum Beispiel einen Kalender, eine Stoppuhr oder die Anzeige der Mondphasen.« Der Alleinreisende betrachtete das gute Stück jetzt ganz genau, kniff sich ein Auge zu, um mit dem anderen noch schärfer sehen zu können. Er drehte die Uhr, prüfte auch die Rückseite sowie das Armband.

»Das Teil ist sehr gepflegt«, kam er letztendlich zum Schluss.

»Und wieso heißt das Komplikation und nicht Sonderfunktion?« Christoph hatte es mittlerweile geschafft, seinen Gefrierschrank zu schließen und stellte sich zu seinem Gast an den Tresen.

»Verstehen Sie doch, das hier ist noch echte Handwerkskunst. So eine 399€ High-Tech Uhr heutzutage kann beinahe alles – sogar E-Mails checken. Das kann sie, weil es sich dabei um einen Computer handelt. Billige Elektronik, Chips aus China, der übliche Kram eben. Aber dieses gute Stück hier besteht aus mehr als Eintausend winzig kleinen Bauteilen, die alle mit der Hand poliert, nachbearbeitet und mit einer Pinzette zusammengebaut wurden. Hier sitzt ein Uhrmacher tagelang daran, um aus den unzähligen Einzelteilen, mit einer Lupe im Auge, ein Kunstwerk zu schaffen. Und diese Komplikationen funktionieren alle mechanisch, ohne Strom, ohne Bits und Bytes. Wenn man diese Uhr gut behandelt, läuft sie quasi für immer.« Christoph verstand und der Hinweis auf echte Handwerkskunst rang ihm Sympathie ab. Doch ein Verständnis für diese elementaren Kosten konnte er trotzdem nicht aufbringen.

»Aber, diese Summen. Für das Geld bekomme ich ein Haus und daran arbeitet man länger als ein paar Tage.«

»Aber das Haus verschleißt. Diese Uhr könnte Jahrhunderte überdauern und ist eine echte Geldanlage. Meinen ersten teuren Wecker,« das Wort Wecker wählte er als liebevolle Umschreibung, »habe ich mir für 3.500 Mark vom Mund abgespart. Diese Serie wird heute noch produziert, allerdings mittlerweile für 7.000€ verkauft. Wenn ich meine Uhr jetzt an den Mann bringen würde, bekäme ich mit Sicherheit die 3.500, aber in Euro. Wenn ich auf einen Liebhaber der Serie treffen würde, wahrscheinlich noch um einiges mehr.« Christoph beeindruckte die Thematik. Zwischen dem ganzen Geschwätz das er unentwegt über sich ergehen lassen musste, stach hierbei doch endlich einmal etwas Handfestes hervor. Gut bezahlte Facharbeit, echte Geldanlagen und reale Werte mit einer Verzinsung. Den Kreditinstituten traute er schon lange nicht mehr. Nirgendwo sonst sah er sein Geld so in Gefahr wie dort. Bankenrettungen, Euro-Krisenländer, Milliarden und noch mehr Milliarden, unkontrolliert hin und her verschoben. Welcher normale Bürger sollte da noch durchsteigen?

Er beschloss sich mit der Uhr näher zu befassen. Er

wollte in Erfahrung bringen, welchen Schatz er da unter dem Bett geborgen hatte und er hoffte insgeheim, nie wieder von der Idiotentruppe hören zu müssen.

Ω

Carmen hatte keine Ahnung, ob das Hotelzimmer bereits bezahlt worden war und ob es nötig wäre ordentlich auszuchecken. Was das betraf erfreute sie sich absoluter Gleichgültigkeit und ging schnurstracks an der Rezeption vorbei. Die 500 Euro, die sie zusammengeknüllt mit ihrer Faust umklammerte, riefen völlig andere Gefühle in ihr hervor. Sie hatte sich letzte Nacht selbst zur Nutte gemacht. Sie hatte sich für diese dreckigen Geldscheine verkauft und ihre Liebe zu Fabian für ein paar neue Klamotten oder zwei schöne Paar Schuhe aufs Spiel gesetzt.

Mit gesenktem Kopf und in sich gekehrt, die Welt um sie herum gar nicht wahrnehmend, taumelte sie verwirrt durch die Drehtür des Hotels. Seit über 30 Stunden bereits trug sie die selbe Garderobe. Ihr gelbes Sommerkleidchen wies mittlerweile Flecken auf und es roch unangenehm nach Schweiß und Alkohol. Ihr Höschen hatte sie gleich im Hotel gelassen und so fühlte sich Carmen nahezu nackt, wie sie so vor dem Eingangsbereich verharrte und auf den dichten Verkehr vor dem Haus starrte. Sie hoffte insgeheim auf eine Antwort. Eine Antwort darauf, wie es nun weitergehen sollte, wie sie sich jemals wieder im Spiegel ansehen könnte oder wie sie Fabian unbedarft entgegentreten wollte? Sie fragte sich, wie es so weit hatte kommen können und warum sie sich, besoffen oder nicht, auf dieses sexuelle Abenteuer eingelassen hatte. War das wirklich nötig gewesen? Sie hatte es ja quasi sogar herausgefordert. Vertraute sie ihrem Partner so wenig, dass sie sich an ihm rächen musste, noch bevor er die Möglichkeit bekam ihr etwas zu beichten, das er wahrscheinlich noch nicht einmal begangen hatte? Schließlich hatte er sie ihre Wissens noch nie betrogen, was Carmen von sich nicht gerade behaupten konnte.

Immer wieder öffnete sie leicht ihre Hand und starrte auf die Scheine darin. 500 Euro waren eine Menge Geld und eine innere Stimme riet ihr, sich zu freuen und einkaufen zu gehen. Schon so lange hatte ihre gemeinsame, finanzielle Situation sorgenfreie Shoppingtouren verhindert. Immer wieder waren Carmen und Fabian an den Rand ihres Dispositionskredites gestoßen oder mussten Verwandte um Unterstützung anbetteln. Für Fabians neuen Anzug hatten sie sogar ihren ersehnten Urlaub stornieren müssen. Und jetzt, mit einem Schlag, erhielt sie diese obszöne Summe für eine Nacht, die ihr selbst sogar Spaß gemacht hatte. Sie bekam eine Entlohnung, für die andere Frauen eine ganze Woche arbeiten gehen mussten. Carmen überlegte was sie mehr schockierte: Die Tatsache wie schnell man an so viel Geld kommen konnte oder die Frage welche Signale sie gesendet haben musste, dass dieser Mann sie für eine Prostituierte gehalten hatte.

»Darf ich Ihnen vielleicht helfen?«

»Ich bin keine Nutte«, schrie Carmen den verschüchtert dreinblickenden Hotelpagen an, der sich allem Anschein nach nur durch Servicegedanken zur Hilfe verschrieben sah. Carmen war herumgefahren, als ob sie ihm jeden Moment eine knallen wollte.

»Verzeihen Sie, gnädige Frau«, der vielleicht gerade einmal 18jährige Jüngling starrte verunsichert auf den Boden und rückte seine kleine, rote Pagenkappe zurecht, »ich habe mich gefragt, ob ich Ihnen vielleicht ein Taxi rufen darf?« Carmen starrte den Burschen an, wie er in seiner rot-schwarzen Uniform verloren und ängstlich vor ihr stand und sich nicht traute, ihr richtig in die Augen zu schauen.

»Entschuldigen Sie bitte«, antwortete Carmen verlegen, »ich habe Sie wohl verwechselt. Sie könnten mir in der Tat helfen. Wie komme ich am schnellsten zum Flughafenparkhaus?«

Ω

»Du bist wirklich ein guter Verkäufer, das muss ich Dir lassen.«

»Danke.« Fabian hatte große Schwierigkeiten damit, seine Kollegin nicht unentwegt anzustarren. In ihrem Nichts von halbem Bikini machte sie eine atemberaubende Figur.

Nachdem die kleine Reisegruppe am Morgen auf den erfolgreichen Abschluss angestoßen hatte, hatte sich Yvonne an den Pool zurückgezogen. Seit dieser Zeit aalte sie sich hier völlig ungestört. Erst seit die untergehende Sonne bereits den herannahenden Abend ankündigte, hatte sich Fabian zu ihr gesellt. Er konnte nicht verstehen, wie man stundenlang in ein Buch starren konnte. Er selbst wäre dabei schon lange eingeschlafen.

»Hast du BWL studiert?« Fabian war die Frage unangenehm und er hoffte, dass sein errötendes Gesicht dies nicht wie sonst üblich verraten würde.

»Nein, Menschen«, antwortete er knapp, in der Hoffnung durch die verwirrende Antwort etwas abzulenken. Ihm war nicht nach dieser Art der Unterhaltung. Geschäftsgespräche langweilten ihn und er fühlte sich durch den aufreizenden Anblick direkt vor ihm genötigt da weiterzumachen, wo er gestern Abend blöderweise die Notbremse gezogen hatte. Wie Yvonne so dalag auf ihrem Badetuch, den knackigen Hintern zur Sonne gerichtet, erinnerte Fabian sich an den leidenschaftlichen Moment als er sie am Abend davor hatte spüren dürfen. Unvergessen war ihm ihr Duft geblieben, ihre offenkundige Bereitschaft und das animalische Verlangen, das in jenem Moment seinen Körper beherrscht hatte.

»Du hast gar nicht studiert, oder?«, stellte Yvonne sichtlich zufrieden fest.

»Ohne Abi geht das schlecht«, knurrte Fabian. Yvonnes Gestichel ärgerte ihn. Zu sehr erinnerte ihn die Fragerei an die ersten Tage ihrer gemeinsamen Zusammenarbeit, als er sich noch von ihr ständig überwacht und bevormundet gefühlt hatte. Warum sie ihm nun wieder auf die oberlehrerhafte Tour begegnete, konnte er nur erahnen. Vielleicht verunsicherte sie die Tatsache ebenso wie ihn, dass sie gestern beinahe Sex miteinander gehabt hatten. Nur Cheyennes plötzliches Erscheinen hatte Fabian ermahnt, nicht den unwiderruflichen Schritt zu gehen. Wäre sie nicht dazwischen gekommen, hätte es für Fabian keine Grenzen mehr gegeben, weder im Denken, noch im Handeln.

»Unfassbar«, stellte Yvonne mit einem aufgesetzten, spitzen Lachen fest. »Wie bist du bloß an diese Position gekommen? Hier ist normalerweise ein BWL Studium Pflicht? Hast Du wenigstens mittlere Reife?«

»Du willst die Antwort gar nicht hören«, antwortete Fabian und mimte dabei einen Knutschmund.

Ein Moment der Ruhe kehrte ein und Yvonne schaute nachdenklich zum offenen Meer hinaus. Sie bevorzugte die nahtlose Bräune, was für Fabian die Gelegenheit ergab, sich an der seitlichen Ansicht ihrer Brüste zu ergötzen. Zu gerne würde er diese in voller Pracht bestaunen und immer wieder erwischte er sich selbst dabei, wie er sie in Gedanken berührte und ungestüm daran herumspielte. Die Tatsache, dass er mit Carmen seit seinem Abflug nicht mehr gesprochen hatte, glich nur noch der kurzen Randnotiz eines unbedeutenden Meetings. Ein Tornado der Gefühle hatte seine Prinzipien durcheinander gewirbelt und er schaffte es einfach nicht, wieder zur gewohnten Tagesordnung überzugehen. Ihm war unklar, wie genau er mit Yvonne umgehen sollte und ob er ihr gewachsen sein könnte. Aber er war mittlerweile so neugierig auf sie und ihre verstörende Parallelwelt geworden, dass er alle mahnenden Gedanken zur Seite schob und bereit war, eine weitere kleine Sünde mit ihr einzugehen. Wohin das führen sollte wusste er selbst nicht. Doch Fabian hatte die Schnauze voll, immer nur der nette und treue Kerl aus Waghäusel zu sein, der stets nach den moralisch korrekten Regeln spielte. Dieses eine Mal wollte er sich einfach nehmen was er begehrte.

Im selben Moment setzte Yvonne sich ruckartig auf, drehte Fabian ihre nackten Brüste hin und wies auffordernd mit ihren Händen darauf.

»Lass es uns endlich hinter uns bringen, o.k.?«, forderte Yvonne genervt. »Du starrst mir schon die ganze Zeit auf die Titten. Da schau hin, präg sie dir gut ein und vielleicht kannst du dich dann endlich wieder auf etwas anderes konzentrieren. Ein Cosmopolitan wäre nett.« So verärgert sie ihr Zurechtweisen begonnen hatte, so zuckersüß endete sie damit. Sogar ein nahezu echt wirkendes Lächeln konnte Yvonne aufbringen. Fabian hingegen fühlte sich ertappt und beschämt. Wie eine schallende Ohrfeige hatte Yvonnes entwaffnende Klarsicht seinen Körper durchzuckt. Seine letzten Gedanken kamen ihm nun schmutzig vor und wie ein getretener Hund läutete er umgehend den Rückzug ein.

Ohne ein weiteres Wort eilte er zur Finca zurück, setzte

sich an die Bar und griff über den Tresen zu einer Schachtel Zigaretten. Fabian hatte das Rauchen bereits vor zwei Jahren aufgegeben, doch es gab Momente, da konnte er einfach nicht anders.

Diese Zicke, ging es ihm durch den Kopf. Gestern noch die laszive Show und heute wieder einen auf Klosterschülerin machen. Was erwartete sie von ihm? Dass er wegsah, wenn sie ihre Reize vor aller Augen zur Schau stellte? Fabian fand kein Feuerzeug, bis ihm nach einigen Augenblicken klar wurde, dass sich eines in der Zigarettenschachtel befand. Scheiß Raucherei. Sie würde ihn wohl nie mehr ganz loslassen. Zum Glück fühlte er sich danach immer schlecht und das Verlangen wieder einmal richtig damit anzufangen, kam nicht mehr in ihm auf. Irgendetwas hatte in seinem Unterbewusstsein Klick gemacht, als er dieses Buch zur Zigarettenentwöhnung gelesen hatte. Doch die Momente, in denen Fabian rauchen musste, gehörten ebenso dazu.

Die ersten beiden Züge schmeckten ekelhaft und Fabian überkam der spontane Gedanke, die Zigarette sofort wieder auszudrücken. Doch vorerst legte er sie im Aschenbecher ab, ließ sie etwas vor sich hinglühen und ging um die Bar herum. Zielsicher griff er zum Wodka, schüttete davon in einen Cocktailshaker und tröpfelte anschließend etwas Orangenlikör dazu. Die Gedanken an die unangenehme Situation von eben ließen ihn dabei nicht los. Was hatte es denn jetzt mit dieser Devotheit auf sich, wenn es doch wiederum nur die Frau war, die bestimmte was wann erlaubt war und was nicht? Wieso durfte er nicht einmal ungestraft ihre traumhaften Brüste bestaunen? Er dachte, Grundidee dieses verrückten Spiels sei es, sich einfach alles nehmen zu können, wann immer einem danach wäre.

Den Cranberrysaft musste er suchen und kurz bevor er die Hoffnung verlor, fand er nicht nur diesen, sondern auch die letzte benötigte Zutat. Beide Limetten viertelte er, drückte sie ordentlich über dem silbrig glänzenden Behälter aus und füllte den Shaker bis zur Mitte mit Eis.

Alles zu kompliziert, fasste er für sich zusammen und Erinnerungen an die ungezwungene Leichtigkeit, mit der ihm Cheyenne in Frankfurt begegnet gewesen war, kamen in ihm auf. Ein angenehmes Gefühl durchströmte seinen Körper, denn Fabians Kopfkino zeigte ihm nochmals die damalige Szene unter der Dusche. Die kokette Frage nach dem Handtuch, Cheyennes erste flüchtige Berührung seines besten Stücks, das unvergleichliche Gefühl als sie... Seine Laune begann unweigerlich zu steigen. Wie ein echter Profi schüttelte er den Cocktail, stellte zwei Martinikelche auf den Tresen und seihte das orangerote Getränk so in die Gläser, dass sich kein Eis dazu mogeln konnte. Die erste Kostprobe seines Cosmopolitans stimmte ihn noch zufriedener und der anschließende Zug an seiner Zigarette schmeckte nun auch.

»Perfekt«, rief er laut hinaus und machte sich auf den Weg zurück an den Pool.

»Ich habe beschlossen, dass du mir meine gute Laune heute nicht versauen wirst.« Fabian schaute Yvonne gar nicht richtig an, als er ihr den Cocktail entgegenhielt. »Ich habe diesen Job, weil ich die richtigen Leute kenne, das ist wahr.« Fabian registrierte Yvonnes aufmerksamen Blick gar nicht. Seine Emotionen bahnten sich gerade ihren Weg und er begann damit, sich offenkundig in Rage zu reden: »Aber ich kenne die richtigen Leute, weil ich etwas kann. Ich kann nämlich Fragen stellen und ich höre bei den Antworten aufmerksam zu. Ich kann beobachten, kann unwichtige von wichtigen Informationen unterscheiden und ich weiß was die Menschen antreibt, abstößt und was ihnen Angst macht. Deswegen habe ich ein Netzwerk, kenne entscheidende Personen und reduziere mich nicht auf eine gute Ausbildung. Ich kann Prioritäten setzen und ich lasse mich nicht verarschen, weder von Kunden, meinen Vorgesetzten, noch von dir. Das...« und dieses „Das" betonte er auffällig, »sind die wahren Voraussetzungen für diesen Job. Dein beschissenes BWL Studium kannst du dir sonst wo hin stecken, denn es geht in unserem Geschäft immer nur um Menschen, um Bedürfnisse, um Macht und um Sehnsüchte. Es geht darum, seinem Kunden etwas Neues zu bieten, ihn aus dem Alltäglichen zu locken, ihm einen neuen Betrachtungswinkel zu geben. Ihr Frauen werdet nie kapieren, dass ein Geschäftstermin alleine gar nichts bewirken kann. Deswegen machen Männer einfach lieber Geschäfte mit Männern, weil sie einander verstehen, weil sie wissen wie man das Gegenüber zu nehmen hat und wenn es einfach nur ein gemeinsames Bier am Ende eines langen Verhandlungstages ist. Wenn du meinst, so gut zu sein wie ich, dann zeige es mir, beweise dich und labere nicht ständig von deinem Praxissemester in New York. Da kräht kein einziger Hahn danach. Solange du dich noch von Positionen, großen Städtenamen und Einrichtungsgegenständen beeindrucken lässt, kannst du mich mal kreuzweise an meinem ungebildeten Arsch lecken.«

Ω

Christoph hatte bislang nichts mehr von der Wandertruppe gehört. Ob es Mike gut ging oder nicht entzog sich ebenso seiner Kenntnis. Doch mittlerweile hatte er herausgefunden, dass es die Tasche des Verunglückten gewesen war, die er wutentbrannt durch den Schlafsaal gepfeffert hatte. Beim Aufräumen der herausgefallenen Gegenstände nämlich, war Christoph ein kleines Adressschildchen mit dem Namen Linder aufgefallen. Der junge Herr, der ihm beim letzten Frühstück noch von seiner falsch abgerechneten Provision berichtet hatte, schien tatsächlich kein Märchen erzählender Prahlhans zu sein. Dieser Mann musste zwangsläufig den Kontakt zum Boden verloren haben und in einer Art Parallelwelt leben. Christoph verstand so langsam, dass dieser Mike gar nicht anders konnte, als großspurige und Neid erzeugende Reden zu schwingen, denn alles was er da erzählte, schien zu stimmen. Geld war nicht das primäre Problem dieses Menschen. Ganz im Gegenteil: Geld schien bei diesem Mann so im Überfluss vorhanden zu sein, dass er sich eine Armbanduhr kaufen konnte, die 160.000€ gekostet hatte. Das zumindest stand auf einem in Innsbruck ausgestellten Kaufbeleg, der auf einen Tag vor Mikes Unfall datiert war. Christoph hatte die zugehörigen Papiere dieser Luxus-Uhr in Mikes Tasche gefunden.

Wie ein Bankräuber, der mit einer Beutetasche in der Hand, seine ungesetzliche Tat reute, so fühlte sich Christoph im Moment seiner Entdeckung. Beim Gedanken an solch immense Summen wurde ihm schlecht und er wünschte sich nichts mehr, als dass die Bergsteigertruppe zurückkommen und ihren übriggebliebene Krempel, mitsamt der Uhr mitnehmen und aus seinem Leben verschwinden würde.

Ω

Drei Cosmopolitan später saßen Fabian und Yvonne verschwörerisch dicht nebeneinander und hielten sich sogar im Arm. Verheulter Kajal hatte Spuren auf Yvonnes

Wangen hinterlassen und die Eindringlichkeit, mit der Fabian auf sie einredete, machte deutlich, dass Zorn und Verständnislosigkeit, Mitgefühl und Zuneigung gewichen waren.

Yvonnes erster Impuls nach Fabians großem Monolog war die direkte Konfrontation gewesen. So ließ sie nicht mit sich reden. Vulgärsprache konnte nicht Teil einer ernsthaften Auseinandersetzung zweier erwachsener Menschen sein. Doch eine zweite, ganz leise Stimme in ihr meldete sich ebenfalls zu Wort. Sie glich einem kaum wahrzunehmenden Handzeichen eines Fürsprechers, versteckt in der großen Masse tobender Demonstranten. Doch Yvonne hatte es geschafft zwischen den lautstarken Rufen zu fokussieren, der Stimme Gehör zu schenken, ihre Worte aufzunehmen und zu verarbeiten. Es war die Stimme, die Yvonnes Mauern einstürzen ließ, die der demonstrierenden Meute klarmachte, dass es keinen Sinn ergab unentwegt gegen Windmühlen anzukämpfen. Anstatt mit unwirksamen Waffen immer und immer wieder gegen sie anzutreten, sollte Yvonne sich darauf konzentrieren, was sie mit ihnen und nicht gegen sie erreichen könnte. Sie musste versuchen deren Energie zu nutzen, ihre Stärke mit ihrer eigenen zu bündeln und somit etwas noch viel größeres und bedeutsameres zu schaffen. Weitere Fürsprecher stimmten mit ein und aus dem stumpfen Gebrüll der Demonstranten wurde ein wohl klingender Kanon der Einsicht: Er hat Recht, du bist nicht wie er. Du jagst dem falschen Ziel hinterher.

Und so wandelte sich Yvonnes Zorn in wachsende Offenheit. Sie erzählte Fabian von ihren unentwegten Versuchen sich für den Außendienst zu positionieren, wie sie sich immer wieder ins Gespräch zu bringen versucht hatte und sie berichtete von einem persönlichen Fauxpas.

»Das war dein größter Fehler«, stellte Fabian fest.

»Wenn du dich von der Geschäftsleitung vögeln lässt, hast du verloren. Du bist danach eine Gefahr. Entweder weil die Sache auffliegen und damit Ehe und Familie auf der Kippe stehen könnte. Vielleicht auch weil du ein Druckmittel innerhalb des Unternehmens in der Hand hast, im Zuge der Leidenschaft Dinge erfahren hast, die man jetzt bereut, dir anvertraut zu haben – was auch immer. Du störst und stehst auf einer Stufe mit einer Prostituierten, die man nach dem Sex auch nicht mehr wiedersehen will.«

»Aber, da war mehr«, versuchte Yvonne sich zu verteidigen. »Er wollte mit mir zusammen...«

»Es ist unfassbar wie dumm ihr Frauen in solchen Dingen seid«, fiel ihr Fabian lautstark ins Wort. »Gerade du, mit deinem ganzen Wissen über Sex, Dominanz und Rollenspiele, gerade du solltest doch merken, wann man dich nur benutzt. Wir Männer versprechen alles, so lange uns die Sache Spaß macht. Aber ist der Druck erst einmal raus, das Neue und Unerforschte so langsam vertraut, dann verlieren wir ganz schnell das Interesse. So sind wir programmiert, das ist Teil unserer Gene. Wir müssen uns fortpflanzen, müssen unser Erbgut an so viele Frauen wie möglich weitergeben, damit die Spezies Mensch sich weiterentwickelt und überlebt.«

Yvonne schaute ihren neuen Vertrauten mit verheulten Augen an. Mit jedem Gespräch musste sie sich aufs Neue eingestehen, wie sehr sie sich in Fabian getäuscht hatte. Wie hatte sie diesen Kerl verabscheut und als welch große Bereicherung stellte er sich nunmehr heraus.

»Warum bist du denn eigentlich so scharf auf den Vertrieb?«, fragte Fabian, »Warum willst du auf Teufel komm raus beweisen, dass du besser als alle andere bist?«

»Weil ich dachte, dass ich es bin. Mein Vater war ein Spitzenverkäufer und mein ganzes Leben lang hatte ich keine andere Vorstellung im Kopf, als ihm zu folgen.«

»Vertrau mir«, hakte Fabian ein, »du kannst viel mehr. Hätte ich deine Fähigkeiten und vor allen Dingen deine Ausbildung – ich würde mit Sicherheit etwas anderes machen. Verkauf ist ein Drecksjob und ich bereue jeden einzelnen Schultag, an dem ich nicht besser aufgepasst habe.«

»Aber du bist so gut in dem was du tust.«

»Das muss ich auch sein. Was sollte ich sonst tun? Ich kann nichts anderes.« Eine lange Pause kehrte ein. Beide schauten sie zur Finca hinauf und beobachteten Madelena, wie sie den Tisch für das Abendessen zurecht machte. Doch Yvonne ließ ein ganz spezieller Gedanke nicht los, eine Aussage von Fabian, die sie persönlich anzugehen schien.

»Erklär mir das mit euch Männern nochmal. Wenn wirklich alle so sind, was ist dann mit dir? Du hast es doch auch geschafft, treu zu bleiben und nicht jedem Rock hinterherzujagen.« Es vergingen nur ein paar Sekunden, bis ihr darauf selbst Antworten einfielen: »Naja, bis auf gestern Abend. Ach, und Cheyenne war ja da auch noch.«

Fabians Blick wanderte über das Meer. Er schien angestrengt über Yvonnes Frage nachzudenken und es dauerte einige Momente, ehe er ihr eine ernüchternde Antwort darauf geben konnte:

»Genauso ist es.« Fabians Kopf sackte auf seine Brust und wie ein Geständiger fügte er hinzu: »Ich war bislang nur zu feige. Aber seit ich diese Schwelle überschritten und diesen ersten, kleinen Ausrutscher zugelassen habe, drehe ich komplett durch. Gestern Abend hätte ich nur zu gerne weitergemacht. Ich fand unseren Moment unglaublich prickelnd.«

Fabians offene Worte verstärkten Yvonnes aufkommende Zuneigung zu ihm immer mehr. Wäre Fabian gestern noch konkreter geworden, sie hätte sich ihm nicht widersetzt.

Nur mit den Fingerspitzen sanft seine Wange berührend, verlor sie sich in diesen freundlichen, von Lachfältchen umgebenen Augen. Noch immer war sie nicht imstande deren Farbe zu deuten. Yvonne sehnte sich hier und jetzt nach einem Kuss und sie war mittlerweile für den nötigen Schritt bereit. Doch sie musste gar nichts weiter tun, denn es war Fabian der ihr entgegenkam. Ganz vorsichtig berührten sich ihre Lippen, andeutungsweise und unsicher. Wie zwei Teenager, die unbeholfen das andere Geschlecht erforschten und Angst davor hatten, etwas dabei kaputt machen zu können. Doch nach ein paar Augenblicken wurde Fabian sicherer. Yvonne berauschte sich an seinem Atem, spürte seinen pochenden Herzschlag und ließ seine Zungenspitze gewähren, wie sie noch leicht unbeholfen die ihre suchte. Es war ganz anders als die stürmisch fordernde Szene des gestrigen Abends, aber es fühlte sich vertraut und richtig an. Ganz fern des Spaß- und Seitensprung-Gedankens, verspürte sie echte Gefühle, Zuneigung und wahre Intimität.

»Ihr seid ja schon wieder am rummachen«, rief eine allzu vertraute Stimme und Fabian ließ diesmal langsam und eher widerwillig von Yvonne ab. Ihrer beider Blicke hielten noch einander, während Cheyenne am Rande des Beckens entlang zu ihnen stolziert kam. Ihre kurzen und schnellen Schritte hallten geräuschvoll durch die Luft, denn ihre 10-Zentimeter-Absätze hämmerten förmlich auf die heißen Steinplatten ein.

»Euch scheint es ja gut ergangen zu sein«, stellte sie fest, trat von hinten an Yvonne heran und schlang ihre Arme um sie.

»Mmmh, lass dich knutschen, Babe«, forderte sie und küsste Yvonne auf den Mund. »Dich von mir aus auch – sind ja unter uns.« Cheyenne küsste Fabian auf die gleiche

Weise, der mit dieser Tatsache etwas überfordert zu sein schien.

»Habt gefeiert, ja?«

»Naja«, versuchte Fabian die Kontrolle über sich und die Situation zurückzugewinnen, »ich habe Yvonne gerade versucht zu erklären, dass sie erheblich bessere Qualitäten hat, als sich unentwegt im Vertrieb anzubiedern.«

»Oh ja, die hat sie allerdings«, bestätigte Cheyenne augenzwinkernd, »und du hast dich offensichtlich gerade auch davon überzeugen dürfen.«

»Nein, er hat recht«, erklärte Yvonne, »ich glaube ich habe endlich verstanden, dass ich einem Irrglaube hinterhergejagt habe. Ich wollte jemand sein, der ich nicht bin.«

»Was meinst du genau, Babe?« Cheyenne zupfte an ihrem weißen Kleidchen herum, als ob sie damit imaginäre Falten herausziehen wollte.

»Ich wollte mich für den Verkauf verkaufen, anstatt etwas zu schaffen. Dabei bin ich eine Lenkerin, eine Organisatorin und ich kann Menschen dazu motivieren, zu tun was ich von ihnen will.«

»Hallo Chefin«, lachte Cheyenne und küsste sie erneut auf den Mund. Gestern hatte Yvonne ihre Berührungen noch genossen. Das naiv quirlige Wesen versprühte Leichtigkeit und vermittelte ihr damit ein rundum gutes Gefühl. Doch Yvonnes Blick galt gerade Fabian, der gedankenverloren in den Pool starrte. Hatte sie ihn verärgert? Würde das neuerliche Auftreten von Cheyenne ihn heute abermals in die Flucht schlagen? Sie hoffte, dass nicht und griff gezielt nach seiner Hand. Fabian ließ den Kontakt zu, doch er erwiderte ihn nicht sonderlich. Geistesabwesend schien er mit ganz anderen Dingen beschäftigt zu sein und Yvonne überkam die Befürchtung, dass er gerade an Carmen dachte.

»Du hast völlig recht«, blubberte er vor sich hin, noch

immer mit dem Blick im Pool versunken. »Genau das ist sie – eine Chefin.«

»Oh danke, wie nett«, antwortete Yvonne entzückt.

»Wir sollten nicht nur ein Team unter der Führung irgendwelcher Leute sein«, fuhr Fabian fort, »wir sollten ein Führungsteam sein und irgendwelche Leute in unserer eigenen Firma leiten.«

»Hmm, du hast vollkommen recht«, stellte Yvonne fest und fuhr mit nicht sonderlich dezenter Ironie fort: »Mach schonmal alles soweit fertig, ich setz mich dann auf den Chefsessel, wenn es losgehen kann.« Amüsiert ließ sie Fabians Hand los und strich sich ihre Haare zurecht. Zeitgleich meldete sich ihr Magen zu Wort. Heute waren Meeresfrüchte und Fisch angekündigt und Yvonne konnte das Abendessen kaum mehr erwarten. Auf nahezu leeren Magen hatten die vier Cosmopolitan ihr Werk getan und es wurde Zeit, ein wenig Basis für den anstehenden Rotwein zu schaffen. Yvonnes Blick kreuzte den von Fabian und Cheyenne. Als ob die beiden auf den Stein der Weisen gestoßen wären, machten sie den Eindruck, als ob sie ihre Gedankenströme miteinander vernetzt hätten. Bits und Bytes, Bilder, Strategien und Businesspläne schienen vom einen zum anderen zu jagen und in Lichtgeschwindigkeit verarbeitet zu werden.

Yvonne musste lachen. Sie mochte die beiden – sehr sogar. Wie sie so zusammensaßen und angestrengt einer dummen Idee hinterherjagten, verstärkte es Yvonnes Wunsch immer mehr, Zeit mit ihnen verbringen zu wollen. Doch um das irrsinnige Thema „Chef sein" ein für allemal zu beenden, stieg sie nochmals in das Gespräch mit ein. Sie wollte mit einer alles erschlagenden Grundsatzfrage weiteren Überlegungen den Wind aus den Segeln nehmen:

»Und habt ihr auch schon eine passende Geschäftsidee?«

»Na, das liegt doch klar auf der Hand«, meinte Cheyenne spontan. Damit schien selbst Fabian nicht gerechnet zu haben. Bis zu diesem Punkt waren sie offensichtlich noch nicht angelangt. Yvonne und Fabian starrten wie gebannt auf Cheyenne, die in ihrer kindlich naiven Leichtigkeit den Nagel auf den Kopf zu treffen schien:

»Hallo? Mit diesem Uhrending natürlich.«

Fabian verzog enttäuscht das Gesicht. Keinen Moment länger auf bahnbrechende Ideen hoffend, erhob er sich von der Liege und machte sich auf den Weg zum Haus. Doch er kam nur drei Schritte weit, als er auf einmal innehielt.

»Wie meinst du das genau?«, fragte er Cheyenne mit nachdenklichem Gesichtsausdruck.

»Es ist wie bei mir«, antwortete Cheyenne vergnügt, »such nicht immer verzweifelt neue Märkte, sondern Nachfrage. Was brauchen die Menschen, was wollen die Menschen und wo sitzt das Geld?«

»Richtig«, erkannte Fabian, »und Uhren wollen die Reichen. Je teurer und seltener umso besser. Aber wie wird daraus eine Firma?«

»Internet«, klinkte sich nun Yvonne wieder in das Gespräch mit ein. Mit ausgestrecktem Zeigefinger schnellte sie von der Liege hoch und fiel Cheyenne um den Hals.

»Mensch, Kleine. Du bist ein Genie!« Fabians Blick suchend stapfte sie hin und her, die Hände in die Hüften gestemmt und den Oberkörper nach vorne gebeugt. Fabians Gedanken schienen sich zu verdichten und mit einem triumphalen Grinsen auf dem Gesicht, wand er sich zu den beiden Frauen um.

»Ein Vermittlungsmarkt für Luxus-Uhren. Ein Internet-Kompetenz-Zentrum für die Oberklasse, die über eine seriöse und professionelle Plattform an- und verkaufen möchte – unkompliziert, schnell und doch sicher.«

Alle schauten sie sich an.

»Eigentlich gut, oder?«, fragte Yvonne. Nach und nach machte sich ein zufriedenes Grinsen auf den Gesichtern breit.

»Ich glaube schon«, erwiderte Cheyenne vorsichtig.

»Läuft«, bestätigte Fabian und beide Frauen lachten. Die drei fielen sich in die Arme. Eine überschwängliche Freude überkam sie und spontan sprangen sie allesamt in den Pool. Fabian und Yvonne waren sowieso nahezu unbekleidet, nur Cheyenne gab in ihren hochhackigen Schuhen und dem schneeweißen Minikleidchen ein recht amüsantes Bild ab. Völlig losgelöst, als ob sie ihre erste Million bereits auf dem Konto hätten, tollten die drei im Pool herum, spritzten sich gegenseitig nass und versuchten einander unter Wasser zu tunken.

Ein paar Minuten später schienen die Kräfte aufgebraucht und Cheyenne war die erste, die den Weg zurück aus dem Pool suchte. Das weiße Kleid klebte ihr beim Aussteigen am Körper und wieder einmal gab es die junge Frau in ihrer quasi Nacktheit zu bestaunen. Fabian blieb der Anblick nicht verborgen, doch in Gedanken immer noch bei der neuen Geschäftsidee, fand er eine ganz andere Ansprache an Cheyenne:

»Jetzt brauchen wir nur noch eine Aufgabe für dich in unserer neuen Company.«

»Die habe ich schon«, lachte Cheyenne und schickte Fabian einen imaginären Kuss.

»Ach ja?«, fragte er und drehte sich irritiert zu Yvonne um. »Will sie vielleicht in den Mittagspausen einen Entspannungsservice anbieten?«, flüsterte er ihr zu und hob fragend die Schultern.

»Ich bin die Geldgeberin«, erklärte Cheyenne vergnügt und begann damit, sich mit Yvonnes Badetuch die Haare zu trocknen. »Wie viel braucht ihr?«

»Wie wärs mit einer halben Million«, schlug Fabian vor, der belustigt Yvonne aus dem Schwimmbecken half.

»Reicht das?«, fragte die kleine Asiatin nach. »Wir werden ein sehr professionelles Marketing für den Start brauchen, eine Top-Internetpräsenz, Kapital für erste Eigenankäufe verschiedener Sammlerstücke und wir brauchen eine starke IT-Infrastruktur. Ich tippe einfach mal in den Raum, dass wir unter 1,5 Millionen nicht anfangen brauchen.«

»Und die hast du, ja?« Fabian lachte jetzt laut. Doch ein einziges kleines Wort der Erwiderung, ließ ihn umgehend innehalten:

»Ja.«

So ernsthaft, kurz und trocken das Ja gerade Cheyenne über die Lippen gekommen war, so schnell schien Fabian zu erkennen, dass hier gerade etwas Unerwartetes geschah.

»Wie meinst du das, ja? Ich dachte, dein Vater hält dich so kurz und deshalb musst du – naja – eben diese Dinge tun.«

»Hab ich das gesagt?« Cheyenne grinste über beide Backen. »Das war dann nicht ganz exakt die Wahrheit, Süßer. Ich halte einen nicht ganz unwesentlichen Anteil an dem Club und ein paar anderen Investitionen meines Stiefvaters.«

Fabian starrte sie unverständig an. Er schien nicht begreifen zu wollen, dass Menschen nicht alle Fakten über sich gleich beim ersten Treffen preisgeben wollten.

»Aber«, er stotterte leicht und zeigte fragend mit dem Finger auf die Finca, »aber wieso machst du dann sowas um Himmels willen?« Cheyenne schritt zielgerichtet auf ihn zu, schaute ihm intensiv in die Augen und meinte: »Weil es mir Spaß macht.« Mit festem Griff fasste sie ihm ungeniert an den Schritt und fuhr fort: »Und ich hol es mir wenn ICH es brauche von demjenigen, den ich will.«

Vollbremsung

Die darauffolgenden Tage glichen Fabian einer Fahrt mit einem Führerscheinneuling. Vom Vollgas direkt in die Bremsung, den Gang rauf und wieder runter geschaltet, links und rechts an die Leitplanken gestoßen, bis hin zum Totalschaden. Dieser zeichnete sich für ihn zumindest just in diesem Moment ab, als er wenige Tage nach seinem Mallorca-Trip bei Herrn Kuhn im Büro saß und den neuen Geschäftsabschluss mit ihm besprach.

»Was soll das heißen, Garantieprovision?« Fabian hatte jegliche Selbstbeherrschung verloren und auch seine Fähigkeit, in brenzligen Situationen diplomatisch zu agieren, schien völlig dahin zu sein. Seine Stimme bebte und es konnte sich nur noch um Nuancen handeln, ehe er über den Tisch springen und auf seinen Chef losgehen würde.

»Du hast auf deinem Personalbogen die Wahl gehabt, entweder direkt ins Provisionsmodell einzusteigen oder für die ersten drei Monate eine Garantieprovision zu erhalten. Du hast dich für die zweite Variante entschieden.«

»Und deshalb bekomme ich keine Prämie für den Millionendeal mit Becide? Ist das dein Ernst, Ernst?«

»Doch, ich habe dir gerade erklärt, dass du einen von uns freiwillig dotierten Bonus in Höhe von 5.000€ für deine gute Leistung bekommst.«

»5.000?« Fabian schrie die Zahl förmlich hinaus und umklammerte dabei mit beiden Händen die Stuhllehnen. Als ob er sie aus der Sitzfläche reißen wollte, zerrte er daran. Sein hasserfüllter Blick ließ Herrn Kuhn zurückweichen und mit begleitenden Spucktropfen donnerte ihm Fabian seine ganze Wut entgegen:

»Willst du mich verarschen? Was denkst du, wer ich bin? Ein Volltrottel?« Ernst Kuhn versuchte sich erneut im

Chef-Sein und legte seine ganze, noch übriggebliebene Autorität in die Waagschale:

»Fabian, jetzt reicht es. Nicht in diesem Ton. Wenn du...« Doch Fabian dachte nicht im Traum daran, sich unterbuttern zu lassen. Er kannte die Regeln, die Spielchen, die Mächteleien und die immerwährenden Bemühungen der Führungsriegen, Mitarbeiter klein zu halten. Doch soeben hatte die Obrigkeit eine für ihn wichtige Grenze überschritten, den Bogen so weit überspannt, dass seine ungefilterten, wahren Emotionen zum Vorschein traten und Fabian nur noch darauf aus war, sich zu wehren. Nichts auf der Welt hasste er so sehr, wie sich ungerecht behandelt zu fühlen. Und bei nichts anderem auf der Welt verlor er gleichermaßen die Beherrschung über sich selbst, ungeachtet der darauf folgenden Konsequenzen.

»Nein, mein Lieber«, Fabian betonte das die folgenden Worte überdeutlich, »Ich werde DIR sagen wann es reicht. Ich habe das Geschäft für uns klargemacht und ob du es glaubst oder nicht: Unser Firmenname hat mir da zu Beginn keineswegs weitergeholfen. Ich habe dafür gesorgt, dass keinerlei Nachverhandlungen stattgefunden haben und ich allein habe einen Reingewinn vor Steuern von über einer Dreiviertel Million Euro erwirtschaftet. 5.000€ entsprechen nicht einmal einem Prozent davon. Das ist kein Bonus, das ist eine unverfrorene Beleidigung. Laut meinem Vertrag habe ich Anspruch auf 15% der erwirtschafteten Marge, also 113.000€.

»Aber das ist ja mehr als ein Jahresgehalt«, schrie nun auch Ernst Kuhn dazwischen. »Du hast doch gerade erst hier angefangen.«

»Genau das.« Fabian schoss ein Gedanke durch den Kopf, den er noch gar nicht in Betracht gezogen hatte:

»Hast du mir etwa den Kunden übergeben, damit du im Erfolgsfall Prämienzahlungen einsparen kannst?« Wie ein „getroffener Hund“, reagierte Kuhn umgehend auf seine Frage, was Fabians Skepsis umso mehr nährte.

»Jetzt mach aber mal einen Punkt«, echauffierte sich Kuhn wild gestikulierend, »meinst du ich würde...«

»Ja, ich meine«, unterbrach ihn Fabian, »und wenn ich mir dich so anschaue, dann bin ich mir sogar sicher.« Fabian sprang aus seinem Sessel auf, stützte sich mit beiden Händen auf der großen Schreibtischplatte seines Chefs ab und beugte sich so weit er konnte zu ihm vor. Automatisch wich dieser noch weiter zurück, bis er mit seinem Stuhl am Fenster hinter sich anschlug. Fabian konnte seine Angst erkennen und die in ihm aufkommende Einsicht, einen großen Fehler begangen zu haben.

»Du schreibst jetzt umgehend eine Zahlungsanweisung in Höhe von 120.000€ an die Personalabteilung und mir eine unterschriebene Bestätigung dazu. Danach hast du meine Kündigung auf dem Tisch und die Sache ist geklärt.«

»Denkst du, weil du hier den Verrücktem mimst werde ich Regeln und Verträge missachten? Denkst du vielleicht ich habe Angst vor dir?« Kuhns halbherziger Return verpuffte in der Sekunde, in der er ihn ausgesprochen hatte, denn Fabian war außer sich vor Zorn.

»Oh nein, das denke ich nicht nur – das weiß ich. Dein Pech ist, dass meine Cousine eine wirklich gute Anwältin ist. Ich sage nur Arbeitsrecht - du hast keine Chance. Ausnahmslos jedes Gericht wird auf meiner Seite stehen.« Fabians Chef schien noch nicht vollständig überzeugt zu sein. Ein süffisantes Lächeln überzog sein Gesicht, als ob er damit ausdrücken wollte, dass nahezu jeder über den imaginären Anwalt in der engeren Verwandtschaft verfügte. Doch Fabian hatte noch einen weiteren Trumpf im Ärmel: »Übrigens bin ich mir nicht sicher, ob es deiner Frau gefallen wird, wenn sie erfährt, dass du Yvonne gebumst hast –

noch dazu in ihrem Ankleidezimmer.« Das dämliche Grinsen wich sogleich einer schockbleichen Konsterniertheit und Fabian wusste, dass er die Runde soeben gewonnen hatte.

»In 30 Minuten hab ich meine Sachen gepackt und ein Kündigungsschreiben aufgesetzt. Ich denke die Zeit sollte dir reichen um die Dinge auf deiner Seite zu klären.« Fabian machte auf dem Fuß kehrt und verließ ohne ein weiteres Wort den Raum. Er konnte nicht mehr sehen, wie die hinter ihm zuschlagende Tür Herrn Kuhn zusammenfahren ließ.

Ω

Fabian spurtete in das Großraumbüro, eilte mit großen Schritten auf Yvonne zu und meinte nur kurz: »Pack zusammen. Wir gehen.«

»Wie, gehen?«

»Wir sind hier fertig. Schreib deine Kündigung – jetzt.«

»Bist du verrückt?« Yvonne machte einen großen Schritt zurück und betrachtete Fabian, als hätte er spontan die Pocken bekommen.

»Yvonne«, begann Fabian. Doch er merkte, dass er weder die nötige Geduld noch Lust dazu hatte, lästige Erklärungen ruhig und diplomatisch zu übermitteln. Stattdessen brachte er die Dinge auf den Punkt:

»Ich habe den Wichser da drin erpresst – mit eurer Affaire. Wir können hier nie wieder arbeiten.« Yvonnes fassungsloser Blick blieb ihm nicht verborgen und um sie schnellstmöglich zu beschwichtigen, legte er ein unmissverständliches Angebot nach:

»Die Hälfte meiner Prämie teilen wir uns als Startkapital. Ich denke mit 60.000€ kommst du ein Jahr über die Runden, oder nicht?« Yvonnes völlig verblüffter Gesichtsausdruck vermittelte Fabian die erwartete Antwort und ohne einen weiteren Wortwechsel machte sie sich an ihrem Computer daran, ein Kündigungsschreiben aufzusetzen.

Ω

Christophs schlechtes Gewissen wurde von Tag zu Tag immer lauter. Die Tatsache, dass sich die feinen Herren immer noch nicht bei ihm gemeldet hatten, ärgerte ihn zwar in gleichem Maße, doch ein Dieb wollte er deswegen nicht werden. So zumindest fühlte er sich seit dem Tag seiner Entdeckung und so konnte es auf Dauer nicht weitergehen.

Den einzigen Namen, den er von der Wandertruppe aufgeschrieben hatte, war der von Mike gewesen. Dessen miserablen Freunde hätten eigentlich gleich bei der Ankunft die Meldezettel für die Kurtaxe ausfüllen müssen, doch darauf hatte er selbst leider auch nicht geachtet. So war es auch die einzige ihm zur Verfügung stehende Rufnummer, die er in den letzten Tagen mehrfach versucht hatte zu erreichen. Der Verunglückte war definitiv der letzte, der etwas mit dem Fehlverhalten seiner dämlichen Freunde zu tun gehabt hatte. Und so grämte es Christoph, dass ausgerechnet dieser arme Kerl der doppelt Geschädigte bei diesem unrühmlichen Abgang sein sollte.

Das aufgeschlagene Telefonbuch auf dem Tresen, den grünen Telefonhörer zwischen Ohr und Schulter geklemmt, fuhr er mit dem ausgestreckten Finger über die winzig klein beschriebenen Seiten, bis er endlich die richtige Nummer herausgefunden hatte.

»Ja, grüß Gott. Bin ich da richtig beim Landeskrankenhaus?« Christoph berichtete von dem Unfall und dass einer seiner Gäste bei ihnen eingeliefert worden war. Zweimal wurde Christoph weiterverbunden, bis er bei einer militärisch zackigen Dame auf Granit zu beißen schien.

»Jetzt verstehn´s doch bittschön. Ich mache mir furchtbare Sorgen. Ich war der Erstversorger an der Unfallstelle... Ja, ich weiß, dass sie keine Auskünfte am Telefon geben dürfens...Ja...Nein...Ich bin der Hüttenwirt...langjährige Stammgäste...sagens ihm bittschöne nicht, aber...Nein... meine Tochter ist von ihm schwanger...« Die plötzliche Stille am anderen Ende der Leitung empfand Christoph bedrohlicher als das vorangegangene Telefonat. Es war für ihn nicht zu erahnen, ob die Dame im Krankenhaus gerade vor Mitgefühl einknicken oder sich emsig seine Nummer aufnotieren würde. Das Gefühl, dass jeden Moment die Gendarmerie zur Tür hereintreten und ihn wegen Hochstapelei festnehmen könnte, wurde von Sekunde zu Sekunde präsenter und Christoph verspürte den Drang, umgehend den Hörer aufzulegen.

»Es tut mir sehr leid, Ihnen das sagen zu müssen,« die Dame machte eine lange Pause ehe sie weitersprach, »aber der Herr ist gestern seinen Verletzungen erlegen.«

Ω

Carmens erster Reflex war, die SMS zu löschen. Es musste sich um einen Irrläufer handeln, denn weder kannte sie die Nummer, noch fühlte sie sich von deren Inhalt angesprochen. Doch kurz bevor sie den Vorgang zum Entfernen auf ihrem iPhone bestätigt hatte, durchfuhr sie ein bedrohlicher Gedanke. Hatte sie diesem Kerl ihre Nummer gegeben? So betrunken sie gewesen war, konnte sie sich nahezu alles vorstellen, was sie in dieser vermaledeiten Nacht gemacht haben könnte. Erneut wurden Erinnerungen in ihr wach, die sie in den letzten Tagen unentwegt versucht hatte, in die allerletzte Ecke ihrer Gedankenwelt zu verfrachten. Das beschmutzte und beschämte Gefühl wollte nicht weichen, weder beim Auspowern im Fitnessstudio, noch bei einem völlig missratenen Versuch, wieder einmal Sex mit Fabian zu haben. Letzteres machte ihr gerade sehr zu schaffen. Sie fragte sich, wie sie sich durch einen einzigen Ausrutscher so schnell hatte von ihm entfremden können. Es hatte sich angefühlt, als ob ein völlig anderer Mann in sie eingedrungen wäre, jemand, den sie nicht kannte und der keinerlei Gespür dafür hatte, was sie mochte und was nicht. Grob und fordernd war er zur Sache gegangen, doch Carmen war sich nicht sicher, ob es nicht eher an ihr gelegen hatte, ihr, der Hure, die sich unwissend für ein paar Hunderter an einen Perversen verkauft hatte.

Doch der Perverse schien Gefallen an ihr gefunden zu haben, denn je länger Carmen auf die SMS starrte, umso weniger Zweifel hatte sie daran, dass die Einladung von ihm kommen musste. Wobei man es „Einladung" kaum nennen konnte, „Bestellung" würde den wahren Kern besser treffen:

»»»4 Tage Dubai als meine Begleitung im neuen Tower. All inclusive + 5000€ TG für dich. Interesse?«««

Konnte es wirklich möglich sein, dass man für eine Traumreise bezahlt wurde? Die Bezeichnung Taschengeld machte die Tatsache nicht besser, denn an diese Einladung waren selbstverständlich Bedingungen geknüpft, so viel war Carmen schon klar. Dieser Typ, dessen Namen sie längst wieder vergessen hatte, wollte in Dubai da weitermachen, wo er in Frankfurt aufgehört hatte. Er wollte seine verstörenden Sexpraktiken an vier aufeinanderfolgenden Nächten an ihr ausleben, sie mieten und benutzen und als Entschädigung dafür mit Luxus und Geld überschütten. Beim Gedanken daran begann es Carmen angenehm im Unterleib zu ziehen. Sie konnte kaum glauben was sie da tat. Sie konnte ihren Fingern dabei zusehen, wie sie eiligst eine Antwort auf die glatte Oberfläche ihres Telefons tippten. Eine Antwort, die keinesfalls ihr Kopf, sondern einzig und allein ihr Trieb getippt haben konnte:

»»»*Wann?*«««

Es dauerte keinen zehn Sekunden bis eine neue Nachricht ihr Display erhellte:

»»»Heute in einer Woche würde es losgehen ;-)«

In einer Woche, stöhnte sie auf. Das geht doch gar nicht. Ich muss arbeiten und was in aller Welt sage ich Fabian? Doch die Aussicht auf eine Reise zu einem der berühmtesten Luxus-Hotels der Welt reizte Carmen sehr. Auch die Möglichkeit, wieder einmal in einem Meer baden zu gehen oder ausschweifend zu dinieren, gefiel ihr gut. Doch am allermeisten dache sie über die 5.000€ nach. Was war damit nur auf einmal alles möglich? Kleider, Schuhe, eine neue Kaffeemaschine oder vielleicht etwas fürs Bab... Mit einem Schlag hatte sie sich selbst zurück in die Düsternis geschleudert, ihren für den Moment vergessenen Schmerz selbst wieder hochgeholt. Das Baby, das sie nie haben würde, das sie seit Wochen daran zweifeln ließ, ob ihr Leben jemals wieder einen Sinn ergeben könnte. Das Baby, das ihr genau in diesem Moment klarmachte, dass sie sich entweder vergraben und untergehen oder erhobenen Hauptes ein neues Kapitel einschlagen konnte.

Ja, rief sie laut hinaus, ein neuer Lebensabschnitt. Einen den sie weder geplant noch kommen gesehen hatte. Denn genau hier und jetzt fiel ihr eine ungeahnte Chance direkt vor die Füße, die gleichermaßen Abenteuer, Gefahr und Irrsinn in sich barg, aber genau die richtige Antwort auf Carmens Frustration darstellen könnte. Genau das benötigte sie für die Zukunft: Abenteuer.

Und wieder schaute sie ihren Fingern beim Schreiben zu. Doch diesmal war es nicht nur der Trieb, der da tippte. Diesmal war sie es, Carmen. Sie war aufgeregt und ängstlich, aber zugleich war sie sich sicher, genau das hier tun zu wollen:

»»»In Ordnung. Ich bin dabei«««

Ω

Eine Woche später bog Fabian mit Carmens Mini in die Königsteiner Parkstraße ein. Mit eingezogenem Genick steuerte er den kleinen Wagen so unauffällig wie möglich über den mit Luxusvillen gesäumten Asphalt. Noch nie zuvor hatte er eine solche Ansammlung von Prachtbauten erlebt und selten hatte er sich so fehl am Platz gefühlt wie in diesem Augenblick. Beverley Hills, so hätte er vermutet, doch Königstein im Taunus? Dass in dieser 16.000 Einwohner-Stadt so viele betuchte Menschen ihr Fleckchen Heimat gefunden hatten, hätte er nicht für möglich gehalten. Die unmittelbare Anbindung zu Frankfurt durfte wohl eine zentrale Rolle gespielt haben und Fabian wartete nur darauf, jeden Moment ein aus den Medien bekanntes Gesicht auszumachen.

»Hier«, rief Yvonne, »das muss es sein.« Seit Fabian sie in der Berger Straße abgeholt hatte, rutschte sie nervös und zittrig auf dem Beifahrersitz herum, stets eine mysteriöse Papierrolle umklammernd. Was genau sie da bei sich trug, wollte sie erst im Verlauf des Nachmittages aufklären. So schaffte es Yvonne, Fabians sofortige Aufmerksamkeit nicht nur auf ihr atemberaubendes Äußeres, sondern auch auf ihre professionellen Werte zu lenken. Stets aus den Augenwinkeln ihre langen, textilfreien Beine bewundernd, war es nicht die einzige Frage, die ihn beschäftigte, wie es wäre diese samtene Haut jetzt anfassen zu dürfen. Vielmehr drifteten Blick und Gedanken immer wieder zu dieser Rolle und der damit verbundenen Überlegung, was dieses kluge Köpfchen sich nun wieder hatte einfallen lassen.

Der unscheinbare, runde Edelstahl-Knopf fiel an der mit weißem Kalksandstein geklinkerten Fassade erst auf den zweiten Blick auf. Noch dazu stand an der Klingel kein Name. Eine doppelflüglige Rundbogentür aus massivem Holz ließ auf eine überdurchschnittliche Größe des dahinterliegenden Eingangsbereichs schließen. Als Cheyenne auf ihre gewohnt quirlige und entzückende Art und Weise den beiden öffnete, bestätigte sich die Vermutung. Fabian und Yvonne traten in eine von Granit und Marmorsäulen dominierte Halle, deren Grundfläche der anderer Leute Eigentumswohnungen entsprach. Eine weitläufige Wendeltreppe mit Steinstufen und gold verziertem Geländer verband das Erdgeschoss mit Keller und Obergeschoss. Weiße Büsten zierten deren Aufgang und impressionistische Bilder schmückten die mit Glattputz, leicht grünlich gehaltenen Wände. Fabian staunte und doch traf der vorherrschende Stil nicht seinen Geschmack. Die imposante Größe vermittelte keinen sonderlich einladenden Charakter und auch als sie das doppelt so geräumige Wohnzimmer erreicht hatten, musste er feststellen, dass auch hier Gemütlichkeit der fehlende Aspekt war. Alle Klischees eines Luxus-Anwesens waren zu finden: Der weiße Flügel auf einem eigens errichteten Podest, eine große Bar und ein gigantischer, offener Kamin, genau in der Mitte des Raumes. Rings herum konnte man es sich entweder auf einer der drei großen, rund gebogenen Ledercouchen oder auf einem der vielen weißen Felle am Boden bequem machen. Cheyenne zumindest wählte die zweite Variante und wies mit einer einladenden Handbewegung auf das ihr gegenüberliegende Sofa.

»Nehmt doch bitte Platz.« Im Schneidersitz an einem kleinen Beistelltischchen sitzend, goss sie ihren Gästen ungefragt Tee in zwei kleine Glastassen. »Ich habe euch einen guten Chai gezaubert. Ich hoffe er schmeckt euch.«

»Danke, bin gespannt«, antwortete Yvonne erfreut. Nur Fabian wusste nicht so recht, was er mit geschmacklosem, heißem Wasser anfangen sollte. Tee war noch nie sein Ding gewesen und so rührte er eher missmutig in der dampfenden Tasse herum, einem guten Hefeweizen oder einem Cuba Libre nachtrauernd. Sein Blick wanderte dabei über Wände und Decken, die Quelle der leise berieselnden Akustik-Untermalung suchend. Fabian konnte keine Lautsprecherboxen, nicht einmal kleine Satellitensysteme ausmachen und doch vernahm er Vogelgezwitscher, Blätterrauschen und esoterisch anmutende Klangteppiche. Er fragte sich, ob man hier den ganzen Tag dieser Geräuschkulisse ausgesetzt war, denn er hatte schon nach wenigen Minuten das Bedürfnis, daran etwas zu ändern.

»Ich habe gute Neuigkeiten«, meinte Cheyenne, nachdem sie ausgiebig mit Yvonne über Tee geplaudert hatte.

»Die da wären?«, hakte Fabian nach.

»Ich habe ein Büro für uns auf der Hanauer, das wir

mindestens ein halbes Jahr mietfrei nutzen können. Keine Kaution, kein Makler – ist quasi in Familienbesitz und ab sofort frei.«

»Sehr gut, Süße«, meinte Yvonne erfreut und blies sachte in ihren Tee.

»Außerdem habe ich ein paar Objekte aufgetan, mit denen wir an den Start gehen können.«

»Will ich wissen, wo du die her hast?«, fragte Fabian.

Cheyenne grinste breit: »Ich glaube nicht. Aber alles legal und mit Papieren – außer bei einem ganz besonders interessanten Modell: Eine A. Lange & Söhne, Grand Complication. Ein österreichischer Hüttenwirt hat sie im Internet in den Kleinanzeigen angeboten und einer meiner Kunden ist auf die Annonce aufmerksam geworden.«

»Und die ist illegal?«, fragte Yvonne.

»Ich weiß es nicht genau. Irgendetwas stimmt nicht bei der Sache. Der Mann macht am Telefon einen guten Eindruck, aber Ahnung von Sammlerstücken hat er nicht. Er meint, die Uhr wäre in tadellosem Zustand, die Papiere dazu wären nur nicht auf seinen Namen ausgestellt.«

»Was will er für das Ding haben?« Fabians abfällig gehaltene Rückfrage lag darin begründet, dass er so schnell wie möglich zum nächsten Thema kommen wollte. Was er bislang gehört hatte reichte ihm, um die Finger von diesem Objekt zu lassen.

»Das ist der Punkt.« Cheyenne goss sich etwas Tee nach und blies ebenfalls in ihre kleine Tasse. »Er faselte etwas von 420€ und dass ihm mehr nicht zustehen würde.«

»Für eine Grand Complication?« Fabian zog seine Stirn in Falten.

»Für eine 160.000€ Grand Complication wohlgemerkt«, verbesserte ihn Cheyenne und erlangte somit Fabians vollste Aufmerksamkeit.

Eine halbe Stunde lang diskutierten sie über Sinn und

Unsinn dieses anrüchigen Angebotes und ob man der Sache näher auf den Grund gehen sollte. Yvonne brachte es schlussendlich auf den Punkt und schaffte damit einen guten Übergang zu den anderen wichtigen Themen der Tagesordnung:

»Wir sollten einfach hinfahren. Zwei Tage auf der Alm tun uns sicherlich ganz gut nach all dem Stress der letzten Woche. Außerdem können wir daraus eine Art Mehrtages-Workshop machen, abgeschieden vom Rest der Welt, der sowieso nur ablenkt. Will vielleicht jemand sehen was ich mir überlegt habe?« Ohne eine Antwort abzuwarten begann sie damit, ihre mysteriöse Papierrolle auf dem kleinen Beistelltischchen auszubreiten, musste aber schnell feststellen, dass dieses dazu bei weitem nicht ausreichte.

»Lasst uns an den großen Esstisch gehen«, forderte deshalb Cheyenne die Gruppe auf und wenige Augenblicke später steckten sie ihre Köpfe über einem fast drei Meter langen Dokument zusammen. Yvonne hatte eine Art Businessplan verfasst, ihn über mindestens 15 DINA4 Seiten verteilt ausgedruckt und diese mit Tesafilm zu einer großen Karte zusammengeklebt. Unterstützt von Markierungen in verschiedensten Farben, hatte man auf den ersten Blick das Gefühl, ein Werk immenser Tragweite vor sich zu haben. Zeitliche Abschnitte, Investitionskosten, Tätigkeitsbeschreibungen und Marketingformulierungen fanden sich hier zusammen mit Wettbewerbssituationen, Risiko-Minimierungs-Ideen, rechtlichen Fragen und den dazugehörigen Antworten.

»Wow«, ging es Fabian spontan über die Lippen, der nicht wusste wo er zuerst hingucken sollte. »Das hast du alles in den letzten paar Tagen erstellt?«

»Ja, das habe ich«, antwortete Yvonne stolz, die sich darüber bewusst zu sein schien, dass sie fantastische Arbeit geleistet hatte.

»Ich hätte dafür ein Jahr gebraucht«, meinte Fabian ernsthaft und Cheyenne fügte erfrischend offen hinzu:

»Ich kapier gar nicht, was das alles sein soll. Ich bin nur froh, dass ich andere Qualitäten habe und mich nicht um so nen Scheiß hier kümmern muss.«

»Apropos andere Qualitäten«, nahm Fabian die letzte Äußerung auf, »wie siehts mit der Kohle aus?«

»Wie viel brauchen wir?«, wollte Cheyenne wissen und schaute Yvonne dabei mit breitem Grinsen an. Deren Finger glitten über den großen Businessplan, vorbei an Timelines, Nebenkostenaufstellungen, bis hin zu einer alles umfassenden Summe am rechten unteren Ende der Drei-Meter-Bahn.

»Also wenn Fabian und ich mit der Provisionszahlung aus dem Becide-Deal ein knappes Jahr über die Runden kommen und du auch nicht sofort ein Gehalt benötigst, dann reichen uns fürs Erste 1,2 Millionen, um richtig gut an den Start gehen zu können. Danach sollten wir im grünen Bereich sein und Gewinn erwirtschaften.«

Fabian wusste nicht wo er hinschauen sollte. 1,2 Millionen Euro war keine alltägliche Summe, wenn es um eigene Investitionen ging. Dass er dazu noch jemanden von einer Teilhaberschaft überzeugen wollte, der ihm bereits hemmungslos den Schwanz geblasen hatte, machte die Situation nur umso skurriler. Auch Yvonne schien sehr nervös zu sein. Ihre Hände hatten leicht gezittert, als sie die Summe auf dem Papier präsentiert hatte. Auch ihr Blick wanderte nun irritiert durch den Raum, unfähig an irgendeinem Fixpunkt zur Ruhe zu kommen. Cheyenne hingegen schien das alles als ein neues Spiel zu betrachten, eine amüsante Ablenkung, die ihr den Nachmittag versüßen sollte. Hingebungsvoll schlang sie ihre Arme um Yvonne, biss ihr zärtlich ins Ohrläppchen und raunte ihr zu:

»Du bist so gut, Süße.« Fabian fragte sich, wie oft er zukünftig einer solchen Frau/Frau Situation ausgesetzt sein würde. Seine Männlichkeit pulsierte aufs Neue in seiner engen Jeans, während er sich beim Zungenspiel zweier atemberaubenden Schönheiten zum Zusehen verdonnert sah.

»Ich geh mal so lange aufs Klo«, meinte er knapp und Cheyenne nahm dies zum Anlass, ihm eine kleine Aufgabe mit auf den Weg zu geben:

»Ruf in Österreich an. Wir fahren morgen da hin. Aber wir kommen erst gegen Nachmittag. Vorher machen wir drei ein neues Konto bei meiner Bank auf. Und jetzt muss ich mich ganz dringend um die Süße hier kümmern.«

Ω

Rudi wartete wie gewohnt auf der Eingangstreppe zur Haustüre. Sein langgezogenes Begrüßungsmaunzen ließ nur zwei Schlussfolgerungen übrig: entweder hatte er gerade ein extremes Schmusebedürfnis oder aber sein Fressnapf war seit längerem nicht mehr gefüllt worden.

Als Fabian den Flur betrat wurde schnell deutlich, dass der Kater mehr an Nahrungsaufnahme denn an Zärtlichkeiten interessiert war. Mit theatralischem Maunzen und gleichzeitigem Schnurren schlängelte sich der Stubentiger im Slalommanöver um Fabians Beine. Der wiederum schenkte ihm nicht die Aufmerksamkeit, die Rudi üblicherweise von ihm gewohnt war. Diese galt einem handschriftlich erstellten Brief, den er neben der Kaffeemaschine vorfand.

Hallo Schatz,

meiner Schwester geht es schlecht. Sie hat Probleme mit ihrem Noch-Mann, der ihr die Kinder wegnehmen möchte. Als sie mich vorhin angerufen hat bin ich ganz spontan zu ihr nach Hamburg aufgebrochen und ich hoffe, dass du mir deswegen nicht böse bist. Ich werde 5 Tage oben bleiben und nach dem Rechten sehen. Danach bin ich wieder bei Dir.

Ich liebe Dich
Carmen

Der Kater bedachte sein Herrchen mit einem äußerst irritierten Blick, als er ungewohnter Weise seinen Napf mit Trockenfutter gefüllt bekam.

Fabian öffnete den Kühlschrank, kramte ein Weizenbier aus dem untersten Fach und fläzte sich damit auf die Couch. Er brauchte den Fernseher gar nicht anzustellen. Auch die Lichtschalter betätigte er nicht und ließ die ihn sonst so beklemmende Dunkelheit auf sich wirken. Sein Kopfkino war auf vollen Touren und er benötigte diesen Moment der Stille dringend, um seine Gedanken sortieren und Eindrücke verarbeiten zu können.

Carmen in Hamburg, allem Anschein nach mit dem Zug, denn ihren Wagen hatte er heute benutzt. Was sollte das mit dem Noch-Mann? Seines Wissens war das Thema schon lange vom Tisch und so wie Fabian diesen Typen kannte, hatte dieser gar kein sonderliches Interesse an seinen Kindern. Aber was ging Fabian das an, dachte er sich. Carmens Schwester war sowieso eine selten dumme Schnepfe. Er konnte froh sein, wenn seine Freundin das im Alleingang bewerkstelligte und er nicht dazu gezwungen war mitzufahren.

Außerdem verschaffte ihm das Zeit. Zeit, um darüber nachzudenken, ob sein Leben so weitergehen sollte wie bisher, oder ob durch die Ereignisse der letzten Tage und

Wochen er bereits einen neuen Weg eingeschlagen hatte. Zwei sehr sinnliche Momente, die ihn seit dieser Abende nicht mehr loslassen wollten, hatte er mit Yvonne zusammen erlebt. Beide Male wurden sie durch Cheyenne gestört und beide Male hatte er diese dafür nahezu verflucht. Was wäre nur passiert, wenn dieses quirlige Ding nicht dazwischen gekommen wäre. Hätten sie es tatsächlich am Pool miteinander getrieben? Hätte er seine Freundin ein zweites Mal betrogen? Untreue war bislang nie zwischen ihm und Carmen gestanden. Nicht ein einziges Mal hatte er eine Gelegenheit dazu ergriffen. Auch mit Yvonne hatte er keinen wirklichen Seitensprung vollzogen und doch wusste Fabian, dass der aktuellen Situation viel mehr Bedeutung zukam, als dem unbedeutenden Ausrutscher mit Cheyenne. Fabian betrog seine Lebensgefährtin im Kopf. Seine Wünsche und Begierden zielten einzig und allein dahin, mit Yvonne Dinge anstellen zu wollen – unanständige und wollüstige Dinge. Er war fasziniert von ihrem Wesen, ihrer Schönheit und er wünschte sich momentan nichts sehnsüchtiger, als mit ihr die Sachen zu erleben, von denen sie ihm so detailliert berichtet hatte. Er wollte diese anrüchige und düstere Welt kennenlernen und sich auf das Abenteuer einlassen. Er wollte eben jene Menschen treffen, die ihre Sexualität so offen auslebten, dass sie quasi zum Gesellschaftsspiel wurde. Wahre Liebe, so hatte Yvonne ihm erzählt, hatte nichts damit zu tun, mit wem man gerade fickt. Innere Geborgenheit entstünde durch die Gewissheit, von seinem Partner nicht belogen zu werden. Das Zugeständnis, andere Menschen attraktiv und anziehend finden zu dürfen, stünde in keinerlei Gegensatz dazu, im Herzen monogam zu leben und gemeinsam alt werden zu wollen. Fabian erinnerte sich an die beeindruckende Szenerie in diesem Frankfurter FKK-Puff und er überlegte sich, ob es in einem Swinger-Club genauso aussehen und zugehen würde. Er stellte sich Sex mit mehreren Frauen vor, dachte an Fesselspiele, an Ausgeliefertsein und daran, ihm ausgelieferte Menschen benutzen zu dürfen.

Fabian fühlte sich völlig verstört und schuldig. Immer mehr und immer tiefer versank er in seinen wollüstigen Gedanken und spürte zugleich das unwiderrufliche Gefühl, ein unehrenhaftes Schwein zu sein.

Sein Blick suchte die Uhr am Receiver: 21.36 Uhr. Um diese Zeit konnte er sicher noch anrufen. Er brauchte jetzt Carmen, musste versuchen, sich mit der ihm vertrauten Stimme zu erden und zurück zu seinen eigenen Werten zu finden. Auf sein Handy tippte er nur drei mal, bis die Verbindung zu Carmens Telefon aufgebaut wurde. Es dauerte einen Augenblick, bis ein unvertrautes Tuten am anderen Ende der Leitung Fabian stutzig werden ließ. So klang es normalerweise wenn man ins Ausland telefonierte, doch Hamburg war seines Wissens nach, bis heute zumindest, eine Stadt in Deutschland gewesen. Es klingelte ein paar weitere Male, doch weder Carmen noch sonst irgendjemand nahm das Gespräch entgegen, bis wenige Sekunden später eine Nachricht auf Fabians iPhone erschien:

»»»Kann gerade nicht sprechen«««

»»»Wo bist du?«««

»»»Hast du meinen Brief nicht gefunden? Ich bin bei meiner Schwester. Guck mal an der Kaffeemaschine«««

»»»Alles klar. Ich gucke«««

Fabian sprang auf und rannte zu seinem Computer. Auf der Cloud öffnete er die Funktion „iPhone finden" und bekam nur wenige Sekunden später die Auswertung, wo die auf ihn registrierten Geräte aktuell zu finden waren. Sein eigenes Telefon, sowie sein iPad und sein Notebook, waren da wo sie hingehörten, in der Herbartstraße in Wiesental. Doch was Carmens iPhone anging, so war Hamburg ganz weit weg von ihrem aktuellen Aufenthaltsort. Carmen schien sich allem Anschein nach gerade in Dubai aufzuhalten.

Wie gelähmt starrte er mit Tränen in den Augen auf den Bildschirm. Sämtliche Gedanken der letzten Tage und Stunden schienen ihm mit einem Schlag unwirklich und abstoßend. Scham kroch ihm durch die Venen und die Angst, vor lauter Business und frivolem Frauenkontakt gerade seine Beziehung verloren zu haben. Kein Gedanke mehr daran, mit mehren Frauen gleichzeitig wilde Abenteuer erleben zu wollen, auch die Fesselspiele waren wie ausradiert aus seinem Kopf. So sehr er darüber nachgedacht hatte, an seinem Beziehungsstatus eventuell etwas zu ändern, so sehr wurde ihm gerade bewusst, wie unverzichtbar wichtig Carmen für ihn immer noch war.

»»»*Geht's Dir gut?*«««

»»»Ja, nur müde. Ich denke ich gehe heute früh schlafen«««

Fabian öffnete eine Website, die ihm offerierte, dass es zwei Stunden Zeitverschiebung zwischen Deutschland und Dubai gab. Bei Carmen war es demnach gerade kurz vor Mitternacht.

»»»*Alles klar, dann schlaf gut, Süße*«««

»»»Du auch, Schatz«««

Sollte das wirklich das Ende sein? Hatte er innerhalb weniger Wochen seine so sicher geglaubte Liebe verloren? Wieso ausgerechnet Dubai und wann und mit wem war sie nur auf diese Idee gekommen? Fabian war nicht mehr im

Stande, vernünftig zu denken. Hier und jetzt umgab ihn nur Schwärze und nie dagewesene, schmerzhafte Einsamkeit.

Das Telefon nahm er erst nach dem fünften oder sechsten Klingeln war, obwohl das Mobilteil des Festnetzanschlusses direkt neben ihm lag.

»Hallo Mutter«, sprach er lethargisch in den Apparat.

»Ob ich was? Zur Demo gegen den Konverter morgen?« Offenbar hatte die Bürgerinitiative einen Protestmarsch gegen das geplante Betonmonster auf die Beine gestellt. Fabian fand es auch eine tolle Sache, dass seine Heimatstadt endlich einmal aufstand und sich gegen etwas zur Wehr stellte. Zu lange und zu oft hatten seine Mitbürger zu allem und jedem Ja und Amen gesagt. Doch er konnte nicht. Morgen würde er mit Yvonne und...

»Ich kann leider nicht, Mutter.« Die einzige, sich für ihn noch richtig anfühlende Idee hatte ihn gerade förmlich angesprungen. »Ich muss kurzfristig nach Dubai...Ja, Dubai... Ich erklär's dir, wenn ich wieder da bin.«

Phantast

Gerade einmal eine starke Woche war vergangen und schon wieder musste sich Fabian die Sicherheitseinweisung einer Stewardess anschauen. Und wieder saß er in einem Airbus. Nur diesmal war der Vogel ein bisschen größer. Neben den jeweils zwei Sitzreihen links und rechts, gab es in diesem A340-300 auch noch eine viersitzige Mittelreihe. In dieser hatte Fabian noch einen der letzten Plätze ergattert und erfreute sich der Gesellschaft einer atemberaubenden Blondine rechts neben sich. Sie mochte Mitte zwanzig und gut und gerne 1,80 Meter groß sein, was Fabian auf die Idee brachte, eventuell neben einem Model zu sitzen. Ihre gertenschlanke Statur zumindest untermauerte diesen Verdacht und Fabian schaffte es, trotz all seiner Sorgen, nicht aus seiner Haut.

»Wenn Sie nachher einmal auf den Gang treten wollen, sagen Sie einfach Bescheid, o.k.? Wird ein ziemlich langer Flug.« Die Dame schaute ihn mit freundlichen Augen an und blinzelte neckisch.

»Sorry, I don´t speak... German?«

»Oh, of course«, versuchte sich Fabian zu entschuldigen, »that´s no problem. I am Fabian Krämer and if you want...«

»Oh, nice to meet you. I´m Brittany. Brittany Brenneth.« Fabian vermied es, den Namen zu wiederholen. Zu sehr hatte er Angst davor, seine Aussprache danach vom Entertainment System wischen zu müssen. Er ergriff höflich die ihm ausgestreckte Hand und versuchte, nicht laut herauszulachen. Welche idiotischen Eltern hatten sich solch einen Zungenbrecher überlegt gehabt? Die verschiedensten Assoziationen gingen ihm augenblicklich durch den Kopf und er fragte sich, ob die Dame vielleicht später einen Brennethel-Tee bestellen würde.

Nach der Hälfte des Fluges jedoch bereute es Fabian bitterbös, sie jemals angesprochen zu haben. Sie stellte sich als unerträgliches Geschöpf und ungefähr so hohl wie ein Fahrradschlauch heraus. Deshalb war er es, der des Öfteren den Weg zur Toilette suchte und hinter der Trennwand der Übergangsbereiche sportliche Übungen absolvierte. Sechseinhalb Stunden Flug waren in der Holzklasse eine Tortour. Doch jede Sekunde ohne dieses hyänenhafte Gegacker, fühlte sich wie ein kurzer Erholungsmoment während einer langen und schmerzhaften Folter an. Mittlerweile wusste er so ziemlich alles über Brittany. Sie war tatsächlich Model, 24 Jahre alt, wollte eigentlich Tänzerin werden, bis sie in einer Castingshow unter die Top 5 gekommen war und einen Vertrag aufgezwungen bekommen hatte. Fabian kannte mittlerweile ihren Ernährungsplan, alle Perspektiven ihres komischen Heimatkaffs Dunbartonshire in Schottland und er war sich sicher, dass er sie hier und heute auf dem Klo bumsen könnte.

Doch Sex war momentan das Letzte was er wollte. Ihn interessierte nur Carmen und was sie in diesem Wüstenstaat verloren hatte. Kurz vor seinem Abflug zumindest war sie noch dort gewesen und Fabian hoffte inständig, dass sie nicht mittlerweile wieder auf dem Weg zurück war. Er wollte mit eigenen Augen sehen, was dort drüben vor sich ging und verstehen, warum sie sich so unangekündigt aus dem Staub gemacht hatte. All seine Gedanken drehten sich nur noch um Carmen. Alles andere interessierte ihn momentan nicht. Warum Yvonne und Cheyenne so sauer darauf reagiert hatten, als er ihnen den kurzen Trip nach Österreich abgesagt hatte, war für ihn nicht nachvollziehbar. Schließlich konnten sie jetzt alleine auf die Alm fahren und miteinander treiben, was immer sie wollten. Er würde ihnen nicht schon wieder im Wege stehen oder sie davon abhalten, gleich während der nächsten Geschäftsbesprechung übereinander herzufallen.

Was hatte er sich nur dabei gedacht? Wie hatte er sich gedanklich so von Carmen entfremden und gleichzeitig zulassen können, dass eine andere Frau Platz in seinem Herzen einnehmen konnte. War es überhaupt das Herz gewesen? Waren es nicht eher rein wollüstige Triebe und die Angst gewesen, im Leben etwas verpassen zu können. Und nun schon wieder. Auf dem Weg seine Beziehung zu retten, hatte er es nicht geschafft, diese blöde, blonde Braut in Ruhe zu lassen. Was, wenn sie nicht so völlig bescheuert gewesen wäre? Hätte er die Gelegenheit dann ebenfalls ergriffen? Fabian bekam Angst vor sich selbst. Er fühlte sich, als ob er die Büchse der Pandora geöffnet hätte und seitdem Gefahr lief, in jede sich halbwegs bietende Sexfalle zu tappen. Sein altes Leben zog in Gedanken an ihm vorbei und er sehnte sich nichts mehr zurück, als das Gefühl, dass alles in Ordnung und selbstverständlich sei. So zumindest war es bis vor zwei Tagen gewesen – selbstverständlich. Fabian überkam die Frage, ob er sich eventuell seiner Sache zu sicher gewesen war. Und kurz darauf machte sich eine ganz andere Erkenntnis in ihm breit. Es war die Erkenntnis, dass er darüber nachgedacht hatte, Carmen zu verlassen, Fabian nun aber nicht damit klar kam, dass wohl sie es gerade tat.

Ω

Mit einer neuen Telefonnummer in seinen Kontakten und einem mit Lippenkonturenstift geschriebenen Hotelnamen auf dem Unterarm, verließ Fabian das Flugzeug. Vom Dubai International Airport ging es in einem wohlklimatisierten Taxi in Richtung Südwesten. Die Autobahn 11 überquerte dabei mit ihren 14 Spuren einen Seitenarm des persischen Golfs, ehe sie sich die restliche Wegstrecke kerzengerade bis zu Fabians Ziel erstreckte. Irgendwo auf dieser künstlich aufgeschütteten Insel, die von oben wie eine Palme aussah, musste sich Carmen gerade aufhalten. Fabian hatte die Ortung des iPhones wieder aufgenommen und hoffte inständig, dass ihn die Roaming- und Datentransfer-Gebühren nicht auffressen würden. Die unvergleichliche Kulisse um ihn herum hingegen war ihm völlig gleichgültig. Normalerweise hätte er sich bei diesen zu Stein gewordenen, feuchten Träumen eines jeden Architekturstudenten den Hals verrenkt. Doch ihn interessierte nur der hellblaue Punkt auf seinem Display und die Frage, ob er Carmen tatsächlich in einem dieser riesigen Luxustempel finden würde. Den 828 Meter hohen Burj Khalifa nahm er gar nicht zur Kenntnis. Weniger des Desinteresses, sondern mehr der Tatsache geschuldet, dass man gar keine Möglichkeit hatte, das höchste Gebäude der Welt, aus einem Taxi heraus, in seiner Größe zu erfassen. Vorbei an industriellen Scheußlichkeiten, erreichten sie nach einer starken halben Stunde Palm Jumeirah, die bereits bebaute der beiden künstlichen Palmeninseln. Fabian war ein wenig enttäuscht als sie auf den vier Kilometer langen Hauptstamm der Insel einbogen. Die für seinen Geschmack zu eintönige Bebauung verhinderte einen kompletten Blick über dieses nie dagewesene Bauprojekt. Erst als sie bei der Mitte des Palmwedels angelangt waren, wurden die Häuser und Hotels etwas niedriger und es bot sich Fabian Aussicht zum Wasser. Doch ihn überkam keineswegs die Kraft schöpfende Leichtigkeit, die ihn in Mallorca inspiriert hatte. Diese Strände glichen dem allseits gefürchteten Massentourismus, nur dass es keine Strandkörbe waren, die hier in Reih und Glied aneinandergepresst worden waren, sondern hunderte von kleinen Ferienhäusern, dicht an dicht direkt an den Strand gebaut. Jeder sollte über seine eigenen acht Meter Sandstrand verfügen, mit idyllischem Blick auf die meist nur 100 Meter entfernte Häuserfront direkt gegenüber. Einen Horizont suchte man hier vergebens, dafür konnte man seinen Nachbarn beim Grillen zusehen – und zuhören.

Der Handy-Ortung nach musste sich Carmen am hinteren Ende des äußeren Rings befinden. Und so folgten sie der sechsspurigen Straße in einen Tunnel, um kurz darauf auf der den Ozean abgrenzenden Küstenpromenade wieder hervorzukommen.

Fabian bezahlte den äußerst freundlichen Fahrer und machte sich weiter zu Fuß auf Erkundungstour. Wenn er Lust auf einen neun Kilometer langen Marsch gehabt hätte, so wäre es ihm möglich gewesen, auf dieser Promenade einmal um die gesamte Inselanlage herumzulaufen. Doch Fabian begnügte sich mit wenigen hundert Metern. Er ließ die überdimensionalen Pracht-Hotels auf sich wirken, wunderte sich über die Üppigkeit und Farbenpracht der Gärten, inmitten des staubig, gelben Wüstensands und beobachtete die Menschen. Wie sollte er in dieser Fülle von Touristen und Geschäftsleuten je seine Carmen entdecken. Was, wenn sie einfach den ganzen Tag in einem dieser Luxustempel verbrachte und sich von morgens bis abends Cocktails an den Pool bringen lassen würde? Fabian studierte erneut die Ortungs-App und kam zu der Erkenntnis, dass sich seine Freundin in einem gigantischen Hotel-Komplex, nur wenige Schritte entfernt von hier aufhalten musste. An dem gut 30 Meter breiten Felsdamm entlang, steuerte er auf das Urlauberparadies zu, bis er kurz darauf staunend davor verharrte. Wie eine Oase inmitten der Wüste, bäumte sich das gut 20-geschossige Gebäude vor ihm auf, umsäumt von sprudelnden Wasserfällen, Abenteuer-Rutschbahnen und unzähligen Palmen.

Der nicht abreißende Menschenstrom am Eingang brachte Fabian schließlich auf eine Idee. Eiligst stopfte er Schuhe und Sweatshirt in sein einziges Gepäckstück, einen geräumigen Wanderrucksack, und machte sich Selbstverständnis vortäuschend auf den Weg in die Lobby. Außer dem freundlich nickenden Pagen an der Treppe, beachtete ihn niemand. Auch nicht als er sich barfuß zu den Waschräumen schlich, um sich in einer der Toilettenkabinen, seiner restlichen Kleidung zu entledigen. Zum Glück hatte er eine Shorts dabei, die als Badehose durchging. Somit blieb nur noch die Frage der Gepäckentledigung. Mit einem halben Koffer auf dem Rücken konnte er unmöglich durch die Pool-Landschaft flanieren, zumindest nicht ohne fragende Blicke auf sich zu ziehen. Daher entschied er sich für einen Trick, der nicht lange gutgehen, ihm aber zumindest eine gewisse Zeit verschaffen würde. Den Rucksack auf dem Toilettensitz abgestellt, kletterte er über die verschlossene Kabinentür und folgte danach der Beschilderung hinaus zum Hotelstrand. Wie ein ganz gewöhnlicher Tourist, völlig unpassend für das vorherrschende Ambiente gekleidet, aber selbstbewusst genug, um auch in diesem Aufzug Fotos in der bahnhofsgroßen Empfangshalle zu machen, spielte Fabian seine Rolle hervorragend. Als hätte er seine Akklimatisierungstage bereis hinter sich gelassen, schlappte er hinaus zu den Pools, vorbei an üppigen Blumenbeeten und einladenden Cocktailangeboten. Die Langeweile auf seinem Gesicht wirkte beinahe echt und doch fokussierte er seinen Blick bei jedem einzelnen seiner unzähligen Fotos, die er während seiner Begehung gerade schoss. Den Digitalzoom seines iPhones konnte er vergessen und er bereute, keine Kamera mit stärkerer Optik mitgenommen zu haben. So musste er sehr nah an die Leute heran und bei der Schar an Personen konnte es noch eine ganze Weile dauern, bis er Carmen zu Gesicht bekommen würde.

Es war schließlich das ihm vertraute Lachen, das Fabian abrupt innehalten ließ. Geschützt unter einem der großen Sonnensegel räkelte sich Carmen auf einer der weißen Ledercouchen und kicherte wie eine Pubertierende. Fabian sprang instinktiv auf eine der nächstgelegenen Liegen und hielt sich sein Smartphone vors Gesicht. Als ob er irgendetwas Interessantes im Internet verfolgen würde, starrte er auf das Gerät. Doch in Wahrheit betrachtete er über den Kameramodus die sich vor ihm abspielende Szenerie und seine Freundin dabei, wie sie sich von irgendeinem dahergelaufenen Typen den Rücken eincremen ließ. Den Rücken definierte dieser Spargeltarzan recht weitläufig. Als seine Hand über Carmens Po strich und kurz darauf tiefer zwischen ihre Beine griff, konnte sich Fabian kaum noch zurückhalten. Zu gerne hätte er den blasshäutigen Penner an Ort und Stelle niedergestreckt, doch Fabian brauchte noch mehr Informationen. Er wollte wissen, was genau hier vor sich ging und warum Carmen von heute auf morgen an einem der luxuriösesten Orte der Welt mit einem älteren Herren abstieg. Wer um alles in der Welt war der Pisser und woher kannten sich die beiden?

»Wenn du damit nicht aufhörst«, stöhnte Carmen vor sich hin, »musst du mich gleich nochmal in der Umkleide ficken.« Dieser grau melierte Langhans hatte offensichtlich gerade einen Finger in Fabians Freundin und scherte sich einen Dreck darum, dass ihm wahrscheinlich mindestens zehn weitere Augenpaare dabei zusehen konnten.

»Lass mich Fotos von dir hier machen«, forderte der Drecksack sie auf, »ich zahle auch extra.« Fabian überhörte den Spruch zunächst. Er war noch mit der inneren Aufarbeitung der Umkleidethematik beschäftigt. Erst nach einer für ihn nicht mehr definierbaren Zeitspanne, erklang der Satz wie ein fernes Echo in seinem Kopf. Undeutlich, verschwommen, als ob sich das Echo selbst nicht wohl dabei fühlen würde, diese letzten Worte zu wiederholen. „Ich zahle auch extra." Was war denn jetzt los? Erst Yvonne, dann Cheyenne und nun auch noch seine eigene Freundin? Waren denn über Nacht einfach alle pervers geworden? Er ließ die letzten Sekunden wieder und wieder seinen Kopf passieren, doch es gab für ihn keinen Zweifel. Dieser Schnösel hatte von Zahlen gesprochen und Carmen davon, sich von ihm bumsen zu lassen. Fabian verstand die Welt nicht mehr.

Die Fotosession dauerte an und Carmen zierte sich nicht im Geringsten. Wären sie in einem körperlich freizügigeren Land gewesen, hätte sie mit Sicherheit bereits ihren Bikini von sich geworfen. Fabian hatte genug gesehen und er beschloss, dem Ganzen hier und jetzt ein Ende zu bereiten. Als der schmierige Lappen gerade dabei war Carmens Rückseite abzulichten, trat Fabian an ihn heran, tippte ihm vorsichtig an die Schulter und fragte:

»Soll ich vielleicht ein Bild von Ihnen beiden schießen?« Der Mann drehte sich leicht verwirrt zu Fabian um, ehe er höchst erfreut erwiderte:

»Ach, das wäre nett.« Er drückte Fabian seine Kamera in die Hand, setzte sich zur kichernden Carmen auf die Couch, die sich zum hilfreichen Fotografen umdrehte. Das Kichern erstarb sofort und ihr Gesichtsausdruck erstarrte, als hätte jemand die Pausetaste betätigt. Da war die kleine Schlampe wohl fassungslos. Als ob sie gerade einen Schock erlitten hätte, rührte sie sich nicht einen Millimeter. Fabian und Carmen starrten sich nur an, beide unfähig zu sprechen oder sich halbwegs unauffällig zu verhalten.

»Ist etwas nicht in Ordnung? Der große Knopf in der Mitte«, versuchte der Weißkäse seine Kamera zu erklären.

»Wie kommst du hier her?«, schaffte es Carmen, ihre

Gedanken in Worte zu fassen.

»Lufthansa«, entgegnete Fabian langgezogen.

»Witzbold.«

»Schlampe.«

»Kennt ihr euch«, hakte Carmens Kunde nach.

»Darf ich vorstellen, Roland. Das ist mein Lebensgefährte Fabian Krämer.«

Ω

In einer kleinen Strandbar, unweit der Stelle, an der er sie entdeckt hatte, sah sich Carmen einer nicht enden wollenden Schimpftirade ausgesetzt. Fabian prügelte förmlich mit Worten auf sie ein und mit jedem einzelnen Satz aus seinem Mund, entfremdete sich Carmen weiter von ihm. Nach den letzten beiden Tagen fühlte sie sich so nur umso mehr in ihrer Entscheidung bestätigt, dies Abenteuer hier angenommen zu haben. Viel mehr noch – sie wollte gar nicht mehr damit aufhören, denn so etwas aufregendes hatte sie noch nie erlebt. Man hofierte und verwöhnte sie, behandelte sie wie eine Königin und las ihr jeden Wunsch von den Lippen ab. Sie wohnte in einem Märchenschloss von Tausendundeiner Nacht und wollte sich nicht vorstellen müssen, jemals wieder mit der Normalität des Alltags konfrontiert zu werden. Was sollte sie denn noch zu Hause anfangen? Wäsche waschen, kochen, putzen und bis ans Lebensende kariösen Mäulern den Speichel absaugen? Nein, das war vorbei. Ohne die ersehnte Mutterrolle funktionierte das nicht mehr für sie.

Doch irgendwo ganz weit in ihrer Seele verborgen, spürte sie noch alte Gefühle und erinnerte sich daran wie es gewesen war, sehnsuchtsvoll auf Fabians Berührungen zu warten. Sie hatte so viele Jahre mit ihm verbracht – glückliche Jahre. Doch die Erinnerung rief nicht nur angenehme Gedanken in ihr hervor. Hatte sie vielleicht ihre beste Zeit an ihn verschwendet? Zumindest war dieser herumbrüllende Mann hier nicht der, in den sie sich damals verliebt hatte. Und so ließ sie auch mit Sicherheit nicht mit sich umspringen. Vor allen Leuten hatte er sie an den Händen gepackt und in diese Bar hier geschleppt. Wie ein Hund war sie sich vorgekommen, den man zur Strafe „Sitz" oder „Platz" machen ließ. Sein Repertoire hatte das volle Programm zu bieten: Vertrauensbruch, Schlampe, geldgeiles Stück und Nutte waren nur einige Wörter daraus. Dabei fragte sie sich, warum er überhaupt diese lange Reise auf sich genommen hatte, nur um sie hier vor aller Ohren zu beleidigen und bloßzustellen. Dafür hätte er nicht so viel Geld ausgeben und herkommen müssen. Eine alles umfassende Abschieds-SMS hätte es sicher auch getan.

»Was willst du eigentlich von mir?«, zischte sie ihm deshalb entgegen, den Blick demonstrativ von ihm abgewandt. Fabian schwieg. Offensichtlich kämpfte er mit sich selbst, entweder dazu bereit, jeden Moment weiterzupoltern oder doch noch einen vernünftigen Ton anzuschlagen. Schlussendlich entschied er sich für die zweite Variante und meinte:

»Ich möchte doch einfach nur verstehen was passiert ist und warum ich dich mit diesem Arschloch in Dubai erwischen muss. Dich, die es vor ein paar Wochen nicht einmal in den Flieger nach Malle geschafft hat und bei der ich darum betteln muss, beim Sex das Licht anlassen zu dürfen. Und jetzt liegst du hier mit einem Fremden, lässt dich dafür bezahlen und von aller Welt dabei anstarren.«

»Du willst wissen was passiert ist? Dann frag mich doch einfach, anstatt mich hier wie ein Stück Scheiße zu behandeln.« Wieder schien sich Fabian, zur Ruhe zwingen zu müssen und wieder dauerte es einige Augenblicke, ehe er das Gespräch fortführen konnte. Nur der Wortwahl nach, keineswegs aber mit derselben Höflichkeit im Tonfall, fragte er:

»Kannst du es mir bitte erklären?«

Carmen fiel es nicht leicht, sich ihm gegenüber zu öffnen. Zu sehr hatte sein rüdes Verhalten sie verhärtet. Doch gleichzeitig empfand sie auch Mitleid mit ihm. Seine Augen glänzten und er schien sichtlich, verzweifelt zu sein. Die Reise nach Dubai hatte er nur für sie auf sich genommen, weil er sich Sorgen um sie gemacht hatte. Sollte sie ihm das verübeln? Er konnte ja nicht wissen, wie es ihr in den letzten Wochen ergangen war und welche Wendungen ihr Leben und ihre Gefühlswelt genommen hatten. Ihn traf keine Schuld, denn er hatte sich nicht verändert. Und so schämte sich Carmen auch ein wenig – sie, die von Fabian in flagranti erwischt worden war. Doch sie schämte sich nur ihm gegenüber, ihrem langjährigen Weggefährten. Sie schämte sich keinesfalls dafür, was sie hier gerade tat und wozu sie sich anbot.

»Ich brauche das für mich, Fabian.«

»Wie meinst du das? Was brauchst du?« Carmen schaute ihn mitleidig an. Sie wusste, dass er niemals verstehen konnte, was sie nicht einmal im Stande war, in Worte zu fassen. Die Carmen, die er kannte, war vor ein paar Wochen im Behandlungszimmer von Dr. Moritz Opfer einer Diagnose geworden. Hier und jetzt saß Fabian eine andere Frau gegenüber. Eine Frau, die sich selbst erst noch kennenlernen musste und die bereit war, dafür alles in Kauf zu nehmen. Carmen wollte die Welt kennenlernen und hoffte, irgendwann auf dieser langen Reise zu sich selbst zu finden.

»Es tut mir wirklich leid.« Sie legte ihm freundschaftlich

und befriedend die Hand auf die Schulter, wobei Fabian wegzuckte. Ihre zusammengepressten Lippen sollten ihr Bedauern unterstreichen und doch sprang sie auf und rannte ohne ein weiteres Wort davon.

Ω

Eine viertel Stunde später fand sich Fabian im 18. Stockwerk des Hotels in einer mindestens 200 Quadratmeter großen Suite wieder. Der Ausblick zur Landseite hin, also quer über den künstlichen Palmenwedel und das dahinterliegende Dubai hinweg, war atemberaubend. Fabian fühlte sich klein und unbedeutend und beobachtete diesen Roland dabei, wie er Drinks für sie beide vorbereitete. Zumindest füllte er gerade zwei Gläser mit Eis und außer ihnen beiden war niemand im Raum.

»Sehr nett hier«, meinte Fabian kleinlaut.

»Danke.«

Fabian ärgerte sich über sich selbst. Er hatte allen Anspruch darauf, den Takt und Tonfall dieser Situation zu bestimmen. Schließlich war er der Geschädigte und hatte seiner Meinung nach jegliches Recht auf seiner Seite, diese protzige Suite in den Rohbaustatus zurückzuversetzen. Doch stattdessen saß er scheu in einem der braunen Chesterfield Club Sessel und schätzte den Wert von Rolands Garderobe.

»Wer sind Sie«, fragte Fabian nach einem kurzen Räuspern, »dass Sie sich all das hier leisten können?« Roland lächelte schräg und kam mit zwei dunkelbraunen Drinks auf Eis zu Fabian an die Sitzgruppe.

»Ich bin ein wohlhabender Mann, Herr Krämer und ich verstehe mich gut in Investitionen. Außerdem unterstütze ich Waisenkinder in Nepal.« Er überreichte Fabian mit einem überheblichen Zwinkern das Whiskey-Glas, setzte sich aber nicht zu ihm. Stattdessen schritt er gemächlich zu einem mahagonifarbenen Schreibtisch und zog ein kleines Heftchen aus der Schublade.

»Was haben Sie vor?«, wollte Fabian wissen. Roland schraubte den Deckel eines kostbar anmutenden Füllfederhalters ab und begann zu schreiben.

»Ich sehe eine meiner Investitionen gefährdet, Herr Krämer – durch Sie. Ich mag so etwas nicht.« Er hielt kurz inne und fixierte Fabian. »Und gleichzeitig bin ich mir sicher«, fuhr er fort, »dass wir einen gemeinsamen Weg finden werden, diese herausfordernde Situation im Interesse aller Beteiligter zu entkrampfen.« Roland riss das soeben beschriebene Blatt aus dem dünnen Heftchen und ging damit auf Fabian zu.

»Das hier stellt eine kleine Entschädigung für Ihre Unannehmlichkeiten dar.« Fabian verharrte einen kurzen Moment und starrte den Scheck an, bevor er die Hand danach ausstreckte.

»Sind Sie verrückt?« Fabian hielt das dünne Papier in der Hand, als ob er gerade den jährlichen Steuerbescheid in Empfang genommen hätte.

»Denken Sie, ich verkaufe Ihnen meine Freundin?«

»Keineswegs, Herr Krämer. Ich habe Carmen bereits gekauft. Das hier ist mein Beitrag dafür, dass Sie, Herr Krämer, sämtliche Rückgewinnungsaktivitäten hier und heute beenden. Ich will keine SMS lesen, keine Liebesbekundungen hören oder schwülstige Spots in irgend so einer Fernsehshow sehen müssen. Hier und heute übertragen Sie mir Carmen und gehen Ihrer Wege.«

Fabian konnte nicht sagen woher sein plötzliches Zittern kam. Ob es seiner Wut, Hilflosigkeit oder dem vielen Geld in seinen Händen zuzuschreiben war, blieb für ihn nur zu erahnen. Er wollte diesen Kerl schlagen, so viel stand fest. Doch war es wirklich Roland, der mit seinem abfälligen Gehabe und der Vorstellung, mit Geld alles kaufen zu können, seinen Zorn zum kochen brachte? Sollte er seinen Groll nicht vielmehr auf Carmen projizieren? Was, wenn sie Roland dazu sogar veranlasst hatte, das hier zu tun? Während ihrer Unterredung zumindest, hatte sie kein sonderliches Interesse daran gezeigt, mit ihm zurück nach Deutschland fliegen zu wollen. Waren dann 50.000€ nicht ein guter Anfang, um so schnell wie möglich über diese Schlampe hinweg zu kommen? Mit 50.000€ hatte er, zusammen mit dem Geld aus dem Becide Deal, Narrenfreiheit bei der neuen Geschäftsgründung. Er würde alleine in Wiesental wohnen, sich auf die Arbeit konzentrieren und ein Jahr sorgenfrei leben. Und wer weiß, vielleicht würden er und Yvonne...?

Fabian schämte sich seiner materialistischen Gedanken und doch war es der einzige Schutz, der ihn davon abhielt durchzudrehen und mit seinem Kristallglas in der Hand auf Roland loszugehen. Er beschloss zu pokern und alles für sich herauszuholen, was möglich war. Jetzt war Fabian am Drücker und er dachte gar nicht daran, sich mit dem erstbesten Angebot abspeisen zu lassen. Er war Verkäufer aus Leib und Seele und das Produkt, das es gerade zu verhandeln galt, war gefragt. Angebot und Nachfrage regelten nunmal schon immer die Marktwirtschaft und es gab gerade wesentlich mehr Nachfrage als Angebot.

»Denken Sie wirklich, Sie könnten eine langjährige, harmonische Liebesbeziehung mit Geld auslösen? – Mit solchen Almosen lasse ich mich nicht abspeisen.« Roland grinste, als hätte er nur darauf gewartet, dass Fabian in die Verhandlungen mit einsteigen würde.

»Es freut mich, dass Sie über das Stadium „vorgespieltes Entsetzen“ hinweg sind und ich begrüße Sie beim Kern der Sache. Was hatten Sie sich denn vorgestellt?«

»Verstehen sie mich nicht falsch, Herr...Wie heißen Sie eigentlich, Roland?«

»Hauser, Herr Krämer.«

»Herr Hauser«, fuhr Fabian fort, »nennen wir es doch eine Art Versteigerung. Ich verfüge über die Ware und Sie scheinen einen gewissen Sammlergedanken zu verfolgen. Eine passende Summe kann ich solchen Situationen nicht selten weit über den eigentlichen Wert hinausschießen.« Nun grinste Fabian und die Gier übernahm anstelle von Gefühlsregungen, die er bis vor kurzem noch verspürt hatte. Sollte diese blöde Kuh doch mit dem Kerl davonziehen. Was sollte Fabian einer solchen Hure hinterherweinen, die sich sang- und klanglos aus dem Staub gemacht hatte, um selbigen gegen den Wüstensand einzutauschen.

»Sie wissen, Herr Krämer, dass ich nicht dazu verpflichtet bin, Ihnen auch nur einen einzigen Euro anzubieten.«

»Das weiß ich, Herr Hauser. Aber es scheint, dass Sie an Harmonie und Ruhe interessiert sind und kein Aufsehen erregen möchten. Soll ja auch sicherlich keiner mitbekommen, dass Sie sich eine Nutte geangelt haben, richtig?« Fabian zwinkerte siegessicher und trank zum ersten Mal einen großen Schluck seines Whiskeys. Mit an Sicherheit grenzender Wahrscheinlichkeit war das Zeug teuer gewesen, schmeckte aber trotzdem muffig und ekelhaft. Was war nur dran an diesem überschätzten Gesöff, fragte sich Fabian und legte noch eine Drohung nach:

»Ich kann auch sehr überzeugend sein, wie Sie vielleicht bereits mitbekommen haben. Wahrscheinlich ist Ihre Investition in größerer Gefahr, als sie vielleicht glauben mögen.«

»75.000€?«

»Ts, ts, ts«, Fabian begann die Szene Spaß zu machen.

»100.000€?«

»Aber, Herr Hauser, wir sind doch nicht auf einem Ramschbasar, oder doch?«

»Was wollen Sie?«, schrie Roland Hauser aus sich heraus und donnerte sein Glas auf den Schreibtisch. Fabian überlegte nur kurz. Er wusste, dass er den Bogen schon maßlos überspannt hatte. Aber es machte ihm Spaß, diesen Arsch zappeln zu lassen und er wollte einfach wissen, wie weit er es mit ihm treiben konnte.

»911 Turbo S«. Jede Silbe betonte er spitz und machte sich einen Spaß, dabei mit seinem Zeigefinger im Whiskey zu rühren. Die spontane Antwort jedoch überraschte ihn:

»Welche Farbe?«

»Alles außer weiß«, wusste Fabian direkt zu erwidern.

»Kann es auch ein Halbjahreswagen sein? Den haben Sie dafür nächste Woche vor dem Haus stehen – in schwarz.« Fabian konnte kaum glauben, was da gerade vor sich ging. Hatte er wirklich seine Freundin gegen einen 200.000€ Wagen eingetauscht? Hatte diese Verhandlung wirklich stattgefunden oder saß er immer noch im Airbus auf dem Weg nach Dubai und spann sich gerade einen irrsinnigen Traum zusammen?

»Ich will einen ordentlichen Vertrag, hier auf dem Tisch – in einer Stunde.«

»Einverstanden.« Der überraschend feste Händedruck ließ für Fabian keinen Zweifel mehr übrig. Er träumte nicht und dieses Geschäft schien soeben besiegelt worden zu sein.

Ω

Ein E-Klasse Mercedes – hätte er sich denken können. Diese Schmucksammler reisten natürlich standesgemäß.

Gerade deswegen kam es ihm äußerst verwunderlich vor, dass eine Frau von der Größe einer Elfjährigen hinter der Fahrertür hervorkam. Und dann auch noch eine Asiatin. Solche Menschen bekam er hier oben selten zu Gesicht. Christoph mühte sich ächzend aus seinem Liegestuhl und ging den beiden Damen ein paar Schritte entgegen.

»Christoph Hofer?«, fragte die Beifahrerin und hielt ihm die ausgestreckte Hand entgegen.

»Grüaßt eich«, antwortete er freundlich und schüttelte deren schmalen, zerbrechlich wirkenden Hände.

»Ihr seid's die Damen, die wo die Uhr sehen wollen?«

»Die sind wir«, antwortete die größere.

»Dann kommt's herein, ich hab eine Jause gerichtet.«

»Eine was?«, flüsterte die kleine Asiatin ihrer Kollegin ins Ohr. Doch Christoph hatte die Frage noch sehr gut verstehen können und antwortete prompt:

»Eine Brotzeit – etwas zum Essen«, klärte er die Neuankömmlinge auf.

In der Stube angekommen wartete auch bereits ein gedeckter Tisch auf sie, was die beiden Damen dazu verführte, den Smalltalk kurz zu halten und sich konzentriert dem Essen zu widmen. Als ob sie den gesamten Tag nichts zu sich genommen hätten, fielen sie über die köstlich duftende Auswahl an Brot, Wurst und Käse her.

»Ihr kommt's aus Frankfurt, richtig?« Christoph musste schmunzeln als er den beiden beim Schlingen zusah. Selten hatte er so ausgehungerte Mädels erlebt.

»So ist es«, antwortete die etwas größere. »Mein Name ist Yvonne Richter und das hier ist meine Kollegin Cheyenne Lang.

»Ah, Frau Lang. Ja, wir beide hatten telefoniert, nicht wahr?«

»So ist es, Herr Hofer. Vielen Dank, dass wir zu Ihnen kommen durften. Was die Uhr betritt, so...«

»Jetzt esst's doch bittschön erst einmal in Ruhe«, unterbrach sie Christoph. »Auf leeren Magen kann man nicht gscheit denken und so wie ihr ausschaut's, muss ich euch noch ein paar Eier braten, was meint's?«

»Also für mich sehr gerne«, antwortete Yvonne mit großen Augen, »und wissen Sie was?...Ich glaub ich hätte gerne ein Bier dazu.«

»Ein Bier?«, rief Christoph halb als Frage, halb als Feststellung formuliert. Mit einer solchen Wahl hatte er beim Anblick dieser rausgeputzten Wesen nicht gerechnet.

»Frauen, die wo Bier trinken, sans sehr sympathisch«, brachte er voller Freude zum Ausdruck. »Kommt sofort. Und Frau Lang, was darf ich Ihnen bringen?«

»Eine Cola-Light Schorle, bitte.« Christoph musste aufpassen, dass er nicht laut herauslachte. So etwas hatte er auch nicht nie gehört und diese Wahl passte schon weitaus besser in sein Weltbild der High-Society Damen aus der großen Stadt.

»Cola-Light haben wir hier heroben leider nicht.«

»Dann ein Wasser, bitte.«

»Ein Wasser, kommt sofort.«

Christoph brachte Getränke, legte noch etwas Brot nach und machte sich ans Braten der Spiegeleier. Immer wieder schielte er zu den hübschen Damen, die verschworen und kichernd auf der Bank saßen und nicht gerade scheu miteinander umgingen. Er konnte die Vertrautheit der beiden wohl erkennen und er wagte es kaum, sich einzugestehen, dass mehr hinter der offenkundigen Flirterei stecken musste, als körperbetonter Tratsch unter Freundinnen. Zu intim waren die Berührungen und für einen kurzen Moment konnte er sogar Cheyennes Zunge am Ohrläppchen der anderen ausmachen. Ob das vielleicht zwei solche Lesben sein mochten?

Zurückhaltend und nahezu ängstlich, servierte er kurz

darauf die Eier. Als ob sich die in seinen Augen fehlgeleitete Sexualität mit einem Schlag auf ihn übertragen könnte, trat er den sofortigen Rückzug in seine Küche an. Doch diese Yvonne machte ihm einen Strich durch die Rechnung und forderte ihn sogar auf, sich zu den beiden zu gesellen:

»Herr Hofer, setzen Sie sich doch bitte zu uns. Dann können wir ein bisschen reden.«

Unsicher kam Christoph der Einladung nach und platzierte sich auf der Kante einer der Stühle, bereit, jeden Moment davonzustürmen.

»Wissen Sie was die Uhr wert ist, die Sie uns anbieten?«, begann Yvonne mit dem Kernpunkt der heutigen Zusammenkunft.

»Ja, 160.000€.«

»Und warum wollen Sie dann 420€ dafür haben?« Christoph starrte für einen Moment auf den Tisch, eher er antwortete:

»Weil mir mehr nicht zusteht.«

»Ja, davon hat meine Kollegin hier bereits berichtet. Wir verstehen nur nicht so ganz, wie Sie das meinen. Mögen Sie uns vielleicht darüber aufklären?«

Christoph wusste, dass er nicht umhinkommen würde, den beiden die Zusammenhänge zu erläutern, hatte jedoch nicht die geringste Lust dazu. Zu sehr beschäftigte ihn der Unfall noch selbst und zu sehr quälte ihn sein schlechtes Gewissen.

»Ich möchte nur Gerechtigkeit, verstehn's ?«

»Noch nicht ganz, Herr Hofer«, meldete sich nun auch Cheyenne zu Wort.

»Diese Haderlumpen sans abg'hauen ohne zu bezahlen und die Uhr ham's liegenlassen.« Christoph berichtete von der Wandergruppe und den Geschehnissen bei deren Abstieg. Immer weiter erzählte er sich in Rage, fuchtelte wild mit seinen Armen in der Luft umher und driftete dabei tief in seinen Dialekt ab. Yvonne und Cheyenne verfolgten seine Ausführungen gebannt, mussten aber des Öfteren, mangelndem Vokabularverständnis begründet, unterbrechen und nachfragen.

»Und Sie konnten niemanden kontaktieren? Keine Freundin, Verwandte, Kinder?«, fragte Yvonne ungläubig.

»Nichts«, antwortete Christoph. »Ein Alleinlebender ohne Kinder. Verwandtschaft ist nicht auszumachen und von den anderen Spezialisten habe ich weder Adresse noch Telefonnummer.«

»Was ist mit dem Fachgeschäft, wo die Uhr gekauft wurde? Warum gehen Sie nicht einfach dahin und verkaufen den Chronometer denen zurück?«Yvonne blickte ihm tief in die Augen und Christoph wurde immer unwohler bei diesem Gespräch. Er fühlte sich wie bei einem Verhör, als ob er ein Verbrechen begangen hätte und nun auf der Anklagebank sitzen würde. Sein sowieso schon schlechtes Gewissen wurde gerade um ein Vielfaches verstärkt. Als ob es nicht gereicht hätte, die letzten Tage mit dieser Last leben zu müssen – der Last der Erkenntnis, welch ungeheurer Wert da bei ihm in der Hütte lag und dem Wissen, dass er nicht rechtmäßiger Eigentümer davon war. Doch er war der Geschädigte, ihn hatten sie hinters Licht geführt und um sein Geld betrogen. 420€ mochten für diese Halunken kein nennenswerter Betrag sein, doch für Christoph war es viel Geld und er brauchte es, um Leben zu können.

»Ich bin nicht der rechtmäßige Eigentümer dieser Uhr, deshalb kann ich nicht zu diesem Geschäft.«

»Aber Sie haben Papiere, Kaufbeleg, alles was nötig ist. Sie könnten ein Vermögen einheimsen«, erklärte ihm Cheyenne. Christoph schaute die kleine Frau nachdenklich an. Er fragte sich, warum nur noch so wenige Menschen auf der Welt Ehrgefühl und Anstand besaßen und was sie nur dazu antrieb, niemals zufrieden zu sein. Immer noch mehr und noch mehr – teurere Uhren, Reisen zu den entlegensten Gegenden der Erde, riesige Villen, künstliche Brüste und Autos, die so viel kosteten wie eine Wohnung.

»Ich bin kein Dieb«, antwortete er in sich gekehrt, »mir stehen 420€ zu. Was soll i denn mit 160.000€? Die Leut kennen's mich hier. Dann geht's Gerede los, wollen's dann wissen, wie ich an die Uhr oder so viel Geld 'kommen bin. Nein, kümmert's ihr euch da drum. Zahlt's mir meine Rechnung und lasst's mich bittschön mit dem ganzen Dreck in Ruh.« Christoph stand ruckartig auf und ging in Richtung Küche.

»Wollt's das Ding jetzt sehen?« rief er den beiden zu, den Kopf hinter dem Tresen versunken.

»Gerne«, antworteten Yvonne und Cheyenne im Chor. Mit einer kleinen Schachtel in der Hand kam er zurück und konnte gerade noch ein neuerliches Getuschel der Frauen bemerken, sogar ein Augenzwinkern ausmachen.

»Ich weiß, ihr haltet's mich für einen Idioten, einen Hinterwäldler, oder?«

»Auf keinen Fall Herr...«, doch so weit ließ er Yvonne nicht ausreden.

»Eins sag ich euch: Ich kann mir morgen wieder im Spiegel in die Augen sehen und das ist mir tausendmal mehr wert als das verdammte Geld.« Er knallte die Schachtel auf den Tisch und beobachtete die leuchtenden Augen der beiden Damen. Als ob sie den heiligen Gral in Händen hielten, zelebrierten sie das Öffnen, Herausnehmen, Begutachten und Anprobieren.

»Wir können Ihnen hierfür keine 420€ geben«, meinte Yvonne kopfschüttelnd.

»Was denn dann?«, fragte Christoph irritiert.

»Das ist viel zu wenig, Herr Hofer. Ob Sie es glauben oder nicht, wir haben auch ein Gewissen.«

»Na, passt scho. Gebt's mir das Geld und alles ist in

Ordnung.«

»Wie Sie meinen«, antwortete Yvonne trocken, »ich habe hier einen Vertrag dabei. Wenn Sie sich den bitte kurz durchlesen möchten.«

»Ah, iwo.« Christoph winkte ab und holte eine Flasche Schnaps und drei kleine Gläser an den Tisch.

»Bei uns hier heroben besiegeln wir so ein Geschäft anders als in Frankfurt.«

Die Finca

– 2 Jahre später –

»Ja, was gibts?« Fabians Ton war gleichermaßen abweisend wie alkoholisiert.

»Hi, ich bin es. Bernd«, antwortete die Stimme am anderen Ende der Leitung.

»Du wirst's nicht glauben«, zischte Fabian theatralisch durch den Hörer, »hab ich bereits auf dem Display gesehen, du Genie. Was willst du?«

»Ach, ich wollt nur mal reinhören, wie es dir geht. Hab schon so lange nichts mehr von dir gehört.«

»Naja, geht so.« Ein langgezogener Rülpser verhinderte eine unmittelbare Antwort von Bernd Lösel und Fabian hatte einen Anlass, sich köstlich über sich selbst zu amüsieren. Sein selbstgefälliges Lachen wollte kaum enden, bis er das Gespräch irgendwann doch wieder aufnahm:

»Was kümmert's dich denn überhaupt? Hast dich die letzten zwei Jahre ja auch nicht für mich interessiert. Also leck mich am Arsch.«

»Sind schon zwei Jahre vergangen? Wir waren doch gerade erst alle zusammen auf der Finca und haben diesem Bruckner die Uhr verkauft. Ist das schon wieder zwei Jahre her?«

»Jap, zwei Jahre«, bestätigte Fabian grummelnd, »zwei verfluchte, verschissene Jahre. Rück raus mit der Sprache, was willst du. Du rufst doch nicht einfach nur so an.« Am anderen Ende der Leitung blieb es still und Fabian fragte sich schon, ob die Verbindung unterbrochen worden war.

»Deine Mutter hat sich bei mir gemeldet. Sie macht sich Sorgen um dich.«

»Meine Mutter«, quiekte Fabian laut, »hat DICH angerufen?«

»Wie gesagt, sie macht sich Sorgen, Mann.«

»Und dann meint sie, dass ausgerechnet DU mir helfen kannst? Du, der mich genauso im Stich gelassen hat wie alle anderen. Ja, meint sie das?« Wieder lachte Fabian besorgniserregend und diesmal war es Bernd, der zurück zum Thema fand:

»Sag mal, wie viel hast du eigentlich schon gesoffen? Es ist gerade mal halb fünf.«

»Nicht genug, mein Freund. Nicht genug. Ich kann mich immer noch an zu viel Scheiße erinnern. Die verfickten Zellen wollen nicht absterben – nein – sie wollen einfach nicht.«

»Du meinst die Sache mit...«

»Ja, ich meine die Sache.« Eine Weile war es wieder still in der Leitung, ehe Bernd erneut ansetzte:

»Hat sich Carmen nicht mehr gemeldet?«

»Du meinst Carmen höchstpersönlich?« Fabians Stimme nahm einen sarkastischen Unterton an. »Bei mir? Nein. Irgendwann stand mal ihre Mutter in der Tür und hat irgendwelche Unterlagen und ein bisschen Kram geholt. Ihr ganzer Kleiderscheiß und Schuhe und so sind noch da.«

»Krass.«

»Krass?«, Fabian schrie ins Telefon, außer sich vor plötzlich aufgekommenem Zorn. »Krass ist, wenn deine Freundin mit deinem besten Kumpel durchbrennt. Krass ist, wenn du aus Versehen die falsche Frau vögelst. Krass ist, wenn du Abends ausgehst und vergisst, deine Hosen anzuziehen. Das hier ist ein Alptraum. Ich habe meine Freundin verkauft. Verkauft!« Fabian schaffte es, seine immense Lautstärke beim letzten Wort nochmals um 50% anzuheben.

»Ich bin das letzte Stück Scheiße, das auf der Welt rumrennt. Wie kann man seine Liebe gegen ein Auto eintauschen, kannst du mir das mal erklären?«

»Aber sie ist doch abgehauen, oder?« Fabian bremste sich und dachte nach. Der Moment der Ruhe ließ seinen Puls sinken und mit etwas mehr Besonnenheit sprach er in vernünftigerer Tonlage weiter:

»Ja, das ist sie.«

»Und du hast doch auch mit ihr geredet, richtig?«

»Ja, das habe ich. Aber ich war ein echter Arsch. Hab sie nur angebrüllt.« Fabian nahm das Telefon vom Ohr. Tränen liefen ihm übers Gesicht und sein verzweifelter Blick wanderte über den mit Bierflaschen und Pizzakartons übersäten Wohnzimmerboden.

»Fabian? Fabian?«, drang Bernds blecherne Stimme leise aus dem Handy, das Fabian gerade ganz zur Seite legte.

»Bleib kurz dran«, rief er laut durch den Raum. Schniefend und stoßweise atmend, kramte er auf dem voll belagerten Couchtisch herum, fingerte sich eine Zigarette aus der halb leeren Schachtel und zündete sie, einhergehend mit einem aufatmenden Seufzer, an. Das Raumklima beeinflusste der Dunst des Glimmstängels kaum, denn es stank pestilenzartig nach Qualm, Bier und Schweiß. Fabian hatte die letzten fünf Tage ausdauernd vor dem Fernseher verbracht, ohne ein einziges Mal die Kleidung gewechselt oder gar geduscht zu haben.

Drei tiefe Züge beruhigten ihn etwas, dann nahm er wieder das Telefon zu Hand:

»Bernd? Bist noch dran?«

»Ja, bin noch da.«

»Weißt du«, Fabians Stimme zitterte noch leicht, »sie wollte scheinbar weg, ja. Aber ich hätte um sie kämpfen müssen. Stattdessen hab ich einen Porsche vorgezogen und eine Woche lang gesoffen und gevögelt.«

»Ge-was?«, war es nun Bernd, der laut wurde. »Etwa Yvonne?«

»Hör mir mit der auf, Mann. Die ist doch schuld an dem ganzen Scheiß. Hat mich mit ihrem Sexkram so verrückt gemacht, dass ich völlig aus der Spur geraten bin.«

»Ich hatte eigentlich das Gefühl, dass ihr ein gutes Bild zusammen abgegeben habt«, antwortete Bernd. »Ich glaube sogar, dass sie dich richtig gut fand.« Wieder vergingen ein paar Zigarettenzüge, ehe Fabian zu einer Antwort fähig war:

»Ja, mag sein. Aber bei der hab ich es auch richtig versaut.«

»Wieso das?«, wollte Bernd wissen.

»Na wegen der Vögelei. Irgendwas hat mich getrieben, Yvonne zig Bilder von meinem Ritt mit dieser Tussi zu senden, die ich auf dem Flug nach Dubai kennengelernt hatte. Ich war so dauervoll, dass ich sogar Videos rübergeschickt habe.«

»Was für eine Tussi?«

»Ach, irgendsoeine Schottin mit unaussprechlichem Namen. Während dem Hinflug hat sie mir den Namen ihres Hotels auf den Arm geschrieben – mit Lippenstift. Und nachdem ich Carmen sozusagen verkauft hatte, gab es was zu feiern.«

»Hast du noch was von ihr gehört?«

»Vergiss es«, schrie Fabian in den Apparat, »die Tante war so strunzblöd, die geht gar nicht.«

»Die mein ich doch gar nicht. Ich meine Yvonne.«

Für die letzten drei Züge seiner Zigarette nahm sich Fabian etwas mehr Zeit. Jedes Einatmen zelebrierte er, als ob es das letzte sein könnte, bis er gedankenverloren den Stummel in den völlig überfüllten Aschenbecher steckte.

»Nein, nie wieder«, antwortete er schließlich niedergeschlagen.

»Sie hat sich nie wieder bei dir gemeldet?«, versicherte sich Bernd.

»Doch, sie schon«, antwortete Fabian lethargisch. »Ihre Nummer war ein paar Mal auf meinem Display, aber ich konnte einfach nicht mit ihr reden.«

»Oh, Mann«, meinte Bernd, »dir geht's echt nicht gut.«

»Ich bin am Arsch, Mann«, brüllte Fabian ins Telefon und es dauerte wieder einige Sekunden, ehe Bernd sich erneut zu Wort meldete und mit einer Idee aufwartete:

»Pass auf. Steig in den Flieger und komm zu mir nach Malle.«

»Ach hör auf, Bernd«, antwortete Fabian spontan und gereizt, »ich brauch jetzt keinen Urlaub.«

»Aber einen Freund. Und ein bisschen Sonne und Meer tut dir bestimmt auch ganz gut. Du kommst zu mir auf die Finca, wir reden und besaufen uns den ganzen Tag.«

»Besaufen kann ich schon ganz gut«, antwortete Fabian und sah sich erneut in seiner Rumpelkammer um.

»Aber zu zweit macht es mehr Spaß. Komm einfach her. Ich will für dich da sein. Wir kriegen das wieder hin.«

»Vergiss es«, schnauzte Fabian, »ich will allein sein.«

»Allein bist du schon seit zwei Jahren und gut getan hat es dir offensichtlich nicht. Wann hast du das letzte Mal in deinen Briefkasten geguckt?«

»Was hat mein Briefkasten damit zu tun?«, wollte Fabian wissen und schlappte missmutig und leicht gebückt zur Haustür. Ein paar aufgerissene Versandkartons erschwerten den Durchgang im Flur und Erbrochenes vom Kater klebte auf dem Fliesenboden.

»Schau halt mal rein«, forderte Bernd ihn auf und Fabian tat wie ihm geheißen. Das Handy zwischen Ohr und Schulter geklemmt, kämpfte er mit den entgegenkommenden Umschlägen und Zeitungen, die ihm beim Öffnen des Postkastens entgegengeschleudert kamen. Ein neutral gehaltener, handschriftlich aufgesetzter Brief stach aus den ganzen Rechnungen, Mahnungen, Werbeschreiben und Wochenzeitungen hervor.

»Hast mir einen Liebesbrief geschickt, ja?«, frotzelte Fabian ins Telefon.

»Das ist dein Ticket«, erklärte Bernd. »Der Flieger geht übermorgen. Pack deine Sachen, mach dich ein bisschen zurecht und dann sehen wir uns in zwei Tagen. Ich freu mich auf dich.«

Ω

Gerade als er die Ankunftshalle in Palma betrat, leuchtete die Nachricht auf Fabians iPhone auf:

»»»Sorry, kann Dich nicht abholen. Muss noch was erledigen. Nimm einen Mietwagen. Ich bezahle ;-)«««

Na ganz toll, dachte Fabian, der sich nicht sicher war, wie sich die drei Bier während des Fluges auf seine Fahrtüchtigkeit auswirken würden. Die Vorstellung, sich mit einem mallorquinischen Polizisten auseinandersetzen zu müssen, gefiel ihm ganz und gar nicht. Auch der Gedanke an die bevorstehenden Serpentinen auf dem Weg nach Banyalbufar bereitete ihm Kopfzerbrechen. Doch es half alles nichts, irgendwie musste er zu Bernds Finca kommen und Busfahren stellte auf keinen Fall eine Option für ihn dar.

Sein Blick wanderte daher über die hell erleuchteten Werbetafeln der unterschiedlichen Vermietungsfirmen, bis ein ihm bis dahin unbekanntes Unternehmen seine Aufmerksam auf sich zog:

„Miet mich“, stand in Neonschrift auf einem gut vier mal zwei Meter großen Schild. Doch die Buchstaben waren nicht der Grund für Fabians plötzliches Interesse. Vielmehr war die abgebildete Blondine im Bikini der Auslöser, die sich lasziv auf der Motorhaube eines flotten Sportwagens räkelte. Die lebendige Variante, die sich direkt darunter in ihrer kleinen Kabine die Nägel feilte, sah ihr sogar etwas ähnlich. Ihr Push-Up war bewusst gewählt und das bis zum letztmöglich sozialverträglichen Knopf offen gehaltene Kostüm, verfehlte seine Wirkung nicht. Vielleicht war es den drei Bier, vielleicht aber auch nur der genetischen Programmierung geschuldet, die Fabian dazu veranlasste, seinen ersten Satz mit ihrem äußerst anschaulichen Busen zu führen.

»Hello, do you speak German?«

»Aber selbstverständlich«, erklang es etwa 30 Zentimeter oberhalb der Brüste, »wir sind ein deutsches Unternehmen. Wie darf ich Ihnen behilflich sein?«

»Oh, das ist sehr gut«, antwortete Fabian und korrigierte seine Blickrichtung, »ich dachte es mir beinahe, da Sie ja in deutscher Sprache werben.«

Die Dame entgegnete nichts weiter, sondern lächelte nur freundlich und zog ein Werbeprospekt hervor. Fabian stützte sich mit seinem Ellbogen auf dem Verkaufstresen ab, der ihn und die Blondine gerade voneinander trennte. Sie hantierte mit einem Kugelschreiber herum und umkreiste ein Angebot, das ihrer Meinung nach gerade Sinn für Fabian ergeben sollte:

»Schauen Sie«, stieg sie pflichtbewusst in ihr Verkaufsgespräch ein, »da es noch vor 12.00 Uhr mittags ist, kann ich Ihnen unser *Early Starter Package* anbieten.«

»Early Starter Package?«, wiederholte Fabian überrascht. »Bei der Namensgebung haben Sie wohl den deutschen Gedanken wieder vergessen, was?«

»Ganz und gar nicht«, quiekte die Beraterin, »das ist der deutsche Name. Für unsere internationalen Kunden heißt das Paket *Breakfast Club.*«

Fabian musste laut lachen. »Nur so zur Vollständigkeit: Wie heißt denn das Angebot nach 12.00 Uhr mittags?«

»Also generell haben Sie die Wahl zwischen Standard- und Enterprise Rent oder alternativ die Möglichkeit, von einem unserer Packages zu profitieren: *Early Starter, Daydreamer* oder *Midnight Runner.*«

»Und wie heißen wohl Daydreamer und Midnight Runner für einen zum Beispiel englischen Kunden?«, wollte Fabian gespannt wissen.

»*Lunch Box* und *Dinner Time.*« Die Dame strahlte über das ganze Gesicht, als ob sie selbst hinter der Marketingidee stecken würde.

»Beim *Breakfst Club,* beziehungsweise *Early Starter Package* erhalten Sie für nur 10% Aufschlag ein Fahrzeugupgrade, Vollkasko ohne Selbstbeteiligung und einen Voucher für einen Large Coffee Ihrer Wahl bei unserem Partner hier um die Ecke.«

Einen Kaffee konnte Fabian jetzt in der Tat gebrauchen, doch er wollte unbedingt in Erfahrung bringen, was es noch mit den anderen Angeboten so auf sich hatte. Zu sehr amüsierte ihn die Tatsache, dass Firmen mittlerweile mit den haarsträubendsten Werbestrategien an den Start gingen.

»Was gibt es dann nach zwölf?«, fragte er freundlich und mit einem kurzen Augenzwinkern.

»Unser *Daydreamer* Paket beinhaltet bei einer Mindest-Mietdauer von drei Tagen, 40% Rabatt auf den Tagespreis am Leihtag und einen Voucher fürs Tabledance Paradise.«

»Ich verstehe«, antwortete Fabian ironisch. »Das richtige Angebot für die ganze Familie. Ich frage mal lieber nicht nach dem Midnight Runner.«

»*Beim Midnight R....*«

»Nein«, rief Fabian laut aus, »sprechen Sie es bitte nicht

aus. Und führe mich nicht in Versuchung...«

Wieder lächelte die Blondine pflichtbewusst, voller Erwartung, in Kürze ein Geschäft abschließen zu dürfen.

»Kann ich denn auch Daydreamer mit dem Kaffee, statt dem Gutschein bekommen?«

»Oh, das geht leider nicht.«

»Ach, jetzt seien Sie doch nicht so hart zu mir«, antwortete Fabian. »Sie wollen doch sicher nicht zulassen, dass ich mich am Anblick unschuldiger junger Mädchen erfreue, oder?«

Die Maskerade der hübschen Frau bröckelte leicht und Fabian konnte erkennen, dass sie im Umgang mit Sonderwünschen nicht allzu vertraut war. Unruhig strich sie ihr Kostüm zurecht und mit einem ausweichenden Satz, versuchte sie die Situation zu entschärfen.

»Selbstverständlich nicht, aber leider kann ich da nichts machen. Mein System gibt das nicht her.« Sie gestikulierte in Richtung ihres Computers und hob dabei leicht die Schultern.

»Ah, das System«, stellte Fabian nicht sonderlich überrascht fest, »natürlich. Dann hab ich jetzt eine Idee: Sie machen den Papierkram für das Mittagspaket fertig und ich gehe so lange zu diesem Kaffeestand und hole uns beiden einen Latte Macchiato. Wollen Sie irgendwelche Flavours?«

Die Blondine kicherte albern und entschied sich für Karamell.

Ω

Fabian hatte das System schlussendlich doch noch besiegt. Durch seine Investition in zwei Becher Kaffee, hatte er die 40% UND ein Wagenupgrade erhalten und fuhr nun höchstzufrieden in einem X3 mit Panoramadach über die Autobahn. Die erhöhte Sitzposition machte ihm viel Spaß und der drei Liter V6 Motor gab den notwendigen Schub dazu, um den sperrigen SUV ordentlich nach vorne zu bringen. Fabian hatte bislang solche Autos ignoriert und sich mehr für Coupés oder schnittige Sportwägen interessiert. Doch das Raumangebot, gepaart mit ordentlich Dampf unter der Motorhaube, beeindruckte ihn sehr. So war er schon beinahe traurig, als er die letzten Meter zur Finca hinauffuhr und den Wagen am Springbrunnen zum Stehen brachte.

Auch hier nahm ihn niemand in Empfang. Nicht einmal Madelena kam ihm zu Hilfe, um sich um sein Gepäck zu kümmern. Einen kurzen Moment hielt er inne, ließ die Aussicht auf sich wirken, ehe er seine Sachen aus dem Kofferraum zerrte und sich die Stufen hinauf zum Haus schleppte.

Machs Dir schon mal bequem. Das Türmchenzimmer gehört wieder Dir. Ich bin bald da.

Der Zettel klebte an der unverschlossenen Eingangstür. Fabian ließ seine Koffer einfach stehen und machte sich auf den Weg zur Bar. Er verschwendete keine Zeit damit, aufwendig Zutaten zusammenzumixen und in ein dazu passendes Glas zu füllen. Zielstrebig griff er sich die erstbeste Flasche Rum und setzte sie direkt an seine Lippen.

»Willst du uns nicht lieber zwei so leckere Cosmopolitan machen wie damals?«

Fabian fuhr zusammen und verschluckte sich so, dass ihn ein schwerer Hustenanfall für mindestens eine Minute in Schach hielt.

»Was machst du denn hier?«, schaffte er es schließlich,

seine Überraschung in Worte zu fassen.

»Wenn der Berg nicht zum Propheten kommt, muss der Prophet eben zum Berg kommen«, antwortete Yvonne, die sich gerade aus einem der Sessel im Wohnzimmer erhoben hatte und nun auf Fabian zuschritt. Sie sah genauso atemberaubend schön aus wie vor zwei Jahren, als er sie das letzte Mal gesehen hatte. Ein wenig mehr Farbe als sonst unterstrich ihren Teint und sie wirkte ausgeglichen und nahbar. Sofort schossen alte Erinnerungen durch Fabians Kopf, drängten Gefühle an die Oberfläche, die er sich seit ihrer letzten Begegnung selbst untersagt hatte. Yvonnes Blick fesselte ihn, als ob er unter Hypnose stehen würde. Er wollte gar nicht mehr damit aufhören, sie anzusehen und ihr vertrautes Lächeln auf sich wirken zu lassen.

»Ich habe mir Sorgen um dich gemacht, weißt du das?«, meinte sie leise, beinahe flüsternd und begrüßte ihn mit einem gehauchten Kuss auf die Wange. Fabian fand noch keine Worte. Er hatte nicht im Geringsten mit diesem Wiedersehen gerechnet und er wusste nicht, ob er sich freuen oder davonlaufen sollte. Die Scham kroch noch immer durch seine Venen und er war nicht darauf vorbereitet, sich Yvonne just in diesem Moment stellen zu müssen.

»Wir wollten eine Firma zusammen aufbauen, erinnerst du dich?«

»Ja, da war was«, antwortete Fabian trocken. Yvonne hatte seinen wundesten Punkt als erstes zur Sprache gebracht und er schaffte es nicht länger, sie anzusehen. Er suchte nach Fixpunkten an der gegenüberliegenden Wand und fummelte nervös an seiner Zigarettenschachtel herum.

»Gib mir bitte auch eine«, meinte Yvonne freundlich.

»Du rauchst?«

»Gelegentlich.«

Eine ganze Weile standen sie schweigend an der Bar,

rauchten und Fabian spürte, wie Yvonne unentwegt den Blickkontakt zu ihm suchte. Doch er wusste nicht, was er ihr sagen sollte, womit er erklären konnte, dass er sich nie wieder bei ihr gemeldet hatte, ihre Anrufe ignoriert und auf keine ihrer Nachrichten geantwortet hatte. Seine Entscheidung vor zwei Jahren, sich zu seiner Beziehung zu bekennen, hatte ihm schon kurz darauf viel Kummer beschert. Doch er hatte so gewählt gehabt und er stand dazu, die Konsequenzen daraus zu tragen.

Doch gleichzeitig hatte ein davon abweichender Gedanke stets versucht, sich in seinen Überlegungen Raum zu verschaffen. Ein Gedanke, den Fabian mit allen Mitteln bekämpfen und unterdrücken wollte, der ihn in manchen Momenten beinahe hatte wahnsinnig werden lassen. Und so unpassend und tölpelhaft es gerade auch war, platzte die Frage dennoch hier und jetzt unkontrolliert aus ihm heraus:

»Hättest du mich damals genommen?« Jetzt war es sein Blick, der den ihren suchte und beide verharrten eine ganze Weile lang schweigend.

»Gilt es das jetzt zu besprechen?«, erwiderte sie schließlich und ergriff auffordernd seine Hand. »Komm mit, ich muss dir ein paar Dinge erzählen.«

In ein luftiges Sommerkleidchen gehüllt, schlenderte Yvonne neben Fabian her. Sie wirkte kleiner auf ihn als sonst, was an den ungewohnt flachen Schuhen liegen musste, die sie gerade trug. Normalerweise kannte er sie nur auf mindestens Acht-Zentimeter-Absätzen, doch heute hatte sie eine Art Sandale gewählt. Ihre glänzenden Haare flatterten frei im Wind und sie hakte sich vertraut bei ihm am Arm ein.

»Was ist mit Bernd?«, wollte Fabian wissen, dem der Gedanke gerade durch den Kopf geschossen war, dass er Opfer eines abgekarteten Spiels geworden war.

»Er wird nicht kommen«, antwortete Yvonne. »Er denkt, dass wir ein paar Dinge aufarbeiten sollten – in Ruhe.« Fabian gefiel es nicht, dass er von Menschen, denen er bislang vertraut hatte, manipuliert worden war. Doch der Körperkontakt zu Yvonne und ihre auffallend einfühlsame Art und Weise, besänftigten ihn. Sie hatte es mit wenigen Worten und ein bisschen Nähe geschafft, ihm ein gutes Gefühl zu vermitteln – ein Gemütszustand, den er schon lange nicht mehr hatte erfahren dürfen und den er sich auch nicht zugestanden hätte.

»Und Bernd hat dir einfach so seine Finca geliehen? Das sieht ihm gar nicht ähnlich.« Yvonne lachte laut und antwortete:

»Ein bisschen komplizierter war es schon, aber das erzähl ich dir nachher.«

Sie spazierten hinunter zum Pool und setzten sich auf die kleine Steinbank, auf der sie ihren ersten körperlichen Moment miteinander erlebt hatten. Diesmal jedoch saßen sie gesittet und dennoch vertraut Arm in Arm nebeneinander.

»Was ist aus dieser Kleinen geworden?«, fragte Yvonne nachdenklich.

»Wen meinst du?« Fabian war ziemlich klar von wem sie sprach, wollte aber Zeit gewinnen und sichergehen. Zu sehr hatte ihn sein blödsinniges Verhalten die letzten Jahre aufgewühlt gehabt und er wünschte sich, einfach über diese Episode hinweggehen zu können.

»Na, deine Videodokumentation, die du damals mit mir teilen wolltest. Blond, ziemlich gute Figur, aber völlig übertriebenes und gespieltes Gequieke. Ich hoffe du weißt, dass sie dir etwas vorgespielt hat.«

Fabian wusste es nicht. Bislang war er trotz allem sogar ein bisschen stolz darauf gewesen, wenigstens Brittany das Hirn rausgevögelt zu haben. Nun aber blieb ihm gar nichts mehr, an dem er sich festhalten konnte, außer der Gewissheit, auf Kosten aller Beteiligter einen kurzen Höhenflug erlebt zu haben.

»Sie spielt keine Rolle«, antwortete Fabian. »Es tut mir sehr leid, dass ich dir das damals alles geschickt habe. Ich weiß auch nicht was mich geritten hat.«

»Nicht?«, fragte Yvonne überrascht, »Ich schon.«

»Ach ja?«

»Na, wenn ich verlassen worden wäre und sich mir so ein Körper angeboten hätte, dann hätten meine Videos so ähnlich ausgesehen.«

Fabians Erleichterung öffnete ihm die Tür zu weiteren Fragen, die ihn seit dieser Zeit nicht losgelassen hatten:

»Ja, aber dass ich ausgerechnet dir das geschickt habe. Ich meine, wo wir beide doch damals…« Yvonnes Blick ließ ihn verstummen.

»Ich fand das sogar ziemlich witzig von dir«, antwortete sie ernsthaft. »Wenn ich ehrlich sein soll, hat es mich damals noch ein bisschen spitzer auf dich gemacht. Mir hätte die Nummer sicher besser gefallen, als der Kleinen.«

Yvonnes Offenheit traf Fabian wie ein Schlag. Die größten Vorwürfe hatte er sich wegen seiner kleinen Hotelzimmer-Eskapade gemacht, völlig vergebens. Stattdessen musste er nun erfahren, dass er dafür sogar bewundert worden war. Aber die Welt und ihre Spielregeln verstehen zu wollen, hatte er schon vor langer Zeit aufgegeben.

»Bist du deshalb von der Bildfläche verschwunden? Weil du dich für einen One-Night-Stand geschämt hast?« Yvonnes mitfühlender Blick bohrte sich in sein Herz. Er fühlte sich wie ein Trottel, der nicht zugeben wollte, einen Fehler begangen zu haben. Und doch war es ein viel schwerwiegenderes Problem, das ihn die letzten beiden Jahre in Schach gehalten hatte:

»Ich war müde«, antwortete Fabian nahezu stöhnend.

»Mein ganzer Antrieb war mit einem Schlag dahin. Meine Lebenspartnerin hatte ich verkauft, Geld war genug da, um erst einmal nicht mehr arbeiten zu müssen und ich war sicher, dich vergrault zu haben.«

»Aber ich hatte dir doch Nachrichten geschickt...«

»...in denen es immer nur um unser Projekt gegangen war«, ergänzte Fabian in etwas gereizterem Tonfall. »Und ich konnte mich einfach nicht mehr darauf einlassen. Jedes Mal, wenn ich mich aufraffen und wieder am Leben teilnehmen wollte, traf mich diese Traurigkeit. Eine Traurigkeit, deren Kern ich überhaupt nicht erfassen konnte. Ich habe es teilweise nicht mehr zum Supermarkt geschafft, weil mich schon die pure Anwesenheit anderer Menschen angekotzt hatte. Ich wollte nur noch alleine sein und darüber hinwegkommen, dass ich von Carmen verlassen worden war – wegen Geld.«

»Glaubst du das wirklich?«, fragte Yvonne.

»Natürlich. Irgend so ein mächtiger Sack hat sie mit seinem ganzen Reichtum verblendet und ich Idiot habe das Spiel sogar mitgemacht – habe sie verkauft für einen Flitzer, den ich kurz darauf wieder in Zahlung geben musste, um leben zu können.« Fabian spürte Yvonnes streichelnde Hand am Rücken und zum ersten Mal seit dieser Geschehnisse, war er froh, einen Menschen um sich zu haben.

»Was empfindest du heute für sie«, hakte Yvonne ein, »ganz ehrlich.« Fabian dachte nicht lange nach. Die Antwort zu dieser Frage hatte er sich vor kurzem selbst gegeben:

»Sie ist nicht mehr wichtig für mich. Niemand ist mehr wichtig für mich. Ich muss alleine klar kommen.«

»Das klingt sehr traurig«, stellte Yvonne fest und lehnte ihren Kopf an seine Schulter. Eine ganze Weile saßen sie so da, sprachen kein Wort und schauten in unterschiedliche Richtungen. Ab und zu spürte Fabian eine streichelnde Berührung, doch er selbst unterließ jegliche Zärtlichkeiten.

»Sie ist tot, Fabian«, meinte auf einmal Yvonne.

»Ja, so kann man es auch ausdrücken«, konterte Fabian.

Yvonne richtetet sich auf und schaute Fabian tief in die Augen.

»Nein, Fabian. Sie ist tot. Sie hat sich vor einer Woche in Singapur von einer Brücke gestürzt.« Fabian verstand nicht, was er da hörte. Als ob er bruchstückhaft einzelne Worte aus einer fremden Sprache identifiziert hätte, ergaben sie zusammengesetzt doch keinen Sinn.

»Was erzählst du da?«, wollte er wissen, rückte ein Stück von Yvonne weg und sah sie verständnislos an.

»Ich wollte, dass du es von einem Freund erfährst und dass du jemanden bei dir hast. Es tut mir sehr leid.«

Ω

Zum ersten Mal seit dem fürchterlichen Tag in Dubai, trauerte Fabian nicht um sich selbst oder seine Situation. Er betrauerte einen anderen Menschen. Nicht weil Carmen ihm fehlte oder er sie jetzt gerne bei sich hätte – er weinte um ihretwillen.

Ihr halbes gemeinsames Leben lief an ihm vorbei, Erinnerungen, Gefühle, Freud und Leid und es schockierte ihn, dass Carmen nur ein so kurzes Leben vergönnt gewesen war. Fabian hatte ihre Träume gekannt, ihre Wünsche und Ziele versucht mit ihr gemeinsam umzusetzen und es war traurig, erkennen zu müssen, wie wenig davon am Ende übrig geblieben war. Was musste ihr nur widerfahren sein, dass sie eine solche Entscheidung für sich hatte treffen müssen? Was konnte sie nur dazu veranlasst haben, zu glauben, keinen anderen Ausweg mehr zu haben? Ob er es jemals verstehen würde? Die Frau, die er in Dubai zurückgelassen hatte, war eine andere gewesen, als die, mit der er zusammengelebt hatte. Irgendetwas musste damals passiert sein und er würde wohl nie richtig zur Ruhe kommen, ehe dieses große Rätsel aufgeklärt wäre.

»Es gibt keinen Abschiedsbrief oder irgendwelche letzten Worte«, erklärte Yvonne, als ob sie Fabians Gedanken verfolgt hätte.

»Wieso weißt du das alles?«, fragte Fabian verblüfft.

»Weil sich die Menschen in deinem Leben nicht von dir abgewandt haben, wie du es offenbar die ganze Zeit vermutest. Ganz im Gegenteil: Wir sorgen uns um dich.«

»Wo hast du die ganzen Infos denn her?«, wollte Fabian wissen.

»Von Bernd«, antwortete Yvonne. »Er stand mit deiner Mutter in Kontakt und weder Carmens, noch deine Eltern hatten sich getraut, mit dir darüber zu reden.«

Yvonne berichtete von ungeklärten Umständen und mysteriös voneinander abweichenden Zeugenaussagen. Eine alte Frau wollte einen Mann mit auf der Brücke gesehen haben, was von anderer Seite vehement abgestritten wurde.

»Weißt du denn über sie Bescheid?«, fragte Yvonne. »Kennst du die Geschichten über ihr Leben im Jetset?«

Fabian starrte Yvonne mit großen Augen an und fragte sich, ob er der einzige war, der von alldem keine Ahnung hatte. Sein Eremitenleben schien ihm in der Tat nicht gut getan zu haben. Nun klebte er förmlich an Yvonnes Lippen und saugte ihre Ausführungen über Carmen auf wie ein Schwamm.

Sie hatte wohl eine Blitzehe mit Roland Hauser, dem Typen aus dem Dubaier Hotel, hinter sich gebracht. Gerade einmal vier Monate waren den beiden vergönnt gewesen, ehe Carmen zum nächsten Geldgeber weitergewandert war. Sie hatte es zu Geld gebracht, Luxus angesammelt und Häuser überschrieben bekommen. Auf den angesagtesten Partys in Monaco und Cannes war sie zugegen, stets als Begleitung irgendeines Multimillionärs und laut Informationen aus ihrem Blog, zu Konditionen von 1.000€ die Stunde.

»Sie hatte einen Blog?«

»Ja, hatte sie. Ich zeige ihn dir aber lieber erst einmal nicht.«

Yvonne sprach von ein paar Bildern, die sie der Klatschpresse entnommen hatte, auf denen Carmen in angesagten Designerfummeln zu sehen war. In einem solchen hatte man sie dann auch aufgefunden. Roland Hauser war seit der Scheidung von der Bildfläche verschwunden. Es war von finanzieller Schieflage die Rede und dass gegen ihn wegen verschiedenster Delikte ermittelt würde.

Fabian trafen die Neuigkeiten wie ein Schlag. Sowohl dass er von alldem nicht das Geringste geahnt hatte, als auch die Erkenntnis, dass Carmen ein völlig fremder Mensch geworden sein musste, ließen ihn in sich erstarren.

Ein ankommendes Auto zog ihrer beider Aufmerksamkeit auf sich.

»Komm, das muss Madelena sein. Sie braucht bestimmt Unterstützung mit den Einkäufen.« Yvonne sprang auf und achtete nicht weiter auf Fabian, der sich wie ferngesteuert von der kleinen Bank erhob und apathisch die Treppenstufen zum Springbrunnen hinunterschlappte.

»Ah, Senior Fabian«, rief ihm die Haushälterin freudig entgegen, was ihn doch dazu brachte, seine Haltung zu stabilisieren und den Schein zu wahren.

»Madelena«, rief er laut, »welch Freude, dich wiederzusehen.«

»Oh, Senior Fabian. Heute Abend ein guter Essen – mit Lamm.« Sie tippte mit dem ausgestreckten Zeigefinger an seine Brust und schenkte ihm einen verschwörerischen Blick. Als ob Fabian auf nichts anderes gewartet haben könnte – stattdessen war ihm überhaupt nicht nach Essen. Doch er spielte den Erfreuten, half die schweren Tüten nach oben zu schleppen, um sich direkt im Anschluss erneut an der Bar zu schaffen zu machen.

Zwei Gin Tonic später setzte sich Yvonne zu ihm. Sie griff wortlos zu den Zigaretten, zündete sich eine an und schaute dem ausgeatmeten Rauch hinterher. Fabian beachtete sie gar nicht, beschäftigte sich ausschließlich mit dem Mixen zweier Cocktails und summte „Silent Lucidity" von Queensryche vor sich her. Noch immer konnte er kaum glauben, was er noch vor wenigen Minuten erzählt bekommen hatte. Carmen war weg, ausradiert aus dem Leben. Wer war sie zuletzt gewesen? Wie hatte aus dem bürgerlichen Mädchen ein im Jetset gefeiertes Top-Escort werden können? Nie wieder würde er sie das fragen, nie mehr klären können, was damals schiefgelaufen war.

»Ist Carmens Tod der einzige Grund, warum du mich hierher bestellt hast?«

»Nein«, antwortete Yvonne knapp.

Fabian finalisierte sein Werk und stellte ihr eines der beiden frisch gefüllten Gläser hin. »Long Island Ice Tea«, meinte er emotionslos. »Wir sollten heute keine halben Sachen machen.«

»Wir sollten heute gar nichts mehr machen«, antwortete Yvonne und endlich schafften sie es beide, wieder einander anzusehen.

»Wie, gar nichts?«

»Lass uns die Cocktails trinken, essen und früh schlafen gehen. Lass alles erst einmal sacken und morgen früh ist ein neuer Tag, mit neuen Dingen – o.k.?«

Fabian schaffte es nicht einmal bis bis zum Essen. Nach seinem Long Island sackte er auf der Couch neben der Bar zusammen und fiel in einen tiefen und geräuschvollen Schlaf. Irrsinnige Traumszenerien quälten ihn. Carmen, Dubai, wilde Eskapaden und einstürzende Gebäude – es bedurfte keinem Experten, um zu deuten was er gerade verarbeitete. Der Alkohol hatte sein übriges getan und so merkte Fabian nicht einmal, als ihm die beiden Damen aus den Klamotten halfen und ihn mit Kissen und Decken versorgten.

Ω

Am Morgen danach benötigte er eine ganze Weile, um zu realisieren, wo er sich gerade befand. Die Sonne war bereits aufgegangen und es roch angenehm nach Kaffee und Speck. Klapperndes Geschirr und das Geräusch zurechtrückender Stühle ließen Fabian darauf schließen, dass Frühstück auf der Terrasse angesagt sein musste.

»Guten Morgen«, begrüßte ihn Cheyenne freundlich, als Fabian schließlich den Weg nach draußen geschafft hatte.

»Morgen«, antwortete er zerknautscht und stellte erst eine Sekunde darauf fest, wer da vor ihm saß.

»Du?«, rief er völlig überrascht. »Was machst du jetzt hier?«

»Naja«, antwortete Cheyenne, »gestern hast du ja eine ziemliche Vollbremsung auf der Couch gemacht. Da war nichts mehr mit Begrüßung und so.«

»Mit dir hatte ich jetzt wirklich nicht gerechnet.«

»So viel ich weiß, hast du mit Yvonne auch nicht gerechnet, richtig?« Cheyenne zwinkerte ihm auf ihre gewohnt kecke Art zu, griff sich eine der beiden Kannen und fragte: »Kaffee?«

»Oh, ja. Bitte«, stöhnte Fabian auf.

»Noch so müde?«, fragte Yvonne verwundert, die sich gerade von hinten an ihn herangeschlichen hatte. »Du solltest eigentlich fit sein wie ein Rehkitz – hast schließlich 14 Stunden geschlafen.«

»14?«, fragte Fabian ungläubig.

»Allerdings, 14.«

»O.k. Ich brauche trotzdem Kaffee – viel.«

Madelena hatte wie immer an nichts gespart. Neben Eiern und Speck konnten sich die drei auch an Lachs, Wurst, Käse, Obst und Naturjoghurt erfreuen. Trotz einer gemeinsamen, kulinarisch genüsslichen Stunde, wollte sich die vertraute Stimmung zwischen ihnen nicht einstellen. Die beiden Frauen schienen Geheimnisse vor ihm zu haben und Fabian spürte, dass noch einiges auf ihn zukommen würde. Was hatten sie bloß vor mit ihm? Welche unangenehmen Überraschungen musste er noch ertragen?

»Was ist los, Mädels?«, verließ Fabian auf einmal den sicheren Rahmen des Smalltalks. »Warum bin ich hier? Warum seid ihr hier? Raus mit der Sprache.«

Die Frauen tauschten verschworene Blicke miteinander, bis Yvonne sich schließlich erhob und nervös vor dem Tisch auf und ab stolzierte.

»Wir wollten dich sehen«, begann sie zu erklären, »weil wir dir sehr viel zu verdanken haben. Weil du es warst, der uns auf den Weg gebracht hat und eigentlich hättest du ja diesen Weg mit uns gehen sollen.«

»Du meinst die Firma?«, hakte Fabian ein.

»Ich meine die Firma, ja.«

»Ja, meinen Glückwunsch. Ich hatte es verfolgt im Internet und den sozialen Netzwerken. Habt ihr gut gemacht.«

Cheyenne und Yvonne tauschten erneut Blicke aus und diesmal war es die kleine Asiatin, die das Wort an Fabian richtete: »Die Firma gehört uns nicht mehr. Wir sind beide raus.«

»Was?«, rief Fabian verblüfft. »Wieso?«

»Weil es eine furchtbare Scheiße war«, schrie Yvonne auf einmal los. »Meetings, Meetings und nochmals Meetings. Für jeden Dreck wurde man gebraucht, nichts lief mal von alleine und immer war man der Hirnlosigkeit anderer Leute ausgesetzt. Zusagen wurden nicht eingehalten, Berichte nicht pünktlich abgegeben und Forecasts geschönt. 14 Stunden am Tag Dauerstress – auch am Wochenende. Ich hatte die Schnauze so voll.«

»Aber es war doch ein Erfolg, oder?« Fabian kratzte sich ungalant mit dem Brotmesser am Kopf. Dass Firmenaufbau Stress bedeutete, war ihm von Anfang an klar gewesen. Was hatten die Mädels denn erwartet gehabt?

»Ein großer Erfolg sogar«, berichtete Yvonne, die ihren Tonfall noch nicht wieder gesenkt hatte. »Aber was bringt dir der ganze Ruhm und das Geld, wenn du keine Zeit mehr hast, dich um irgendetwas anderes zu kümmern?«

»Das Konto voll, die Seele leer, oder wie?« Fabian hatte keine Ahnung, dass er mit diesem dahingesagten Satz den Nagel auf den Kopf getroffen hatte. Die Blicke von Yvonne und Cheyenne jedoch sprachen Bände.

»Besser hätte man es nicht ausdrücken können«, meinte Cheyenne daher trocken. »Ich hatte nicht einmal mehr Zeit für Schmusereien mit meiner Süßen hier. Stattdessen hatten wir Dauerstreit und überhaupt keinen Bock mehr aufeinander.«

»Verstehe. Und jetzt habt ihr dafür wirklich alles hingeschmissen?«

»Wir sind ja nicht blöd«, antwortete Yvonne lächelnd.

»Wir haben verkauft.«

Jetzt war Fabian wirklich überrascht. Dass dieses junge Unternehmen bereits reif für einen Verkauf gewesen war, hätte er nicht erwartet. Die Geschäftsidee war ja nicht schlecht gewesen. Doch dass sofort Investoren darauf anspringen würden oder gar eine Übernahme möglich wäre – in so einem frühen Stadium hätte er das normalerweise nicht kommen sehen.

»Wer hat...«, begann Fabian seine Frage, doch Yvonne würgte ihn sofort wieder ab:

»Noch nicht. Diesmal halte ICH den Spannungsbogen hoch. Wir möchten dir erst noch etwas zeigen.«

»Alles klar, zeig her.« Yvonne hatte es geschafft, Fabian richtig neugierig zu machen.

»Nicht jetzt«, antwortete Sie jedoch zu seinem Leidwesen, »morgen Abend. Du kommst hier jetzt erst einmal richtig an, akklimatisierst dich ein wenig und lässt die Sonne auf dich wirken.«

Alles ist möglich!

Fabian hatte es tatsächlich geschafft, den restlichen Tag zu entspannen. Obwohl er 14 Stunden Schlaf hinter sich gebracht hatte, wirkten gute Luft und Ruhe so einschläfernd auf ihn, dass ihm am Pool andauernd die Augen zufielen. Yvonne und Cheyenne hatten sich zurückgezogen und erst am Abend traf man wieder zu einem recht kurzen Essen aufeinander.

Danach ging Fabian früh zu Bett. Er wollte darüber nachdenken, was Carmen wohl passiert sein musste und warum sie sich das alles angetan hatte. Während ihrer letzten gemeinsamen Wochen hatte Fabian einen recht ordentlichen Alkoholkonsum bei ihr feststellen müssen. Hatte sie vielleicht damit so weitergemacht? Waren eventuell sogar härtere Drogen im Spiel gewesen? Er erinnerte sich an Carmens Aussetzer am Flughafen, ihre andauernden Stimmungsschwankungen und ihr Desinteresse an Sex. Vielleicht hatten sie diese reichen Typen in eine Abhängigkeit gezwungen, sie mit Chemie gefügig gemacht und irgendwelche unvorstellbaren Praktiken von ihr eingefordert? Vielleicht wurde sie sogar von der Brücke gestürzt, weil sie irgendjemandem gefährlich geworden war. Oder war es die Rache dieses Roland Hausers, der offenbar eh Dreck am Stecken hatte?

Es dauerte Stunden bis Fabian endlich seine Gedanken abschalten konnte und erstaunlicherweise in einen tiefen und beruhigenden Schlaf fand.

Den darauffolgenden Vormittag flanierte er am Strand entlang. Fabian realisierte so langsam, dass Carmen tatsächlich nie wieder Teil seines Lebens sein würde. Zu diesem Schluss war er schon vor einiger Zeit gekommen, aber dass sie aus dem Leben geschieden war, machte die Tatsache noch einmal endgültiger. Tief im Inneren verspürte er sogar eine Art Befreiung. Nicht, dass er froh über Carmens Tod wäre, doch es half ihm, endgültig loslassen zu können. Die Frau, die er gekannt hatte, schien bereits vor ihrer Trennung von ihm gegangen zu sein. In seinen Erinnerungen luden sie zu Spieleabenden mit Freunden ein, backten Cupkakes in Hülle und Fülle und hofften auf Babys. Das High-Class Escort, von dem Yvonne ihm erzählt hatte, brachte er mit seiner Carmen nicht in Verbindung. Er trauerte um sie, um den Menschen, den er gekannt und geliebt hatte, aber er merkte, dass er sie endlich loslassen konnte.

Ω

Die Fertigstellung des Anbaus hatte sich um zwei Monate verzögert und nun endlich konnte Christoph seine neue Schlafstube beziehen. Wobei es das Wort „Stube“ nunmehr nicht mehr traf. Sein „kleines“ Nebengebäude war ein High-Tech Chalet. Kombinierte es doch neueste Energie-Gewinnungssysteme mit luxuriösen Vollfensterfronten und viel Holz – alles zusammen auf höchstem Wohlfühl-Niveau.

Christoph verstand noch immer nicht so richtig, wie es zu diesem andauernden Zustrom von Verrückten gekommen war. Yvonne und Cheyenne hatten ihm ein Erholungskonzept für Burn-Out Geschädigte aus der Oberschicht in Aussicht gestellt, doch was diese Spinner dazu antrieb, 200€ die Nacht bei ihm zu berappen, überstieg seine Phantasie. Er hatte mehr als einmal abgelehnt, doch nachdem ihn die ausgebrannten Workaholics um Obdach quasi angebetet hatten, konnte er nicht länger Nein sagen. Auf zwei Jahre im Voraus war er mittlerweile ausgebucht und arbeiten musste er dafür fast gar nicht mehr. Teil dieser „BBB-Strategie“ – „Back to the Roots - Be yourself - Be nature“, war es, Aufgaben in der Gruppe zu verteilen und als Gemeinschaft zu erledigen. Christoph bekam sogar seine eigene Wäsche gewaschen. Drei Wochen Mindestaufenthalt, immer mindestens 8 Personen oben bei ihm auf der Hütte. Christoph wusste nicht mehr wohin mit dem Geld, machte er doch jetzt rund 50.000€ Umsatz pro Monat. Und das alles nur für die Beherbergung bekloppter Business-Fuzzis – ja, eben: BBB.

Ab und zu bekam er eine Nachricht von den beiden Mädels auf sein neues iPhone. Sie hatten es ihm zu Weihnachten geschickt. Er konnte die Faszination für diese kleinen Geräte zwar nicht so ganz teilen, aber er mochte die Bilder vom Strand, die Yvonne und Cheyenne ihm sendeten. Irgendwann, so hatte er es ihnen versprochen, würde er sie in Mallorca besuchen kommen. Christoph hatte zwar immer noch Angst davor, dass deren merkwürdige Sexualität irgendwelche Auswirkungen auf ihn haben könnte, aber er hatte die beiden trotzdem mittlerweile ins Herz geschlossen.

Nächstes Jahr, so dachte er. Nächstes Jahr könnte es vielleicht klappen. Christoph malte sich aus, wie es wohl sein würde am Strand. Er freute sich bereits auf die Insel – und das Meer, das er bislang noch niemals gesehen hatte.

Ω

Der Nachmittag wurde hektischer. Yvonne schubste Fabian auf dem Anwesen herum, bis er schlussendlich vollkommen aus dem Wohnbereich verbannt wurde. Seit 17.00 Uhr hatte er dann endgültig Stubenarrest auferlegt bekommen. Obwohl draußen immer noch bestes Wetter herrschte und die großartige Aussicht aufs Meer zum erneuten Strandausflug einlud, brütete er jetzt seit bereits zwei Stunden stumpfsinnig in seinem Türmchenzimmer herum. Ein immenser Geräuschpegel erfüllte die Gänge der Finca, sogar bis hinauf zu seinem Quartier. Fabian platzte beinahe vor Neugierde, obwohl er mittlerweile eine gewisse Ahnung hatte, was da unten gerade vor sich gehen musste. Möbel wurden gerückt, fremde Menschen lieferten und bauten auf, Elektrorückkopplungen krischen kurzzeitig auf. Es konnte sich eigentlich nur um eine Party handeln. Doch war ihm wirklich gerade nach Feiern?

Mit wem und warum?

So richtig begeisterte ihn die Vorstellung nicht, noch dazu weil er einen Dresscode auferlegt bekommen hatte. Der Smoking lag auf seinem Bett, seit er das Zimmer betreten hatte. Doch Fabian dachte gar nicht daran, hineinzuschlüpfen. Bei diesen Temperaturen wollte er das Unausweichliche so lange wie möglich vor sich herschieben.

»Herr Krämer?« Eine ihm völlig fremde Frauenstimme ertönte direkt vor seiner Tür und Fabian hielt sich instinktiv etwas vor seinen unverhüllten Schritt. Doch die Dame trat nicht ein.

»Ja?«, antwortetet er leicht verunsichert.

»Es wäre schön, wenn Sie in zehn Minuten bereit sein könnten. Ich werde Sie dann abholen.«

Es wäre schön wenn was? Wer um alles in der Welt war das? Was ging hier vor sich? Fabian wurde hektisch. Er stolperte über den Dielenboden zu seinen ausgelegten Unterwäschestücken, bis er anschließend doch noch in die Abendgarderobe schlüpfte. Der Anzug passte wie eine zweite Haut und Fabian fühlte sich überraschend wohl darin. Was der wohl gekostet haben mochte, ging es ihm durch den Kopf und ein letztes Finish mit Haarwachs und etwas Atemspray, ließ Fabian sich fühlen wie in einem Bondfilm.

Die Dame erschien zwei Minuten zu früh, doch das machte nichts. Fabian war bereit und als er die Tür öffnete, verschlug es ihm augenblicklich die Sprache. Vor ihm stand eine wasserstoffblonde Schönheit in einem klassischen, barocken Abendkleid mit viel Spitze. Sie durfte um die 1,75 groß sein – so genau war das nicht abzuschätzen, denn die Schuhe waren nicht zu sehen. Die gestreckte Körperhaltung jedoch ließ hohe Absätze vermuten. Wobei Fabian allerdings nicht viel Phantasie benötigte war die Frage, wie ihre Brüste aussehen könnten. Das Dekolleté war so tief ausgeschnitten, dass es unterhalb derer endete. Noch dazu verhüllte die Büstenhebe, den die Dame trug, ebenfalls nichts. Ganz im Gegenteil: sie sorgte dafür, dass ihr augenschmeichelnder Busen noch praller und einladender zur Schau gestellt wurde.

»Guten Abend, Herr Krämer«, meldete sich der heiße Feger zu Wort. »Mein Name ist Larissa und ich bin heute Ihre persönliche Assistenz.«

»Persönlich?«, fand Fabian seine Sprache zurück, »wie persönlich?«

»So persönlich Sie es wünschen, Herr Krämer. Ich bin dafür da, Ihnen jeglichen Wunsch zu erfüllen.«

Fabian schaute sich nach allen Seiten um, ob eventuell Yvonne und Cheyenne um die Ecke herum stehen und sich gerade kräftig über ihn lustig machen würden. So etwas Verrücktes hatte er ja noch nie gehört und gesehen schon gar nicht.

»Verzeihen Sie mir, wenn ich...«

»Nennen Sie mich doch einfach Larissa, wenn es Ihnen gefällt.«

»Oh, ja, natürlich. Ich bin Fabian.« Er ergriff ihre zerbrechlich wirkende Hand und drückte sie leicht.

»Sie zu duzen geziemt sich nicht für mich, Herr Krämer. Aber ich rede Sie mit jedem Namen an, den Sie wünschen.«

Fabian musste laut lachen und erschrak umgehend über das schockierte Gesicht von Larissa. Sie schien die Sache ernst zu meinen und war offensichtlich nicht darauf vorbereitet, ausgelacht zu werden.

»Wie wäre es mit Master?«, schlug er deshalb spontan vor, was Larissa zu beruhigen schien.

»Wenn Sie es wünschen, Master?«

Der Master musste sich zusammenreißen, nicht wieder loszulachen. Doch irgendwie fand Fabian, dass seine neue Anrede auch einen gewissen Stil mit sich brachte.

»Ich muss nochmal auf die Wunschsache zurückkommen«, erklärte er. »Verzeih mir, wenn ich so direkt bin. Es ist nur so, dass du hier recht freizügig vor mir stehst und da dachte ich...also...ich meine...«

»Sie dürfen vollumfänglich über mich verfügen, Master. Wünschen sie eventuell, oral befriedigt zu werden?«

Der Gedanke war ihm bereits gekommen, doch nie im Leben hätte er geglaubt, jemals mit einer Frau so sachlich an das Thema heranzugehen. Als ob sie gefragt hätte, ob er noch ein Stück Zucker in den Kaffee haben wollte.

»Vielleicht später, Larissa. Vielleicht später.« Fabian fühlte sich noch völlig überfahren und war gleichzeitig fasziniert von dem, was hier vor sich ging. Yvonne und Larissa hatten offenbar eine dieser Perversen-Partys für ihn organisiert, eine, von denen er schon so viel von seiner ehemaligen Kollegin berichtet bekommen hatte. Dass er jemals bei so etwas dabei sein würde, hätte er nie für möglich gehalten, vor allen Dingen nicht, nachdem er sich für Carmen entschieden hatte.

Carmen! Musste er jetzt unbedingt an sie denken? Sollte er tatsächlich solchen Ausschweifungen nachgehen, wo er gerade erst von ihrem Tod erfahren hatte? Fabian war sich unsicher und doch spürte er das auflodernde Feuer in sich zurückkehren. Es fühlte sich an wie damals, als Yvonne ihn an die Schwelle zur dunklen Seite gesteuert hatte. Fabian konnte einfach nicht anders – er musste erfahren wie das hier funktionieren sollte. Er wollte alles wissen, sehen und erfahren. Hier und jetzt wollte er sich nicht mehr in seinem Kämmerchen vor der Welt verkriechen – und wollte leben.

»Können wir über alles so einfach reden?«, fragte er deshalb.

»Was meinen Sie, Master?«

»Naja, die Frage liegt doch nahe, wo die Grenzen liegen, bei dem, was ich mir von dir wünschen darf.«

»Natürlich, Master. Ich habe mir erlaubt, hierzu etwas vorzubereiten.« Mit völlig ernster Mine übergab sie ihm ein zusammengerolltes Dokument, das von einer roten Schleife gehalten wurde. Fabian kam sich vor wie bei einer Geburtstagsparty – das Geschenk schon geöffnet vor sich stehend, musste er sich noch um die schwierig verpackte Glückwunschkarte kümmern. Diese entpuppte sich jedoch als eine Art Gebrauchsanweisung. Unterteilt in *Go's* und *No-Go's*, erfuhr Fabian alles, was er mit dieser wunderschönen Frau heute Abend machen und eben nicht machen konnte. Was ihn jedoch erstaunte, war die dürftige Angabe der *No-Go's* im Vergleich zum Rest.

»Das alles darf ich mit dir machen?«

»Ja, Master.«

»Jederzeit, auch jetzt?«

»Wenn sie es wünschen Master? Vielleicht möchten Sie aber erst die anderen Damen in Augenschein nehmen.«

»Andere Damen?«, fragte Fabian verdutzt.

»Vielleicht ist jemand unter den Gästen, der Ihnen für diese Aktivitäten mehr Freude bereitet als ich.«

«Das kann ich mir kaum vorstellen, Larissa. Außerdem, was machst du dann als meine Assistenz?«

»Dann stehe ich selbstverständlich unterstützend zur Verfügung, wenn Sie es wünschen.«

Fabian musste im Himmel sein. So zumindest stellte er sich seinen Himmel vor. Zur Verfügung stehende Damen, offen zur Schau getragene Brüste, sexuelle Befriedigung wann immer ihm danach war. Jetzt fehlte nur noch ein Cocktail.

»Lass uns nach unten etwas trinken gehen«, forderte er Larissa auf und schritt mir ihr die Treppe zum Wohnbereich hinunter. Das Air aus der 3. Orchestersuite von Johann Sebastian Bach unterstützte ihren leicht federnden und aristokratischen Gang, bis Fabian die letzten Stufen beinahe hinunterstolperte vor Schreck.

»Ich sehe, du hast bereits Kontakt mit deiner Assistenz aufgenommen«, begrüßte ihn Yvonne in einer sehr ähnlichen Aufmachung wie Larissa – mit dem Unterschied, dass ihr ausladendes, schwarzes Kleid nur an den Seiten zum Boden reichte. Ihre Beine und auch ihr rasierter Schambereich, waren in Gänze offen zur Schau gestellt.

»Hast du nicht was vergessen?«, fragte Fabian und deutete auf ihren Schoß. Yvonne konnte im Gegensatz zu Larissa über seine Witze lachen und Fabian atmete erleichtert auf. Steif und verkrampft gefiel ihm nicht und bei aller Frivolität, wollte er auf etwas Humor nicht verzichten müssen.

»Oh, ist er schon da?«, rief Cheyenne vom Flur hervor und kam nur eine Sekunde später auf plexiglasähnlichen High-Heels um die Ecke gesprintet. Ihr Kleid, wenn man es so nennen wollte, glich vom Schnitt her eigentlich einem normalen, kurzen Sommerkleidchen. Nur die Tatsache, dass es völlig transparent war, ließ am ursprünglichen Verwendungszweck von Kleidung Zweifel aufkommen.

»Wow«, kam es Fabian über die Lippen, »ihr seht phantastisch aus.«

»Danke«, antworteten beide im Chor und machten dabei einen leichten Hofknicks.

»Wie gefallen dir meine Nägel?«, fragte Yvonne verzückt und streckte demonstrativ ihre Hände aus. Fabian achtete nur kurz auf die langen, verzierten French-Nails aus Acryl, ehe er konterte:

»Eure Nägel interessieren mich ehrlich gesagt nur sekundär. Sagt mir mal lieber, was das hier wird.« Er wies mit der offenen Hand durch den Raum und drehte sich dabei leicht.

»Warts doch einfach ab«, kicherte Cheyenne und folgte der läutenden Türglocke. »Wir werden alle viel Spaß haben«, rief sie ihm noch über die Schulter zu.

Unterdessen erkundigte sich Larissa nach Fabians Cocktailwünschen und eine sehr große, dafür etwas zu dürre Barkeeperin begann, seine Bestellung auszuführen.

»Soll ich dich ein bisschen herumführen?«, fragte Yvonne und Fabian nickte.

»Ist es o.k., wenn ich dich hier an der Bar kurz alleine lasse?«, fragte er Larissa.

»Wenn Sie es wünschen, Master?«

Fabian und Yvonnen schlenderten zum Jacuzzi, vorbei an unzähligen Kerzen, Teelichtern und Miniatur-Fackeln. Sonderlich viel mehr Verzierung als sonst war nicht zu erkennen, nur dass einige Aktbilder an den Wänden hingen und das Möbelarrangement verändert worden war. Größere Freiräume in der Mitte, Couchen und Sessel mehr zu den Seiten hin positioniert. Hier und da waren alte Holzböcke und merkwürdige Liegen, mit Leder bespannt, aufgestellt worden. Der erste Blick verriet, dass es sich um Gerätschaften für den sexuellen Gebrauch handeln musste.

»Ihr zieht hier echt so eine Sexparty ab? In Bernds Finca? Denkst du, dass das für ihn in Ordnung ist?«

Yvonne lächelte herzlich und strich Fabian mit der flachen Hand über die Wange. »Ich bin mir sicher.«

»Werden hier nachher Menschen wirklich...also ich meine...na, du weißt schon – haben?«

»Auch da bin ich mir sicher«, antwortete Yvonne

»Gibt es keine Privatsphäre? Ist immer alles öffentlich?«

»Nicht immer«, erklärte Yvonne, »aber viele mögen den Kick, beobachtet zu werden oder vielleicht irgendwo mitmischen zu können. Wer aber alleine sein will, der kann auf eines der Zimmer. Die sind dafür vorbereitet.«

»Was?«, rief Fabian entsetzt.

»Keine Angst. Dein Zimmer bleibt tabu, versprochen.«

Sie kamen zum Billardraum, an dessen breiter Steinwand zwei schwarze, jeweils 15 Zentimeter breite Holzdielen überkreuzt montiert worden waren. Eiserne Haken, jeweils mir einem Karabiner versehen, waren an den vier Enden des Andreaskreuzes angebracht worden. Daneben hingen verschiedenste Werkzeuge, feinsäuberlich aufgereiht und nach Größe sortiert – Peitschen, Gerten und allerlei anderer Kram aus Leder. In einem Schirmständer steckte ein ganzer Blumenstrauß von Rohrstöcken und Fabian fragte sich unweigerlich, wer die Benutzung derer freiwillig an sich zulassen würde.

»Was ist mit dir?«, wollte Fabian auf einmal wissen. »Stehst du auch so zur Verfügung wie Larissa?«

Yvonne lächelte und ging langsam auf das Andreaskreuz zu. Mit herumwirbelnden Haaren drehte sie sich mit dem Rücken zur Wand und hielt ihre Hände ausgestreckt nach oben, um sich an den Karabinerhaken festzuhalten. Aufreizend spreizte sie ihre Beine und bewegte dabei lasziv ihre Hüften.

»Tja,« antwortete sie spitz, »das gilt es wohl herauszufinden.«

Fabian schritt auf sie zu, bestaunte ihren Körper, beobachtet ihre Bewegungen, bis er direkt vor ihr stand und ihre Händen mit den seinen umschloss. Er spürte, wie sie auf ihn reagierte, ihr Atem schneller und geräuschvoller wurde. Yvonne öffnete ihren Mund und presste auffordernd ihre Brüste an Fabian. Er ließ sich nicht zweimal bitten, griff nach ihnen und spielte an ihren Brustwarzen bis sie hart wurden. Mit wohl dosiertem Druck zog er an ihnen, bis Yvonne ein leichtes Stöhnen nicht unterdrücken konnte. Doch Fabian ließ von ihr ab, machte sich einen Spaß aus der Situation und drehte sich von ihr weg.

»Ich glaube mein Cocktail wird warm.«

»Ne, oder?«, rief Yvonne entsetzt.

»Larissa hat mir geraten, ich soll erstmal schauen, wer noch so kommt.« Er schritt auf die andere Seite des Raumes zu und grinste breit. Yvonne ließ unterdessen die Haken los und ging Fabian hinterher. Wenige Schritte reichten, bis sie ihre Arme von hinten um ihn schloss und zielsicher ihre Hand zu seinem Schritt wandern ließ. Fabian spürte, wie sein bestes Stück pulsierte und er wollte beinahe jubeln, als Yvonne auf einmal seine Hose öffnete. Mit einem schnellen Griff hatte sie ihn fest umschlossen und begann, gekonnt daran herumzuspielen. Nun war es Fabian der leicht aufstöhnte und Yvonne, die so mir nichts dir nichts die Situation abbrach.

»Wahrscheinlich hat sie recht«, meinte sie gespielt schnippisch und machte sich auf den Weg zur Bar.

Fabian musste innerlich lachen, auch wenn er es in der Sekunde gerade bereute, ein Spielchen mit Yvonne gespielt zu haben. Nun stand er da mit seinem Ständer, ohne eine Idee wie er diesen so schnell wieder beruhigt bekommen sollte. Er ließ die letzten Minuten Revue passieren, ehe er versuchte, sich wieder anzukleiden. In dem Moment, in dem er seine Hose zuknöpfen wollte, kam Larissa zu ihm.

»Yvonne hat gemeint, Sie könnten Hilfe gebrauchen, Master.«

»Ach ja? Hat sie das?« Fabian sah, wie sie seine pralle Unterhose betrachtete. Mit wissendem Blick kniete sie sich vor ihn und griff an den Saum.

»Darf ich Ihnen helfen, Master?«

Fabian hielt es nicht mehr aus. Er war im Sex-Phantasy-Land angekommen und er wollte jetzt wissen, ob das wirklich alles so funktionierte.

»Lass dich nicht aufhalten«, antwortete Fabian, »the Sex-Show must go on.« Ehe er es sich versah, holte sie seinen immer noch harten Schwanz aus der Hose und steckte ihn sich in den Mund. Das unbeschreibliche Gefühl, das er zuletzt mit Cheyenne erleben durfte, bahnte sich augenblicklich den Weg durch seinen Körper. Nichts auf der Welt fühlte sich so gut an wie das hier. Es irritierte ihn auch nicht, dass er die Frau da vor sich überhaupt nicht kannte und es irritierte ihn noch weniger, als auf einmal wildfremde Menschen den Raum betraten. Ein gut 50 Jahre alter Mann mit Zylinder, führte eine mindestens 30 Jahre jüngere Gespielin herein. Das Mädchen war splitternackt, klein und etwas drall. Ihre Hände waren mit Fesseln hinter ihrem Rücken fixiert und zwei Metallklammern quetschten ihre Brustwarzen. Eine silberne Kette verband die kleinen Folterinstrumente und Fabian wollte sich nicht ausmalen was passieren würde, wenn man an diesen zöge. Das Mädchen hatte einen wunderschönen Schmollmund und Fabian wünschte insgeheim, sie von ihrer Pein befreien und ihre gigantischen Brüste kneten zu dürfen. Das frisch eingetroffene Paar setzte sich zu ihm und Larissa, auf eine gerade einmal zwei Meter von ihnen entfernte Couch und beobachtete das Schauspiel. Fabian war mittlerweile alles egal. Er wollte nur spüren, genießen, sich hingeben und explodieren. Sollte ihm doch die ganze Welt dabei zusehen.

Sein Wunsch, die Brüste der jungen Frau anfassen zu dürfen, erfüllte sich sogar ziemlich schnell. Der gut gekleidete Herr machte sich noch ein paar Momente einen Spaß daraus, der Kleinen Schmerzen zu bereiten, bis er ihrer überdrüssig wurde und sie mit einer knappen Kopfbewegung zu Fabian hinüberschickte. Jetzt durfte er zwei Zungen spüren, die sich gleichzeitig um ihn kümmerten. Als er dazu auch noch die prachtvollen Titten der dunkelhaarigen, kleinen Lady knetete, hielt er es nicht länger aus. Mit einem langgezogenen Schrei spritzte er auf sie, verteilte seinen Saft über ihren gesamten Oberkörper und ließ sich von den beiden Frauen auch noch den letzten Tropfen heraussaugen.

»Na, hattest du Spaß?«, hörte er auf einmal Yvonne hinter sich flüstern, die ihm einen Klaps auf den nackten Hintern gab. »Jetzt bist du erstmal ein bisschen entspannter und kannst in Ruhe beobachten. Aber eins sag ich dir: Nachher gehörst du mir.« Sie biss ihm zärtlich ins Ohr und setzte sich aufreizend breitbeinig zu dem älteren Herrn auf die Couch.

»Schön, dass Sie es einrichten konnten, Herr Wagner.«

»Es ist mir schon jetzt eine große Freude, Frau Richter.« Leicht verlegen wanderte sein Blick über Yvonnes Körper und mit etwas Unterwürfigkeit in der Stimme fragte er:

»Ob Sie mir vielleicht eine kurze Kostprobe gestatten würden?«

Yvonne lächelte und fixierte Fabian dabei mit ihrem Blick. »Aber selbstverständlich, Herr Wagner. Bitte bedienen Sie sich.«

Herr Wagner griff Yvonne nicht weiter zögernd an ihre leicht geöffnete Spalte und bohrte ungeniert seinen Finger in sie hinein. Ohne jegliches Anrecht darauf und in Anbetracht der aktuellen Situation auch völlig Fehl am Platz, durchzuckte Fabian ein Moment der Eifersucht. Gleichzeitig erfüllte ihn aber auch unerklärlicherweise Stolz, machte es ihn scharf zu sehen, dass jemand an seinem Mädchen herumspielte.

Sein Mädchen? Wo kam jetzt dieser Gedanke her? Sie wollte ihn später, hatte das eben sogar ausdrücklich betont. Aber es ging doch nur um Sex, um Spaß, um das Ausleben wilder und abgründiger Gedanken. Konnte man mit solch einem Menschen zusammenleben? War das Basis für eine Beziehung?

Der Mann ließ von Yvonne ab und gleich einer guten Zigarre, rieb er sich genüsslich den Zeigefinger unter die Nase. »Vielen Dank, Frau Richter.«

»Aber gerne, Herr Wagner«, antwortete Yvonne, als hätte sie ihm gerade eine Serviette gereicht. »Soll ich vielleicht Ihre Begleitung zu den Waschräumen begleiten?«

»Das wäre ganz reizend, vielen Dank.«

Ω

Zwei Stunden später war das Event in vollem Gange. Der Musikstil hatte sich mittlerweile verändert und die anfängliche Klassik war Interpreten wie Massive Attack gewichen. Die vibrierenden Bässe und die sphärisch elektronischen Klangteppiche untermalten die aufgeladene Stimmung in der gut besuchten Finca. An die 50 Personen waren Yvonne und Cheyennes Einladung gefolgt, 20 Paare, 7 Einzelherren und 3 Solodamen. Larissa, so hatte Fabian mittlerweile erfahren, war eine von den dreien. Sie war die Erbin eines Hotelimperiums, vollkommen devot und allem Anschein nach auf solchen Partys zu Hause. Durch ihr gutes Netzwerk auf der ganzen Welt war sie Cheyenne und Yvonne eine Unterstützung in Sachen Kontakte. Menschen mit ausgefallenen Sonderwünschen fragten gerade in Hotels auch gerne um Rat.

Mittlerweile hatte Fabian auch verstanden, dass es sich nicht nur um eine nett gemeinte Freizeitbeschäftigung handelte, sondern dass die beiden Mädels einen klaren Geschäftsgedanken verfolgten. Jedes Paar und jede Einzelperson wurde mit 250€ am Empfang zur Kasse gebeten. Die Menschen jedoch schienen den Betrag mit Freude zu bezahlen. Ihrer Garderobe und auch den Accessoires entsprechend, durfte ihnen das Geld nichts ausmachen. Hier verkehrte heute Abend die gehobenere Schicht der Gesellschaft, auch wenn das plumpe Verhalten mancher, stellenweise nicht darauf schließen ließ.

Summa summarum kam Fabian auf einen Betrag von 7.500€ Eintrittgeldern, was für ihn in Anbetracht des Spaßfaktors bei der Arbeit, schlussendlich eine äußerst überzeugende Geschäftsidee ergab. Zimperlich und verklemmt durfte man all den Geschehnissen hier sicher nicht gegenüberstehen, aber es gab seines Erachtens Schlimmeres.

Am Esstisch auf der Veranda, einem der wenigen Orte, an dem echte Contenance herrschte, traf Fabian auf die einzig vollständig angezogene Frau des Abends:

»Madelena«, rief er erfreut, als er sie die Shrimpsnudeln auffüllen sah, »heute hast du dich wirklich selbst übertroffen. Dein Festbuffet ist ein Knaller.«

»Oh, danke Senior Fabian. Du guter Mann.«

»Danke dir. Wie kommst du überhaupt mit dem allem hier klar? Ist das o.k. für dich?«

»Oh, bin froh, wenn zu Hause. Machen die Frauen immer so. Aber ich will nicht. Aber zahlen gut, also koch ich.« Madelena lachte und Fabian wurde soeben etwas klar.

»Machen immer?«, wiederholte Fabian, »ist das nicht

die erste Party dieser Art hier?«

»Nein, nein, Senior Fabian. Dritte.« Madelena lachte freundlich.

»Dritte?«, wiederholte er, »was sagt denn Bernd dazu?«

»Senior Bernd?«

»Ja, Bernd Lösel. Was hält er davon, dass seine Finca für solche Events benutzt wird?«

»Senior Bernd nix mehr Finca, Fabian. Senior Bernd verkauft – an Damen Cheyenne und Yvonne.«

Fabian überraschte Madelenas Antwort nicht. So weit hatte er sich das Ganze gerade selbst zusammengereimt. Nur die Tatsache als solches ließ so einige Fragezeichen bei ihm aufkommen. Bernd hatte seine Finca an die Mädels verkauft? Wieso das denn und wie war das alles zustande gekommen? Warum wusste er davon nichts? Es wurde wohl Zeit für ein paar Antworten und Fabian machte sich auf den Weg, um diese einzufordern.

Er stapfte hinunter zum Pool und wurde im Vorbeigehen Zeuge eines weiteren Schauspiels: Direkt am Beckenrand hatte man einen kleinen Tisch postiert, der nun Cheyenne als Unterlage diente, um der Länge nach ausgestreckt auf dem Rücken zu liegen. Völlig nackt und mit einer Vielzahl kleiner Sushi-Variationen auf Brüsten, Beinen, Bauch und Schambereich, war sie kurzerhand in ein lebendes Buffet verwandelt worden. Es erfreute sich bester Nachfrage bei Herren und Damen, wenngleich so manche Gäste ihre Tischmanieren vergaßen und direkt mit dem Mund vom „Teller“ aßen.

»Warum sind denn hier eigentlich nur die Frauen unterwürfig?«, stellte Fabian Yvonne zur Rede, die mit diskretem Abstand dem Treiben am Pool zusah. »Im Fernsehen werden doch immer die Männer ausgepeitscht oder mit so merkwürdigen Gummibällen im Mund im Keller angebunden, oder?«

Yvonne kicherte vergnügt und erklärte: »Weil das heute das Motto ist. Devote Frauen und dominante Herren. Es gibt auch gegensätzliche Konstellationen, die sind aber nicht unser Thema. Du kennst ja meine Neigung.« Sie zwinkerte ihm zu und Fabian nahm den Punkt auf, um seine eigentliche Frage zu platzieren:

»Apropos, Neigung. Du bist also unter die mallorquinischen Großgrundbesitzer gegangen?« Yvonne lächelte wissend, als ob sie sich darüber freute, dass Fabian endlich hinter ihr kleines Geheimnis gekommen war.

»Großgrundbesitzerin ist wohl etwas übertrieben«, antwortete sie leise, »wir sprechen hier gerade einmal über 4.000 Quadratmeter.«

»Die meines Wissens in Königstein alleine vier Millionen wert sind«, ergänzte Fabian, »Grundstückspreis wohlgemerkt. Wie viel mag es hier wohl mit Meerblick und einer nicht unbedeutenden Hütte darauf sein? Neun Millionen, vielleicht zehn?

»12«, antwortete Yvonne fast beiläufig.

Fabian pfiff durch die Zähne. »12 Millionen, alter Schwede. Das ist eine Stange Geld. Die muss man erst einmal verdienen.«

»So ist es«, antwortete Yvonne, »und das haben wir auch.«

Einige Augenblicke standen sie nur da, schauten dabei zu, wie immer öfter Cheyenne selbst und nicht die auf ihr angebotenen Speisen probiert wurde, bis Fabian schließlich fragte:

»Und das erste was dir eingefallen ist, war Bernds Finca zu kaufen, ja?«

»Sie hat mich beeindruckt, Fabian. So sehr, dass sie mich zu unserem Käufer geführt hat.«

»Wieso Käufer?«

»Ich hatte zuallererst Bernd angesprochen, schließlich

kannte er sich mit dem Uhrengeschäft bereits aus. Er war sofort begeistert, hat unsere Firma gekauft und mit dieser Finca hier bezahlt.«

»Dieser Hund«, zischte Fabian durch die Zähne, »und mir erzählt er etwas von Sorgen machen und so.«

»Das hat er auch, glaube mir. Und deshalb findet er die Idee auch gut, dass wir zusammen hier bleiben.«

Fabian riss die Augen auf und starrte Yvonne verdutzt an. »Was ist los? Hierbleiben? Wir? Wie meinst du das?«

Yvonne atmete tief aus und machte eine deutende Handbewegung um sich herum. »Schau dich doch einmal um. Was um alles in der Welt willst du mehr vom Leben als das hier? Ein wundervolles Haus, Ruhe, Meer, gutes Klima und nette Leute um dich herum, die einfach nur Leben oder Urlaub machen wollen.«

»Und wovon sollen wir leben?«, fragte Fabian. »Die Firma ist weg und ein Haus alleine reicht nicht. Da gibt es laufende Kosten, Essen, Energie, weiß der Geier was alles.«

»Dafür machen wir diese Partys hier«, antwortete Yvonne nüchtern. »Außerdem gibt Cheyenne ab und zu ein paar Tauchkurse.«

»Das ist ja ganz nett«, stellte Fabian ungeduldig fest, »aber wie soll das für drei Personen reichen? Wie wollen wir im Leben damit weiterkommen?«

»Was interessiert es mich, noch mehr Geld zu verdienen oder berühmter und mächtiger zu werden«, rief Yvonne nahezu empört. »Das ist doch alles Schwachsinn.«

»Vielleicht willst du ja mal ein Haus in den USA oder ein Boot«, hielt Fabian als Überlegung fest.

»Ja und dann?«, fragte Yvonne fast zickig. »Hatte ich dann genug Zeit um Haus Nummer 1 überhaupt richtig wahrnehmen zu können? Was ist wenn ich das Boot habe? Will ich dann vielleicht eine Raumstation oder einen zweiten Planeten? Zu uns kommen Millionen von Flüchtlingen, die froh wären, wenn sie in einer Neuköllner Baracke leben dürften und wir reden hier von unendlichem Wachstum und obszön viel Geld – genug Geld für alle. Weißt du eigentlich, dass man mit dem privaten Bargeldvermögen der Deutschen, Immobilien nicht eingerechnet, 17 Millionen Einfamilienhäuser inklusive Grundstück finanzieren könnte? Warum also gibt es in Europa überhaupt Armut?«

Fabian wusste nicht, was er darauf antworten sollte und schwieg. Das „wir" kreiste in seinem Kopf herum und die Frage, die damit einherging.

Das lebende Buffet war mittlerweile abgeräumt und Cheyenne sprang zusammen mit ihren vier letzten Genießern in den Pool. Sie schienen alle viel Spaß zu haben, denn was nun folgte, war eine wahre Symphonie an Gequieke und Gejauchze. Auf das Geschrei aufmerksam geworden, kam Larissa von der Terrasse zu Fabian gerannt und begann sofort ganz aufgeregt drauf los zu stammeln:

»Master, es tut mir so leid. Ich habe Sie aus den Augen verloren und schon die ganze Zeit gesucht.« Demütig kniete sie sich vor ihm hin und hielt flehend seine Hand. Fabian, dem die Situation äußerst unangenehm war, half ihr sofort wieder auf die Beine und meinte:

»Schau mal, da drüben.« Er zeigte auf das wilde Treiben im Pool. »Ich möchte, dass du unsere Gastgeberin Cheyenne ein wenig unterstützt, o.k.?«

»Wenn Sie es wünschen, Master.«

»Das tue ich«, antwortete Fabian und Larissa sprang von dannen.

»Du hast absolut recht«, sinnierte er vor sich her, den Blick seiner Assistenz nachgerichtet. »Und an so etwas könnte ich mich tatsächlich gewöhnen.«

»Alles ist möglich«, meinte Yvonne zögerlich und leise und lehnte dabei ihren Kopf an seine Schulter. Ihren Arm legt sie um Fabians Hüfte und wie ein altes Ehepaar, das den Enkelkindern beim Spielen zuschaute, meinte sie: »Schau sie dir an. Wann hast du das letzte Mal erwachsene Menschen so authentisch und ausgelassen gesehen?«

»Noch nie.«

»Eben, deshalb genieße den Abend. Vergiss für den Moment den ganzen Irrsinn da draußen in der ach so gepriesenen Business-Welt und lebe – hier und jetzt.«

Wieder schwiegen sie eine ganze Weile, während Yvonne Fabian zärtlich über den Rücken streichelte.

»Und morgen fahr ich mit dir aufs Meer hinaus. Und wenn du willst, dann bleibst du noch einen Tag – und dann noch einen – und danach einfach noch ein bisschen länger.«

ΩΩΩ

Danksagung

Zuallererst möchte ich mich in gewohnter Form bei Ihnen bedanken. Haben Sie es bis hierhin geschafft, dann ist die Wahrscheinlichkeit nahe, dass Sie mein neues Buch auch gelesen haben. Diese Tatsache stellt für mich eine unglaubliche Motivation dar und so möchte ich mich auch bei den vielen begeisterten Lesern meines ersten Romans „Metal Tango“ bedanken, die mir mit ihren Zuschriften, Kommentaren, Rezensionen und auch Danksagungen den Antrieb gegeben haben, mit dem Schreiben weiterzumachen.

Diesmal möchte ich mich auch in aller Form bei meiner Tochter bedanken, die ich dummerweise in der letzten Danksagung nicht erwähnt hatte, obwohl sie mir beim Cover geholfen hatte. Ich werde diesen Fauxpas wahrscheinlich nie wieder gut machen können und so bitte ich hiermit auch gleichzeitig um Verzeihung. Vielen Dank meine liebe Jeannie für Deine Unterstützung – auch bei diesem Buch. Du bist das tollste Mädchen auf der ganzen Welt und ich bin unglaublich stolz auf dich!

Mein ganz besonderer Dank geht an meine unnachgiebige Lektorin Sarah Grund, die in stundenlangen Abendsessions mit mir jedes einzelne Wort durchgekaut hat. Sie können sich nicht vorstellen, wie hart man wegen eines unglücklichen Ausdruckes ins Gericht genommen werden kann. Irgendwann schreiben wir zusammen ein Buch mit den Outtakes und lachen uns dabei krumm.

Ganz besonders möchte ich auch diesmal wieder meinem Vater Hans-Joachim Krüger danken, der es immer kaum abwarten konnte, die neuesten Fortschritte von mir geschickt zu bekommen. Danke für dein Feedback, deine Geduld und deine Herzenswärme.

Vielen Dank auch an meinen Skatbruder Sebastian Blümle, der mir bei den Bergsteigern geholfen und mich mit Fachliteratur eingedeckt hat. Ich beneide ihn ehrlich gesagt um seinen Bierkühlschrank im Keller, denn ich habe selten so perfekt temperiertes Weizen trinken dürfen.

Danke auch an Viktor Skrelja, der meine Erstentwürfe gelesen und den ein oder anderen Verbesserungsvorschlag gemacht hat. Vor allem möchte ich dir aber einfach dafür danken, dass du ein guter Freund bist!

Christine Heger möchte ich ebenfalls danken, die sich mein Manuskript als Urlaubslektüre vorgenommen hatte.

Zu guter Letzt möchte ich mich bei Claudia Adjei bedanken, die mich auf die Idee gebracht hat, diesen Roman auch als Hörbuch zu veröffentlichen und die, während ich das hier gerade schreibe, fleißig dabei ist, dies in die Tat umzusetzen. Sie hat eine hervorragende Stimme und es ist für mich immer noch kaum zu glauben, dass mein Buch gerade vertont wir. Danke dir, danke euch allen, danke Ihnen. Bis hoffentlich demnächst.

48533485R00206

Made in the USA
Charleston, SC
06 November 2015